2021 最美铁路人

中共中央宣传部宣传教育局
中国国家铁路集团有限公司党组宣传部

学习出版社

图书在版编目（CIP）数据

2021最美铁路人 / 中共中央宣传部宣传教育局，中国国家铁路集团有限公司党组宣传部编. --北京 ：学习出版社，2022.5

ISBN 978-7-5147-1153-0

Ⅰ. ①2… Ⅱ. ①中… ②中… Ⅲ. ①报告文学－作品集－中国－当代 Ⅳ. ①I25

中国版本图书馆CIP数据核字（2022）第064145号

2021最美铁路人

2021 ZUIMEI TIELUREN

中共中央宣传部宣传教育局 编
中国国家铁路集团有限公司党组宣传部

责任编辑：张　俊　朱仕娣
技术编辑：胡　啸
装帧设计：楠竹文化

出版发行：学习出版社
北京市崇外大街11号新成文化大厦B座11层（100062）
010-66063020　010-66061634　010-66061646
网　　址：http://www.xuexiph.cn
经　　销：新华书店
印　　刷：北京新华印刷有限公司

开　　本：710毫米×1000毫米　1/16
印　　张：26.75
字　　数：298千字
版次印次：2022年5月第1版　2022年5月第1次印刷

书　　号：ISBN 978-7-5147-1153-0
定　　价：84.00元

致敬新时代的劳动者

——评《2021 最美铁路人》(代序)

李朝全

由中共中央宣传部宣传教育局和中国国家铁路集团有限公司党组宣传部联合编辑的《2021 最美铁路人》，收集了10位2021年“最美铁路人”的生动事迹。这是一部致敬新时代的劳动者之书。劳动创造财富，劳动创造幸福。本书描写的主角就是在铁路战线上一批基层的普通劳动者，他们是新时代铁路人的先进代表。

“最美铁路人”首先是最美劳动者、最美建设者。“最美”之美，美在行动，美在勤劳、敬业和专业。这10位入选者，既有动车组司机、车辆检车员、工务工长、车站值班员、客运值班站长、货运业务主管，也有铁路工程机械设计师、铁路建设者、铁路装备制造技师、铁路民警等，涉及了铁路行业的各领域各方面。虽然每个人岗位分工不同，但是他们都有一个共同点，就是在各自的平凡岗位上兢兢业业，勇于担当，忠诚履职，恪尽职守，他们都具备勤劳、敬业、专业的优秀品质，都努力追求将工作做到极致，做到最好。在他们身上，集中体现了劳动精神和工匠精神。他们是建设新时代的基础性、支撑性力量，把他们称为“时代脊梁”毫不为过。

这是一曲献给劳动者的赞歌。中华文明历经 5000 多年，绵延不断，生生不息，依靠的就是强大的民族精神的支撑。我们这个伟大的民族素来以勤勉务实著称，这是中华文化的血脉，也是中华文明的灵魂。赞美劳动者，讴歌劳动者，就是要讴歌和传承中华优秀传统文化。“最美铁路人”是精彩中国人的优秀代表，新时代中国铁路、中国铁路人的故事是精彩中国故事的重要组成部分。《2021 最美铁路人》赞美新时代的铁路产业工人，书写最美铁路人物故事，就是讲述新时代精彩的中国故事。

这也是一部致敬追梦者之书。“最美铁路人”既美在行动，也美在心灵，美在璀璨的梦想，美在胸怀祖国、情系人民、心中拥有坚定的理想信念。无论是在沱沱河畔高原无人区还是在寂寥少人的偏僻铁路小站，无论是在热闹的候车室还是在飞驰的列车上，以及机车、车辆、钢轨、桥隧不同的地方，“最美铁路人”都有一个共同的理想和信念，就是要用自己五彩的人生、美丽的青春参与创造中华民族伟大复兴的伟业，参与建设中国特色社会主义。这种坚定的信念源自对劳动和工作价值及意义的发现。无论工作任务大小、巨细、轻重，无论是体力劳动还是脑力劳动，每一位“最美铁路人”都在用自己的实际行动参与建设社会主义现代化国家，都在用自己全部的聪明才智参与创造历史、推动实现中国梦。铁路是国民经济大动脉，是经济社会发展重要的引擎。新时代，我国铁路事业高歌猛进，担负起了开路先锋，展示了先行风采。尤其是我国高铁的迅猛发展，从根本上改变了人们生产生活生存的方式，有力地重塑了中国经济社会的面貌，让每一个中国人扬眉吐气倍感自豪。中国铁路既是一张亮丽的国家名片，又是国家发展的巨大推动力，200多万名铁路人在奋进新征程、建功新时代的过程中砥砺前行。实践证明，广大铁路工作者是有理想抱负、有家国情怀的一群人，是新时代不断奔跑着的追梦人。本书中所收录的这10位“最美铁路人”身上都充分地体现了这种崇高的理想和追梦精神。

这也是一部致敬新时代奋斗者之书。“最美铁路人”美在奋斗，美在勇于追梦筑梦圆梦，为了实现梦想而不懈努力。幸福是奋斗出来的。一个人要成就一番事业，既要心怀祖国、胸怀理想，更要埋头苦干、勇毅前行，依靠拼搏奋斗去创造未来、赢得未来。“顶天立地做人，脚踏实地做事。”“最美铁路人”正是这样做的。他们拥有强大的理想信念，有甘于奉献牺牲的劳动精神，更重要的是他们始终坚持不懈地奋斗和拼搏。理想是精神之钙、灵魂之铁，而拼搏奋斗则是圆梦之路、逐梦之舟。这10位“最美铁路人”无疑都是新时代最美奋斗者，为了理想而奋斗，为了个人价值的实现和民族伟大复兴的中国梦而不懈努力，共同托举起中国铁路辉煌的今天和壮美的明天。“最美铁路人”美在激情燃烧、活力四射，美在创造力和执行力的迸发与喷涌。让生命在奋斗中出彩，让梦想在奋斗中成真。“最美铁路人”都是这样做的。他们以自己的实际行动，激励了无数为幸福而奋斗的普通人。

人物是文学的基点和出发点，文学作品的根本任务就在于写人、塑人。这部报告文学作品集将“最美铁路人”作为描绘对象，深入讲述这些铁路人感人的故事，探寻他们在动人事迹背后真实的心路历程和精神世界，彰显了一道道最美的内心风景。“最美铁路人”是200多万名铁路人的榜样，也是千千万万普通劳动者的楷模。相信《2021最美铁路人》这部书既能带给读者以感动，更能给人以激励和鼓舞。

这，正是本书的价值所在。

作者系中国作协创研部副主任、中国报告文学学会副会长

目 录

CONTENTS

2021 最美铁路人
ZUI MEI TIE LU REN

刘晓云

晓云大爱

——记中国铁路沈阳局集团有限公司大连站值班站长刘晓云

◎ 辛　野　黄　华

绪　言

2019年，7月的北京，阳光明媚，晴空万里。

京西宾馆大院在树木掩映下低调而静谧，一簇簇绿植蓬勃伸展，充满生机。

会议楼前厅，刘晓云作为全国模范退役军人先进代表，一身“铁路蓝”，身披大红绶带，站在众多代表的最前排，心情万分激动。

习近平总书记大步走来，所有人的热情被瞬间点燃，掌声雷动。

总书记走过来，刘晓云赶紧握住总书记的手：“总书记好！”习近平总书记用慈祥的目光注视着她，说：“继续努力，加油干！”合影时，她就站在习近平总书记身后。习近平总书记的叮嘱，令刘晓云振奋不已。

刘晓云，军人出身，复员后到铁路系统工作。28年来，她始终秉承部队光荣传统，精心服务、大爱旅客，在铁路客运服务岗位上作出了积极贡献，赢得了广大旅客的喜爱。

春运时节，我们来到大连站采访，位于候车大厅正中间的“吕玉霜服务台”十分醒目。刘晓云站在服务台前，热情地解答旅客问询，或帮助旅客解决问题。

从候车室到站台，又从站台到候车室，刘晓云忙得像个陀螺，不停地转来转去。

刘晓云业务熟练，是车站的活地图、问不倒：她懂手语，聋哑旅客要找她；她有爱心，有困难的旅客爱找她；她懂英语，外国旅客也找她；她当过医务兵，旅客突发急病，她会应急处置。从事客运工作以来，仅紧急救治旅客就达1200余人，有130多名生命垂危旅客转危为安。方寸之间，彰显人间大爱。

看着她远去的背影，我们只能先采访她的同事。一天下来，收集到很多关于她的点点滴滴，关于她充满传奇色彩的故事。

傍晚时分，刘晓云终于下班了，我们抽空交谈起来。

刘晓云真诚地对我们说：“工作都是大家做的，我只是做了应该做的。只要心中对旅客有大爱，就会有使不完的劲儿。”

橄榄绿的梦

出生在军人世家的刘晓云，从小就有一个橄榄绿的梦。

18岁刚刚高中毕业，刘晓云就穿上了向往已久的军装，胸前挂着大红花，迎着冬日寒风，挥别站台上相送的亲人，从家乡辽阳登上南下列车。

火车上，她心里忐忑，既紧张又兴奋。

毕竟是要去一个陌生城市，面对一群陌生人，展开一段全新生活。

毕竟，当兵这个无数次萦绕梦中的场景，即将变成现实。她要去的是大连一个海军部队。在她心里，那是万里海疆，战舰乘风破浪！那是手握钢枪，军歌声声嘹亮！

列车向着她的梦想飞驰，车窗外银白色的世界，跳跃着充满节奏感的灵动步伐，从眼前闪过，恰似她的心境。

可谁知，走下火车，她却被送到一所海军医院。

她心里特别沮丧。在漂亮军装外面，套一件素气的白大褂，让她有点儿小郁闷，但这还只是小事儿。

当医务兵，是她最恐惧，也是最不愿意干的。她天生晕血，每天跟伤病员打交道，怎么可能避开与血液打交道？一想起那带着血腥味黏稠、鲜红的液体，她就心悸。

然而，正是这份工作和这段当兵经历，把她外柔内刚的性格塑造得更加完美、更加鲜明，使她变得更勇敢、更有爱心。

刘晓云努力安慰自己，海军医院坐落在渤海之滨，海风吹拂，鲜花朵朵，大海的气息扑面而来，白色海鸟辗转徘徊，一袭白衣轻盈地穿梭在病房里，那感觉也很美。

心理的劝慰与现实的距离还是很遥远，做一名合格的卫生兵绝不是件容易事。当兵只有 3 个月的卫生兵学员刘晓云，马上就深刻体会到了。

一天晚上，急救车飞驰而来，有名受伤的战士被匆匆抬进急救室，医护人员立刻围上去救治。伤者脚骨已经断了，白花花的骨头露在外面，血湿透了裤管，和着皮肉，满眼都是鲜血。

刘晓云只看了一眼，立刻头晕目眩，恶心、恐惧、打颤，泪水随之而下……

扑通一声，刘晓云晕倒在地，医用托盘和器械，纷纷散落。

她成了医院女兵们的饭后谈资。新兵班的小姐妹，打趣她："当时可把我们吓坏了，都不知道是该抢救你，还是抢救伤员了。"

有人说，她根本干不了卫生兵，这样"矫情"只能被退回征兵单位；有人说，医院里哪有不接触血的，给她调走吧。

尽管刘晓云知道大家并无恶意，可还是受不了。

那天晚上，她独自跑到海边，扑倒在沙滩上，放声大哭。

不远处，矗立的灯塔俯视她；黑暗中，海面潮声滚滚嘲笑她；天空中，纯白色的海鸥扑闪翅膀，在她头顶好奇地张望。

哭有什么用？如果眼泪能解决问题，这世界上的眼泪肯定比海水还多。倔强的刘晓云擦干眼泪，在繁星满天的夜幕下，听着拍岸的涛声，静静地坐在那里想心事。

接下来怎么办？申请调离？不，绝对不能退缩，如果就这样被调走，就是一个不折不扣的"逃兵"。回去怎么面对当了一辈子兵的爷爷奶奶？怎么对得起自己身上的军装？

"说我不行，我就偏要行给你们看！"刘晓云暗下决心。

她让老乡帮忙搞来几袋鸡血，每天晚上别人都睡下后，就偷偷拿着鸡血，跑到卫生间去"练胆儿"。

鸡血装在袋子里没啥感觉，她就咬着牙、闭着眼把血挤在自己手上、腿上，再一点点睁眼。

猩红的颜色，黏糊糊的感觉，让她眩晕、恐惧、颤抖、晕倒，醒来再继续，5 次不行就 10 次，10 次不行就 20 次……她反复“折磨”自己，逼着自己战胜恐惧，逼着自己坚强。

再有伤员送来，她总是勇敢地站在最前面，慢慢接触、逐渐适应。心理强大的人，无所畏惧。

她逐渐稳定住了情绪，恐惧感逐渐减弱，不良反应逐渐减轻。短短一个月，她就适应了面对鲜血的场面，她用顽强的意志战胜了晕血症。

这可把医院里的人都给镇住了，对这个漂亮的小姑娘刮目相看。

在医院里，护士们总是像春风一样温暖。在外行人眼中，她们的工作就是打针送药，貌似很简单。

刘晓云却深知，医护工作远不像看着这样简单。她觉得护士不仅要治疗和护理患者身体上的伤病，还更应该注意他们精神、心理的健康。

因为伤病员身体受伤的同时，可能也会有精神上的伤害。要好起来，首先得从精神上治愈，积极的心态跟药物同等重要。

于是，在护理过程中，她给伤病员送去的不仅仅是药物，还有温暖、微笑和更多关心。

“五床小王同志，准备换药了。”刘晓云端着医用托盘，面带微笑，温柔地说。这是一个年轻战士，腿伤骨折。

“感觉怎么样，还疼吗？”刘晓云一边帮他换药，一边询问他伤情的恢复情况。

“好多了，就是在屋子里躺久了，有点儿闷。”战士回答。

“那好，一会儿打完点滴，我推你出去晒晒太阳。”

阳光下，她一身白衣，推着轮椅，和小王谈天说地，院子里不时传来两人的欢声笑语。

她对每个患者都充满爱心，每名患者都得到过她贴心、暖心的帮助。

刘晓云在部队医院一干就是5年，她为患者输过血，洗过衣服，送过饭，庆祝过生日……做过很多很多事。

赶上星期天，她还经常和战友们一起去敬老院，给孤寡老人看病，打扫卫生，陪老人聊天。

采访时刘晓云坐在我们对面，腼腆地说："我曾是被家里宠惯的女孩，在部队的收获不仅仅是战胜了自己的晕血症，让自己变得坚强自律，更重要的就是学会了关心和帮助别人。我从对他们的帮助中，找到了不一样的快乐。"

她从未想过，军营生活会给她的人生带来这么大转变，更没想过会和大连这座城市，结下这样深厚的情谊，会成为这座城市里一颗耀眼的明星，一张亮丽的名片。

我要成为你

1994年部队复员，刘晓云被分配到大连客运段，成了一名列车员，她业务精湛，表现突出还当上了业务员。

也许是帅气的蓝色铁路制服上有肩章和领花，酷似军装；也许是半军事化管理模式，能勾起她的军人情结；也许是这份工作可以满足她帮助更多人，获得更多快乐的愿望，刘晓云对铁路工作有一种莫名的敬畏和热爱。

2003年8月，大连站扩建，新候车大厅正式启用。

那时，中国社会正发生着翻天覆地的变化，汹涌澎湃的改革大潮推动社会经济飞速发展，物质生活水平得到极大提高。人们因为工作、求学、旅游等种种原因，流动速度快、频率高，出门乘坐火车的越来越多。

为了满足旅客出行需求，让旅客出行体验更美好，大连站成立了以全国劳动模范吕玉霜名字命名的“吕玉霜服务台”。刘晓云调到大连站成了吕玉霜的徒弟，负责解答旅客问询、重点旅客帮扶等工作。

初到“吕玉霜服务台”，每天面对成千上万旅客，面对千奇百怪的问询，性格内向的刘晓云感到了前所未有的压力。每天说话说得口干舌燥，这个苦她能吃，而被旅客各式各样的问题难倒，她受不了。她常常感慨，跟人打交道太难了！

那段日子对她来说是一种煎熬，遇到答不出、说不准的问题只能请教师父，或是查阅资料。

被旅客问得无言以对，工作中遇到问题束手无策的时候，她看着胸前熠熠生辉的党徽，感到羞愧不已，立志要学好业务，让旅客满意。

当一个人经历巨大的变化后，接下来便是最深沉、最凝重的思考。征服失意还是被失意征服？当她看到师父吕玉霜“难不倒”的过硬技术和“问不恼”的服务风采时，表面温顺骨子里倔强的刘晓云便又跟自己较起了劲儿，师父能做到的，我凭什么不能？我一定要成为师父那样的人。

她把客运知识、服务技能分门别类制作成卡片，有空就拿出来边写边记。她仿佛一个备战高考的学生，抓住一切时间学业务。

那时她被家人戏称为“书痴”，在家里一有时间，就捧着书本看个不停。母亲和丈夫理解，家务活儿基本不指望她。

母亲不满的是，她走路背、吃饭背，随时随地背。饭菜做好三请四请她不上桌，就是坐在饭桌边上，也不忘捧着书本看个没完，跟她说句话都听不着。

很快，在这“走火入魔”般的勤学苦练下，她业务水平有了大幅提升。不仅熟练掌握了全国主要干线停车站、列车到开时刻、换乘站和票价等业务知识，还能背画出全国铁路接算站示意图，快速准确回答出各种铁路客运问题。

此时，她才在贴身的口袋中，拿出包在手绢里的党徽，美滋滋别在胸前。

2006 年 10 月，师父退休，她成了“吕玉霜服务台”新任掌门人，这不仅仅是做好自己，更要把这个全铁路的服务品牌传承下去，

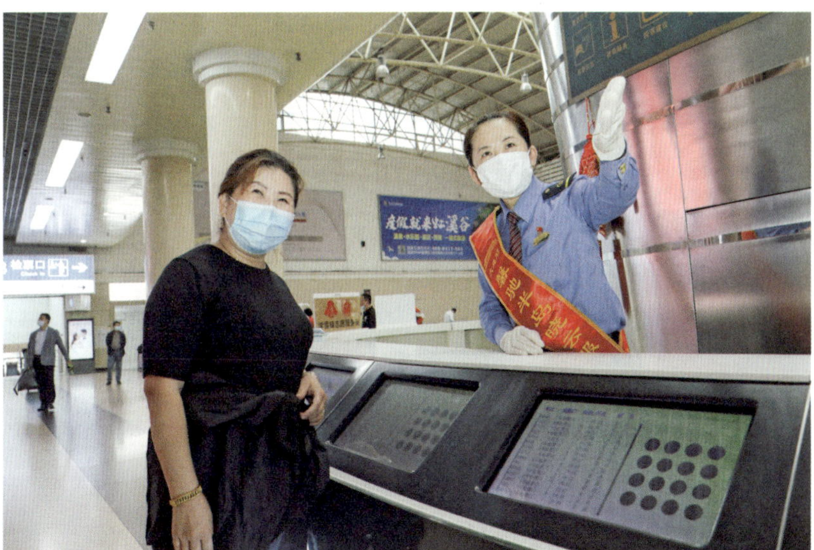

◇ 刘晓云在大连站服务台为旅客提供指引（摄影：隋峰）

她感觉肩上担子沉甸甸的。

客运服务需要爱心，仅有“百问不倒”“百答不烦”的能力远远不够，更要急旅客所急、想旅客所想，为旅客办实事、做好事、解难事。

刘晓云发现有些旅客在候车时，所带物品包装捆扎不结实，时常会破包散漏。她就自掏腰包买来方便袋、不干胶带、捆绑绳备用，以解旅客包装之急。

每当有旅客丢失钱物，无力购票前来求助，她总会解囊相助；每当有重点旅客行动不便，她都会推着轮椅，一路接送……当然，她知道这些远远不能满足旅客需求，自己还必须不断学习，充实自己、丰富自己的服务本领。

为掌握更多信息，方便服务更多旅客，她休班就带着大连市地图，从车站到码头，再到机场；从旅游景点到公交车站，再到每个站点；从企事业单位到高校、医院、部队、酒店、旅行社，一趟趟转，她把详细地址、行走路线、联系电话都记了下来。

海上客运迅速发展，从大连出港客轮航班增加不少，有些旅客下了火车，需要跨海乘船继续旅行，准确掌握航运信息很重要。她便与大连港客运站沟通，印制标有航线、发船时间和查询电话的小卡片，方便旅客快速接驳换乘。

刘晓云这个“外乡人”逐渐成了大连“活地图”，车站“百事通”。

一天下午，服务台来了位 50 多岁的女旅客，说看了半天列车时刻表，还是不知去广州该怎么乘车，所以来问问。

那时大连到广州没有直达车，多数情况都是乘车到北京，再换乘去广州，大连人去广州多数都这么走。

但细心的刘晓云发现，这位旅客询问完并没有马上离开，脸上还闪过一丝愁容，便贴心地问："阿姨您有啥难处吗？"

这名旅客不好意思地说："我想少花点儿钱，还有别的车吗？"

刘晓云迅速在大脑中将所有到广州的出行线路想了一遍。

乘车到北京要12小时，卧铺257元，在北京等车6小时，换乘去广州，运行23小时，卧铺485元，这样从大连到广州共需41小时，共花742元钱。

从沈阳换车，需要5个小时，时间短不需要卧铺，硬座28元，在沈阳等车1小时，沈阳到广州29.5小时，卧铺552元，这样从大连到广州共需35小时，共花580元。

刘晓云给出建议："从沈阳换乘较北京能省162块钱，换乘时间短，还能提前6个小时到广州，只是这条线路大连到沈阳您得坐硬座。"

这名旅客顿时乐开了花："这个好，这个好，坐硬座没啥，就从沈阳换乘，省钱还省时间。太谢谢你了姑娘！太谢谢你了！"

刘晓云常说，为旅客服务只有一腔热情是远远不够的，没有过硬的业务本领，没有张嘴就答的客运知识，服务根本无从谈起，更做不了一名合格的客运人。

2017年春运，一位旅客扛着行李，拉着孩子，急匆匆跑来服务台。"我去郑州的K715次已经开了，可咋办？"焦急的旅客几乎带着哭腔。刘晓云看了一眼时间，立即给出几条"乘高铁撵快车"方案。最后，旅客选择了12分钟后开往盖州西的高铁，提前到盖州站等K715次。3个小时后，"落单"旅客一家，在200公里外的盖州站，"追"上了回家的火车。

可能很多人会觉得，在服务台工作真是不错，总为别人做好事，肯定所有的人都感激你、感谢你。其实不然，客运人也有很多无可奈何，甚至有无故挨骂的时候。

2007 年春节刚过，一场突如其来的大雪席卷辽宁省大部分地区，飞机、公路、铁路相继停运。上万旅客滞留车站，无法继续行程，服务台成了他们“光顾”最多的地方。

“咣咣咣”，服务台被一阵猛敲，“喂喂，火车什么时候通？”

刘晓云回答：“铁路部门正在全力清理线路积雪，目前情况还不清楚，请您耐心等待。”

紧接着又来一位旅客，指着她鼻子吼：“你们铁路干吗吃的，我这一个上亿合同等着签，这钱你们给赔不？”

另一位旅客围着服务台，瞪着通红的眼哭着说：“家里老人病危，你们卖了车票不开车，这不是诈骗吗？我……我告你们去。”

那天，这种事也不知道发生了多少次。

刘晓云虽然知道旅客心里急，可面对这些指责甚至谩骂，要说一点儿不生气，那是不可能的。她一遍遍想起师父面对委屈时的模样，要成为她那样的人，就必须能咽得下委屈！

每当心里的委屈太多，快绷不住的时候，她就剥一颗奶糖含在嘴里。奶糖甜香刺激味蕾，迅速抚慰她的心。

一颗奶糖融化的时间，她迅速调整好心态，又全身心投入工作，耐心地回答旅客提问，并及时通报相关情况。刘晓云用耐心的话语、温柔的微笑，安慰旅客焦急的情绪。

还有一次，一位老大爷到服务台，什么也不问，开口就骂人，而且骂得很难听。

刘晓云愣住了，忙问："大爷，您这是咋了？遇到啥难事了？"

老人还是不停地继续骂。

骂声引来许多旅客围观，还以为是她欺负老人，不时有人跟着起哄指责。她强忍泪水，微笑着和老人沟通。

就这样持续了近半个小时，老人看刘晓云耐心又温柔地劝慰自己，终于渐渐地平复了情绪，说："姑娘，我不是冲你。本来我要买周三票，错说成了买3号的。买完票都没离开窗口，想退了说啥也不行，还要退票费。这车还没开，俺也没坐，咋就不行呢？"

刘晓云知道这是一场误会后，马上向老人耐心细致地讲解铁路有关规章制度，最终获得了老人的理解。

在刘晓云看来，客运服务不仅需要热情，更需要耐心和包容。就这样，在日复一日的工作磨炼中，刘晓云成长为跟师父一样的人，也成了"全国劳动模范"。

没有血缘的亲人

刘晓云说：把旅客当亲人，亲人有什么困难咱就得全力以赴，怎么对亲人就怎么对旅客。

多年客运服务经历，让刘晓云深深体会到旅客离家在外的种种难处和不易，他们最渴望就是在遇到困难时，有人能帮上一把。

刘晓云有很多"亲人"，家住大连旅顺的李永军，就是其中之一。

2015年的一天，刘晓云在售票厅巡视，发现一位老人一脸焦急，仰头看电子屏幕上的列车时刻，飞快地在小本子上记车次和到站信息。

她主动上前询问，得知老人叫李永军。42 年前，他儿子 8 个月大时意外摔伤，头部受到重创，落下了终身残疾。

前不久，李永军在电视上看到治疗相关疾病的信息，打算带儿子到北京就医。

他想选择软卧，是为了方便照顾孩子，也不会打扰同行旅客。可不会网上购票，只好跑到售票厅把北京方向的车次抄下来，再到窗口问。当时正值暑运客流高峰，车票很紧张。

李永军家在旅顺，到大连站打车要 40 多分钟，加上堵车用了一个半小时。出门前他找邻居帮忙照顾儿子，现在快两个小时了，票根本买不到。等下去不知道结果，走又不甘心。

刘晓云了解情况后，安慰说："您别着急，先回家里等消息，我这边帮您盯着票，怎么走我来想办法。"

刘晓云帮他设计了行程，垫钱购买了到北京 Z81 次列车软卧票，又联系公益组织"中国狮子联会"大连分会，免费出车将老人和家属从旅顺接到大连站，并与车长和北京站服务台分别做了交接，整个行程安排得周到细致。

当看到李永军顺利抵京就医发回的短信时，刘晓云内心也久久不能平静。

短信里这样写道："我的孩子遭了这么多年罪，一直以来，我都觉得亏欠他太多了。好心的姑娘，是你让我这个做父亲的能再多尽一份责任，再给孩子多一份希望，千言万语，我也不知道该怎样感谢你！"

像李永军这样"亲人"的电话，刘晓云手机里存着上百个，他们都是她服务过的重点旅客，是她不折不扣的"亲人"。

刘晓云经常与这些“亲人”联系，同时发动身边力量，联系社会慈善公益组织，开展系列“爱心捐助”和帮扶活动，用自己的力量为他们提供帮助。

“有困难找我”——这句话，刘晓云每天都要说上成百上千次，这也是她把旅客当亲人，真心为旅客服务的铮铮誓言。

2009 年 8 月，中国残联在大连举办文艺比赛，全国各地 700 多名残疾人选手，分批乘车到大连，车站并不知情。

站台上，刚下车的 30 多名聋哑孩子正在奔跑追逐，带队老师忙前忙后地组织。

一个小男孩不小心绊倒在闻讯赶来的刘晓云面前，她伸手将孩子扶起。孩子摔得龇牙咧嘴，眼泪一串串无声地往下掉。

她检查孩子没有受伤，便笑着从口袋里掏出一块奶糖，剥开了送进孩子嘴里。

男孩抬头看着刘晓云，感受到她的善意和奶糖的甜味儿，脸上还挂着泪珠儿，却笑了。

刘晓云笑容满面，用灵巧娴熟的手语告诉孩子们：“大连欢迎你们，请大家排好队跟我走，我送你们出站。”

手语让孩子们感觉很亲切，纷纷围上来。刘晓云把他们排成队，和带队老师一起清点人数，大手牵小手把他们送出车站。

这次比赛参赛人员多，涉及车次分散，刘晓云就一趟一趟接，一趟一趟组织，一趟一趟送，直到第二天早上 5 点多才接完。

比赛结束，她又把他们一队一队接进站、送上车。

虽然这一接一送接触时间不过十几分钟，但孩子们却跟这个会手语又温柔的铁路阿姨混熟了。

站台上，孩子们伸出小手，向刘晓云打出“大连很好，我们还要来”的手语。

面对孩子们天真无邪的笑脸，面对他们印在车窗上的大拇指，一股暖流涌进心田，她被感动了。

工作受到这群特殊孩子认可，自己的付出让孩子们记住了这座城市的美好，她觉得是一件非常幸福的事。

长鸣的汽笛声中，列车缓缓启动，她向车窗里的孩子们打出手语：“谢谢孩子们！欢迎再来大连！”

刘晓云一直和同事们说：“倾注真心，服务才能贴心，才能让旅客感受到更多温暖。做好服务工作，不是坐等旅客上门，而是要主动走到旅客中间，去寻找需要帮助的人，让他们感受到这座城市的温暖，感受到东北人的热情，让他们在这里没有困难。”

冷阿姨和刘晓云的相识，缘于她在沈阳的哥哥过世，为安慰 84 岁的老嫂子，冷阿姨亲手缝制了棉袄，想着年前给寄过去，让她有所慰藉。

可紧赶慢赶，直到腊月二十九才做完。快递放假已经不接件了，她又来大连站询问刘晓云，得知因为时间关系车站行李房也无法在年前托运到位。

刘晓云说：“您别急，办法总会有的。”她拿出电话，亲戚、朋友、同事挨个儿找，最后，联系到自己一个当天回沈阳过年的朋友，将棉袄捎到沈阳，上门送到“老嫂子”手里。

冷阿姨十分感激，大年三十当天赶到车站表达谢意。她根据服务台所有人的属相，亲手剪成生肖窗花，送给刘晓云和同事们，表达自己的感激之情。

打那儿以后，每逢中秋节、春节，冷阿姨都会送来热乎乎的饺子，端午节会送来亲手包的粽子……

一提起冷阿姨，刘晓云眼睛笑得弯弯地说：“被亲人惦记的感觉真好！”

冷阿姨的剪纸，被她视为最好的礼物，一直珍藏着。

刘晓云常说，旅客的事就是自己的事，只有设身处地替他们着想，才能让旅客跟咱们心贴心。

2005 年国庆节假期，服务台前来了一名女旅客，迟疑着问去成都几点有车。

细心的刘晓云见她面有难色，便问是不是遇到了什么困难。

一听这话，女旅客眼泪止不住地往下掉。

刘晓云拉着女旅客的手安慰道：“别着急，有什么事慢慢说。”

不远处，一名男旅客领着 4 个孩子朝这边张望。

女旅客指了下男旅客，抽泣着说那是她爱人，两口子都是成都某银行职员。这次带着自家和亲戚家的孩子来大连旅游，不小心丢失了钱包，车票、现金、银行卡都在里面。现在他们两手空空，寸步难行，根本没法回家，连早饭还都没吃。那时还没有智能手机，更没有微信转账。

男旅客说：“我们在大连一个人都不认识，就是让家里寄钱，连个接收的地方都没有。”

刘晓云了解情况后，说：“这有什么大不了的。别着急，也别哭，如果你们相信我，就把钱打到我银行卡上，我带你们取现金。要是家里来不及，就先用我银行卡里的钱。”说着，带着旅客一家到车站的自动取款机，取出了 5000 块钱。

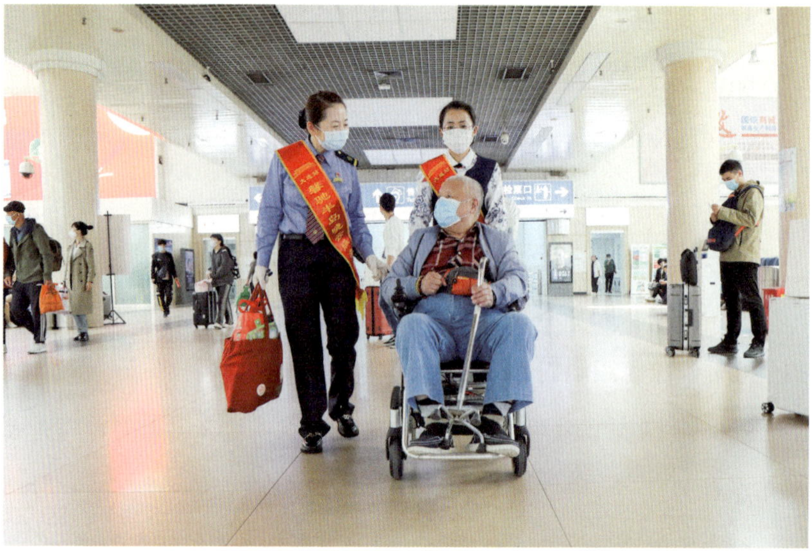

◇ 刘晓云（左一）和同事为重点旅客提供服务（摄影：隋峰）

两口子感激得不知道说什么才好。

她又抬起手腕看看表，“一会儿就有一趟到沈阳的车，正好能赶上沈阳到成都那趟车，我先带你们去买票，再吃口饭。时间不多了，咱们得抓点紧。”

刘晓云热情周到的服务让夫妻俩感动极了。事后，他们将钱打到刘晓云的银行卡里，还特寄来感谢信，其中有一句话是这样说的：“以前我们看到的只是繁华现代的大连，今天我们又看到了一个充满真情和友爱的大连。大连风光美，大连人更美！”

虽然服务台岗位很平凡，但刘晓云深知自己肩负的责任。穿上铁路制服站在这里，不仅代表车站和铁路的形象，更是大连市、辽宁省的一张名片、一面镜子，自己的一言一行关系到这座城市的文明形象和营商环境。

振兴东北，作为铁路服务行业一员，也要肩负起一份责任和使命，就是要把旅客当亲人，让旅客安全、温馨出行。

“因为我是共产党员”

走近刘晓云，总是能感受到她的阳光，总是能感受到她满满的正能量。

刘晓云还清晰地记得，在部队里，面对党旗举起右拳的那个庄严时刻。一声“入党”，一生入党！入党，就意味着心甘情愿付出。

“为中华民族谋复兴，为中国人民谋幸福！”初心如磐，笃行致远。

采访中她反复说：“我是党员，就是要比别人多干点儿，就是要走在大家的前面。”

大连站共有 8 个站台，每个站台宽 12 米至 15 米，长 450 米到 550 米不等。

跟其他东北火车站一样，冬季除雪是最大的难题。按照分工，刘晓云所在的客运车间负责站台除雪。

以雪为令，只要天上飘雪花，不管白天黑夜，不管在岗还是放假，刘晓云都会第一时间赶到车站。

一次半夜下大雪，她到车站扫了一宿，回家已是第二天中午，人累得站都站不稳。

刘晓云 6 个月大的儿子，那天高烧 38 摄氏度多，一家人焦急地抱着孩子准备去打针。

她也想陪着孩子一起去，可雪又下起来。刘晓云看着孩子烧得通红的小脸蛋，听着孩子哇哇地哭，眼泪在眼眶中打转。孩子是妈妈身上掉下来的肉，她也心疼啊！

可她还是咬咬牙，把嘴唇贴在孩子滚烫额头上亲了一下，含着泪往车站赶。她边走边哭，那一路，眼泪和雪花相伴。

到车站大家问起时，她故作轻松："孩子有他爸，有他姥姥呢！车站就得靠咱们了。"

刘晓云心里一直觉得，党员就应该把集体利益放在第一位，个人困难再大，也是小事。为集体，豁得出去，冲得上去！

因工作需要，车站部分青年男职工被调整到机务段，每次扫雪刘晓云和她团队的二十几个女客运员，就成了主力。

2021 年 11 月 6 日凌晨，站台上灯火通明，北风呼啸，大片大片的雪花洋洋洒洒，铺天盖地。

风越刮越大，周边海域风力逐渐增强至 8 级以上，最大瞬间风力高达 11 级。雪连续下了几天几夜，累计降雪量突破近 30 年以来降雪量历史同期极值。

站台上，刘晓云和她的姐妹们，棉衣棉帽裹了一层又一层，裹得只露出两只眼睛，睫毛和帽子上结成了大片霜花。

由于降雪时间长、积雪多，除雪难度增大。雪板推不动，她们就用身体顶住雪板，一步一步艰难地推，把雪堆聚在一处，再推出车站。

车间找来一辆货车运雪，可车厢太高，每装一锹，几乎都要耗尽她们的力气。

看到大家实在太累了，除雪进度越来越慢，刘晓云打趣地说："大伙儿看看，你姐我和平时有啥不同？"

这个说："捂得像个北极熊。"

那个说："除了没有红萝卜鼻子头，基本就是个雪人。"

服务台的刘伟发现了问题，嚷嚷着："大家快看吧，晓云姐脚上那双鞋，能当船划了……"

大家目光聚集在刘晓云的鞋子上。

她那双只有38码的脚上，穿了一双44码的大鞋，像划着两条小船。

"就你眼尖，咱这大鞋可绝对是'御寒神器'，里面垫着3副鞋垫，一副暖宝，穿着3双袜子，还穿了两双毛袜呢。"刘晓云边说边学着卓别林的样子，踽踽地在雪地上走了一小圈儿，留下一串V字形大脚印，逗得姐妹们哈哈大笑。

勇挑重担，苦中作乐。刘晓云摘下手套，用拇指肚轻轻抹了一下胸前党徽上的雪水，看着不远处的家。厨房的灯亮了，妈妈已经起床做早饭了，温暖的灯光下，火红的窗花漂亮得醉人。她抖了抖身上的雪，继续装车。

雪一直下，刘晓云和同事们一直在坚持。

直到雪停回到室内，大家累得瘫坐在椅子上，连吃饭和说话的力气都没有了。

刘晓云从口袋里拿出奶糖，分给姐妹们。随后，她剥开一块，塞进嘴里，美滋滋靠在椅背上闭目品尝。

采访时我们问刘晓云："除雪又冷又累，一干还连轴转，你那么拼命干吗？"

她说："咱是党员，再苦再累也要带头。"

只要走上工作岗位，刘晓云胸前总会有一枚鲜红的党徽，亮出身份。作为党员，作为劳模，她太清楚这其中的分量和含义了。

刘晓云是个闲不住的“操心命”，她心中装着旅客，一刻都不敢放松对自己的要求，始终冲在各项工作的最前边。

车站客流量大时，她下了班也总会主动留下来。她对车间主任说：“再分给我一项工作吧。”

于是售票忙时她就是售票员，站台忙时她就是站台客运员，安检忙时她又成了安检员。赶上客流高峰车站缺人时，她一留下来就是一天，有时甚至连班，几天不回家。无私奉献，是共产党人的优秀品质。

刘晓云喜欢穿黑色小布鞋，尽管没有皮鞋好看，没有高跟鞋窈窕，可它穿起来舒服，走起来得劲儿，跑起来还轻便、跟脚。

她每天不是推轮椅就是帮旅客拿行李，不是跑站台就是立岗答疑，平均每天都要走上近 3 万步，始终稳居“朋友圈”榜首，即便穿着舒服的布鞋，脚底板也磨出了一层老茧。

她苦中作乐地自嘲说：“咱这脚底板儿可是练出来了，这还自带全脚掌气垫哪。”

人都是血肉之躯，说不累那是假的。可就是再累，刘晓云也始终坚持服务标准不降低，帮助更多人解决出行问题，践行“人民铁路为人民”的初心使命。

冬天的雪总是来得那么频繁，那天刘晓云从凌晨 3 点开始扫雪，一直扫到中午雪停。她刚回到服务台便接到通知，从车上接下一位来寻亲的老大爷。

老大爷 80 多岁，专程来大连寻找表弟。他只记得 30 多年前表弟是某坦克基地政委，没有表弟的任何联系方式，对表弟现在的情况也一无所知。看着老大爷着急无助的样子，刘晓云一边劝慰，一边买来午饭，并把他安顿好。

从老人提供的有限信息中，刘晓云分析其表弟应该已经离休了，就把收集到的干休所电话翻找出来，一个一个打过去询问，还托朋友到老干部局查找。

找了一下午，终于在甘井子区陆军干休所，找到了老人表弟。

13 个小时的工作已经让刘晓云筋疲力尽了，可她又担心老人年龄大，人生地不熟，独自去找会出意外。下班后，已经困得睁不开眼睛的她硬撑着，又坐了 1 个多小时公交车，亲自把老人送到干休所。

老政委得知经过后，郑重地向她敬了一个军礼。

看着两位老人紧紧拥抱在一起，刘晓云心里热乎乎的，早已忘记了身体的疲惫。

8 小时以外的超时工作，刘晓云从来都是任劳任怨。

2012 年夏天，台风致使多趟列车停运，滞留在大连站的旅客近万人。

候车室里人满为患，刘晓云不停安抚旅客，送水送食品，缓解旅客烦躁情绪。

从早上 8 点接班到晚上 11 点，刘晓云整整忙了 15 个小时，连水都顾不上喝一口。本想到休息室好好歇歇，可又担心在停留车站里过夜旅客的安全，跑到站台防护。

刘晓云坐在寂静的站台上，从兜里掏出一块奶糖放进嘴里，朝着家的方向望去。

灯已经熄了，家人应该已经进入了梦乡。

此时此刻，糖味儿冲淡了一天的劳累和委屈，想到孩子熟睡的小脸儿，一股暖流涌上心头。

危急时的“旅客医生”

人民至上、生命至上！

保护旅客生命安全，是铁路人义不容辞的责任。

5 年医务兵经历，让刘晓云养成了看到旅客有危难，就往上冲的本能，车站的同事们称她为“旅客医生”。

火车站是城市窗口，每天几万、十几万名旅客到这里来，从这里走，常年服务旅客，经常会遇到突发情况。

刘晓云准备了急救箱、急救药，还利用休班时间报名，参加了“红十字会”组织的常见疾病急救处理培训，取得了资格证书，为及时救助突发疾病旅客做好应急处置。

那年暑运，天气特别热，树上的知了叫个不停，只穿件短袖都满身是汗。南来北往的旅客偶尔会有人在服务台前驻足停留，咨询出行问题，刘晓云像往常一样柔声细语地解答。

保洁员慌慌张张地跑到她跟前，说：“晓云姐，卫生间门打不开，地上有很多血……”

刘晓云心中一惊，一把操起急救箱，飞奔向卫生间。

卫生间门紧闭着，推几下没推开，她退了几步，使尽浑身力气猛向前冲，用肩膀撞开门。

卫生间满地血污，一个婴儿趴在便池里，脐带还连着，产妇惊慌失措地倒缩在墙角，抬起手指了指，微弱地说：“救命，孩子……”

这种情况，刘晓云也是第一次遇到。

她强作镇静，一把捞起婴儿，安抚产妇："别怕，有我呢。"

刘晓云凭着当过医务兵的经验，拿出剪刀麻利地消毒，果断剪断脐带，迅速扎好。

婴儿口鼻里都是羊水，脸憋得通红。刘晓云急忙把积液清理干净，迅速拍打后背和屁股。婴儿太小了，她不敢用力，轻拍几下没有反应，她急了，手上稍用些力，婴儿哇的一声哭了出来，她悬着的心才放下，对产妇说："放心吧，孩子没事儿。"

围观的旅客也纷纷帮忙给婴儿擦拭身上污物。

刘晓云怕婴儿冷，脱下制服，把孩子包起来，搂在怀里，用卫生棉为产妇止血，给孩子消毒。

此时，120 急救医生，在同事的引导下赶到现场。

简单处置后，他们合力将产妇抬上担架。刘晓云顾不上自己只剩一件单衣，抱着婴儿，准备护送产妇和婴儿上急救车。

一位女旅客挡住刘晓云，匆忙从包里拿出一件黑色针织衫，给她披上。

急救车上，产妇和婴儿得到了专业照顾，生命体征平稳。由于处置得当，救助及时，旅客母子平安。

刘晓云知道他们是外地旅客，在大连没有亲戚朋友，下班后，细心的她跑到超市，买上产妇和婴儿用品，还亲手熬了小米粥送到医院，产妇两口子感动得热泪盈眶。

当天晚上，孩子爸爸一手拎着红鸡蛋、一手捧着鲜花，来到车站，对着刘晓云不停地鞠躬致谢。

刘晓云把针织衫洗干净，熨平整，用盒子装好，放在服务台柜子里，想着有一天能把它还给那位好心旅客。

孩子一周岁时，一家三口专程赶到大连站，妈妈把孩子的小脸蛋贴在刘晓云脸上说：“宝贝，就是这个铁路妈妈救了咱们娘俩儿的命！”孩子咧开小嘴儿，一直对着她笑。

刘晓云的眼睛湿润了，她再一次体会到，当一个好人、做一件好事，有多么幸福和快乐。

刘晓云是一个性格内敛、温文尔雅的人。大方、稳重、矜持、温婉，是她给所有人的第一印象。

可面对生命垂危的患病旅客，她会立马放下矜持和温婉，立刻变得风风火火。

她知道没有什么比生命更重要，在垂危生命面前，没有什么是放不下，豁不出去的。

一个夏日午后，大连站候车室人来人往。开往嫩江的 2061 次列车刚刚开始检票，旅客们秩序井然地排队进站。

人头攒动中，一名白发苍苍的老人，突然倒地不省人事。随后家人紧张地呼叫，旅客们乱作一团。

刘晓云大声疏散围观旅客，跪倒在老人身旁，迅速检查脉搏、鼻息，又俯下身将耳朵贴在胸口听心跳……老人没有任何反应，心跳已经停止。

她一边招呼同事取来“AED”除颤仪，一边给老人做胸外按压，摘下口罩做人工呼吸，并用电击交替抢救。

10 分钟过去了，老人没有反应。

20 分钟过去了，老人还是没有反应。旅客们七嘴八舌地议论着。

连续做 20 多分钟心肺复苏，汗水顺着刘晓云的鬓角往下淌。她一心想着救人，即便是焦急万分，手上的动作依旧紧张而有节奏。

◇ 刘晓云（前排右一）带领同事开展急救演练（摄影：安喜军）

她没有放弃，一直坚持到救护车赶来。

急救医生现场检查确认，由于抢救及时，老人脱离了生命危险。

直到此时，刘晓云才终于松了口气，累得一屁股坐在地上，两只胳膊沉得抬不起来。

老人女儿拽着 4 岁的孩子，当着所有旅客面，跪在刘晓云面前给她磕头，哭着说："你救了俺爹的命，你是俺们一家子的大恩人……"

火车站类似这样的突发事件时有发生，刘晓云这个退役"卫生兵"俨然成了车站的急救医生，出了这样的事儿，大家第一时间都会想到她，找到她。她也总能不辱使命，救治旅客，处置得当。

有次，一位女同事问她："给一个陌生男人做人工呼吸，这还有疫情呢，不怕他有啥毛病，传染你吗？"

刘晓云说："当时我只想怎么能把人救活，没工夫想别的。不管是谁，我都会这么做，总不能眼睁睁看着一条人命就这么没了，咱们却啥也不做吧！”

当然，也有刘晓云回天乏术的时候。谈及此处，刘晓云神色黯然：“我每次都会难过好长时间，内心常有一种自责和挫败感。我能做的，就是尽最大努力去救人……”

也曾有人担心地问她：“你就不怕人救不过来，家属找你闹，追究你的责任吗？”

“这么多年，还真没有一个家属来追究我的责任。这个世界上还是好人多，谁会去难为一个尽心尽力挽救自己亲人生命的人呢？”刘晓云纯净的眼底，闪着坚定的光。

已经 50 岁的她仍然坚持每天跑 5 公里，以保持体力，保证突发情况下，能以最快速度赶到现场，赢得抢救时间。

看到在自己努力救治下，转危为安的重病旅客，她莫名欣慰。

刘晓云特别庆幸，自己可以从事这样一份能够帮助别人的工作。她觉得这是上天作出的最好的，也是最适合她的安排。

抗疫中的坚守

2020 年年初，新冠肺炎疫情在全国蔓延。

大年初一，电视新闻、手机朋友圈传播着防疫知识。

“请留在家里，不要外出；出门请戴好口罩……”各种紧急防疫要求不断从防控部门发出。

因脚骨骨折在家养伤的刘晓云，马上意识到，人来人往的车站要“打一场硬仗”。她拿起电话，打给服务台。

当班客运员刘伟说：“晓云姐，车站正忙着挂防疫条幅，我们也都戴上口罩了……”

“旅客不多，可还是有。大多数旅客还都没戴口罩呢！”

刘晓云听出了大家的焦急和担忧：“别急，别急，你们戴好口罩，注意常洗手，听车站安排，别害怕。2003年非典都被我们战胜了，这次也一定难不倒咱。”

刘晓云嘴上安慰大家别急，可自己却急得坐立不安，恨不得立刻赶回车站，可脚脖子上还打着石膏，尝试了几次下地，脚脖子钻心地疼，根本走不了路。

一夜之间，刘晓云嘴角起了一层水泡，火烧火燎的，嗓子也哑得说不出话来。

在这么关键的时候缺席，她感觉自己像个逃兵。到底能为车站、为大家做点什么呢？刘晓云灵机一动，这时候防疫物资肯定是大家最需要的呀！一想到这里，她赶紧拿起电话，从“红十字会”联系到1500个口罩，通过朋友联系到一车消毒液，送到车站。

她还在手机微信朋友圈，建了个“守护大连”微信群，为车站联系各种防疫物资。听说网上能买到口罩，之前从没网购过的她，开启快进学习模式，抓起手机，从网上联系购买口罩。

在那段最艰难的时光，刘晓云每天忙着打电话筹集口罩、消毒液，忙着网购，忙着打电话安慰下了班自行隔离或在车站隔离的姐妹们。

她每天趴在窗台上，看着车站，看着每趟列车到站、出站，看着为数不多的旅客在车站紧张地进进出出。她心里急呀，想早点回到岗位，早点跟姐妹们一起为战“疫”出一份力。

终于，终于盼到了拆石膏的日子。

刚拆下石膏，刘晓云就不顾医生和母亲劝阻，拄着拐杖往车站赶。

从那天开始，她就全天候守在车站，她要把之前缺席的时间补回来！

除了服务台原本工作内容外，她还承担起防疫物资发放、每 3 小时一次候车室、卫生间和进出站口消毒，她还到安检岗位替岗，承担风险比较高的测温和手检作业。

作为值班站长，刘晓云深知，在这个特殊时期，自己应该扮演怎样的角色。

她把更多理解和关爱给了身边同事，遇事处处为大家着想，帮大家解决实际困难。

她主动到离旅客最近的安检测温岗位帮忙，把自己用餐时间压缩到最短，排在所有人后面，把自己能承担的工作排得最满，立岗、替岗、换岗、测温、答疑、消毒、服务重点旅客，她每天忙得不亦乐乎。

由于防疫物资紧张，刘晓云和她的同事们，每天上岗工作只能戴一个普通的一次性医用外科口罩。面对防控专家“医用外科口罩只能用 3 到 4 个小时，且不能反复使用”的提示，大家心里都没底。他们能理解突发疫情，车站无处购置防疫物资，可他们都是家里的顶梁柱，一旦感染，家里一家子人怎么办？担忧情绪弥漫在每个人心头。

刘晓云知道大家的心思，更理解大家的难处和担心。她把自己千方百计找到的口罩，分给体质弱、免疫力低的同事。

姐妹们说："晓云姐绝对知心，有她在，我们心里就有底。"

从日出到日落，再到繁星满天，刘晓云和姐妹们每天都在岗位坚守十几个小时甚至更久。

团队里的姐妹大都是30岁出头，一天下来，手被捂得煞白，戴着口罩、护目镜憋闷难受自不必说，脸上被口罩勒出深深的血印，皮肤过敏长疙瘩都是小事儿，很多人甚至还被护目镜卡破了鼻子。可即便如此，大家也都各尽其职，始终坚持着。脸上的伤，成了她们抗击疫情最美的见证。

这是刘晓云最欣慰、最高兴的。

境外输入病例不断增加，为有效控制输入病例，防疫部门将大连站确定为入境旅客转运站。

境外旅客下飞机后，由市里防疫办安排大巴，集中送到车站，再由车站和防疫站工作人员、公安人员负责一路引导消毒，走隔离专用通道，送至列车指定车厢。

大连站承担隔离期满的境外旅客中转换乘任务，组织引导过程中，大家都防护得密不透风，保持着3米以上距离，并且一路消毒，送完旅客后还要再次全身消毒，却仍面临着很大风险。

风险面前，刘晓云挺身而出，类似任务，她都冲在最前面。

每个人的生命都只有一次，疫情当前，她用血肉之躯挡在大家面前，把风险留给自己。

托尔斯泰曾经说："一个人看起来平平常常，一旦面临着严峻的考验，大事也好，小事也好，他心中会升腾起一股伟大的力量——这便是人类的美。"

美丽的窗花

刘晓云家距车站不到 1000 米，站在候车大厅，就能看到自己的家。

每年春节前，她就给自家窗户贴上冷阿姨亲手剪的，独一无二的窗花。把换下的窗花用纸包好，珍藏在柜子里。

她在车站忙的间隙，就远远地眺望一下自己家，看看自己在窗花映衬下红彤彤的小日子，看看家里温暖的灯光。

刘晓云和丈夫在部队相识、相知、相爱。她复员两年后，便组建了幸福的小家。

结婚之初，丈夫对刘晓云的工作也有不理解的时候。

一次，因水害导致列车大面积晚点，刘晓云在车站连续工作两天两夜，这让一贯体贴的丈夫来了脾气。一个女同志在车站工作，不就是解答问题，组织排队检票吗，能有啥忙的？没节没假不说，还要经常彻夜加班，甚至两天不回家？

第二天晚上 10 点多，刘晓云还没回来，丈夫悄悄到车站，想看看她到底在忙啥。

服务台前，妻子被几十名旅客围着，面对问询、吵闹甚至辱骂，赔着笑脸不停地解释，声音都沙哑了。

目光穿过人群，看到妻子用手紧紧顶着胃部，脸色惨白，他一下子就心疼了。一定是妻子忙得吃不上饭，胃病犯了。

他很想想冲上去为妻子解围，可又明白此刻的冲动只能添乱。他强忍着心头怒火，转身跑出车站，给妻子买来胃药、润喉片，还有热乎乎的晚饭。

忙了两天的刘晓云下班回家，他把妻子揽进怀里，劝说道："服务台这活儿太遭罪了，咱换个岗位吧。"可刘晓云却哑着嗓子说："工作再难总得有人干。咱都当过兵，部队要是有任务，你能说完不成再换一个？咋能在这事儿上挑肥拣瘦呢。"

丈夫知道刘晓云表面柔弱，但她认准的事儿谁劝也没用。那一刻，他为自己的怀疑羞愧，为自己的狭隘自责，他当然知道妻子是对的。既然爱她，就只好依着她，由着她，把她当手心里的宝。

丈夫转业后，在大连一家外资企业从事营销工作，军人独有的气质和干劲儿，让他在工作上颇有建树。

2012 年孩子上小学，刘晓云太忙，根本没时间接送照顾，丈夫便狠心辞去了收入不菲，且很有前景的工作，做起了焊接材料生意。怕刘晓云心里难受，丈夫笑着安慰她说："自己干，时间灵活，能接送孩子，还能照顾家里。再说，这不大小也算个老板嘛！"刘晓云被浓浓的爱包围着，丈夫对自己工作的理解和支持，让她更加心无旁骛地投入工作。

刘晓云的妈妈年过七旬了，患有糖尿病、高血压和脑梗塞，经常生病，刘晓云却忙着工作顾不上。老人生病时，都是丈夫带着跑医院检查治疗，到药店买药，忙前忙后。这些事儿刘晓云经常是家里最后一个知道的，而且还是从她妈妈嘴里知道，丈夫从不在她面前"邀功"。

家里支持刘晓云工作的不仅是她丈夫，还有她的公公婆婆。

2006 年，刘晓云刚休完产假，就回到了工作岗位。那时丈夫还在部队，公公婆婆不远千里从老家跑来给他们照顾孩子。直到两年后，刘晓云妈妈退休，能照顾孩子了，两位老人才放心地回了老家。

对于公婆，刘晓云心存感激，在自己最困难的时候，帮着照顾孩子。也正因为这份感恩，让她更加觉得亏欠二老。

刘晓云总是把家里最好的东西，尽最大可能孝敬给在农村老家的公婆，弥补这份愧疚。

丈夫老家在湖南湘西，因为刘晓云太忙，结婚这么多年，每次回去看望老人，只有丈夫带着儿子。

公公婆婆深明大义，支持刘晓云的工作。妈妈对女儿更是全力以赴支持。

刘晓云妈妈退休后，跟他们生活在一起，家里大事小情都由她照顾。

刘晓云爱吃刀鱼，爱吃土豆丝；女婿爱吃辣椒，爱吃米粉；小外孙爱吃鸡蛋羹，爱吃锅包肉，她每天换着样做，尽量让他们吃着可口。

妈妈说："就希望我这姑娘身体好好的，把工作好好干着，我替她管着家，也累不到哪去，没啥大不了的。"

"您一定要身体好，要健健康康的，到我退休了，能陪着您到处走走、玩玩……"刘晓云哽咽着说不下去了，眼角的泪珠儿顺着脸庞往下滚，她抹了一下，像个孩子扑进妈妈怀里，带着眼泪笑了。

家人的理解和支持，让刘晓云放开手脚。她常说，我要是工作干不好，都对不起家里这么多人对我的支持。

儿子小小 3 岁那年春节，想妈妈哭闹不停，丈夫没办法就抱着到车站，给刘晓云送饺子，陪她一起过年。

候车室年味十足，大红灯笼高高挂起，火红窗花映得每个人脸上喜气满满。

刘晓云在服务台里，忙着答复旅客问询，还不忘对每个人都说上一句“过年好”。

小小乖乖地坐在候车室离妈妈最近的座椅上，眼巴巴看着妈妈忙来忙去。

直到23点多，很多旅客已经在家里吃上了年夜饺子，服务台前没人了，刘晓云才算忙完。看着她走过来，小小才张着两只小手，颠颠地跑到她面前，委屈地说：“妈妈，你刚才跟别人说了那么多过年好，还没跟我说呢。”

刘晓云把儿子紧紧地搂在怀里，不停地说：“小小，过年好，小小，过年好……”

是啊，自己给那么多旅客送上了新年祝福，却还没对自己的孩子和家人说上一句过年好。儿子的话触到了她的泪点，泪水模糊了视线。

透过候车室宽敞的落地玻璃窗，爆竹声声响彻夜空，绚烂的焰火交相辉映。远远望去，家里灯光依旧温暖明亮，窗户上的大红窗花格外喜气。

坐在刘晓云怀里，小小用手勾住妈妈脖子，把小嘴凑到妈妈耳边，悄声说：“和妈妈一起过年，真开心！”

大年初一，下班回到家，刘晓云给全家做了一大桌丰盛的午餐。

小小黏在妈妈怀里，把自己最爱吃的奶糖，从口袋里掏出来，塞进妈妈口袋，还剥开一颗，送进妈妈嘴里。

刘晓云品味着糖的味道，甜甜的，奶香十足，满满的幸福感。她爱上了这个味道，依恋上了这个味道。

打那以后，她每天都在口袋里装上一把奶糖，因为这奶糖能帮她哄好哭鼻子的小旅客，能帮她安慰身边受委屈的姐妹，能帮她缓解疲劳、舒缓心情，哄好自己。

草木会发芽，孩子会长大，小小上高一了。

刘晓云很少在小小学校里出现，开家长会多数都是小小的姥姥或爸爸参加。每次去她都觉得很恍惚，印象中还是小学教室，怎么一晃就变成初中、高中教室了呢。

还是在小小上小学时，有一次学校开亲子运动会，他提前半个月就央求妈妈一定来参加。原本刘晓云答应好了，准备休班去参加，可却因为送一名重患旅客就医给耽误了。

小小气呼呼地说："我都跟同学说了你肯定来，你说话不算数！他们又该说我吹牛了。"

刘晓云把儿子抱在怀里，一个劲儿道歉，小小还是边挣扎边哽咽着说："两人三足，我姥姥根本跑不动，你不去，我们班都输了！"

刘晓云使出杀手锏，剥了块奶糖讨好地送到小小嘴边。

小小一把打掉奶糖，说："同学们都没见过你，以为我没妈妈呢！"

刘晓云泪如雨下。她心疼孩子，知道孩子受的委屈。那一刻，她也恨自己，怎么一干上工作，就什么都忘了呢！

从那以后，小小很少向妈妈提出要求，也许在他的小心眼里，妈妈就是个说话不靠谱、不算数的妈妈；或者是他理解了妈妈，不想让妈妈太辛苦；再或者，从那时起，小小就已经长大了。

儿子小小已经 17 岁了。虽然就在身边，刘晓云却总觉得错过了他的成长。

每个人都会对人生赋予自己的理解和定位。有的人心里只能装得下自己，有的能装下家人和亲友，刘晓云心里却装下了太多太多人。

她和她的兄弟姐妹

“一枝独秀不是春，百花齐放春满园！”

进入新时代，客运服务也需要不断创新。刘晓云愈发觉得，一个人的力量毕竟有限，“单打独斗”已经无法满足旅客出行多元化需求，必须完成由一个人干好，向带一个团队干好的转变。

2015 年 10 月，大连站成立了“刘晓云工作室”。

她带领团队研究旅客服务需求，与公交、出租、医疗、旅游、港口等部门建立联系，开展社会化、一体化衔接服务。

为了满足旅客多渠道获得铁路出行信息需求，她们开通微博、微信，随时发布出行资讯，提供预约、失物招领等服务。

她还牵头建起了由 80 多人组成的研讨组，开展服务调研和课题攻关，推出了优化站车换乘流线、电梯安全语音提示系统升级、重点旅客电子档案管理等特色服务。

她带领团队不断探索服务规律、创新服务方式，提炼出巧用礼仪表达、熟用英语对话、通用哑语手势、活用人文地理常识、擅用常见疾病应急处置、妙用新媒体服务平台的“六用”服务法。

2013 年 8 月 2 日，受大雾影响，大连机场航班大面积延误，急于赶往北京的网友“大鹏”向“晓云服务团队”官方微博发出求助信息。

接到信息后，她们立即查询相关列车余票情况，反复与“大鹏”沟通确认，最后采取中途站换乘方式，解决了难题，帮助“大鹏”及时赶到北京。

“大连火车站”官方微博建立以来，为旅客找回失物 460 余件；“重点旅客微信群”建立以来，帮助重点旅客出行 1500 余人次。

在车站党委支持下，车站组建了集服务台、贵宾室、商务区、售票和志愿者于一体的“馨驰半岛”流动服务团队，刘晓云成为团队带头人。

在春暑运和黄金周期间，他们带头加班加点，增设便民售票点、进站通道、流动服务站，为脱网人群“面对面”提供引导、问询，提供“一处受助、处处畅通”的一体化链条式服务。

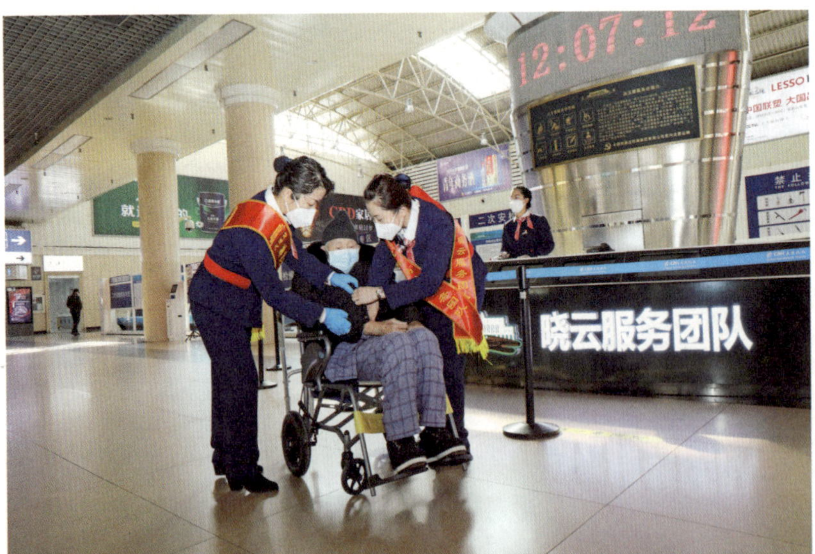

◇ 刘晓云（右一）和大连站“馨驰半岛”服务团队成员服务重点旅客（摄影：隋峰）

要带好一个几十人的团队并不容易。团队里的年轻人，思想前卫，个性张扬，都是父母捧在手心里长大的，让他们心甘情愿地服务别人甚至受委屈，只靠管理还真不行。

刘晓云在工作上严格要求他们，还时刻关心他们的生活，关注他们的成长。

这几年，常有新毕业的大学生来到车站。他们大多家在外地，在大连也没有亲戚朋友，休班时很寂寞。

刘晓云就常把他们带回家，跟妈妈一起给他们做好吃的，和他们聚一聚、谈谈心事。每次来家，他们都亲切地叫刘晓云母亲一声妈，成了刘晓云的兄弟姐妹。

刘晓云最头疼的，就是复员兵小王（化名）。小伙子 1992 年生，帅气肯干，为人正直，可就是脾气急，点火就着。成天张罗着要换个技术含量高的岗位，要做点大事。

每天上班，只要见到刘晓云，就会缠上来嚷嚷："晓云姐，你跟车站说说，把我调出去吧！"

各种委屈，滔滔不绝，像个受气包。

"这都成出气筒了，旅客气不顺，找碴儿跟你干仗，有的还骂人，我长这么大也没受过这个气。"

"满候车室引导标识，他们不看，啥事儿都问。厕所在哪儿，检票口在哪儿，打热水在哪儿，不是不让他们问，可也得问出点技术含量来啊！"

"这活儿受气还磨叽，动不动被投诉，你们快饶了我，让我干点儿别的吧！"

每每此时，刘晓云总会剥颗奶糖，塞进他嘴里。一边耐心开解，一边带着他一起干，走到哪儿带到哪儿。

那天，一位从乌兰浩特来的老人，把装着 3 万多元现金的随身小包落在了车上。老人儿子在大连打工受伤住院，他带着钱从老家赶来。由于着急，下车就往医院赶，出站才发现把小包落在了车上。

老大爷满头大汗地赶到服务台，眼泪围着眼圈打转，“求求你，一定得找着，那是我儿子的救命钱……”

刘晓云知道这趟车终点是大连，就安排小王联系，趁着车还没入库，抓紧到车上去找。小王飞快地跑上站台，冲进车厢，在卧铺枕头底下找到了小包。

老人拿到钱，感激地跪下就要磕头，向小王道谢，一个劲儿地叫恩人。小王也被感动着，心里也美滋滋的，帮助人的感觉太棒了！

刘晓云趁热打铁：“服务工作没有那么多惊天动地的大事，就是在旅客需要的时候伸把手，帮帮他们。换个位置想想，要是你在困难的时候，有人帮一把，你啥心情？”

有了这次经历，小王觉得自己这工作能帮到有需要的人，技术含量也挺高，也是件大事！工作态度转变了，对旅客也热情周到起来，再不张罗调走了，阳光自信的笑容挂在他的脸上，感染着身边每一个人。

现在，团队年轻人迅速成长，很多都能独当一面，成了“多面手”。

2021 年 3 月 17 日，团队接到一位 84 岁高龄老年旅客，独自乘车去沈阳的求助。她女儿介绍，老人患有阿尔兹海默症，行动不便。

队员刘伟推来轮椅，送老人到重点旅客休息室休息，给老人端去温开水，喊来女队员郭兵陪老人聊天，逗老人开心。

出发前，她俩又帮老人拿着行李，小心翼翼把老人送上车，并与车长做好交接。

老人女儿感动不已，多次询问她们的姓名和工号，都被她俩婉言谢绝，她们只是反复说：“这是我们应该做的。”

2021年3月20日中午，一名60岁左右的老人，心脏病突发倒在地上。队员韩晓庆运用刘晓云传授的急救知识，成功地将老人抢救过来，又将他平安护送上车。

几天后，老人带着老伴儿，将一面绣有“馨驰半岛，大爱无疆”的锦旗，送到刘晓云手里。

刘晓云欣慰地笑了。

团队里每个人都献出一份爱，如温暖的阳光，沐浴着车站的每个角落，感动着南来北往的旅客。

2021年以来，“馨驰半岛”流动服务团队为旅客提供咨询服务2.2万人次，服务重点旅客3700余人次，找回遗失物品770余件。

一次偶然的机会，刘晓云得知旅顺有个儿童村，收养了30多名父母服刑的特殊儿童，最大18岁，最小的还不到1岁，生活来源全靠社会各界和爱心人士捐助。

她带领团队坚持每年去儿童村探望这些孩子，给他们力所能及的帮助。后来刘晓云的丈夫、孩子和母亲，还有车站许多职工也纷纷加入进来。

“馨驰半岛”流动服务团队还在刘晓云的带领下，开展了为敬老院老人料理个人卫生、组织自闭症儿童体检、看望瓦房店残疾儿童、拾捡垃圾等很多社会公益活动，团队累计组织公益活动40余次，捐款捐物 7 万多元。

几年间，团队收到表扬信 4600 多封、锦旗 300 多面，先后获得全国“工人先锋号”、全国“巾帼文明岗”、全国“巾帼五一标兵岗”和“中国铁路党内优质品牌”等荣誉称号。

荣誉，把刘晓云和团队里每个人的发条都拧得更紧，每个人好像都有使不完的劲儿、干不完的事儿。

刘晓云说：“这些荣誉是肯定，也是鞭策。客运工作是张答卷，旅客就是阅卷人。我和团队将把客运服务做得更好，让旅客出行更顺畅、更温馨。”

队员们也纷纷表示：“能够在这个团队工作，能够帮助别人快乐自己，是人生一大幸事。”

心中有梦，脚下有力！

2021 年 7 月 1 日，天安门广场彩旗飘飘。

刘晓云被授予“全国优秀共产党员”荣誉称号，应邀参加庆祝中国共产党成立 100 周年大会。

在《歌唱祖国》激昂的乐曲声中，在“请党放心，强国有我”的整齐呼号声中，刘晓云热泪盈眶。

她知道自己的路还很长，她知道做得还远远不够。她决心在平凡的客运岗位上，继续服务好旅客，用真情付出，书写人间大爱！

2021 最美铁路人 ZUI MEI TIE LU REN | 薛胜利

心系万家灯火

——记中国铁路太原局集团有限公司朔州车务段宋家庄站业务主管薛胜利

◎ 贾宝爱

引　子

千里大秦巨龙腾飞，万吨重载乌金涌动。

大秦铁路，被誉为“中国重载第一路”，全长653公里。1988年开通运营以来，为全国六大电网、五大发电集团、上万家工矿企业和十几个省市运输生产生活用煤70多亿吨。

这是一条为百姓送温暖的铁路。有人说，大秦铁路运的煤点亮了大半个中国的灯。

铁路是典型的节能环保绿色交通工具，具有能耗低、污染小、成本低、运量大的优势。据测算，铁路每增加1亿吨运量，就能比公路少排放二氧化碳270.6万吨。为了打好污染防治攻坚战，中央提出“公转铁”决策部署，让更多的煤从铁路运出去。

朔州车务段宋家庄站，位于大秦铁路源头，是大秦铁路煤炭主要装车站，是我国“西煤东运”能源运输骨干力量，年运量2500多万吨。从山西怀仁地图上看，它很不起眼，只有一个黑点，就像一座深井，被隐藏在群山峡谷之间，而从这口深井中源源不断运出的煤炭，连接起来何止一座山脉。

作为宋家庄站的营销业务主管，薛胜利带着一支铁路货运营销队伍，一年四季，奔走在峙峰山、王坪、小峪、大峪口等煤矿，将源源不断的乌金聚集到大秦铁路的装车站，为我国京津冀、东北、华东、华南等地区源源不断供应生产生活用煤。

常年与煤打交道，薛胜利练就了“眼治超”“手测煤”的本领。绕车走一圈，就知道这辆车有没有超载或偏载；抓一把煤，在掌心掂一掂，就能估计出煤的热值和灰分；凑近鼻子闻一闻，就能判断出煤的含硫量。夏季，他把手伸进煤堆感觉一会儿，就能分析出这堆煤装到车上会不会形成“着火煤”。他坚持“一吨不能多、一吨不能少”，总结出“查、校、盯、比、核”5字治超法，满载不超载，既确保了运输安全，又赢得越来越多客户的信赖。

在激烈市场竞争中，面对煤企客户，薛胜利不服输不认输，不抛弃不放弃。走出去、揽货源、抓营销、保安全、增效益，他以“勤、情、亲”胜利营销经，赢得客户信任，推进货物“公转铁”，打赢蓝天保卫战。宋家庄站货运量连续9年保持13%增长。

工作中，他很严厉，工友说他是“薛包公”，带过的徒弟，有的成为货运值班员，有的已成为业务主管。在合作企业的眼里，他又很随和，见面三分熟，交流三句暖，被热心地称为“薛红娘”。

多运煤、运好煤。让人民群众冬天有暖气，夏天有凉风，点亮城市乡村的万家灯火，是薛胜利恪守的承诺。

入路 35 年，薛胜利亲历了大秦铁路年运量从 1 亿吨到 2 亿吨、3 亿吨、4 亿吨，再到 4.5 亿吨的快速增长，经受了货运增量、抗击冰雪、疫情防控等不同时期的能源保供运输考验。

2021 年 4 月，薛胜利荣获“全国五一劳动奖章”。一年后，他又被中央宣传部、中国国家铁路集团有限公司联合授予“最美铁路人”的光荣称号。

薛胜利的路是一条怎样的路?

煤乡走出来的少年

山西怀仁，位于山西省北部、桑干河上游，地处雁门关外，大同盆地中部。

这里有着“忠勇爱国、诚信仁爱、崇文尚礼、海纳百川”的人文精神。

雁门关外，金戈铁马、烽火狼烟、沙场厮杀早已远去。

新中国建设者架桥修路，打通了北同蒲铁路八庄站、怀仁站、宋家庄站、金沙滩站。

今天，为中国铁路大秦重载服务的铁路职工执着地坚守在这里，书写着保大秦铁路煤运的传奇。

薛胜利，就是地地道道、土生土长的怀仁人。

童年时期的薛胜利，经常听到大人们讲杨家将保家卫国、血战金沙滩的故事。于是，长大要做一名保家卫国的英雄，成为小小男子汉薛胜利的梦想。

薛胜利的父亲是一名地质勘察队员，走南闯北，见多识广。虽然长年在外，和家人聚少离多，但是对薛胜利的成长却极为关注。

有一天，父亲回到家，从包里抓出一把煤，对薛胜利说："儿子，这是从咱怀仁地底下挖出的原煤，能发电、点灯、取暖，做好多事，是我们国家的主要能源，老百姓的生活离不开它呀！"

望着这堆黑乎乎的东西，薛胜利仿佛一下长大了，对自己的父亲更加肃然起敬："爸爸竟然能找到煤，爸爸真伟大！"

父亲的话常常萦绕在薛胜利耳边，以后只要父亲一回家，他就会跟在父亲后面追着问："爸爸，爸爸，哪里又发现有煤？"

这时候，父亲都会微笑着告诉他山西的灵石、孝义、大同、朔州等地都有煤，而且这些煤都会被拉到很远的地方支援国家的四化建设。

"有了煤，才能发电，有了电，国家和人民才能够正常生产和生活。"父亲语重心长地跟小胜利说。

"那爸爸就是在不断地找煤，为国家作贡献。"小胜利歪着小脑袋说。

"不光是煤，爸爸还能从地层中查勘到石油、铁矿、铜矿等能源。"父亲微笑着说。

说罢，便会抱着心爱的二胡演奏起来，那悠扬的旋律在小屋中游走。

"人说山西好风光，地肥水美五谷香……站在那高处，望上一望，你看那汾河的水呀，哗啦啦啦流过我的小村庄……"

抑扬顿挫的曲子将小胜利带到对未来的无限遐想之中。

此后，他开始留意和煤有关的事物。邻居家盖房子刨地基时，他跑去看地基下面有没有煤；冬天来了，他会担心家里拉的煤够不够烧；晚上写作业，他会盯着电灯出神，这些亮光都是煤变得吗？

有一次，母亲带着他回姥姥家，坐在火车上，小胜利看到一列运煤车从车窗外晃晃悠悠经过，好奇地想：“原来火车也能带着煤出远门呀！这些煤会被拉到哪里呢？”

这次出行，在小胜利心中留下了深刻的印象，也成为他童年时期和铁路的第一次交集。

1984 年，薛胜利考上怀仁县新家园中学。

那一年，学校组织观看电影《李四光》，像小时候听大人们讲杨家将一样，15 岁的薛胜利又一次被震撼了：科学家，那是怎样一个人啊！在那个年代，那种条件，能投身地质研究，为祖国和人民作出那么卓越的贡献。

他记住了李四光先生说的那句话：“人民需要我做什么，我就做什么，一直到我不能做的时候为止。”

在日记本封面上，薛胜利认真写下 8 个大字“努力向学，蔚为国用”，用小字标注出：这是孙中山先生对李四光的赞许和鼓励。

“李四光献身地质，是为国为民的英雄！父亲干地质也是英雄吧！”薛胜利想。

父亲又有 3 个月没有回家了，他现在遥远的湖北省秭归市从事着地下勘测工作。薛胜利眼里，父亲是一名老党员，也是一名英雄。但父亲常年在外，顾不上管薛胜利，也顾不上管比薛胜利小 10 岁的弟弟。生活重压便都落在母亲身上。母亲是怀仁市农机公司的会计，也是一名共产党员。每天，从单位到家，两点一线，母亲既要上班还要照顾爷爷奶奶和年幼的弟弟，她就像陀螺一样不知疲倦地旋转，有时候，还把工作资料带回家在灯下加班。

薛胜利心疼啊！盼着自己快一点长大，再快一点，就能替母亲分担家务了。

冬天的怀仁，异常寒冷，西北风呼呼地刮着，雪花时不时会光顾这个雁北的小县城。

胜利家小暖炉里的煤泥，燃得通红，在母亲精心打理下，小小屋子里洋溢着幸福和温馨。他和弟弟一会儿在屋子里做游戏，一会儿就跑到院子里，迎着漫天飞舞的雪花奔跑嬉戏，那“咯咯咯……”的笑声在风雪中传得很远。

春节前，是母亲最忙的时候，成为小伙子的薛胜利能替母亲跑腿了，母亲会吩咐他去趟姥姥家，将节省下来的供应粮送过去。

姥姥家在平鲁，需乘坐火车，这也是薛胜利最乐意的。

坐在火车上，看着窗外的雪景，听着“咣当、咣当”有节奏的车轮声，经常有一列列运煤货车擦身而过，那煤顶上覆盖的白雪和乌黑的煤对比鲜明，运煤车像乌龙又像蛟龙，一刻也不停地向前驶去。

抵达的地方，一定是美丽的地方。

从那个时候起，当一名铁路工人就成了他的梦想。

高中毕业后，18 岁的薛胜利放弃就读普通大学的机会，选择了和其他同学不一样的道路——报名入铁路。

那个冬天，是让薛胜利终身难忘的冬天，在怀仁全县铁路招工考试中，薛胜利以第一名的好成绩被原大同铁路分局录取。

离开家那天，母亲为他包了饺子，出门时，对他说：“不要担心家里，到了铁路要好好干，咱不能让人说不是。”

母亲站在门口的身影在他脑海中挥之不去。

“不能让人说不是”这 7 个字牢牢地镌刻在薛胜利心里。

每当想起这句话，他浑身就像被注入满满的能量，迈出的脚步更加坚定。

“差一点儿”的教训

1987 年 12 月，一个月的岗前培训后，薛胜利被分配到朔州车务段宋家庄站。

只是，薛胜利没有想到，放弃了城市的灯火选择在乡村车站工作后，梦想和现实的落差有这么大。

很多年前，他就畅想过自己长大后的情景，所追求的、所期待的是什么？

那天，乘坐了 1 小时公交车，再徒步行走 3 公里路后，一座偏僻孤单的小站呈现在他眼前。

宋家庄站，坐落在怀仁市新家园乡管辖的宋家庄村。

冬天的乡村，沉默、寂静、荒凉，原野漫无边际，乡间小路坑洼不平，路边有几棵倒垂柳，长长的树枝随风轻摆，偶尔能听到火车鸣笛声。

铁路在村南面，南北走向，看不到头，有火车在这一片苍茫中穿行。到了夜晚，可以看到一闪一闪的灯光，特别在风雪夜，火车鸣叫声更加高亢。

“呜——呜——”古老的静寂被划破，身在站区能感觉到大地在摇晃，房子在摇晃，梦也在摇晃。

在怀仁县里长大的薛胜利，对铁路的了解少之又少。

火车哪里去了，不知道。只是知道火车是呼啸着奔驰进站，装满货物后就会呼啸着奔向远方。

刚入路的他，明显感觉到自己对专业的领悟和同事之间差距很大，有些知识是书本上的，现场却不是那么回事儿。

新工到岗，薛胜利被分配到货运室，成为一名货运员。

货运室很小，只有 9 平方米大，一起工作的有 3 个人。除了薛胜利，一名职工负责内勤，一名职工负责外勤。

在工作中接触最多的就是煤。铁路货运走军品、运粮食、运木材、运鲜活物品……但更多是运煤。

起初他记不住车次，捆绑车门也没有窍门，对煤质和重量掌握也是一知半解，再加上刚从学校出来没有力气，经常搞出关不紧车门、爬不上车体、抄错车号等笑话。

那个年代，运煤的货车是 C50 型号，木头车厢，一辆车有 6 个门，一列连挂 32 辆。有一次，在和工友捆绑车门时，薛胜利连钳子都不会用，招来奚落："那么壮个后生，啥也不会干！不知道他来铁路做什么！"

刚开始的不适应，让薛胜利觉得很茫然。

为什么当初要选择铁路?

"没有人天生就是行家，自己选的路，爬着也要走完。"这是货运班组长对他说的话。

班组长叫王凤城，东北人，老党员，是一名退伍老兵。大高个子，戴着一副眼镜，总是身着铁路工装，性格直爽，讲起业务头头是道，工作起来干净利索，什么都知道，对货运工作是"门儿清"。

王凤城对待新入路职工特别严厉，批评起来毫不留情，薛胜利从心里佩服王师父，心里就想着，自己什么时候能像王师父一样，成为货运行家里手呢？

有一次，运送的煤炭有 3 车到营口，有 2 车到东辽阳，有 4 车到沈阳局通辽，结果他把东辽阳的 2 车都写到营口了，变成了到营口的有 5 车，这种失误会导致煤到了没票，而有票的却没煤。

“货票分离”，这可是铁路货运大忌。

这个错误还在制票当中就被王师父发现了，劈头盖脸就是一通训：“你个小玩意儿，干工作这么马虎，货到不了东辽阳你拿什么赔啊你！还没赚到钱就先赔上一年薪水，照这么下去，我们货运班组就都别干了！”一边训着一边拍着薛胜利的头。

在场的人都为薛胜利捏了一把汗，看着他，仿佛在说：“你这个错可是犯大了，班长不知道会怎么惩治呢！”

结果并没有那么糟糕，由于王师父发现及时，票据在第一时间做了修改，并没有真正造成货票分离。

被师父拍过的头部还在隐隐作痛，这让薛胜利记住了，干货运不得有丝毫马虎，一个数都不能错。

“不能让人说不是。”母亲的话在耳边再次萦绕。

这之后，薛胜利像被打了鸡血一样，没日没夜地学习货运技术，熟悉货运标准，死记硬背专业术语，车次、站名、货物、砝码、比重、票据、煤质、含热量、含硫量……他都背得滚瓜烂熟。

他不但嘴勤、手勤、腿也勤，不懂就问，大伙儿工作时跟着看，眼疾手快递工具，爬上爬下，车前车后，毫无怨言。渐渐地大伙儿看出这个小伙子懂事、肯吃苦，都愿意教他。

薛胜利也从心里感激大伙，他随身带着一个小本子，干了什么记录什么、问了师父什么记录什么，这个习惯成了他的货运“秘笈”，遇到困惑的事情就翻出来看看，对货运工作的探索，都在这个小本子里。不到一年时间，小本子换了 6 本，记录的问题达 2000 多条。

当时，水陆连用的货票，光戳记就 3000 多个，里面“发货人、收货人、车号、煤种、费用、里程、发站、到站”等内容都得手写，薛胜利一个格一个格地盯，每个字一笔一划都认认真真，生怕写错一个数。

接下来，薛胜利又从制票一步一步走向外勤，开始检查车体，开始学习装载技术，开始研究各种煤质，掌握各类数据。他越干越精通，渐渐成为师父的好帮手。

有一天，师父指着一张票问他：“这车是什么煤，要发往哪里？里程是多少？”

薛胜利拿过票说：“这车煤是原煤，从宋家庄发往吉林北，途经大同、通辽、四平、长春北 4 个结算站，最后抵达吉林北，总里程为 1643 公里。”

“这孩子，是块好料。”在师父的赞许中，薛胜利学习和工作劲头更强了。

半年后，薛胜利代表新工到朔州车务段参加货运员比武，取得了第一名的好成绩。

王凤城是老党员，他不止教薛胜利业务，还教会他很多做人的道理。讲国家宏观经济政策、生产布局、体制改革，讲大秦线王家湾吴炳雄等 3 名共产党员“扎根大秦、终身报国”的事迹。

“干货运就是为国家经济建设输送能源，我们的工作很光荣，肩上的责任很重大！”这是他经常对薛胜利说的一句话。

在和师父相处、交流的过程中，薛胜利渐渐理解了师父说的话，常常悄悄地想：“能做一名党员是多么光荣的事情，鲜红的党旗下，有那么多人物和故事让自己敬仰。”也因此，当他听到车站优质煤经由大秦线，源源不断地运往华北、东北等地发电厂、炼钢厂，为国家经济民生提供了能源保障时，他深深感觉到自己选择铁路是对的。

李四光先生说过：“人民需要我做什么，我就做什么。”

“扎根大秦、终身报国。”这里就是国，这里就是家。

在宋家庄站的小院里，有一个小小篮球场，闲暇时候，薛胜利就会和工友们打篮球，“三步投篮”，是他学生时代的拿手戏，每每腾空跳跃于球场上投进一个球时，围观者的掌声和欢呼声就会响起。而这时，恰好有列车奔驰而过，这个年轻人的心便会飞翔起来。

他心中的“煤海”

道路漫长，经历很多年的付出后，薛胜利不再是一个追随者，而是勇敢地成为一名实干家。

那一列列货车在大秦线上突破历史的数据，记录下薛胜利坚守在货运员岗位上的点点滴滴。

这一系列的背后，究竟有多少艰辛和汗水？

王凤城退休后，薛胜利已经成长为可以独当一面的货运安全员。

宋家庄编组站内，那 5000 平方米的煤场和小峪专用线就成为他的战场，C80、C70、C64、C62、C80E 型货车静静地停在那里，等着装载机将一车车精煤装进敞车厢内，它们就像一头饥饿很久的巨兽，张开大口，试图将这一座又一座煤山吞噬。

薛胜利和同事们就是专业饲养员，精心呵护着它们，每日对钢铁巨兽的身体认真体检，做到“望、闻、问、切”，确保健康出行。喂到巨兽口中的煤炭，重量必须刚刚够，不能多，也不能少。多了会造成消化不良、“肠梗阻”，少了吃不饱，恐怕不能上路。

薛胜利要把的关，用专业术语说就是预防“超偏载”，这是确保货物运输安全的重要一环。

预防“超偏载”是货运安全管控的重要一环，涉及作业人员素质、装车设备质量、装载机称重砝码、装车作业、车厢容积、装载货物的重心、静态轨道衡、动态轨道衡、货物追踪等方面。

大秦线上，10 多分钟就会开出一列重载列车，哪一个环节出现了问题，都会造成不可估量的经济和财产损失。

◇ 薛胜利组织王坪煤矿专用线现场作业人员开展装载加固业务培训（摄影：闫鹏飞）

刚入路时，薛胜利曾参加过一次超偏载列车颠覆、脱轨的抢险任务，车辆和车轮挤到一堆，煤炭散落一地，敞车车厢像在厮打互相穿插。那钢轨扭成麻花、大轮全部裂开的场面，让人不寒而栗。于是，他在心中暗暗发誓，这么可怕的事故绝对不能在自己货运生涯发生。也因此，薛胜利对车辆检查起来更细，测量起来更严。

有一次，在检查车辆装载时，他发现有一台装载机，1 分钟装了 4 斗煤。

“这怎么行！重装！”薛胜利立即叫停。

按照规定，装载机装煤 1 分钟不能超过 3 斗，要按照程序一步步地装，如果一挖煤就动车的话，电子秤就会失去准确性，装快了会给货车超载埋下隐患。

还有一次，检查装车前砝码试举，薛胜利发现有少试现象，便立即停下来，从头再试。

同样按照规定，3.92 吨的砝码需要试举 10 次，取最后的平均值，而这次只试举了 8 次。

装煤，一斗不能少，一斗不能多。砝码，多举一次不行，少举一次也不行。

严格要求，精益求精。出发前有任何一点细微的安全隐患都可能在途中放大千倍万倍，那次列车颠覆的镜头时刻警醒着薛胜利。

装车前，对溜槽、定量仓、车底、车门全部检查一遍，不容一点闪失。装车后，他必须围着列车走一圈，检查车门是否关闭严实、周围的煤渣是否清扫干净。如果加固不良会造成漏煤，影响车辆正常运行，严重时还会造成车门突然开放，击打沿途的设备和工作人员。

在加固车门上，薛胜利动了不少心思。每次看车，手上拉个口子，脚上扎一下，那是常有的事。

当时，C70 的敞车门是 14 个，并两列对称，其中，中间的门最大，高 1.97 米，宽 1.63 米。由于长期受煤炭挤压，有的门变得不严实，合不住，货运员就得想办法将它合上。可是等合住了，插销又插不进去，只好一个人托着车门，一个人在下面使劲，如果托车门的劲道松一下，躲闪不及，35 公斤重的铁门就会无情压落，薛胜利的手指就被压伤过，那样的后果就是指甲盖都会掉下来。

痛，在心里打转，不能说出来。

顽症必须解决，自己的指甲盖掉了也绝对不能让同事再染血。

之后，他发明了一种叫“滚门”的撬棍，在车门缝隙里一塞，使个巧劲，门就“哐当”一声合得严严实实，同事们再也不用拿手去冒险了。为防止门关不紧，再加上“双保险”，将门把手处用铁线进行捆绑，同时在铁线处插入专制的木楔，这样保准万无一失。

提起他的钻劲儿，宋家庄站党总支书记高恒说：“薛胜利是个爱学习又好强的人，从来不能让人说不是。他管的货运班组，如果有上级领导检查发现了问题，人还没离开站区就已经整改了，而且同样的问题不会再犯。”

2002 年，薛胜利光荣加入了中国共产党。一路走来，每一个脚印，都印证着薛胜利的初心和追求。2004 年，他在山西广播电视大学进修了公共关系专业，这成为他以后货运营销工作的“敲门砖”。

再之后，薛胜利被调到朔州车务段营销办任营销主任。但不久，他主动提出申请：要到生产一线继续干货运。理由是：眼前看不到煤，心里不踏实。

那个煤乡少年，那个有着报国梦想的少年，就像当年杨家将一样，一心想着征战沙场；就像父亲一样，不但能找到煤，还能找到石油、金属、铁矿、铜矿……薛胜利不仅在宋家庄干货运工作，他还到了韩家岭、东榆林、北周庄、五寨、阳方口。

2008 年 1 月 31 日，严冬，大秦铁路北周庄站。罕见的冰冻雨雪侵袭大半个中国，17 个省市拉闸限电，全国各大电厂纷纷发出存煤红色预警，积极响应党中央号召支援灾区，抢运电煤。

一个月前，大秦铁路创造了年运量 3 亿吨的重载奇迹，为国民经济健康持续发展作出了空前巨大的贡献。

薛胜利已经和这条运煤大动脉融在了一起，他深深地知道，只有多运煤炭才能缓解南方雨雪冰冻灾害。

腊月，极寒天气把站台上的煤炭冻成了磨盘大的冰块。面对困难，薛胜利带领货运职工两天两夜不下装车站台，用锤子、镐头、铁锹等工具，把煤块敲碎打烂，同企业发运人员一起敲煤除冰。

那是肉体与自然的抗争，铁疙瘩一样的煤块，被击碎、被分裂、被装车，不能停，一刻也不能停。汗水流下来用手一抹，黑色的指印，一道又一道，没关系，不停地流汗，不停地抹煤黑，饿了，啃个干饼子，渴了，喝口冰水，一心想着，粉碎，粉碎！装车，装车！

冰块再硬也没有大秦货运人的意志硬。

整整 48 个小时，奋战在煤场；整整 48 个小时，坚守在煤场。

不忘初心，牢记使命。大秦铁路人在数九严寒中，夜以继日，增运保供，每天以数十万吨的运量，支援湘鄂贵赣浙等重灾区，将灾害损失降到了最低。

2008 年年底，大秦铁路年运量突破 3.4 亿吨，跃居世界第一。

受命于危难之中

有这样一个地方，400 多年前就以数字化的方式命名，它就是五寨。

刀光剑影，烽火狼烟，在这片土地上有武王城遗址、荷叶坪点将台……

2010 年的一天，薛胜利正在五寨乡镇专用线检查防溜，内勤人员小李急匆匆跑过来："主任，您快去看看吧，货主和装煤点货运员吵起来了。"

"怎么回事？"薛胜利问。

"还不是因为有一辆列车装得过重，货运员给拦住了。"小李一边喘气一边向薛胜利诉说事情的原委。

就在一个月前，五寨站发生了严重超载问题，朔州车务段把薛胜利从北周庄站调到五寨站担任货运负责人。

薛胜利到五寨的第一件事就是整治超载。他对所有装车点装载机称重砝码、轨道衡进行集中排查，并送到具备资质的计量单位进行检定。通过检定，发现有几处轨道衡指标与国家技术标准不符。

轨道衡是铁路装车计量器具，个别企业为了多装、省运费，就会在轨道衡上做文章，他们想办法将计量装置刻度调高，带着侥幸心理走煤。

"马上校对！"薛胜利一声令下。

就这样，一些不法企业得知后，找上门来，与货运工作人员理论。

“煤走的是国家车皮，我们出钱也是给国家，重量多些和你们有什么关系！”

“对煤炭运量把关是我们的职责。”货运人员答道。

“职责？不要跟我讲职责，赶紧把之前的轨道衡数据调回来。”对方不依不饶。

“那不可能！”货运人员话音未落。

“我让你看看可不可能。”对方一只手眼看就要扇过来。

说时迟，那时快，恰好薛胜利进门，只见他一个箭步，冲上前，握住对方的手，大声说道：“兄弟，你这是做什么？”

“煤走的是国家车皮，我们出钱也是给国家，重量多些和你们有什么关系！”还是那句话。

“关系？大得多了去了！国家给你运煤，也得保障安全啊！你知道煤炭超载的后果吗？”

对方见来者不善，问道：“你是谁？”

“我是薛胜利！”铿锵有力的回答。

“哦，你就是那个有名的‘薛包公’，不是在北周庄吗？”

“就因为五寨超载问题严重，上级把我调来的。”

“有话好说，有话好说！先把我放开！”

这个时候，对方的手还被薛胜利握着。那是一双整天抓煤、托车门的有力的手啊！

“那你还动手吗？”

“不动了，不动了，对不住了，兄弟……”对方一改刚才的蛮横态度。

“我们铁路运货，是本着公平、公正、确保安全的前提，轨道衡精准测量既要保护国家运输设备，也要保证运送煤炭沿途的安全。”薛胜利也开始和颜悦色，给对方讲政策、讲货运的优势和保障。

听了薛胜利的讲解，对方神情逐渐缓解，不住地点头。

“没想过后果这么严重，真是对不起，以后不会给铁路添麻烦了。”对方道歉后离开了车站。

面对不正之风，薛胜利没有退缩，临危不惧，正义凛然，他时刻牢记一名共产党人的初心和使命，始终将国家利益放在首位。识大体，顾大局，勇敢承担起国家和铁路局所赋予的重担，将五寨站的顽疾解除。

3 年后的五寨，风清气正，货运工作安全平稳。

2013 年 6 月，薛胜利接到段主管货运副段长打来的电话：“胜利，宋家庄站因为发生严重超偏载问题，我们段挨批评了，经班子研究决定，安排你到宋家庄站负责货运工作。”

宋家庄站是培养他，让他成长的地方，更是让薛胜利刻骨铭心的地方，如今，却在困境中！

不容迟疑，去，马上去！

“明天早晨，段派车，我去送你。”电话里的声音打断他的思绪。

“不用送，宋家庄我太熟悉了，自己去！”薛胜利的回答斩钉截铁。

下了公交车，站在离站区最近的 208 国道上，田野里庄稼青郁，那几棵倒垂柳还在，几年没见，长得更加粗壮繁盛，枝条翠绿，婀娜多姿。6 月的风带着暖意，友好地轻拂着他的脸庞。

宋家庄，我回来了！

迎接薛胜利的，还是 26 年前的那个小站吗？

如今的宋家庄站，不但装车量大，而且装载方式多样化，静态衡、装载机、定量筒仓、简易筒仓等多种装载方式并存，且重载、储备物资、危险货物运输相互穿插，货装安全卡控难度极大。

经过了解，薛胜利掌握了那趟超载列车的情况。

那趟列车是一列杂型车，从宋家庄站发车后，到达大同南站，车站 5T 系统发出报警提示，经工作人员检查发现并及时汇报了调度，这趟列车整列出现超载，最多的一节车竟然超了 11 吨。车被扣在大同南站。

大秦线平均每秒运煤 13.8 吨，可以说分秒是金，保安全、保畅通是头等大事，而超载是严重影响安全的“拦路虎”，也是铁路货运煤炭装载的一大顽症。

薛胜利下决心，要攻克这个顽症。多年以来，他的心中早已有一条不能触碰的红线，那就是“安全”。

从源头抓起，对装车计量设备进行拉网式排查，不放过任何一处。薛胜利一头扎到了专用线上。

峙峰山、小峪发煤站为装载机作业；王坪煤矿为静态轨道衡作业；宋庄煤站、联友煤站、大峪口煤站、小峪煤矿都为筒仓作业。这些专用线分布在宋家庄站周边山里，在不同的位置，使用不同的设备，被陌生的企业管理人员管理。

这个既陌生又熟悉的地方，货装安全，必须下大功夫整治了。

翻山越岭，驱车前往。

六七月的雨招呼也不打，说来就来，往往刚刚装完车，要对装载机电子秤所测的数据检查时，雨就来了，雨水渗入煤中，这就加大了超载的风险。不行，由于天气原因测量数据容易失真，等雨停后重新检测。薛胜利经常是一身泥，一头水，一次又一次，一遍又一遍，实打实地检，绝不走过场。

薛胜利组织企业对台面、基坑及电脑内各项数据进行彻底清理，同时利用空车进行比对校验。

这种方法别具一格。比如王坪，在装完六七辆车后，薛胜利会先利用专用线的轨道衡比对重量，然后和敞车车体标注重量进行比对，如果重量结果吻合，就表示轨道衡计量准确，如果低或高于车体标注数值，就表示该轨道衡不准。立即找原因，重新校验轨道衡。

筒仓设备的计量标准高于上述两种，在按规定验码的基础上，还必须对机电系统、液压系统、软连接等部位进行检查。

薛胜利的办公室里，有一个摆满资料的文件柜，柜子里除了铁路专用的各种规章制度和书籍以外，还有他自购的 PLC 控制系统、人工智能、无人化装车、智能车厢检测、3D 可视化仿真系统等资料。

薛胜利认真学习先进的科学技术，翻阅大量的资料，对筒仓设备的原理、性能和日常卡控做到了融会贯通。

2016 年 12 月的一天，薛胜利在大峪口专用线盯控，当装完第 20 辆车后，却发现后面的敞车越装越高。

不好！凭直觉判定，装车系统一定出现了问题。

马上停！他一边组织对缓冲仓、定量仓等设备进行检查，一边和同事们逐个校对计量砝码。

都没问题，眼看开车时间逼近。

到底是什么原因？

一筹莫展时，口袋里的手机振动了。“传感器！”3 个字从薛胜利口中蹦了出来，筒仓设备机电系统的传感器失灵会导致数据传输错误。

马上排查！最终找出是连接筒仓设备的 4 号传感器失灵，迅速联系厂家，更换、校准、安装，保证了每辆车误差在 ±0.02 吨以内。

“安全是压倒其他事情的头等大事，如果安全把不住，一切效率都是零。”这是薛胜利常挂在嘴上的话。

举一反三，薛胜利马上组织职工对宋庄、联友、小峪等处筒仓设备机电系统全部进行维护保养，一下子查出了两处安全隐患。

刻不容缓，马上整改。

装一列车就要保一路平安。于薛胜利而言，火车驶出站点，这列重车的安全考验才刚刚开始。

不放心啊！看着到点了，车辆追踪系统显示车还没到站，心就会悬着。

一列车最长在路上要走半个月或 20 多天，车门未关好，会导致中断行车，影响铁路网；如果超载、偏重会导致列车脱轨，甚至翻车；还有撒落在岔区的煤，会导致道岔转向困难或留有间隙，就会出现脱轨事故。

在薛胜利这里，是绝对不允许出现这些情况的。为了牢牢抓住货装安全主动权，每一处可能出现安全隐患的地方，薛胜利都要一一看到位。

穿梭于煤矿、专用线、车站间，是薛胜利每天循环忙碌的日常。监测一辆车、装载一辆车、跟踪一辆车，看到列车平安到达，一颗心才能掉到肚子里。

记不清有多少次深入现场、多少次车上车下检查、多少次堆煤点比对查看、多少次与企业协调沟通，薛胜利通过模拟推演、情景复原等方法，对2000多辆车的反复检查和对1.5万多组数据的认真分析，他总结出了“查、校、盯、比、核”5字治超法，有效控制货装作业风险，在全段和全局推广。

9年来，宋家庄站装运煤炭200多万车，从未发生超载问题，实现了安全与运量双丰收。

编组场内，装载机隆隆作响，薛胜利手持对讲机在现场指挥，一堆堆煤被挖起，再齐齐整整地装在车厢内，装满一节，下一节便跟进，满载乌金的列车不断地向前，向前……

念好“营销经”

晋北的春天绿意盎然，站区不远处的桑干河水哗啦啦地流着，一场春雨让煤尘弥漫的编组场内焕然一新，天空蓝得透明，一团白云从山的那边长起，转瞬间，便飘过来了。

时值货装淡季，货运员李强正站在装车塔上，望着那朵白云出神。电话响起。

“李强，出来一趟！”是薛胜利的声音。

“收到！”李强马上整好工装下塔。

“你跟我去一趟山西怀仁峙峰山煤业有限公司。”

李强知道，主任又要去找企业，谈煤炭营销的事了。

这么多年来，薛胜利重复着一成不变的作业程序，从没觉得枯燥过，他一直坚持着，一年四季，风里雨里，披星戴月，废寝忘食。一天天过去，保安全的“零差错”“零事故”一直让他引以为傲。

◇ 薛胜利面对面向王坪煤业的企业负责人宣传铁路“淡旺季互保”运输新政策（摄影：孙曙巍）

2013 年 6 月，薛胜利刚到宋家庄站，就带领营销服务组 5 名骨干，用两个多月时间，冒着酷暑，跑遍了车站辐射区内 15 家重点煤矿和 76 家煤炭相关企业，哪座煤矿产量多少，煤质如何，运到哪里，他都心中有数。

7 月 18 日，薛胜利得知港口 5000 卡优质低硫煤特别紧缺，而右玉县西矿正好有大量存煤，没有找到合适客户。他立即带领营销小组奔赴煤矿，没想到前方路上发生车祸，被堵了 7 个多小时，又累又饿，直到 17 点才赶到矿上。

煤矿负责人已经等得不耐烦了，但是，当听到薛胜利准确无误说出了他们的产能、煤质特点、面临的困难以及下游企业需求时，惊喜地拉着他的手说：“薛主任，你这是雪中送炭呀，太给力了！”当即便商定了发运意向。这家煤矿负责人逢人便说：“有困难，找胜利，他可是一本‘煤字典’。”

是啊！“煤字典”！

在掌握市场信息基础上，薛胜利帮助企业谈判，降低站台费、管理费，实现盈利发运。曾经帮助两家企业降低5吨的费用，激活发运50多万吨，复活一家僵尸企业。

一家叫作宋庄联友的煤站，2015—2016年两年才发运28.1万吨，在薛胜利的协调沟通下，2018年全年发运达到151.9万吨，帮助沉睡两年多的僵尸企业复活。

货运增量攻坚战全面打响后。“走出去、揽货源、抓营销”成了新的课题。

作为货运业务主管，薛胜利压力特别大，宋家庄站地理位置偏僻，各条专用线山高地陡，装车设备简陋，企业的生产销售、运输需求、营销标准、服务标准都不同。加上这段时间以来，煤炭市场持续低迷，货主不想发，大秦线运量严重不足。

薛胜利不服输也不认输。和车站干部一起找方法、定措施，制定网格化营销方式，将年运量20万吨及以上的客户定为目标客户，按照一对一营销模式，定人、定量与客户对接，接受客户监督，实施档案化管理。

既要“抓内治”，也要“疏外通”，他组织营销人员大会讲、小会谈，对外座谈摸底，对内谈心引导，带着营销团队一家一家跑，千方百计联系相关企业，按图索骥上门走访，他的热情和努力不仅为车站招揽了货源，还逐渐改变了铁路在客户心中“铁老大”的形象。

他经常和职工们说：“宋家庄站有天然煤源，我们是带着国家铁路货运营销的使命为客户服务，一定要用真心、真诚打动客户，满足客户的需求，把有铁路发运意向的客户找回来。”

宋家庄站内有一家玉龙集团，是民营企业，下设 4 家煤矿，一直采取公路汽运发煤。

薛胜利一直忘不了第一次来到这家企业营销的场景。

负责人看到他是个穿着铁路制服的人，直接就是一句“铁路服务怎么能满足我们的需求”，掉头就走了。

碰了钉子，薛胜利并没有灰心，一趟趟往玉龙跑，跑断腿、磨破嘴地将国家的货运政策讲给他们：“现在铁路货运改革了，铁路发运非常方便快捷，我身边好多小企业都是通过铁路发运后做大做强的。”

就在 2017 年 6 月，得知玉龙集团与汽运公司因为运费的问题煤炭出现积压，薛胜利马上带着营销骨干赶过去，一面积极宣传国家政策和铁路运输优势，耐心介绍铁路简化手续、敞开受理等新举措，一面为企业申请“一口价”服务等优惠政策。同时，他拿着账本算账，把走铁路的费用和公路费用进行比对分析，听着他娓娓道来，玉龙的负责人被打动了，该企业开始尝试走铁路运输。

玉龙集团通过铁路运输第一批煤炭后，尝到了运量大、效率高、回本快的甜头，不断增加铁路运煤量。

薛胜利顺势向企业提出建设装车环线的建议，又帮他们提报申请、选址论证，马不停蹄地忙了起来。不到 1 年时间，玉龙集团在宋家庄站旁投资 5 亿元修建了大秦玉龙专运线，2018 年实现煤炭发运 300 万吨。如今，大秦玉龙专运线是宋家庄站稳定的主力发运点。

那时候，薛胜利带领营销团队一年四季奔走在峙峰山、王坪、小峪、大峪口等煤矿企业，哪一条上煤公路封堵了，哪种煤价上涨了，哪处洗煤设备故障了……都是他们每天必须操心的事情。

2018 年，薛胜利累计走访 10 个发煤企业 238 次，有企业负责人曾经打趣地对他说：“薛主管！你都快成我们单位的职工了！”

这一年，太原局集团公司下达给朔州车务段的货物年发送量是在 22589 万吨的基础上再增加 950 万吨。宋家庄站全年装车 24.66 万车，完成计划的 105%；发送 1860.8 万吨，完成计划的 104%。日均装车 675 车，日均运量 5.1 万吨，曾完成单日装车 6 大列、6 小列，运输收入 18.29 亿元，创历史新高。薛胜利被太原局集团公司评为年度“太铁之星”。

2020 年 2 月下旬，由于新冠肺炎疫情，高速路实施免费政策，原来走铁路运输的煤炭有不少转为汽运。

眼看着一车又一车煤不走铁路，开始走公路运输，薛胜利急得嘴上起了泡。流失的煤源一定要查清楚，找回来！

为了保货源，薛胜利想出来一个办法。他带着 3 个同事，在高速路口蹲守了一周。

在凛冽的寒风中，一个个铁路货运职工守在高速路口，探出头，打手势，想办法和大车司机“搭腔”。向司机们了解市场信息：从哪里拉的煤？运费多少？沿途的费用多少？要送到哪儿去？

有些司机理解，耐心地和他们交流，有些司机说粗话：“到哪里运煤，和你有何相干？”“你是干吗的，跟你有啥关系？”“你是公安局的吗？我们往哪里运又不犯法！”

讲粗话、不停车、不理不睬……一脚油门过去了，尘土飞扬，铁路货运职工们灰头土脸的，整个出坑的兵马俑样。

粗俗的态度和恶劣的语言，往往让人难以接受。

受气，落埋怨。营销一天没有成绩，就是受了委屈，也不能把委屈传递给职工。

“过去了，都过去了。”听着委屈而又无法接受的话，薛胜利说起来却好像没事一样。

接触的司机多了，总会有收获。

他们冒着寒风，调查近万辆运煤货车，了解地方经济运行、煤炭、工商、环保、交管以及企业的物流方式、导向和需求。

薛胜利用心揣摩企业的心思，对 15 家客户进行全覆盖走访，积极想办法解决客户发运困难。

王坪煤矿要开始为期 2 个月的坑下综采搬家，专用线闲置资产浪费，车站货源也受到严重影响，怎么办?

薛胜利脑子里突然冒出了“借线运煤”的想法：不远处的小峪煤矿正好有富余产能，可以与王坪煤矿专用线结上对子，便建议王坪煤矿向小峪煤矿借 3000 吨煤，公司经理听了直摇头，认为不可能。薛胜利鼓励他：“不去怎么知道不行，我和你一起去借。”

他们先后赶往两家煤矿，与企业负责人沟通，薛胜利当起“红娘”，迅速促成了企业合作双赢，王坪煤矿挣到了 1000 多万专用线租赁费，小峪煤矿的煤也顺利运了出去，两家煤矿都高兴了，车站运量也稳住了。

公司经理高兴地握着薛胜利的手说：“兄弟，你们铁路真是我们的贴心人啊！以后咱就是一家人了。”

同事也对他竖起了大拇指：“薛主任，这事儿办得真牛，一举三得啊！”

从中央“蓝天保卫战”决策部署、国家“公转铁”政策到企业经营发展，掰着指头算大账、看长远，抠细账、比价格。他们制定了“一企一策”“一户一案”运输方案，与9家贸易型中小客户签订了820万吨“量价互保”协议，与3家大中型企业签订了560万吨淡旺季运输互保协议，牢牢稳住了货源基本盘。车站货运量逐月攀升，全年超运输目标147万吨，不仅没有受疫情影响，还实现了逆势增长。

春节过后，合作企业大量矿工因疫情滞留外省，无法复工，他第一时间向段、集团公司反馈，参与复工返程方案的制定，促成了朔州、烟台两地1060名矿工乘坐专列复工复产。

在疫情严重、货运需求最紧张期间，薛胜利在车站既要抓运量，又要保安全，50多天没回过家，由于长期的作息、饮食不规律，他患上了慢性胃病。

虽然苦点、累点，有时候胃部疼得直不起腰来，但是，当望着一列列满载着精煤、原煤的货车，日夜不停地朝着全国各地驶去，薛胜利浑身便充满了力量。

越是艰险越向前。薛胜利秉承“有条件要上，没有条件创造条件也要上”的念头，坚持稳定营销市场就要替客户想得更长更远。他提出“以日保周、以周保月、以月保年”的思路，做到精准研判市场，针对性组织营销。一路追逐，一路关爱，精细化服务。他总结出“勤、情、亲”的“营销经”，以勤跑、真情、亲情打动客户。这套“营销经”很快在全段推广。

通过千方百计为客户服务，车站货源的“蛋糕”越做越大。9年来，薛胜利和营销小组成员先后拓展了山煤国际184万吨、宋家庄煤站 50 万吨等新增大客户，实现年均增量 13%，成为大秦铁路运输的重要增长极。

我似乎明白了，薛胜利的“营销经”，不光是站在宋家庄站的高度，而是站在大秦铁路的高度为客户服务，这就是“负重争先、勇于超越”的大秦精神。

大秦货运营销人，注定是一支特殊的队伍。

大秦重载铁路，注定是一条书写历史的铁路。

风雪中抢运电煤

听说薛胜利成功挑战 9 年货装零超偏，实现了运煤专线年运量突破 2500 多万吨。小小车站，是如何完成如此大运量“魔术变身”的?

压不住心头的想法，去宋家庄看看。

迎着雁北的寒风，一路颠簸，来到这里。

这里，风夹着雪铺天盖地，将世界扑打得迷迷蒙蒙。

眼前景象，令人难忘!

在宋家庄站小峪煤矿专用线 45 米高的装车塔上，薛胜利站在操作台前，目不转睛盯着窗外上煤的筒仓，手持对讲机不停喊话……

尽管挡着玻璃，但是装车塔外筒仓漏斗移动和原煤装车的声音依旧很大。这些声音掩盖了风声，那一片片飞扬的雪花扑向筒仓、扑向煤堆、扑打着窗户。仿佛带着使命而来，刻意和薛胜利较量。

指挥平煤、指挥装载人员清扫散落在车体上的煤渣、和煤场监控工作人员通话、和机车领车人对接……薛胜利沉着应战，忙得头也不回。

装煤筒仓缓缓移动，货车缓缓移动，风雪也在移动……

这注定是一场同风雪的博弈。浩浩荡荡的煤炭装入敞车，浩浩荡荡的风雪阵被破解。

薛胜利声音嘶哑，眼睛内布满血丝，但喊出的每一个字都像一道光照亮电煤前行的路。

经过 5 个小时的装煤奋战，满载 3547 吨电煤的 34020 次货物列车终于在指定的时间内安全发车，一路向北开往吉林。

这是太原局集团公司近 30 年来首趟发往东北的“点对点”直达电煤货运列车。这趟直达列车既减少了沿途编组作业次数、压缩了作业时间，又扩大了山西煤炭从“坑口”到用户“门口”的覆盖面。

“作为太原局集团公司管辖的二等货运站，每日必保 4 列电煤装车、编组作业。开行直达东北的电煤列车后，我们本来紧张的装车作业，一下比平时增加了 100 多辆。”薛胜利说。

把货场当作战场，宋家庄站就像是一个坐标系的原点，辐射推动各运煤企业的精煤、原煤带着使命奔赴祖国的大江南北。

2021 年 11 月 6 日，又一场寒潮袭来，北方地区风雪交加。

在小峪煤矿山顶装车现场，顶着迎面打来的雪片和寒风，全副武装的薛胜利和工友们干得如火如荼。

尽管早已获悉气象预警，做好迎战冰雪准备，还是有意想不到的问题发生了。

专运线上，一列空车缓缓驶入。在进行安全检查时，薛胜利傻眼了，空车厢内的积雪目测有一尺多厚，他立即组织扫雪。

谁知道，更加严重的问题还在后面。

积雪下面竟然还有 7—8 厘米厚的坚冰，雪还能扫得动，可冰冻得太瓷实了。必须找硬东西刨，洋镐、铁锹、电锤全部用上，但人手不够，除了现有工友外，薛胜利协调企业，叫来更多的人铲冰。小峪煤矿专用线上，洋镐挥舞、电锤嘶鸣、铁锹翻动，人们铲冰除雪，干得热火朝天。

在不同时间段，峙峰山、王坪、大峪口等处保供电煤的专用线也有一样的空车驶入。一样的积雪，一样的坚冰，都得清理，必须清理。薛胜利一边打电话远程遥控，一边安顿好这里的工友，自己驱车赶往王坪煤矿。

雪越下越大，风越刮越猛。下山的路，坑洼不平，尤其到了下坡路段，踩住刹车，车轮来回地跑……顾不上了，什么也顾不上了，薛胜利就想着往王坪赶，车开快一点，再快一点，早一分钟是一分钟，绝对不能误了电煤发车时间。

一路惊险，一路颠簸，薛胜利到了王坪装煤点，继续安排工友们扫雪除冰，安排喷洒防冻液，再三强调不能漏掉车厢任何一个角落，如果防冻液喷洒不均匀，到了零下 30 摄氏度的东北，一车煤都会冻成铁疙瘩。

接下来，他连夜上山，赶往峙峰山装车点，再赶往大峪口……下山打滑，上山更滑，山路两旁可都是深不见底的沟啊……薛胜利一心想着把雪扫出去，把冰清出去，绝对不能耽误保运电煤的时间。

雪下了整整 28 个小时，薛胜利和工友也连续作战 28 个小时，直到所有车厢内全部清理干净，防冻液喷洒均匀了，没有落下一个点，再不会出现冻煤的状况。筒仓起落，装车开始，一车车煤炭像绅士一样体面地上了车，薛胜利这一颗心才算落到肚子里。

“绝不能因铁路货运原因造成电煤断供！”这是上级对电煤保供作出的指示，也是薛胜利恪守的承诺，一诺千金，无论面临多大的困难，电煤保供的列车始终向前、向前、再向前。

2021 年 9 月以来，全国电煤供应偏紧，大秦铁路积极响应党中央电煤保供部署，全力以赴保证每日 120 万吨的电煤运输。这意味着大秦线的日装任务是 1.95 万车以上。

面对“硬指标”，薛胜利和他的营销队伍积极克服疫情、寒潮、冰雪等恶劣天气，加强货源组织，优化装车作业，开辟绿色通道，解决燃“煤”之急。他连续 40 多天盯在装车现场，每天检查 1 万多个车门、近 3 万个装载加固点，奔走 20 公里是常事。

在北京参加“最美铁路人”发布仪式期间，薛胜利一分钟也没有闲着，他每天都在关注宋家庄的货运情况，上网查看当天环渤海动力煤价格指数，了解各大港口存煤、电厂耗煤，船舶及海洋气候，

◇ 薛胜利在高速公路服务区向货车司机开展“公转铁”政策宣传（摄影：高恒）

同时还要了解第二天的货源，给客户转发相关的商务信息。

经过一冬天的运转，设备进入疲劳期，这几天他挤出时间进行远程遥控，组织企业分批次检修专运线上煤机械和设备，大峪口专用线上的筒仓设备从前一周就开始检修了，他天天跟踪询问检修进度，心里一直惦记着何时结束，他观察到这两天运煤进度有点下滑，保供任务必须抓紧。

他告诉我："大峪口检修工作预计今晚结束，已经有一列车等着装煤。"

神情间充溢着喜悦，看得出，那种喜悦是油然而生的。

截至 2021 年 12 月 31 日，宋家庄发往东北的电煤货物列车达 120 列，共发送煤炭 2500 多万吨。

有多大视野和格局，决定构建多大坐标系，最终达到的高度，是精神和意志的较量，是置生死于不顾的信念。这一列列按时到达的列车替他们作出了回答。

无怨无悔的坚守，成就了铁路货运人坚持不懈、百折不挠的优秀品质。

让品牌亮起来

2020 年，是铁路货运增量的决战之年。

这一年，宋家庄站完成的煤炭发运量是 2203 万吨，较年度运输目标超运 147 万吨，实现了疫情下"公转铁"逆势增长。

胜利，已经成为他攻坚货运营销主战场的精神象征。

可是，薛胜利认为，成绩不是一个人能轻易办到的，不管在精神上还是行动上，都离不开背后坚强的后盾。

回顾过去的35年，无论是冰雪灾害、抗洪抢险还是迎峰度夏、增运补欠、疫情防控、保供电煤，都离不开集体的智慧，离不开全体干部职工集中攻坚所发挥的“雁阵效应”。

2016年，宋家庄站货运班组党支部以薛胜利的名字命名，创建了“胜利先锋‘港’”党字号品牌。先锋“港”既是职工的先锋岗也是客户的解困岗，薛胜利义不容辞肩负起让品牌亮起来、传下去的重任。他全身心投入到传帮带上，培养出一大批货运营销的骨干和能手。

在“胜利先锋‘港’”，薛胜利推出了装车作业七卡控制度：装前检查、一键装车、存煤数量、装车速度、截煤装车、车型确定、装车体积。薛胜利制定出“1年带出一名货运值班员，2年带出一个货运主任”的培带计划，从检查、装煤、煤质到超偏载预防，将自己的经验和技术倾囊相授。

为有效控制超偏载，让更多人掌握“查、校、盯、比、核”胜利治超法以及“勤、情、亲”胜利营销法，朔州车务段党委利用网络成立了“胜利工作室”。把确保货源稳定作为服务中心工作的切入点，采取了“1名支委委员+1名党员骨干+3个主要客户”的“1+1+3”联动营销与服务模式，采取从生产、短驳、装载、销售全链条式营销，打造薛胜利式的货运营销员。

从一个人到一群人，从一个站到一个段。

薛胜利上足了发条。

从车站、编组站、专用线到煤业公司到处都有他的身影，一边卡控装载，一边组织营销，一边毫无保留传授“胜利经”。

在安全管理上近乎偏执的性格让徒弟们都很怕他。他挂在嘴边最多的一句话就是："安全管理上没有人情，我是对事不对人。"他是这样说的，也是这样做的。

"偏重"的判断是很专业的技术活，超载有砝码把控，如果精确度够，一般不会出问题。而偏重是人为，如果不注意，发生的概率非常大。

这么些年，在成千上万次实践中，薛胜利的"火眼金睛"和"手抓煤"绝活更加炉火纯青。

2018 年，薛胜利检查王坪专用线 1 道停留重车装载情况，当时，现场盯控的货运员是一名新工，他在装车时没有和装载机司机、平煤人员沟通，依旧按照平煤的老方法操作。

只见薛胜利从煤堆上抓起两把煤，在掌心掂一掂，凑近鼻子闻一闻，皱着眉头说了一句："不对！"

薛胜利抓过这名货运员的手，把煤放在他手上，说："你感受一下温度，再闻闻煤的味道。"

新工不知所措，眼神迷茫，咬着嘴唇说不出话来，继续从煤堆上抓煤。这名货运员抓了十几次，薛胜利手把着手，给他讲解分析了十几次。

这是由两种煤掺和起来发的一车煤。两种煤发热量不一样，一种发热量是 4000 大卡，一种发热量是 5000 大卡。这样的两种煤经过掺入后能达到 4500 大卡。

装载机需按照一样的煤装。这个时候，煤质不一样，就会导致重量不一样，货运员一定要和装载机司机、平煤人员沟通好，如果按照正常平煤，就会造成偏重。在遇到不同的煤质装一辆车时，一定要将这两种煤搅匀了，做到科学平煤才行。

装煤，还需懂煤，年轻的货运员跟着薛胜利又学了一招。后来，在天气炎热的夏季，他把手伸进煤堆感觉一会儿，和师父一样，也能分析出这堆煤装到车上会不会有“着火煤”的安全隐患。

由薛胜利带出的徒弟李涛，42 岁，从货运员干起，通过段上的层层考核，现在已经是红进塔站的货运业务主管。红进塔站是准朔铁路线上的一个车站，是大秦铁路的补给线，李涛所带的货运班组也迅速成为大秦重载主力军。

凭着一名共产党员的担当和责任感，凭着对货运工作的热爱和执着，更凭着超乎常人的敬业和耐心，薛胜利先后培养出 78 名优秀的货运员，5 名货运业务主管，分布在大秦线上的红进塔站、前寨站、庄上站、神头站、岱岳站；10 名货运值班员，分布在 10 处专用线上；63 名货运员，分布在朔州车务段管内的各个车站。这些人已经从“菜鸟”成长为守护大秦线的“大鹏鸟”。

薛胜利在言传身教的同时，坚守在货运主战场，他明确了“哪里是关键、哪里有党员，哪里有党员、哪里就有安全”的奋斗目标，制定了“每逢重点作业、危险货物运输，党员必须加岗”的卡控措施，实现了一个党员一座堡垒。

“胜利先锋‘港’”的品牌在保安全、闯市场中越擦越亮。

温情港湾里的爱

2021 年 10 月 26 日，正在专用线忙着装车的薛胜利突然接到家里电话。

“胜利，你快回来吧，咱爸不行了！”爱人赵萍声音呜咽。

听到这个消息，薛胜利急了：“这么大的事儿，怎么现在才告诉我？”

这么多年，他亏欠家里人实在是太多了。为了支持他工作，爱人一家承担起照顾他龙凤胎儿女的责任，而在老人病重期间，他也由于工作繁忙，很少回家。

马上回，却还是没能见上老人最后一面。

跪在老丈人灵前，磕头、上香、烧纸……一幕幕往事浮上心头，跪着，烧着，无声泪水，涌流出来。

不知过了多久，一阵电话铃声将他的思绪拉回现实中。

电话是车站打来的，大峪口专用线筒仓装煤漏斗上的液压杆出现故障，筒仓掉落下来，被卡在敞车里。

筒仓是装煤关键设备，掉落不仅影响企业的煤炭运送，也影响车站保供煤炭时间。

怎么办？

这时候，身边的爱人悄悄说：“你先去看看吧，家里有我们呢！”薛胜利转身回过头，抱了抱含泪的爱人，又扎进了装车现场。

每当看到满载电煤的列车启程时，薛胜利就会想起老丈人生前常说的一句话：“家里的事再大也是小事，国家的事再小也是大事。”

2022 年春节，阳光很好，站区很安静。

薛胜利对编组站及周边专用线检查完、向当班职工慰问完，在站台上习惯地走着，比往常更加大声地高唱：“黄昏我站在高高的山岗，盼望铁路修到我家乡。一条条巨龙翻山越岭，为雪域高原送来安康……”

身旁的铁路线，不是高原，不是边疆，而是千里大秦重载线。对薛胜利来说，守着大秦线就知足了，只要面对这条铁道线，那股豪情就不会减。

35年来，青春渐渐远离，唯有那股热爱铁路的激情潜藏在内心深处，宛如天路般荡气回肠，又像身边的煤海般汹涌。

今天，他又唱起《天路》，儿时的梦想，家人的牵挂，远方的灯火就像万吨巨龙般奔腾在他的心房。

已经记不清有多少年没有和家人过过年了。

爱人打来电话："孩子们一会儿给你送红烧肉过来。"

那一年，也是春节，爱人赵萍带着龙凤胎儿女来到五寨站，和他一起过年。

饭盒用毛巾包了一层又一层，里面不光有热乎乎的饺子，还有他最爱吃的红烧肉……娘儿仨从家里到怀仁站，再从怀仁站到五寨站，赶了4个多小时的路，就为了和他吃顿团圆饭。

薛胜利永远也忘不了那个场景：赵萍的肩上挂着一个大包，怀里抱着女儿，背上背着儿子，朝他走来。

"那是一条神奇的……"想着想着，一股暖流硬生生把歌词堵回喉咙里。

这么多年，对家人，薛胜利亏欠实在太多了。

当年，就是因为薛胜利对铁路货运工作的敬业和认真负责，打动了赵萍。

这位在煤矿工作的姑娘，从嫁给他那天起就知道薛胜利对这份工作的爱超过爱他自己。

2011年，薛胜利多年的胆结石又犯了，山西省人民医院肝胆外科诊断结果是胆和肝脏严重粘连，再不手术就会癌变，建议到北京治疗。

那时候的他，不知道害怕，疼，忍着，再疼，再忍忍，货场需要他，大秦线需要他，不能离开，也不想离开。

赵萍实在看不下去了，必须手术，带着薛胜利马上到北京手术。

在北京，只待了一周，拆完线，薛胜利便返回了岗位，由于当时术后护理没跟上，造成刀口处长期不愈合发炎，直到现在，他腹部的疤痕一直好不了。

他太忙了，为装车忙，为营销忙，为新技术、新设备忙！

赵萍理解薛胜利的忙，回不了家，她去找他，做了好吃的，她去给他送，家里的事，不用他操心！

为了这个家，赵萍放弃了稳定的工作，专心照顾老人和一双儿女。在她的精心呵护下，孩子们很少生病，健健康康成长。

回到家，迎接薛胜利的总是热乎乎的饭菜，像小鸟一样围着他转圈的儿女、钉在墙上的奖状和熨烫平整的衣服。

上下水堵了，他没管过。水费、电费、天然气费、物业费多会儿交，他不知道；双方父母有没有生病，不跟他讲……他是货运离不了的人，是大秦增运补欠的主力，他要送的温暖是祖国四面八方……

想象不出，眼前这位热情大方的女人，在多年前，曾做过宫颈癌手术，由于手术影响到腿部淋巴神经，一条腿总是比另外一条腿粗。那时，赵萍只让薛胜利在医院待了 5 天，便催他回到工作岗位。那时，都是父母照顾她和孩子们。

生命以痛吻我，我要报之以歌。

家里摆着赵萍的书法作品，有隶书，有小楷，有篆字，还有一架手风琴，这是多么懂得生活而又多才多艺的女人。

“营销人不怕难，怕的是没有难度。”是啊！难度！一个个难题都被他攻克了，薛胜利也成为名人，成为货运营销的实践者、引领者、突破者。

身为爱人，赵萍深深知道丈夫肩上扛着什么，心里想着什么！默默支持他，家就是给他温暖、给他力量的地方。

勇敢、正义、善良、执着、坚定，赵萍和薛胜利是一样的人。

那时候，薛胜利为推进“公转铁”，打赢“蓝天保卫战”而努力着。赵萍为培养健康、上进、品学兼优的儿女们努力着。

2018 年，一双儿女大学毕业，走上了工作岗位。

赵萍微笑着说：“女儿颀颀学的是财务管理，儿子颀峰学的是机械自动化。两个孩子挺贴心，她过生日，孩子们便会替爸爸给妈妈送鲜花或礼物。一开始不知道，还想着，这个薛胜利，多会儿学会浪漫了。后来，才知道是孩子们搞的鬼！”

颀颀被问道：“最担心爸爸什么？”

“担心爸爸吃药、吃饭、睡觉不按时，他的胃不好！前年做的手术，催他去复查也不听，希望爸爸身体好好的！”

多好的爱人，多懂事的孩子，多么温馨的家！

在父亲影响下，女儿颀颀已经入了党，现在是大同一家企业的财务管理人员。儿子颀峰也递交了入党申请书，在省城太原从事技术管理工作。

走得再远，也不能忘记出发的地方；走得再远，也要牢记一名共产党人的初心和使命。

赵萍说，薛胜利只要回家，第一件事就是先去看望爸妈。

家人，是薛胜利坚强的后盾。

在老父亲的眼里，儿子干的事情很有意义："站区的煤会发往首都的电厂，沈阳、营口、吉林，发车多的时候有 3 车、4 车，少的时候也有 1 车，大秦线上天天有车……宋家庄小峪矿是百年老矿，产优质煤，5000 大卡的煤供应北京、天津、东北三省……"薛爸爸很健谈，对儿子的工作了如指掌。

"我们身体都挺好的，胜利把工作干好就是最大的孝顺！"薛妈妈说。

2020 年新冠疫情防控期间，他 58 天没回过家；2021 年电煤保供专项行动中，他 3 个多月没回过家。再看到儿子，是在电视上，在中央电视台"最美铁路人"先进事迹发布仪式上。

2022 年 1 月 4 日，国铁集团党组领导会见了 2021 年度"新时代 · 铁路榜样"，并颁发了荣誉证书。

他谦虚地说："这个荣誉不是我一个人的，而是属于新时代所有的铁路工作者。我不过是所有铁路货运工作者中的一员。"

坐在我眼前的薛胜利，身上有一股沉稳劲，如果没有话题，就安静地坐着，沉稳中透着坚毅。

从宋家庄走向朔州车务段，走向太原局集团公司，走向国铁集团，走进首都北京。薛胜利从零开始，脚踏实地，坚定不移，一步一个脚印。时代更迭，市场变化，他紧紧跟着时代的节拍。

但是，从入路开始养成的严谨细致、踏实能干的精神没有变；艰苦奋斗、务实创新的精神没有变；脚踏实地、敢打敢冲的精神没有变。那种将使命放在第一位，将个人命运和国家命运融在一起的精神让人敬畏。

◇ 薛胜利指导车站货运人员完善业务报表（摄影：孙曙巍）

就像少年时代他在日记本上写下的 8 个大字——努力向学，蔚为国用。这已经不知不觉，追随他融入血脉。

交通强国，铁路先行。在“以人民为中心”发展思想指引下，薛胜利始终秉承“人民铁路为人民”的根本宗旨，一如既往奋战在大秦货运主战场，带领营销小组成员跑煤矿、找市场、揽货源。

路再远，也挡不住他们心中的万家灯火。

2021 最美铁路人 ZUI MEI TIE LU REN

李玉斌

杨连第大桥的守望

——记中国铁路郑州局集团有限公司杨连第桥隧工区工长李玉斌

◎ 章金辉　刘笃仁

秦岭之北，黄河之南。陇海铁路蜿蜒向前。在这条百年铁路上，有一座中国铁路史上唯一以人名命名的大桥——杨连第大桥。

杨连第大桥是陇海铁路最高的桥梁，最初称为陇海铁路 8 号桥，1921 年设计建造。大桥位处三门峡市东南，扼守中原通达关中的要塞地段，历来为兵家必争之地。

1944 年，侵华日军为抵挡中国军队进攻，炸毁了 8 号桥，国民党政府修复此桥用了整整两年。1949 年，为了阻拦解放军向西北挺进，国民党反动派也炸毁了 8 号桥。而中央军委向铁道兵团下达的命令是：3 个月内修复大桥！

这几乎是不可能完成的任务。

危急时刻，铁道兵团战士杨连第主动请战，徒手攀爬 4 个多小时，登上了 45 米高的桥墩，打通了作业路线，为修复大桥提前通车立下大功。杨连第因此被授予“登高英雄”荣誉称号，并作为全国工农兵劳动模范代表，在北京受到毛主席接见。

1952 年 5 月，杨连第在抗美援朝战场上牺牲，为纪念他的“登高精神”，铁道部将陇海铁路 8 号桥命名为“杨连第大桥”。

70 多年来，新中国铁路人在“登高精神”鼓舞下前赴后继、奋力拼搏，和英雄的大桥一起见证了中国铁路日新月异的飞速发展。这座饱经战火的百年老桥，也在一代代守桥人精心养护下，不断焕发出新的活力，傲然挺立于新时代。

薪火相传的守桥人，最为人称道的是李玉斌一家。

李玉斌是中国铁路郑州局集团有限公司洛阳工务段杨连第桥隧工区工长，他的爷爷和父亲都曾是杨连第大桥的守护人。从 1957 年至今，祖孙三代 65 年接力养护大桥，彼此守望，从未离开。

2022 年春节，我们来到工区，没见到李玉斌，却遇到了他的父亲李长贵。在李长贵带领下，我们来到引桥的墩台，看见李玉斌正仰着头，全神贯注地盯着桥面，火车从头顶上轰隆隆驶过。近前一问才知道，早几天李玉斌发现有根桥枕的振幅出现变化，特意加强了每天的巡检观察。

李长贵顺着李玉斌的目光看去，微微点点头，手指着桥枕对儿子说：“这地方可是受力点，大桥老了，多盯着点！”

李玉斌嘿嘿一笑，却不自觉地挺胸、立正：“放心吧，一直盯着呢。前面还有一个，我带你去看看。”

父子俩自顾说着话，肩并肩地向前走去，几乎忘记了我们。望着这对父子的背影，我们知道，他们对大桥的挚爱已经融入血脉，化为基因，在代代相传中，一点点凝结起最重要的生命守望，构筑了攀登不止的精神高地。

英雄是怎样炼成的

历史不会忘记英雄。

1952 年，铁道部为杨连第大桥命名；1956 年，杨连第纪念碑建立，1995 年重新修缮；2016 年，杨连第烈士纪念馆建成。以英雄的名字命名大桥，为英雄立碑建馆，充分彰显了党和国家对英雄的推崇和肯定。

人民也没有忘记英雄。每年清明节，都有大量游客前来祭奠英雄，参观大桥和纪念馆。弘扬英雄事迹、传承英雄精神，越来越成为人们的思想共识和行动自觉。

桥因人而名，人因桥而兴。“登高英雄”杨连第的成长之路，充满了坎坷和传奇。

杨连第是天津人，因为家境贫寒，14 岁就开始打工谋生，先后做过学徒、蹬过三轮车、当过架子工。抗战时期，杨连第被日伪军抓去当了电力工人，在没有安全防护措施的情况下，每次上高架线都是走鬼门关。对于日本人和汉奸来说，中国穷苦百姓的命根本不叫命，也压根不在乎。为了活命，杨连第只能拼命学习技巧技能，因此练就了一身能登善攀的硬功夫。

天津解放后，杨连第从心底认定解放军就是自家人，动员弟弟一起加入了民工队，运送弹药，抢救伤员，随后又和堂叔共同参加了铁道总队桥梁大队。他对解放军把自己从苦难中解救出来充满感恩，对共产党领导下的部队倍感温暖，一心想多作贡献，报效国家。

因为立功心切，杨连第甚至因为冒进出现过失误。在修建北戴河铁路线 76 号桥时，杨连第不慎从 7 米高的桥墩上摔下来，伤到了头部。连队指导员第一时间将他送到医务处，亲自为他做病号饭。这个苦水泡大的穷孩子感动得泪流满面，更加坚定了永远跟党走、一生报党恩的坚定信念。

1949 年 8 月，为了肃清残敌，解放军从中原地区挥师进军大西北，大势已去的国民党反动派仓皇逃窜前，再次将大桥炸毁。资料显示，大桥被破坏得很彻底，桥身完全损毁，大桥只剩下 5 根混凝土桥墩，孤零零地矗立在山谷中。由于运输道路被毁坏，大型机械短时间无法进入，很多材料、工具都难以运送到位，也没有梯子等辅助攀爬设施。桥梁大队发动全体人员集思广益，寻找解决办法。

杨连第当时在桥梁大队，他围着 5 根桥墩仔细勘察后发现，每隔 3 米左右，桥墩上都有几个不起眼的小铁板，长短不一，中间有圆孔，垂直于地面，应该是当年逐层浇筑混凝土桥墩时留下的。他用一根长杆挂上铁钩，尝试钩住铁板上的圆孔，发现承重完全没有问题。于是自告奋勇地向首长请战，自己可以登上桥墩，并为后续人员架设好云梯。

关于 8 号桥，当地有句顺口溜："8 号顶，8 号顶，失手掉成饼；8 号端，8 号端，上桥如上天。"大桥所在位置海拔 800 多米，大山里沟深天凉，横风劲吹，雾气飘忽，没有保护措施攀爬 45 米高的桥墩，想想都让人不寒而栗。

团首长对杨连第的申请非常重视，亲自到现场察看，认真听取了他的想法后才谨慎批准，团党委特意选拔了 18 名优秀战士组成突击队，由杨连第带领登高。

在大家的注视下，杨连第身背绳索，手执长杆，首先向最高的

2 号桥墩攀登。如今杨连第烈士纪念馆还留存着这段珍贵影像，镜头中的杨连第身轻如燕，灵活敏捷，每爬到铁板密集处，就像壁虎一样小心地贴着桥墩站稳，用绳索把单面云梯固定好，为后续人员建好通道。桥下所有人都屏住呼吸，紧张地盯着他的每一步登高。一米又一米，一段又一段，整整 4 个小时，杨连第终于成功登上桥墩顶部。

登顶之后，要凿平墩顶才能架梁。杨连第再次创造性地提出了小当量、多频次的“小药包浅眼密爆”爆破法。他在桥墩上夜以继日地干了三天三夜，成功爆破 100 多次，让施工进度大大加快。

桥梁大队全体指战员按照他的方法，争分夺秒地持续作战，最终比中央军委的要求时间整整提前了 20 天完成任务！

没有从天而降的英雄，只有挺身而出的凡人。杨连第不怕牺牲、迎难而上的大无畏英雄气概，印证了只有在党的领导下，人民群众的无穷智慧和力量才会被最大限度地激发。

2019 年夏天，杨连第生前战友尹连臣在儿孙的陪同下，从陕西一路寻访到这里，老人已经 90 多岁。他把每件展品看了一遍又一遍，把大桥抚摸了一次又一次，眼含热泪地说：“当年就是这样的啊！”在留言簿上，他深情地写下：“千里迢迢来到与杨连第共同生活战斗过的地方，以此怀念我的战友杨连第。”

临别时，老人在李玉斌搀扶下，颤巍巍地向杨连第的雕像行了一个军礼。

青山无言，大河呜咽。大桥上飞驰的列车汽笛鸣响，车轮铿锵，那是对英雄崇高敬意的表达。

听父亲讲过去的故事

李玉斌的父亲李长贵退休前是观音堂线路工区工长，巡查杨连第大桥是工区的重点工作之一。父亲每次巡查都会穿戴整齐，手执道尺和记录本，走在队伍最前面。

他们从工区出发，向西行进 5 公里，穿过干壕、槐沟两个隧道，就能登上杨连第大桥。每次上桥前，父亲都会认真叮嘱大伙儿整理着装和工具，提醒巡查重点，始终保持精神抖擞的状态。

当时杨连第大桥有武警官兵驻守，大家相互打着招呼，每个人都腰板笔直。父亲对工友说："我们在英雄的大桥上，得有点英雄的样子，该弯腰要弯腰，该挺胸要挺胸。"

多年后，李玉斌终于明白，弯腰是工作，挺胸是态度。父亲用朴实的肢体语言，诠释着自己对大桥的热爱和尊重。

李玉斌计算过父亲的工作量：从观音堂线路工区到杨连第大桥有 5 公里，巡查线路时每走 3 根枕木就得弯腰 1 次，查看钢轨和枕木上的零件是否齐全、规整、结实；每行走 25 米左右就要俯身一次，把头贴在钢轨上进行目测检校，看钢轨是否笔直顺滑，有没有细微拱起和扭曲，轨面上有没有刹车造成的掉块或损伤。

父亲告诉李玉斌，趴在钢轨上向远方目测，就得像战士举枪瞄准，目不斜视聚精会神；弯下身子检查线路，就得像医生上手术台一样，一丝不苟精益求精——这是爷爷生前的教导。

爷爷李德旺出生于河北，是新中国第一代铁路人，参加过著名的丰沙铁路建设。20 世纪 50 年代，各大干线铁路单位技术人才严重缺乏，铁道部将大量铁道兵和建设者转隶到全国各地。李德旺于1957年受命来到陇海铁路，在杨连第线路工区当上了看守工，一直工作到退休。

当时除了杨连第桥隧工区，还有杨连第车站、线路工区。李德旺是杨连第线路工区最后一任工长。这里位于秦岭余脉的杨岭和西南岭之间，地理位置偏僻，交通极为不便。线路工是公认的苦累脏险工种，但李德旺从未抱怨过。从华北到中原，从建设到维修，他始终响应党的号召，服从组织命令，出现在最需要的地方。哪怕背井离乡，千里驰援，他也认为是此生最大的荣耀，是党和国家的信任。尤其能够负责英雄大桥的养护维修，更让他充满激情，倍感骄傲。

整整18年，爷爷李德旺始终守护着杨连第大桥，不仅将家训家风传承给了儿子，也将守护杨连第大桥的接力棒传给了儿子。1975年李德旺退休，李长贵接替了父亲的工作，也接过了这份沉甸甸的责任。

李长贵来到桥上工作时只有17岁，在他38年的工作生涯中，铁路系统经历了多次生产结构调整，杨连第大桥的检查维修任务也数易其主，但李长贵始终身处其中，不曾缺席。

时光不老，岁月有声。他和大桥就像一对饱经风霜的兄弟，携手冷暖，穿越晨昏。

李玉斌回忆，自己很小的时候，就对家门口的大桥印象深刻。陇海铁路有大大小小很多桥梁，父亲提及其他桥时总说几号几号桥，提到杨连第大桥时却有名有姓，饱含热情，像在介绍一位相知已久的老朋友。

小玉斌有些不明白，他问父亲："其他的桥都没有名字吗？"父亲笑着摸摸他的脑袋："他们都有名字，只是没有这个大桥有名。"

"是因为这个大桥最高吗？"

"是啊，因为这个大桥最高，更因为它是一座英雄桥！有个叫杨连第的英雄登上了这个桥，所以这个桥就有了一个英雄的名字。"

小玉斌更好奇了："能登上桥去的就是英雄吗？那我长大了也要登上大桥，也要当英雄！"

父亲笑了："等你长大了，和爷爷、爸爸一样，实实在在地把这个桥看好了，让所有的火车都能唱着歌跑来跑去，你就能成为英雄！"

或许那一刻，小玉斌还是懵懂的，但是，当英雄的梦想却在这个小小男子汉心里扎下了根。他经常一个人跑到 2 号桥墩下仰望，看着杨连第当年登高的小铁块陷入深思，恍惚中身着戎装的英雄迎着朝霞，正从时空隧道里穿越而来……

他顺着桥墩伸手向上探摸，可最低的铁板也离地 3 米多，是那么高不可攀。他努力踮起脚尖，感觉这样会高一些，离当英雄更近一些，甚至听到了风中传来了鼓励的声音："小伙子，加油！"

他决定跟着父亲到桥上看看。

李玉斌记得很清楚，那是个艳阳高照的晴天，父亲拉着他的手向桥头走去，也不知道是累了还是兴奋，小玉斌到桥头时已经气喘吁吁。他透过枕木的缝隙向桥下看去，路过的拖拉机像个小玩具，根本看不清拉了几个人，顿时紧张起来，不由得拉紧父亲的衣角，腿肚子开始哆嗦。

父亲笑了，让他在桥头等着，自己带着工友继续向前。金色的阳光下，身穿黄马甲的叔叔们列队前行，步履沉稳，衣服被风鼓荡撕扯着，如同猎猎作响的旗帜。

小玉斌把这件事写进了作文，说自己以后也要当登高英雄。

语文老师很认真地写了批语，还专门找到小玉斌谈话。老师说："要当英雄不一定非要攀登大桥，其实战胜困难、超越自己也是一种攀登，也能成为自己的英雄。"

小玉斌问："那我们得战胜多少困难呢？"

老师语重心长地说："一直坚持下去，坚持就是胜利！"

少年心中的英雄种子开始发芽——坚持是另一种意义上的登高。

每个人心中都有一座桥

1980 年出生的李玉斌是新中国第一代独生子女，打小就格外受宠。在父亲眼里，男孩子就应该调皮捣蛋，能折腾才会有出息，因此对他许多奇奇怪怪的想法不但没有批评制止，反而放任和鼓励："铁路人家的男子汉就应该敢闯敢试，皮实一些，去吧！"

宽松和谐的生长环境，造就了李玉斌天马行空的思维和顽皮多动的性格。常年在大桥边生活，骨子里也潜移默化地养成了傲然刚硬的品性。

高中毕业后，李玉斌坚持要去当兵。在他所了解的英雄里，基本上都是军人，特别是杨连第，在他心中的分量最重。父亲非常支持，说："部队里是历练人的地方，去吧，别丢脸！"

进了部队，李玉斌才发现，原来当兵这么苦，要求这么严。连吃饭、睡觉、洗漱都要一切行动听指挥，打背包、叠被子、整内务

◇ 李玉斌在陇海线观音堂隧道内进行打冰作业（摄影：陈斌）

更是要求苛刻，几乎是吹毛求疵。独生子的短板被无限放大，一直顺水顺风的他不断挨批评，被反复纠正。他感到前所未有的失败，好像自己做什么都不行，心气儿也一点点跌到谷底。

李玉斌终于忍不住了。他打电话向家人哭诉，说要回家。向来慈爱的父亲这次却毫不客气：“你不是要当英雄吗？老师不是让你坚持吗？连这点事都做不好，还想登高上桥？别给部队说你住在英雄桥下面，咱们老李家没有逃兵！”

兜头一盆冷水，让原想求安慰的李玉斌委屈万分，却也激发了他的斗志。家人的态度让他震惊，他静下心来反思了很久，别人能干好，我为啥不行？

他开始和自己较劲，用心琢磨班长教的方法，反复练习整理内务，直到熟能生巧。看到别人在其他方面的好经验、小窍门，他想方设法地学过来，并且乐此不疲。很快，他不再是那个拖后腿的兵了。从一路挨批评到总是得表扬，李玉斌的信心回来了，干劲也更足了。入伍第二年，他被提拔为副班长，还被评为“优秀士兵”，受到了旅部嘉奖。

干什么都讲规矩讲标准，都认真细致精益求精，这种行为习惯变成性格特点，李玉斌认为主要得益于军营生涯。他说：“是部队的大熔炉锻造了我。”

李玉斌是装甲步兵，属于快速反应部队，要求特别高。他说：“装甲车把我们快速送达战场，剩下的距离必须全速冲锋，越是陡坡越要勇往直前！”

“装甲步兵是永远仰着头向最高处冲锋的战士！”李玉斌时刻铭记指导员这句话。在深受震撼的同时，他不由想到家门口的杨连第大桥，还有桥下陡峭的山坡，那是儿时心中最高的地方，也是自己一直想攀登的目标。

我什么时候能够像杨连第一样冲上这座大山，登上这座大桥呢？李玉斌在心里热切地期盼着。

从部队复员后，他经过培训被分配到南阳工务段，成为和父亲一样的线路工。但是这里没有大山，也没有大桥，虽然比爷爷和父亲以前的工作条件要好很多，可他始终觉得少了点什么，经常心神不定，有意无意地向着家乡的方向发呆，表情黯然。

同事们打趣说：“想妈了吧？”

他竟然无言以对。

说来也奇怪，只要一回到家，李玉斌就觉得心里立马平静很多，于是回家节奏越来越频繁。有次赶上父亲巡查线路，他跟着再次登上杨连第大桥。走到桥中间，李玉斌停下来四下张望，在苍翠的群山里，凛冽的寒风中，他看见大桥和纪念碑静静地挺立在左右，仿佛在等待自己。

孩提时的记忆不断在心头翻涌，李玉斌终于找到心绪不宁的原因。原来，每个人心里都有一座属于自己的大桥，在时时刻刻召唤着。

他态度坚定地告诉父母：“我要在老家找对象，我要回来！”

李玉斌迅速向上级组织递交了申请调动报告，担心领导不同意，还特意声明，自己只想去偏僻边远的杨连第桥隧工区，那里有自己儿时的梦想，决不是想去城市和县城所在地贪图安逸。

2008 年，组织批准了他的报告，将他调到洛阳工务段杨连第桥隧工区。放弃熟悉的线路工岗位，选择桥梁工，是李玉斌提出的唯一要求。他觉得桥梁工和大桥的接触更密切，也更亲昵。

“嘿，我回来了！”到工区的第一天，他就欢快地跑到桥下，对着杨连第曾经登高的 2 号桥墩说。

此后 5 年间，父亲在桥面上检查，儿子在桥体里作业。有时他们向着一个方向分头并进，有时又同在一个纬度各司其职。在同一个时空里，爷儿俩都能清晰感知到对方的存在，偶尔向着对方作业方向会心一笑，轻轻拍打一下钢铁桥梁，发出清脆悠长的回响。

近 2000 个日日夜夜，父子俩在大桥上步伐坚定地奔忙，他们和大桥一起走过春秋，越过四季。

我和大桥有个约定

选择换岗成为桥梁工，李玉斌是有心理准备的，也是认真思忖过的。

桥梁工的主要作业对象是桥梁，也包括隧道和涵洞。由于地势不一、位置不同，所需要的工作范围和技巧自然有所差异。从某种意义上说，桥梁工对完成任务的适应能力要求更高，应变能力要求更强。

挑战和困难，正是李玉斌乐意去迎接的。

从他站在杨连第大桥前那一刻起，英雄的梦想就已经深深融入于此，植根于此。他渴望有更多的挑战，让自己去战胜。当梦想在现实中一点点走近自己，他觉得生活变得格外温暖而有意义。有多少人可以做自己喜欢的事呢？我就是啊！

他将自己全部心血倾注到大桥上。

大桥是立体的，除了钢轨之外的所有地方，都是桥梁工的工作范畴。怎么检查、保养、维修和整治，有一系列作业要求，也有严格的时间周期和处置标准。在这些规定动作的基础上，李玉斌他们还需要面对更多的实际困难。

杨连第大桥 1921 年设计，1924 年通车，而且两次被炸毁，又两次修复。由于时间紧迫且材料缺乏，1944 年国民政府陇海铁路管理局主持修复时，采取了就地取材、用木排架设便桥的修复方案；1949 年我铁道兵团修复时，采取了全面凿低桥墩，就近利用滦河大桥钢梁的方式抢通。这样一来，杨连第大桥从上到下，除了桥墩，几乎不存在系统完整的原装件，大多采用因陋就简的拼凑和应急措施，也因为条件限制慢慢固化下来。

走在大桥上，不经意间能看见部分小构件侧面标注“1874 年”“1886 年”，那是构件出厂时间的标志。原来拼装起这座大桥的部分构件，有的甚至横跨了一个半世纪。

此后数十年，尽管建设者们对杨连第大桥不断进行升级改造，陇海铁路的设备质量也有了大幅度提升，但是李玉斌和同事们依然不敢掉以轻心。他们说，这座百岁大桥饱受摧残，到处修修补补，就像一件百衲衣，已经很脆弱了，任何风吹草动都可能带来严重后果，必须小心再小心，细致再细致。

了解是相处的基础。要对一座大桥了如指掌，绝不是一句简单的话可以概括的，何况杨连第大桥无与伦比的特殊性。抛开英雄元素加持，它的自身属性也很不一般。既有西方人的设计理念，又融合了中国人的智慧，还兼顾了不同的时代特点。要想全面掌控它的脾气秉性，真得要点硬功夫。

李玉斌刚来大桥时，也觉得头绪繁多，有点发蒙。冷静下来后，开始一点点地啃，从结构到图纸，从基础到原理，慢慢把握和总结规律性的东西。他怕记不清楚，特意把一些重点部件拍下来，回家后再温习熟悉。毕竟大桥是陇海铁路贯通东西的咽喉要道，繁忙时每 5 分钟就有一趟列车通过，哪怕一颗小螺丝钉都必须安全可靠。

一眨眼 14 年过去了。他的坚持垒起了自身的高度，很快从工人成长为班长。2016 年，李玉斌被任命为杨连第桥隧工区工长。

李玉斌平时话不多，除非谈到大桥。他向我们介绍，虽然桥身和桥墩不是原配，但很和谐。由于梁体是钢铁结构，在不同的气候条件下，构件的膨胀度、伸缩性各不相同，所以在应力差异情况下，很容易发生隐蔽性安全问题。

他和工友们太清楚这一点了，因此每次巡检都会瞪大眼睛，从桥面到桥身，从桥枕到梁体，一定要看个清清楚楚明明白白真真切切，不放过任何细小隐患。

杨连第大桥是 4 孔桥，有 5 个桥墩，360 根枕木，全长 172.5 米。李玉斌形容道："对大桥自上而下地全面检查一次，强度不亚于任何一场新兵连训练，幸亏那个时候咱没当逃兵，不然还真干不了这活儿。"他指着大桥各部位一一介绍，眼神里充满欢喜，如同孩子展示自己心爱的玩具。

桥面上，重点检查项目是桥枕、护木，以及连接它们和钢梁的钩螺栓。不同于普通线路混凝土枕，为了保证列车运行的平顺稳定，杨连第大桥是在钢铁梁体上面直接铺设加厚加密的桥枕，用垂直的护木加固，整体结构如同平放在桥面的梯子。在每个桥枕和护木接头处，都用长长的钩螺栓贯穿，将枕木、护木和梁体固定牢实。

朝阳下，李玉斌用检查锤轻轻敲打桥枕和钩螺栓，手中的小锤上下翻飞，如同花丛中展翅的蝴蝶。他说："我们和医生一样要'望闻问切'呢，敲敲打打后就知道大桥哪里不舒服了。比方说要是枕木糟了，会发出沉闷的空响；要是枕木裂了，声音是嘶哑的；要是钩螺丝松了，敲上去会有脆响。"

他还给我们打了个比方："如果枕木里面出现了腐蚀，就和糠心大萝卜一样，中看不中用，会影响基础的。基础不牢，地动山摇啊，弄不好就要出大问题！"

巡查路上，李玉斌一会儿将身体探出桥外看栏杆，一会儿弯下腰去看基础，走不了几步还趴在地面上，嘴里念念有词。这些大幅度的身体动作是在干什么呢？他解释说要查看钩螺栓的钩头是否有歪斜。原来，钩头位置都在桥枕底部，要想看清楚，眼睛必须看到更低的地方。这样一来，就需要趴在钢轨旁边的步行板上，脸贴在地面，歪着头向斜上方看。

李玉斌自嘲地说:“这个动作得双膝跪地，像不像三拜九叩啊?”

李玉斌的话里透露着特有的执着和坚定。时间回溯到73年前，杨连第正是凭借着执着的精神和坚定的信仰，才能克服种种困难，只身登上45米高的桥墩。

仔细想来，从爷爷李德旺开始，三代人65年的坚守，不也是他们对于守好桥的执着吗?

何况，这只是大桥巡检工作中的很小一部分。

每个月，李玉斌还要和工友们下到桥身，钻进大桥肚子里，对外面看不见的内部结构进行检查，确保梁体坚固。梁体是一个长方体钢铁架子，里面用交叉的三角钢进行对角支撑，专业名称叫十字封撑。杨连第大桥一共有60个十字封撑，800多处铆钉群，需要一一看到或者摸到。检查这些天女散花般的铆钉，被他们戏称为“数星星”。

李玉斌“数星星”很有一套。他将这些铆钉分割成网格板块，优化出最便捷的路线图，既提升了工作效率，也不会遗漏关键。他还把从部队学到的战术动作巧妙地运用到工作中，教大家怎样探头、弯腰、深蹲、匍匐、跃进，讲解生动风趣，氛围热烈而活跃。

在狭窄的桥梁墩台上，钢铁汉子李玉斌又展示了他柔软轻灵的另一面，据说连女性都感到不如，称赞有些动作，恐怕只有练过瑜伽的人才能做出来吧。李玉斌很是开心，偶尔也会像孩子般露出些许洋洋得意的表情。

正是这一身好功夫，十几年来，大桥仅发生过两起铆钉断裂情况，其中一次就是李玉斌发现的。

把工作的辛劳转化为生活的收获，李玉斌乐在其中。

时至今日，他依然保持着匀称挺拔的军人身材，眉宇间满是机警灵动，静如处子，动若脱兔，反应迅速，身手敏捷，完全看不出是 40 多岁的模样。

我们和李玉斌一起钻进大桥肚子，发现别有洞天。抬头就是枕木和钢轨，列车呼啸而过；低头看见大山和河流，道路穿行其中。虽然人在半空，但脚下铺设的步道都是一块块铁板焊接的，结实牢固，拼接有序，崭新的螺丝在阳光下闪动着亮灿灿的光芒，集实用与美感于一体。我们不由得感慨："这都一百年了，梁体内部的施工工艺还这么扎实，比利时人果然厉害啊！"

不想招来工友们的哈哈大笑："可别迷信老外啊，那是玉斌带着咱们自己焊的，整了两年多呢！"

李玉斌此时嘴角带笑地看着外面，仿佛在享受着白云和山风的抚慰，很有超凡脱俗的惬意。

原来如此。有人打趣道："早就听说李玉斌对大桥比对媳妇还好，这下见识了。"

李玉斌还是嘿嘿一笑："刚来时我就和大桥有个约定，我俩都要讲良心。我不辜负它，它也不能辜负我。"

愿有岁月可回首，且以深情共白头。人间真情，莫过于此吧。

37 座桥梁的见证

李玉斌一直很清楚，杨连第桥隧工区管的可不只杨连第这一座桥，杨连第大桥是重点，是高点，不能有闪失，其他的地方也不能出差错。对于安全来说，桥梁有高低，责任无大小。他时刻提醒自己要做到安全生产万无一失，也时刻警示自己要记住安全问题一失万无。

杨连第桥隧工区管辖线路长达25公里，除了杨连第大桥，还负责其他36座铁路桥、10座隧道和118座涵洞的养护维修任务。也就是说，平均不到200米就会有一座桥梁、隧道或者涵洞，加上养护方式各异、地形地貌各异，工作难度和安全压力可想而知。

不过，困难再大，有当年杨连第遇到的困难大吗？一直深藏于心的登高英雄情结，让李玉斌在面临挑战时精神总是格外抖擞。

桥梁工是公认的万能工。从转岗过来第一天，他就做好了充分准备，不是考证就是在学技术，只要有时间，就会琢磨一些技巧和方法。很快，李玉斌成了工区最让人信任的人。大家觉得什么事也难不倒他，什么苦也挡不住他，所以，在前任工长调离后，大家一致推荐他当工长。

◇ 李玉斌在杨连第大桥桥体内进行钢梁清洗作业（摄影：陈斌）

能力就是底气。在一次次的实践探索中，李玉斌获得了越来越多的成就感，拿他的话来说，就是痛并快乐着。

比如对桥梁的养护检修。37 座桥梁里，除了杨连第大桥是钢铁架构，其余的均为钢筋混凝土桥。但是万变不离其宗，桥梁不外乎桥面、桥身和桥墩三部分，从安全的角度上看，重点还是桥面，桥面上的重点设施是桥枕、护栏和步行板。李玉斌认为，只要把逻辑梳理清楚了，活儿就好干了。

桥枕当然是排在最前面的关键。混凝土桥有整体道床作为支撑，维修起来相近，而钢构桥则完全不一样，特别是更换桥枕，对时间和步骤的要求近乎苛刻。

杨连第大桥也真不少让他费心思。

钢构桥的桥枕不是直接铺在桥身上，而是在梁体上架设两根长长钢板，类似塑钢门下面滑道，桥枕要对应着滑道宽度在下方开槽，一溜儿顺地卡在上面。在更换时，要先松开连接件，把一部分旧桥枕抽出来，再把新的桥枕换上去。

工程难点不在于笨重的桥枕如何搬运和更换，而在于时间的精准卡控。

由于桥枕长年卡在滑道上，滑道的隐蔽部分很容易生锈，必须在换枕的同时完成除锈和涂漆两道工序。首先要对滑道喷砂除锈，再将砂吹干净，然后涂刷 4 遍油漆，等油漆干透再架新的桥枕。

这就很考验人了，哪怕只是换一根桥枕，程序也一点不能少。在陇海铁路干线上作业，全桥大修施工的“天窗”时间为 180 分钟，李玉斌和工友们必须在这有限的时间里，对每根桥枕的更换时间精心计算，只有所有工序环环相扣无缝衔接，才能保质保量完成任务。

车间组织桥枕更换施工时，李玉斌刚刚升任班长。他觉得笨鸟先飞总没错，于是和工友提前一个月开始加工桥枕。他们为所有新桥枕一一编号，并根据滑道宽度和高度，以及需要开槽的深度，标出加工部位。为了清晰精准，李玉斌专门拜师学习木工技术，把墨斗装上红丹粉，弹出要切割的每根线条，然后用电锯切割出沟槽，再用传统的木工锛加工底部。

为什么要用木工锛呢？李玉斌说："木工锛虽然古老，但最有效。如果用好了，平面误差不会超过 1 毫米，我就是要把误差控制在这 1 毫米之内！"

如今，这门古老的手艺在李玉斌手里得到了完美的传承。大桥需要的 360 根桥枕加工成型，施工安装时，现场不少人发出惊叹："真是教科书般的严丝合缝啊！"

养护 37 座桥梁，最常见的问题是桥枕裂缝。传统处置方式是先用浸过油的麻绳填充缝隙，再用氟化钠混合防腐油做成腻子，将缝隙抹平。每次作业，大家都要带上这一系列原材料，不知道什么时候会遇上情况，免得再回工区临时加工。

经过仔细观察，李玉斌觉得这种方式可以改良，也需要改良。因为除了作业程序繁琐，还存在一些其他问题。如在高温下，腻子容易挥发，形成皲裂；在连续雨水冲刷下，腻子会流失油性、黏度不够。他琢磨来琢磨去，突然想起家里装修时，工人师傅封窗户缝用的结构胶，既有弹性也有黏性，而且无毒无味经济实用，能不能拿来试试呢？

果然，试验效果证明，这种方式更超值有效。他迅速向上级进行申报，很快就在桥梁系统推广开。这样一来，越来越多的人知道杨连第桥隧工区有个爱动脑筋的工长，李玉斌的名声开始在单位叫响。

桥梁工是高空作业者，很在意脚下的步行板。步行板就是钢轨旁边的便道，直接关乎生命安全。李玉斌管内的桥梁基本都有一二十米高，一旦踏空摔落，后果不堪设想。在 37 座桥上往返奔波，李玉斌最怕出现人员伤亡。他希望始终把安全主动权牢牢掌握在自己手里，特别是对可能影响人身安全的设施设备，宁愿多流汗，绝不让流血。

步行板是李玉斌关注的重点。他对所有桥梁的步行板进行统计归类，按轻重缓急纳入更换计划。而且做到因地制宜，不同的桥用不同的板材、不同的规格。在向上级申请的同时，李玉斌也没一味地等待，能自己干的就先动手制作。

李玉斌最先申请更换杨连第大桥的步行板，毕竟是 45 米的大桥，不敢有丝毫马虎。塑钢材质的新型步行板换上后，李玉斌发现换新板不难，难的是向下抬旧板，那些铁板厚达 4 毫米多，每块都有 100 多斤，两个人抬着都费劲。他带着工友们从暮春干到初秋，磨烂了数不清的手套，才将杨连第大桥步行板换完。所有换下来的铁板全部交公，颗粒归仓！

随后，李玉斌又把目光投向了陇海铁路下行 K804+302m 处的一座硖石桥。这座桥的步行板是混凝土预制，风化现象严重。他和工友们自己动手制模，一块块地浇筑，又干起了泥瓦匠。

然而在更换时，他们遇到了更大的困难。由于山区道路不畅，运输车辆只能停在桥下，离最近的作业点也有 50 多米，还要上一个根本没有路的陡坡。李玉斌二话不说，第一个上前扛起步行板，带着工友们一步步地向高处走。

他说："水泥板真重啊，我们的腰都被压弯了，只能一点点向坡上挪。"

我们站在硖石桥下，那条被踩出来的小路还依稀可见。一群身着黄色防护服的汉子，穿过时光，在漫漫荒草中艰难地负重前行，步步登高。汗水流过的地方，鲜花盛开。

危难之处显身手

对于铁路人来说，没有比安全更重要的事了。安全无小事，责任大如天！

任何安全事故甚至故障，都会给一盘棋的铁路运输秩序带来难以挽回的影响和损失。所以任何细小的安全警报，都是让铁路人义无反顾的冲锋号。

从进铁路第一天起，李玉斌始终有如临深渊、如履薄冰的敬畏感，时刻都处在枕戈待旦、闻风而动的应急状态。十几年来，他自己也记不清楚处置了多少紧急情况、防范了多少事故隐患。

地处豫西小秦岭余脉的杨连第桥隧工区，80% 的地段属于湿陷性黄土区域，设备繁多，制式复杂，养护难度极大。李玉斌记得很清楚，2010 年 4 月 19 日，那时的他刚到杨连第桥隧工区才一年多，傍晚他端着饭碗来到工区院里，突然发现大桥方向火光阵阵，烟尘滚滚。他叫了声不好，扔下饭碗就拨打火警电话，随后带领工友们携带铁锨、扫帚和灭火器材紧急赶赴现场。原来是杨连第大桥旁边的山上着火了，过火面积已达 200 多平方米。

他和工友们赶到时，火势正大。火舌蹿起五六米高，老远就感觉热浪扑面，呼吸不畅，皮肤被烤得火烧火燎地疼痛。大家顾不上这些，和守桥官兵一起分工合作，迅速清理枯草，挖防火沟，加上后续赶到的当地村民和森林消防队员，上百人连续奋战 3 个多小时才将火扑灭，没有让火势蔓延到大桥旁。

这件事给李玉斌留下了深刻的教训。他意识到，安全不仅要有应急能力，更要有防范能力，既要管好自己的设备设施，也要观察和了解外部的环境影响。跳出铁路看铁路，才能更清楚知道怎样抓安全。

保安全就是一场战争，要争取战争主动权，必须先下手为强！

他对防患于未然有深刻的理解。那是回家乡工作后一次去看望老师，老师给他讲扁鹊三兄弟的故事。老师说最高明的大夫，其实就是防患于未然。李玉斌如醍醐灌顶，工作思路一下被打开。自此，他坚持把查隐患放在更重要位置，尽可能去明察秋毫，防微杜渐。

在洛阳工务段三门峡桥隧车间备案的安全隐患问题库里，杨连第桥隧工区上报的数据格外显眼——以全车间 10% 的设备占比，上报的隐患量却占了 25%。特别是自己解决不了的重点问题，李玉斌总是不依不饶地盯着上级反复要求整治到位，决不放弃。

比如观音堂隧道外面的堑坡较深，李玉斌每年都向上级打报告，申请对山体挂网防护，防范落石风险。技术人员来现场勘察后认为，只要在春夏之交时加强清理就好。李玉斌据理力争，说这一区段山体的石质不一样，属于独特的风化石。技术人员再次勘察后，给予了认可，随后工务段立即组织进行了处置。

事后，主管副段长打趣说："玉斌啊，你安排的活儿我们可都干完了哈。”李玉斌脖子一梗：“那可不是我安排的，这是我们大家共同保安全的责任！”

2019年和2020年，习近平总书记先后就高铁和普速铁路的外部环境整治作出了重要指示批示。李玉斌异常兴奋地说：“习近平总书记关心铁路安全工作，那是咱们的政治荣耀，千万不能有一点马虎啊！”他对管辖设施进行网格式划分，把责任细化到每个人头上。自己一有时间，就开着私家车沿途查看一番。

2021年1月11日中午，李玉斌开车送工友前往作业点，返回路上突然发现，观音堂隧道东口的堑顶边上，散落有两片约5米长、1米宽的彩钢瓦，特别是其中一片挂在两棵大树间，摇摇欲坠。如果坠落下来，不是砸上接触网的高压线，就是落在车来车往的钢轨上，后果不堪设想!

他立即停好车冲过去，踮起脚尖把挂在树上的彩钢瓦用力向下拉。冬季的隧道口，涌出来七八级的穿堂风，吹得他踉踉跄跄，他死死抓住不敢松手，只能大声呼喊求助，直至路过的老乡赶来帮忙。后来才知道，是一位卤肉摊主拆除简易房的屋顶后，彩钢瓦没有固定好，被大风卷飞到此的。

2021年8月22日，在河南全省遭遇暴雨的关键时期，李玉斌和车间党支部书记李斌飞一起前往重点区段检查防洪情况。来到陇海线上行K786+100m北侧，他们商议对这个薄弱地段进行加固强化。正在讨论时，西侧护坡在两人眼前大面积溜塌。李玉斌立即冲上股道，紧急设置停车手信号，将途经列车拦停在远处，成功地防止了事故发生，受到上级的表彰奖励。

后来有人私下议论，说事故正好发生在眼前，这完全是运气。

在一次会议上，领导特意给大家讲了一名工程师的故事，说他诊断设备时，只画了一道线，却收费 1 万元。领导说："用粉笔画一道线不值钱，但知道在哪里画值钱。李玉斌为什么不去其他地方检查呢？"

同行的车间党支部书记李斌飞也语重心长地说："同志们，即便有运气，也是留给有准备的人啊！"

时刻准备着，是李玉斌的一贯风格。

在防洪紧要时期，工区面临人手严重不足的窘境。无奈之下，李玉斌电话通知退休在家的老父亲出马，请他帮忙巡查观音堂车站附近的重点区段，严密盯控路堤、路堑边坡溜坍，山体落石，泥石流等地质灾害的苗头和迹象。老工务人开心地接受了任务，每天忙得不亦乐乎。

李玉斌还利用十几年攒下的人脉，充分发动周边群众协助工作。

◇ 李玉斌在陇海线杨连第大桥桥墩上进行桥梁支座检修作业（摄影：陈斌）

2021 年 9 月 28 日凌晨 3 点，陇海铁路因暴雨发生边坡溜坍，长 30 米、高 10 米的土体掩埋住了铁路。接到通知，刚刚抢险回来的李玉斌立即跳起来，带着工友就往现场赶。在赶赴现场的路上，他迅速联系到了 100 多名民工和 10 台钩机。然而桥下的道路被暴雨冲毁，只有两台钩机能够赶到。

李玉斌毫不犹豫，徒步带领剩余 8 台钩机，从硖石隧道口的步道上，冒着大雨边走边挖，清理障碍，硬是用 4 个小时啃开了这条两公里的山路，为抢险赢得了宝贵的时间。

李玉斌抢险的故事太多了，好多自己都记不清楚。但有件事让他百感交集，时常提起。那次他开车去防洪点遭遇道路冲毁，汽车陷进了泥坑，附近的老乡开着自家钩机过来帮忙，结果不小心也陷了进去。在那个风雨交加的夜晚，他和老乡两人不得不弃车离开。走了好远后，两人不约而同地回头看看，两辆车肩并肩浸泡在水中，宛如它们患难与共的主人。

大桥就是我的家

退休 8 年了，父亲李长贵还是闲不住。

李长贵从 1975 年上班就在观音堂线路工区，在老伴儿的记忆里，他从来没闲住过，手不停，嘴不停，腿不停。工区和家属院只有一墙之隔，李玉斌小时候经常跑去工区喊父亲吃饭，三请四邀地回了家，李长贵一看饭还没端上桌，转身从后门又回了工区。

小玉斌有时会感到委屈，母亲劝慰说：“你爸这么多年都这样，前门进后门出，工区比家还重要呢。”

那个时候，小玉斌想和父亲说上句话都很难。可现在不一样了，每天父亲都会和他说话，风雨无阻。

从李玉斌当上工长开始，李长贵就要求儿子每天给自己电话汇报。话题来来回回离不开工作，离不开杨连第大桥。

“今天是不是干天窗了？在哪个区间干的？明天会在哪儿干？是在隧道里啊，还是桥梁上啊？”

当了一辈子工务人，在杨连第大桥上走了 38 年，其中的辛苦和风险，李长贵再清楚不过。桥体检查要钻“桥肚子”，桥墩检查要吊着绳子“荡秋千”，离地十几层楼的高度，哪一项都得十二分小心。他就这么一个儿子，年龄越大越稀罕。每天约摸儿子的活儿干得差不多了，李长贵就在观音堂的家中一门心思等儿子电话，就像每天必须完成的规定任务，接不到电话，李长贵的心就一直悬着。

李玉斌笑着调侃：“这是我家的固定节目，是家里的‘新闻联播’。”

平时没有更多时间陪伴父母，李玉斌只能把这个电话当成一种孝顺的渠道和平台。他不厌其烦地把当天的工作一五一十地向父亲汇报，有时候还就一些问题向父亲请教。对于李长贵来说，这简直就是一种享受，对历史、环境、线路、人员和作业项目都熟悉的李长贵，增加了很多可以与儿子交流的内容，也给了李玉斌很多启示和帮助。

李长贵退休后一直不肯回三门峡市区居住，而是选择留在观音堂车站家属院——那儿离大桥近啊！观音堂车站离杨连第大桥不到 10 公里，这种近在咫尺的感觉让他很踏实。

李玉斌明白，父亲心里割舍不下铁路，割舍不下大桥，也割舍不下自己。

有时李玉斌实在太忙，忘了打电话，等在家的李长贵就会闹点儿小脾气，吹胡子瞪眼睛地嫌这嫌那的，说“这孩子是不是翅膀硬了”之类的话。母亲赶紧偷偷给儿子打电话报信。一听到电话那头传来儿子的声音，老头儿的气瞬间就散了。

李玉斌对父亲说：“你多学学用微信吧，可以留言，还能发照片和视频，你就能看得更清楚了。”李长贵有了任务，也就有了精神，他不断地捯饬，居然把微信的一系列操作玩得溜熟，还给自己取名“铁道基石”，头像就是杨连第大桥。

李玉斌经常把杨连第大桥的照片和在工区工作、生活中的场景发给父亲，李家每天的“新闻联播”内容也更丰富了。

李长贵常常感慨，这几十年铁路发展太快了，也太好了。他说：“我们那时候睡的床，是用废弃的枕木锯成木板拼起来的，上面铺着蒲草和麦秸秆编织的草垫，冬天冷起来的时候，冻得成夜睡不着。吃水很不方便，得到村里老百姓家的井里打水，再挑回来。遇到家里没人锁了门，就只能挑河水煮开了吃。现在条件真好啊，住的都是公寓式的宿舍，干净漂亮还暖和，冰箱、彩电、淋浴器、电饼铛啥都有，有自来水还有小菜园。工作条件更是没得说，几次大提速后，38 型轻轨一路换到 60 型重轨，木枕换成水泥枕，手钻换成了电钻，干什么活儿都有专用工具，既省劲又高效，现在的铁路人，真幸福啊！”

他反复叮嘱李玉斌：“千万要珍惜岗位，要对得起大桥，对得起养了咱们这一家三代的陇海铁路啊！”

李长贵每天都会浏览儿子及其工友的朋友圈，密切关注着大桥的施工动态。防洪期间帮助李玉斌巡查线路后，积极性更加高涨，不断向李玉斌请战，表示工区再有忙不开的活儿，自己可以顶上。他怕儿子不放心，还把自己的“微信运动”展示给儿子看，说：“我每天早上都和你妈进行 3 公里快走，身体棒着呢。”最后用了微信上很时髦的一句话：“若有战，召必回！”

李玉斌非常理解父亲对铁路的感情，对大桥的感情。他对父亲说：“从小我就喜欢吃俺妈包的大肉韭菜馅饺子，要是天气好的话，你给我送一点吧。”

李长贵欣然领命。

过不多久，他就催促老伴儿包饺子。两人一大早出去买肉买韭菜，和面，擀皮，一个个捏瓷实，放冰箱里冻好，再 20 个一袋地分装好。然后，李长贵开车，拉着老伴儿向杨连第桥隧工区赶。离工区虽然不太远，但有一段坑洼不平的土路，人在车上常常被颠得乱跳。李长贵不想让老伴儿跟着一起受这茬罪，但架不住当妈的想儿子，老两口就这么一直坚持了下来。

到工区次数多了，老两口不但能叫出工区所有职工的名字，还知道了每个人的口味。老两口把他们都当成自家孩子，说是给儿子送饺子，其实是给大伙儿送饺子。送去了不算完，还亲自下厨做好，热腾腾地盛出来，看着大伙儿吃。

2021 年，河南遭遇了多轮强降雨，抗洪期间工区人手短缺，就连给大家做饭的吴小六也上了一线，大家只能是方便面就矿泉水，那段时间，大伙儿梦寐以求的，就是能吃一顿有红烧肉有青菜的盒饭。中秋节，李玉斌给附近的小饭店打电话，定了 7 份套餐给弟兄们过节。但那天一大早，李玉斌就带着工友们分散在 3 个防洪点整治水害，实在腾不开手去取，只好打电话给父亲。李长贵立马开车跑到饭店，把饭给大家一个个送到现场。送到最远的作业点时，饭菜已经有些凉了，但大家都说，老爷子送来的这顿饭，吃得痛快、暖和！

2021年6月，在首都二七剧场“庆祝建党100周年·铁路老物件精品说”展演活动现场，李玉斌和父亲李长贵作为守护英雄桥的铁三代家庭，登上中国铁路大舞台，讲述了他们祖孙三代65年不忘初心、坚守奉献，传承“登高攀高不畏高”的“登高精神”，讲述了把守好、护好杨连第大桥作为价值追求的故事，深深地打动了现场观众，也让他们更加思念离世多年的爷爷。

回家后，父子俩含着眼泪，向着爷爷的遗像满斟美酒，毕恭毕敬地汇报了这个喜讯。

家乡有个天鹅湖

每年11月上旬，成千上万的天鹅从遥远的西伯利亚，来到三门峡湿地公园越冬，直到次年3月才离开。

它们如期而至，从不爽约。

李玉斌的小家安在三门峡市，离天鹅湖两公里，爱人牛静是幼儿园的教师。他们都非常喜欢天鹅，特别是生下女儿后，夫妻俩都说要多带女儿去看天鹅，让女儿以后也成长为一只优雅漂亮的白天鹅。一家人约定，只要有空就去湖边看天鹅。

可心心念念的这点小愿望，李玉斌总是爽约。

牛静嫁给李玉斌不久，就意识到了这一点。他日常工作忙，需要值守；周末和节假日回不了家，也是常事儿；春节就更不用提了，李玉斌去杨连第桥隧工区工作 14 年，有 10 个春节是在工区度过的。2018 年暑假，本来一家三口早就打算去成都旅游，旅游团的预付款都交了，李玉斌又因为防洪值守爽约了。

从希望到失望的剧情反复上演，她也从愤怒、委屈慢慢变得习惯，有时本来很生气，可一看到丈夫疲惫的模样，顿时心又软了下来。

于是她独自带着女儿去了天鹅湖，母女俩玩得还算开心。然而每到一个好地方，看到好风景，她依然会止不住地想到丈夫和他的大桥，会在心底闪过丝丝遗憾。她对女儿说："咱们多拍些照片和视频吧，拿回去让爸爸好好看看，我们也算是一起旅游了。"

女儿也说："要是爸爸一起来就好了。"

牛静安慰道："那当然很好，妈妈也很盼望这一天。可要是在快出门或者刚到时，爸爸又被叫回去了怎么办？"

牛静常常回想和李玉斌初次见面的场景。原本经人介绍的两个年轻人，一见如故，非常聊得来。"有啥话都想给他说。"牛静说起二人的相识、相恋、相爱、相守，脸上满满都是幸福。

在她的记忆里，年轻时的李玉斌，真是帅呆了。1 米 78 的大个儿，五官端正，身姿挺拔，加上军旅生涯历练出的军人气质，显得既结实伟岸，又玉树临风。"除了人太瘦，挑不出毛病。"牛静不否认自己最初是为李玉斌的颜值所吸引，而生活久了后，她更为丈夫的人品而倾心，也就更愿意去了解他的工作，理解他的付出。

恋爱时期，李玉斌正在申请调回杨连第大桥工作。他带着牛静去过当时的工区。那个夏天，牛静第一次见识到了铁路人的作业场面。炎炎烈日下，李玉斌和工友们光着膀子在线路上劳作，势如猛虎，挥汗如雨，钢铁男人的味道一览无余，她被深深地震撼到了。

她对铁路人自此有了全新的认知。此后的接触中，李玉斌和她讲到了杨连第，讲到了杨连第大桥，讲到了自家三代人与大桥的感情和渊源，也给她讲到了铁路人的责任和担当，以及陇海铁路的历史和价值。还很坦诚地说："虽然自己在申请调动，但可能调不回去，一直会两地分居；也可能会调回去，但工作环境会比这个更艰苦。"

牛静没有动摇。因为在这个朴实的男人身上，她看到太多优秀的品质，更加坚定了和他一起走下去的信心和决心。

同样，身为教师的牛静也对李玉斌产生了很大影响。为了和妻子文化素养相匹配，李玉斌给自己制定了读书计划。有段时间，他对工区所在地区的历史产生了浓厚兴趣。夫妻俩查阅大量资料，终于明白在工区两公里处，有一条历史上著名的"崤函古道"，也是丝绸之路上唯一一条道路遗存，被纳入第三十八届世界文化遗产名录。

这让李玉斌倍感荣耀，逢人就骄傲地宣传："咱们工区就处在丝绸之路上，而且还是一夫当关、万夫莫开的要塞！"

如今古道已经被尘封，遗迹也被保护起来。但每次在桥上作业时，李玉斌都会眺望一下古道方向，再扭头看一下并行的陇海高铁，既有一种白驹过隙、抚今追昔的历史厚重感，更有一种天翻地覆、舍我其谁的行业自豪感。

妻子的支持让李玉斌能够心无旁骛地投身到工作中，成为他坚强的大后方。牛静也是独生女，是父母的掌上明珠。但一旦选择了做工务人的妻子，牛静自然而然地选择了坚强。她告诉父母："玉斌工作忙，责任大，家里有啥事你们直接叫我就好。”2019 年，牛静父亲因为脑血管疾病住院小半月，期间她一人跑前跑后，始终没有告诉李玉斌。偶尔埋怨几句，往往也是因为孩子，女儿都这么大了，可李玉斌连一次家长会都没参加过。

李玉斌也一直对家人心存愧疚。最近一次陪女儿活动是啥时候呢？他已经记不起来了。他只记得 2018 年大年初四，中央电视台《新春走基层》来到杨连第大桥下对李玉斌进行报道后，11 岁的女儿第一次从电视里知道了爸爸和大桥的故事，激动地打来电话：“爸爸！爸爸！我刚在电视里看见你了。爸爸！爸爸！你可要注意安全啊！”

之后，女儿格外理解和包容爸爸的经常性缺席，还会主动发信息：“爸爸，你们保大桥的安全，自己也要注意安全呀！”

牛静老家不在三门峡，李玉斌老家也不在三门峡，但两个人却在三门峡市组建了温馨的家庭。就像湖中的天鹅，他们从远方飞来，恰好彼此也在。两人恋爱时经常去天鹅湖，李玉斌说很开心自己拥有一只漂亮的白天鹅，牛静则调侃说，自己拥有一只帅气的黑天鹅。

极目望去，广阔明澈、碧波荡漾的湖面上，成千上万只白天鹅飞翔戏水，交颈比心，或体贴地相互梳理羽毛，或安逸地静卧水面。

两人手挽着手，欣赏着天鹅的千姿百态，脸上漾起冬日暖阳般的笑容。

步步登高的石阶路

和很多山区单位一样，位处山半腰的杨连第桥隧工区只能依山势修建。

杨连第大桥是东西走向，南侧原为守桥官兵营房，北侧是杨连第烈士纪念碑。后来陇海铁路复线建设时，在大桥南侧边并行修建了一座下行桥，杨连第桥隧工区只能修建在新桥南侧。

2013 年 6 月，守桥部队撤防后，官兵营房被改造成了杨连第烈士纪念馆，铁路也实行严格的封闭管理，两座大桥形成天然阻隔，将工区、纪念馆和纪念碑分割成了 3 块，没有道路可以通达。

杨连第烈士纪念碑、纪念馆和大桥，是爱国主义教育基地的重要组成，每年有大量参观者。怎么解决参观路线问题呢？李玉斌琢磨了好一阵儿，觉得能修建一条连接三地的道路最好。

他的倡议得到了工友们的积极响应。

杨连第烈士纪念馆门前原有一条下山的石阶小路，早期用于职工和官兵们上下山。如果修一条穿过杨连第大桥并横向连接纪念馆、纪念碑和桥隧工区的便道，既能完美地打通参观路线，也能和石阶路交织相连，让游客更全面地观摩大桥。因为顺着石阶路下到桥底，就能走到当年杨连第登高的桥墩旁，近距离地参观那些毫不起眼却价值非凡的铁板。这就太有意义了！

大家说干就干，向上级申请来水泥和沙，工区所有人撸起袖子全部上阵。挖地基，砌路，搅拌混凝土，搬片石，大家分工合作，干得热火朝天，利用工余时间干了 3 个月，愣是在半山腰修出了一条 500 多米长的水泥便道，连护栏都是李玉斌带头焊的！

从山下顺着石阶路向上攀登，一共 192 级台阶。石阶路很陡，每向上走一级，都会感受到越来越大的山风，也会看到越来越开阔的景象。在一步步登高的过程中，李玉斌脑海里总会闪现出英雄当年的模样，让他在思绪的穿越中更加心潮澎湃，热血沸腾。

5 年来，李玉斌和工友们除了定期去杨连第烈士纪念碑擦拭碑文、清扫落叶，还先后接待路内外参观人员 1 万多人，义务讲解 300 余场次。

每过一段时间，徒弟刘倚帆会从段部过来看看大桥，探望师父，陪着李玉斌一起拾级而上，一起给参观者讲述杨连第大桥。

刘倚帆是 2016 年入路的大学生，当年主动申请要来杨连第桥隧工区工作，给李玉斌当徒弟。现在，已经进入机关工作的他，经常给新员工讲述自己的故事，说现场摔打的这几年，不仅从师父身上学到了丰富的现场知识，更传承到了“勇于创新，敢于担当，认真负责，坚守奉献”的新时期杨连第精神，已成为自己受用一生的宝贵财富。

他深有感触地说：“所有向上攀登的高度，都源于向下发力的

◇ 李玉斌在检查陇海线杨连第大桥人行道支撑钢架（摄影：陈斌）

执着。”

让年轻人来杨连第大桥接受思想洗礼，是郑州局集团公司对新职员工进行爱国主义教育的第一课。这堂深入人心的现场课，借助登高精神的强大辐射力，引导和刷新了年轻人的价值追求，使他们的工作激情犹如燎原之火，席卷千里中原铁道，引领出新时代的新风尚。

斗转星移，岁月沧桑。

从战火纷飞到高速发展，从落后挨打到领跑世界，百年大桥见证了中国铁路后来居上、波澜壮阔的发展历程。立志于中华民族千秋伟业，百年恰是风华正茂，英雄的大桥正在以更加昂扬的姿态，充满自信地屹立于高山之巅！

2021 最美铁路人
ZUI MEI TIE LU REN

王江

“金鹰”飞翔

——记中国铁路武汉局集团有限公司金鹰重工工程机械研究院副院长王江

◎ 张周艳　赵伟东

引　言

当今中国，四通八达的铁路网越织越密，高铁飞驰的速度越来越快。强大的铁路网需要强大的铁路工程机械来维护。

金鹰重工就是这样一家从事铁路工程机械研发的高新技术企业。从 1958 年创办至今，在深圳证券交易所创业板挂牌上市，走过了不平凡的自主创新之路。多年来，一列列标识着展翅高飞雄鹰的铁路工程机械车辆，从这里驶往全国，奔向世界。

说起金鹰重工的产品研发，大家提到最多的就是金鹰重工工程机械研究院副院长王江。他擅长解决关键技术难题，被公司同事称呼为“关键先生”。

2021 年的一个秋日，我们来到古城襄阳采访。

在金鹰公司工业园内的调试试验场上，只见王江戴着蓝色安全帽，躬下腰身，抓着扶手，敏捷地爬上一台混合动力隧道检修作业车。他一会儿查看作业平台的回转，一会儿观察伸缩部件，连续询问身边的同事相关数据，对调试后的车辆状态进行最后确认。他叮嘱身边的工人："这是国内首台混合动力隧道检修作业车，还有几个关键部位需要磨合，一定要盯住。"

我们热烈地交谈起来。他戴着眼镜，1 米 65 左右的个子，眼睛明亮，有着浓郁的书卷气，很腼腆。一说起他研发的车，他如数家珍。

从业以来，他先后研发多功能作业车、综合巡检车、重型轨道车、钢轨探伤车等 30 多种金鹰系列新产品，获 27 项国家专利，主持制定铁道行业标准 4 项，打破国外垄断 4 项，累计转化成果实现营收超 10 亿元。

如今的金鹰重工产品，共有五大系列 129 个品种，年产铁路工程机械 800 余台套，国际国内市场占有率位居行业前列，远销马来西亚、新加坡、新西兰等 26 个国家和地区。

采访中，王江总是谦虚地说："我只是金鹰的一根羽毛，金鹰的腾飞主要依靠整个团队的力量。"

20 多年来，王江的青春和汗水，早已融入这一列列驶向远方的铁路工程机械车，融入新时代中国铁路事业发展的磅礴进程中。

布依族少年走出大山

王江的家乡在贵州晴隆，这里位于云贵高原中段，地理偏远，交通不便。这里还是布依族集中居住的地方。

童年的王江经常抬头看着天空，低下头眼前是连绵的群山。他静静地望着高山峡谷和天上翱翔的苍鹰，它犀利的鹰爪，仿佛能抓住云彩。

对于山里的孩子，想走出大山异常艰难。王江心里想，人要是能像鹰一样飞翔就好了。

村子里的哥哥姐姐们有的考上大学离开了大山。他们回到村子里，给王江带来很多大山之外的新鲜故事，这让他新奇不已。

王江总是用充满羡慕的眼神看着哥哥姐姐们，缠着他们询问大山外的世界是什么样子的。

正在读大学的邻居姐姐说："我们要好好学习，带动更多的人走出大山，将来也要回报我们的家乡。"

"是啊，你看我们每次去上大学的路是多么艰难啊！"邻居哥哥也说道。

听了他们的对话，王江萌生了要好好学习的念头。

王江爱读书。村里后山有个大坑，坑边长满了树。林子密得穿不过烟。任凭你在里面把嗓子喊破，也没人知道你是谁。

他经常坐在坑边，翻开书本，大声地背诵课文。有时候读得累了，就坐在草地上，看着蓝天白云。鹰在高山上盘旋，时隐时现，在大山无法企及的天空飞向新的标高。

王江心里暗暗地想，我要像鹰一样飞翔，飞出大山。书读得多了，这个愿望也越来越强烈。

家里的农活很多，插秧、种红薯、养牛养猪……王江经常帮着家里人一起劳作。

小时候，王江还经常和大人们一起到水田里插秧。插秧倒不算太累，但是蚂蟥太多，经常腿上趴着几只蚂蟥，伤口还不停地流血。

在王江看来，读书比种地要轻松，读书也能让种地更轻松。即便王江在做农活，脑袋里还在想着书本上的知识，反复思考没有搞清楚的问题，所以王江从小就成绩优异，完全不用父母操心学习。

少年时期，身边很多小伙伴刚刚读完小学就辍学了。而王江坚持要去县城里读中学。从村子到县城，曲曲折折的山路竟然需要 2 个多小时，王江只好背着行李，借住在自己叔叔家里学习。

学习让王江的知识半径越来越大，也打开了一扇明亮的窗，延伸了通向远方的路。

成绩优异的王江不负众望，在 20 岁的夏天顺利考上大学。他也始终记得，只有有了路，才能带动更多的人走出大山。

考试结束，他填报了远离家乡的西南交通大学，学习工程机械专业。

收到录取通知书的那一天，王江坐在院子门口，望向远方的连绵青山，眼睛里闪着亮晶晶的东西，内心隐蔽的愿望也变得越来越清晰。

他从村里到镇上，只能换坐摩托车，摩托车走不了的山路，只有下来步行前进。从镇里到县里，从县里再到贵阳，汽车爬行在云贵高原余脉蜿蜒崎岖的山路上，摇摇晃晃将近六七个小时才到。

离开大山，走出晴隆，一段二十四道弯的公路是必经之路，也是让王江心有余悸的一段路。

二十四道拐，盘旋曲行于雄峻陡峭的晴隆山脉和磨盘山之间的一片低凹陡坡上，有“一夫当关，万夫莫开”之势。在古代称“鸦关”，当地人又称之为“半关”，在县城南郊 1 公里处。从山脚至山顶的直线距离约 350 米，垂直高度约 260 米，在倾角约 60 度的斜坡上以“S”形顺山势而建，全程约 4 公里。曲折又颠簸的山路让王江头痛难忍，呕吐不止。

中巴车司机笑着说：“小伙子，多吐几次就习惯了。现在还是好的了，以前连路都没有，更不要说中巴车了。全靠双脚一步一步走出来，你就知足吧。”

这辆破旧的白色中巴车在路上摇摇晃晃，像一只老牛一样大口喘着粗气，吃力地向前行驶着。

回忆起来，人生中第一次坐火车就是上大学，从贵阳到成都，一口气坐了 20 多个小时。

长长的火车比家乡的中巴车明亮多了，宽敞、舒适，最重要的是不会摇摇晃晃、让人头痛。这让王江喜欢上了火车。

车厢里的列车工作人员告诉王江，以后火车的速度会越来越快的。

一列绿皮火车在群山里穿行，山花开得烂漫，它载着王江的梦想和希望，驶向远方。汽笛嘶鸣和车轮与钢轨撞击的铿锵声，都充满着浑厚的力量。

进入西南交通大学以后，王江才知道，火车跑得快离不开好的线路设备，而好的线路设备离不开好的检修设备。

老师们教导说，装备制造业被称为工业的基础产业，在推动我国工业发展中发挥着重要的支撑作用。虽然我国装备制造业取得了令人瞩目的成就，但与世界先进水平相比，我国装备制造业仍存在较大差距，我们要迎头赶上。

从此，美好的机械梦想开始在王江的心里滋长着。他一有时间就去图书馆学习，不清楚的难题就向老师请教，直到完全弄懂为止。

大四上学期，学校的招聘会启动了。班主任老师和襄阳的金鹰重工公司经常有业务往来和合作，他非常看好金鹰的企业文化氛围，是一家立志于打造一流铁路装备制造的企业。他就告诉王江："金鹰重工这个单位很不错，而且他们现在正是急需人才的时期，你可以认真考虑一下。"

王江的脑海中浮现出了故乡的鹰在高空中自由飞翔。金鹰公司？也许这就是冥冥之中的缘分！

"我相信，你来了我们金鹰以后，一定会助推我们金鹰飞得更高更远，欢迎你能加入我们。"看完王江的简历，原襄樊铁路分局和金鹰重工负责招聘的人事部门工作人员对这个品学兼优、踏实稳重的年轻人充满好感，抛出了橄榄枝。

一切似乎是命中注定，又似乎是意料之中。过了没多久，王江就收到了金鹰重工录用的通知书。

从此，这一只贵州大山里飞出的雏鹰羽翼逐渐丰满，飞进了金鹰公司，飞进了铁路。

心爱的 782 号工牌

从四川成都到湖北襄阳，从西南交通大学到金鹰重工，从大学生到公司职工，这些变化都发生在毕业季的夏日，树木涨绿，阳光炙热，蝉声嘶鸣，偶尔有鹰掠过襄阳的古城墙，掠过碧波如玉的汉江。

到了襄阳，年轻的王江只觉得阳光明媚，整个世界都是清清亮亮的，而自己浑身有使不完的劲儿，迈着轻快的步子一路向前走去。

走出襄阳站，王江招手叫来了一辆三轮车。爬进车内，一路飞快前行。不一会儿，就到了当时的金鹰公司。

进入公司大门，绿树掩映。高大的梧桐树下面是一幢幢整齐排列的厂房。生产线上，工人们在热火朝天地忙碌着，焊接机器人也在有序地工作着。这些画面都让王江感到新奇和兴奋。

初来公司，每名工作人员都会配发一枚蓝色的胸牌，胸牌弯弯，形若雄鹰。

雄鹰下面印着照片、名字和工号。工号是按照职工入职的先后顺序编发的。782 号，刚好是王江的工号。

戴上胸牌，像把金鹰装在心上，王江的内心充满力量。

彼时的他还不知道，这一天看起来是普通的一天，可也是改变他人生走向的重要一天。他和金鹰公司的命运融为一体了。

王江个子不高，一说一笑两个酒窝，皮肤是云贵高原紫外线塑造的黝黑，话不多，性格温和，戴着眼镜，斯文的大学生模样。

同事们经常看到他站在金鹰公司的文化墙前，一言不发地思考着什么。

墙上写着："大力实施'四代同堂'战略"。"生产一代、试制一代、研究一代、构思一代"。"在岗一分钟，尽责 60 秒"。"认真、细致、准确、活泼"。"我们每天都追求进步"。

在金鹰公司领导办公室的墙上赫然用红字写着："我们的责任是为职工搭好舞台，舞台搭不好是我们的责任，表演不好则是个人责任。"还特地用硕大的字体表明领导班子的核心理念："坚韧、开拓、操作"。

王江意识到，这是一个富有文化底蕴的企业，是一个努力拼搏进取的企业，是一个重视人才培养的企业。

1958 年，金鹰还只有几间红瓦房，是一条简易铁道线的街道小厂。1982 年，襄樊金鹰轨道车辆有限责任公司还是襄樊分局属下一个只有 200 来名职工、产值不足 60 万元的机修厂。到 2000 年年底，这个昔日的小厂年销售收入逾 1.6 亿元。生产的 60 多种系列产品，不仅在国内市场占有率达 75%，还远销马来西亚、伊朗、埃及和中国台湾、中国香港等 10 余个国家和地区。短短的十几年时间，金鹰公司销售收入增长 160 多倍，人均劳动生产率增长 72 倍，固定资产增加近 20 倍。

王江感到震惊，他为金鹰的发展成就而自豪，同时也为成为金鹰人而感到振奋不已。

看着胸前蓝色的工牌，782 号，看到这枚小巧的雄鹰造型，王江内心涌现出一股热流，前所未有的自豪感和使命感蔓延开来。

年轻的王江刚来到金鹰公司。从车体班、试验班、下料班到车间办公室。他抡过大锤、拆卸过柴油机、管理过技术图纸。只用了 3 年时间，他从给师父打下手的见习生到独立作业的结构工程设计师，成长为产品管理室的总成设计师。

王江和同事们住在单位的单身宿舍里，十几个人住在一间房子里。除了晚上回去休息，大部分时间都待在办公室里，不是在钻研业务，就是在向老师父们虚心地请教，一边用心地听，一边记下重点，一个人的时候反复琢磨思考。

王江一有空就抱着机械原理图、安装图和接线图研究。一页一页，他写下了 20 多万字的学习笔记。10 万余条业务知识点，他烂

◇ 王江上车测试接触网腕臂检修车作业机构性能（摄影：张晓磊）

熟于心。30 多个系统、3000 多张图纸的内容，他都熟练掌握。

数字单调、明晰，如同日复一日的人生，没有惊天动地，也没有喧哗夸张。一次做好一件事，把一件事做到极致，这就是王江的工作哲学。

王江经常说，“我只是一个很普通的铁路科研工作者，如果打分，我的智商 70 分，情商 60 分，都是刚刚及格，勤奋有 90 分，只是这样。”

那年头，加班是常态，晚上 10 点算是正常下班时间。大部分时间，王江不是在办公室，就是在小跑着去办公室的路上。穿过黑漆漆的夜晚，繁星点点，到办公室里加班，或是研究图纸，或是处理客户故障。

感知工作的价值，被他人所需要，本身就能给人带来快乐和满足，同时，也彰显出一个人的精神质地。

加班很累很苦，但这些比起后半夜痛苦的犯困来说，根本就算不了什么。特别是凌晨三四点的时候，困意一阵接一阵袭来，简直想不管三七二十一就地躺下，哪怕小睡一会儿也好。一根接一根地抽烟、一杯又一杯的浓茶……那是对人生理想和意志的最大考验。

动起来，忙起来，用工作刺激大脑皮层兴奋起来，才能重新清醒。一直到后半夜图纸出来了，不知不觉，困劲儿已经过去了。

2004 年，王江和同事们正在着手试制第一台地铁网轨检测车。他们发现发动机冷却水温度超标。

大家就很纳闷，他们不断地检查水路、电路、性能，但是一筹莫展，没有发现问题。

当时距离车辆交付的时间所剩无几，时间紧，任务重。该怎么办？

为了尽快找到问题的根源所在，王江和团队的成员每天都吃住在车上，晚上上线试验，白天下发改制方案，改制完后晚上接着试验，基本上每天只有 2—3 小时休息时间。不知不觉，王江的头上长了丝丝白发，黑眼圈越来越重。

经过连续 5 个昼夜奋战，他和团队的工程师们逐个把节温器故障、水泵流量、散热器能力不足、风扇转速不够等问题逐一排除，最终把问题定格在散热风的流向上。由于柴油机周边的热风在散热器处形成回旋，导致散热不良。原因找到了，问题也就迎刃而解。

王江把设计图拿出来反复看，拿着手电去车上仔细查看。他发现在设计的时候，有一个部件像一堵墙一样挡住了风的去向，就像空调口被一个板子挡住了一样，所以温度仍然下不来。在以后的工作中，王江吸取了这个教训，在设计中注意改良优化。

最终，车辆按时交付用户。好多天没有睡觉的王江心里终于踏实了。这一天，他也终于安心地睡了个好觉。

王江和同事们还专门去汉江边吃了一碗襄阳牛肉面，喝了一碗黄酒。

心爱的 782 号工牌，我们要相伴一生了。这是王江心里最坚定的信念。

造车想着用车人

星光不负赶路人，金鹰的自主创新之路越走越开阔。

王江和同事们设计研制的产品渐渐成为国内铁路施工维修中运用最广泛、作业效率最高的车辆之一。

那么秘诀是什么呢？

一切以用户为中心，造车要想着用车人。

制造型企业的根本目的，就是用更低的成本、更高的质量、更便利的方式满足消费者不断变化的需求。在全球化市场，消费者和企业客户成为主导，他们可以从各种销售渠道寻找价格最低、最优、最方便的产品和服务，竞争已经不仅在地区间展开，更在全世界范围内进行。

一切按照客户的需求做事，做客户要你做的事，不做客户不要你做的事，随时跟踪客户的需求变化，以便及时调整和快速适应，把事情做对做好。

早在 20 世纪 90 年代末，金鹰人就提出了“与客户零距离”的营销观念，满足客户的不同需求。他们要求员工“一切为了用户”，信奉“用户永远是上帝，至诚至信金不换”。营销服务人员个个配备了笔记本电脑，将“办公室”和“大后方”拎在手上，迅速捕获用户对产品的反应，并能迅速取得公司支持。他们第一时间获得客户反馈的各类信息，及时调整产品结构，营销上全面出击，技术上私人定制。

他们坚持“宁可自己流血出汗，不让客户着急为难”，坚持对出厂产品定期回访制度，与用户紧密联系。售后服务实行 24 小时答复落实制，接到用户反馈意见后，24 小时内予以答复，需要专人的，24 小时内出发，以最快速度和最优质量满足用户要求。坚持现场优先，先恢复后分析原则，想用户之想，急用户之急，确保用户利益不受损害。

为了调研客户的需求，王江和研发团队几乎走遍了全路的用户，收集用户信息和建议，了解用户使用习惯和痛点。调研回来后，又收集整理售后服务信息，梳理以往产品的不足和缺陷。在此基础上，不断改进和完善产品。

2008 年 6 月，我国第一条高铁京津城际铁路开始调试。一天，王江接到施工方的电话，对方焦急地说：“王工，我给你们的作业车提个建议。高铁曲线超高较大，我们在这个区段作业，平台倾斜得厉害，施工人员站不稳，有安全隐患。你们看能不能改进一下？”

王江立刻着手模拟，查阅高速铁路设计规范。既有的平台在最大 175 毫米超高时倾斜角度达到了 7 度，平台旋转出去后前后高差达到 550 毫米。站在平台上的作业人员完全站不稳，更别提进行作业了，安全隐患很大。

王江意识到问题的严重性。

快！必须马上优化！王江带领团队立即优化方案，采取立柱调平方案对平台设备进行改造。

当最后完成的新平台送到现场运用以后，施工方第一时间打电话过来说道：“王工，现在的平台稳当了，我们站在上面不会晃了，可以安心地进行作业了，真是太谢谢你了！”

如今，这套具备自动调平功能的作业平台已成为我国高铁接触网检修的标配，深受现场施工人员的欢迎。王江和团队也获得了 4 项国家实用新型专利。

2013 年，公司承接了香港地铁项目，香港方的要求比想象中要更加严格，标准要更高。

“我们十几个人有很多问题需要向你们请教，你们三位能给我们解答清楚吗？”首次见面，香港方的项目经理就给王江来了个下马威。

王江很自信地说：“你放心，我很负责任地告诉你，我们三个人能解答你的所有问题。”

王江没有告诉他，为了这次谈判，他们在背后做出了怎样的努力，提前做了扎实的功课。他们为了节约住宿成本，住在深圳罗湖口岸。每天早出晚归，往返于住宿地和香港铁路公司的会议室。回到房间要晚上 10 点了，匆匆忙忙地吃完晚饭，顾不上休息，就打开电脑继续修改方案。这样日夜奔波的日子持续了两周。

果不其然，在谈判当天，香港方抛出了一连串的刁钻问题。从设计理念到运营管理，从合同条款到现场作业等。

“在你们的方案中，要如何避免以前同类车体存在的问题？”

“试验阶段如何反映这些问题？”

“验收时如何保证问题得到全部解决？”

面对这些问题，王江和他的团队胸有成竹，有条不紊地一一解答。事后，王江说：“其实当时后背已经出汗了，但是我相信我们金鹰的技术，我们也有信心做出让用户满意的产品。”

这场谈判持续了整整一天，最后香港方终于心悦诚服。

香港方项目经理说：“希望你们能够按照承诺的标准生产出产品，我们非常期待。”

“你们想到的我们会做到，你们没想到的我们也一样会努力做好。”王江信心满满地说道。

回公司以后，王江和同事对照着香港方的需求，一点一点地修改完善资料，直至达到用户的要求。

确定方案、生产车体、开展试验……

2015 年，接触网作业车和固定平台车如期交付。运用使用时，质量和标准都获得了香港方的认可。项目经理还专门打来感谢电话。

从林海雪原到热带丛林，从大漠戈壁到东海之滨，铁路跨越田野阡陌，通达四面八方，创造着美好生活新时空。“坐着高铁看中国”，让人们看到了政通人和的万千气象，看到了经济发展的勃勃生机，看到了领跑世界的中国气派。中国铁路的路网规模和质量实现重大跃升。原有的产品和技术已经不能满足高铁施工养护的需要，亟须创新产品革新传统的养护模式。

沿线轨道、信号设备、接触网，这些铁路设施是否正常关乎行车安全。然而，这些设备日常检测较为分散，并且依靠大量的人力。

习惯于走访客户的王江听到了越来越多的呼声：人工巡检效率慢，可否设计一款装备实现多功能检测？利用智能化和机械化取代人工，既能节约人力，也能大大提高作业效率。

回到公司，王江找来同事，决心设计一款综合巡检车。下定决心只是一刹那，而整个制造过程却用了 2 年多的时间。

设计、论证、研究、制造，艰难而漫长。

2016 年 9 月，首台综合巡检车在汉丹线以 160 公里 / 时的速度试跑。车辆如同一台移动的 CT，从线路上行驶一趟，既能查看电务和供电系统存在的问题，也能探测出工务系统钢轨伤损等问题。

奔驰间，这辆综合巡检车通过高速相机、3D 成像激光扫描等对铁路沿线多种设备进行一体化检测，不但快，还改变了过往高铁设备检查养护中，工务、电务、供电各部门“单打独斗”的状况，实现了一体化检测。

综合巡检车造价 4000 多万元一台，研发成功后大受市场欢迎。目前，已有 13 台金鹰研发制造的综合巡检车驰骋在全国的铁路上开展“CT 检测”，为高铁安全行驶保驾护航。

攻克难题，解决用户的急切需求，收到用户的反馈和感谢电话，王江的心里开心又满足，一如在大学校园里试验成功后的那个羞涩少年。阳光透过窗户，斜斜地落在王江的脸上，明亮又耀眼。

他想起了晴隆大山里的那个少年，想起了故乡天空中飞翔的鹰。少年时的理想越来越清晰，未来的梦也越来越明亮。

有困难，找王江

王江技术过硬，热心主动，渐渐成为大家心目中的主心骨。“有困难，找王江”成了大家的口头禅。于是他还有一个绰号——“关键先生”。

随着王江慢慢成长为产品总成设计师，铁路工程机械的发展也恰逢大升级的关键节点。

是机遇？是挑战？

难走的路是上坡路。瞻前顾后、畏葸不前不仅不能前进，而且可能前功尽弃，只有迎难而上、勇攀高峰，才能柳暗花明、风光无限。

万里铁道线上，重型轨道车和接触网作业车是两种保有量最高的铁路工程机械。

早年间，这 2 种产品多采用机械传动，如同老式公交车，发动机舱就在司机室，且需要频繁踩离合、挂挡。司乘条件差不说，跑得也不快。60 多万“养路人”的“座驾”急需升级。

在征询了几十家用户的需求后，王江带领团队开发出动力下悬布置、液力传动方式的系列产品。操作方便，性能稳定，安全可靠，这些都让“养路人”的工作环境更加舒适。这套方案被国铁集团采纳，并向同行厂家推广，极大提高了行业整体水平。

一名轨道车司机欣喜地说：“我们的作业车简直是实现了从‘手动挡’到‘自动挡’的飞跃，方便舒适。”

他可能想象不到，王江运用了多少的技术，他更想象不到这些产品荣获发明专利 7 项，实用新型专利 24 项。据不完全统计，至今已销售 1700 多台，服务全国 18 个铁路局和 300 多家用户单位，成为名副其实的爆款，为公司带来 60 多亿元的销售收入。

多年来，铁路工程机械整车车型有将近 20 种，底盘作业装置等技术状态不一，导致车辆生产维修配件复杂。

时速 100 公里、120 公里、160 公里的轨道车辆，生产标准不一、配件不一。对它们进行系列化、模块化、标准化的“三化”改造，需要从上万种零部件中选择出最佳配置方案。

2008 年，在两个月里，跑遍祖国的大江南北，王江带领团队人员走访了 20 多家用户单位，收集大量意见、建议。同时，他调出过去 10 年的产品售后信息，梳理用户“槽点”。

经过封闭设计、不断优化，彻底改变了原来铁路工程机械行业产业产品混乱、型号繁杂、质量参差不齐的状况，大幅提高了行业整体水平和能力。

此后，王江在该系列产品的改造基础上，主持参与编写了《TB/T 2187—2014 起重轨道车》《TB/T 2180—2018 电气化铁路接触网检修作业车》等 4 项技术标准，为规范我国铁路重型轨道车、接触网作业车的技术状态、统一技术标准作出了重要贡献。

每逢遇到棘手的问题，大家第一个想到的总是他。这让王江既感受到了满满的信任，也有了更大的动力和责任。

2006 年，王江担任原铁道部十一五项目 96 头钢轨打磨车的总设计师。

那时，我国还不具备能够独立开发这种大型铁路工程机械的能力。因此上级部门提出了“技术引进，联合开发”的造车思路，金鹰重工会同外国公司进行项目联合开发。

9 月，王江一行 3 人出国进行技术谈判，当时外方提出了“2 节动力车 +10 节作业车”的方案，全长 300 米。王江认为这种编组方案不符合我国铁路运维管理的现状，且材料成本巨大，坚持必须优化，双方最终达成一致，采用了王江提出的“1 节动力车 +4 节作业车”的方案，整列车长减少了 186 米。

车体要缩小，又要保证功能的齐全。这其中，有的需要取舍，有的需要优化调整。外方总体设计师疑惑地打量着王江，悄悄对旁边的人说“这个小个子中国人能行吗？”王江听懂了……

谈判一结束，顾不上欣赏异国风光，王江和团队人员马不停蹄地赶回襄阳，每个人的行李箱都塞了 20 多斤资料。

整个车体做出来，过程是十分复杂的。确定方案、画图设计、现场安装、试验、使用，每一个环节，每一个细节，都可能出现问题。而稍有不慎，就会造成难以挽回的损失。

既要大胆创新，又要心思缜密。

回到公司，王江和团队立即投入到忙碌的工作中。

这天晚上，外边下起了暴雨，小冰雹噼里啪啦砸下来，动静很

◇ 王江和同事在成贵客专进行长大坡道牵引制动试验（摄影：高秀峰）

大。天地似乎被一块巨大的黑幕罩住了。冰冷的工业园如同一个沉睡的巨人，四周一片沉寂，只听见寒风慵懒地拍打厂房的声音。

王江在办公室里仔细地思考每一个流程，像电影画面一样在脑海中一帧帧地闪过。不知不觉间，天色已经微微发亮，东方的地平线上，迷雾正在消散。

王江心里憋着一股劲，一定要把核心技术掌握在自己手中。正是这股力量，支撑着王江无数个日日夜夜的攻坚。

3 年间，王江和团队设计了 2 万多张图纸，攻克了打磨装置脱轨智能监测、摇架偏转精度控制等 26 项技术难题。

其中，攻克打磨车自动匀速作业的难题是重中之重。线路坡度、轮轨摩擦系数、磨头阻力时刻在变化，那么怎样控制 113 米长、450 吨重的列车自动匀速运行？要考虑的因素很多，犹如一团乱麻。

那段时间，大家经常吃住在单位，不断地模拟不同作业环境，反复进行实验，获取大量数据，不断改进控制逻辑，最后开发出了自动适应、实时反馈的匀速作业液压系统，实现了各种工况下速度误差不超过每秒 14 厘米，比国外同类设备减少近 1/2。

经过 3 年的攻坚克难，王江终于看到了曙光，成功研制出了全国首台超大型钢轨打磨车。

2009 年秋天，襄阳街道两旁的银杏树叶子被阳光镶嵌了一层金黄色，第一台中外联合设计的 96 头钢轨打磨列车终于制作完成。

当整车开始运行试验，开始在线路上作业，所有人都屏住了呼吸，紧紧盯着仪表盘。试验结束，数据显示：列车作业速度的精度控制误差为每小时 0.5 公里，而原形车为每小时 1.5 公里。打磨后钢轨表面粗糙度为 0.006 毫米，而原形车为 0.01 毫米。

看到眼前的钢轨打磨列车，在线路上驰骋，流畅地作业，打磨后的钢轨闪着亮光。忙碌的打磨车像踩着风火轮，闪烁出星星点点的光芒，绚丽壮观。外方总体设计师在车上向王江竖起了大拇指“中国人，了不起！”

虽然合作顺利，但王江并没有满足于眼前的成绩。

习近平总书记曾指出：“关键核心技术必须牢牢掌握在我们自己手中。”

通过不断自主创新，王江又带领团队逐渐掌握了该车作业机构、控制系统等核心技术，同时开发了智能监测系统，比第一代功能更强、性能更优，打磨后钢轨表面粗糙度达到了 0.005 毫米。目前，该产品已遍布我国每一条高铁，守护着旅客的出行。

随后，王江和团队通过不断改进优化，逐渐掌握了作业机构、控制系统的核心技术，同时开发了智能轨面诊断系统，整车实现了 100% 的自主知识产权。这也标志着我国大型钢轨打磨装备已实现“弯道超车”，性能居于国际领先水平。

如今，96 头钢轨打磨车已经实现了全面的国产化和改进优化，成为我国市场占有率最高的产品，特别是对我国高铁线路的养护起着关键作用。

近几年来，随着我国铁路施工养护工作不断朝综合化、精细化、智能化、绿色环保的方向发展，金鹰重工正在进行桥隧清筛车、隧道吸污车、智能化配砟整形车等新产品开发，积极巩固和拓展产品市场，奋力打造世界一流轨道工程装备企业，努力为交通强国铁路先行提供优质装备保障。

金鹰的发展历程生动证明，在激烈的市场竞争中，没有创新的精神、勇气和行动，没有强烈的家国情怀和执着追求，迟早会被市场淘汰。60 多年来，金鹰正是靠创新精神和担当作为，把市场需求多样化的挑战，变为持续发展和华丽转身的机遇。

什么样的企业成就什么样的员工，而什么样的员工造就什么样的企业。金鹰重工跑出改革开放的加速度，王江和他的同事们闯出了科技创新的新天地。

尽管王江先后荣获了茅以升铁道工程师奖、全路劳动模范和 2021 年“最美铁路人”等多项荣誉，他依然谦虚地说：“作为金鹰公司普通的一员，我只是在本职工作岗位上，尽心、尽力、尽职、尽责地做了自己应该做的工作。金鹰给我提供了平台，也是我源源不断的前进动力。”

雪域高原的远征

2021 年 6 月 25 日 10 时 30 分，D2021 次复兴号列车鸣响风笛，从拉萨首发，驶向林芝，标志着拉林铁路正式开通运营。

10 月 5 日，迎着高原的小雨，金鹰重工机械工程有限公司生产的 JW-4G 型接触网作业车在川藏铁路拉林线的隧道间缓缓行进，载着林芝综合车间的作业人员在米林区段进行隧道敲击检修维护，为拉林铁路的安全运营保驾护航。

提到雪域高原，王江至今依然清晰记得 2017 年承接高原大功率重型轨道车研发项目的情形，有重重的困难，更多的是收获。在这之前，全世界都缺乏轨道车在高原地区的运用经验，完全没有可供参考的案例，只能摸着石头过河。

传统的铁路工程机械面对高原地区低氧、昼夜温差大、紫外线强和风沙大等恶劣环境，表现出“水土不服”，出现了发动机功率下降过快、在低温环境下重启困难等问题，无法正常使用。

研究出适合高原环境的铁路工程机械这一重任就落在了王江和他团队的肩膀上。刚接到任务的同事们都觉得压力很大，愁眉苦脸起来。王江笑着说：“办法总比困难多。”

这一年冬天，王江带领6名技术骨干奔赴海拔4600米的沱沱河，去验证极端环境对设备的影响。

近一个月，王江带领团队远征高原，克服缺氧、严寒等困难，着手破解大功率重型轨道车在高原条件下出现的各种运用难题，先后采集了柴油机功率下降数据2000多条，测试了15种液压密封件的性能，试验了多种电气元件的绝缘性能，为产品研发积累宝贵经验。

接着，王江开始着手对高原环境进行分析。青藏高原生态环境极为脆弱，王江和他的团队也始终牢记这一理念。坚持绿色设计，千方百计维护好青藏高原生态环境。

青藏高原海拔很高，自然条件恶劣，极限温度低、空气稀薄、气压低、昼夜温差大，特别在海拔4000米地区，低气压会引起冷却热沸点的降低，很容易造成冷却系统补水箱压力盖不能正常打开，补水系统不能发挥作用。超长大坡道，最大控制坡道30‰；桥隧比高，长大坡道多，隧道比大于80%；周边生态环境脆弱，对环境污染和生态破坏敏感……这些因素对轨道养护车辆都有着重大影响，也决定了轨道养护车辆的整体作业性能和运用效果。

为了让产品能够征服世界上海拔最高的铁路，为了更好地服务高原铁路建设维护工作，王江带领研发团队沉着冷静地思考和科学地论证，充分开展调研，反复计算、选型、验证。

针对高原负压、紫外线强、低温等一系列问题，王江反复阅读有关专业书籍，提出“采用加强型增压空气系统、重尘空气过滤系统、特殊定制冷却装置、超低温稳定启动装置对轨道车进行改造”的方案。经过多次试验，这项改造保证了车辆在高原上具备良好的启动、超强的牵引等使用性能，使其在高原上能正常运行工作。

2018 年 9 月，设备开始组装调试。白天，王江他们在狭窄的车内钻来钻去，猫着腰安装传感器、更换测试部件；晚上，他们进行线路试验，目不转睛地盯着操作台上的每个数据。经过 20 多天的连轴转，顺利完成了调试。

2019 年 3 月，在高海拔铁路运行试验中，王江主持攻关的高原大功率重型轨道车运行稳定，各项数据指标均达到标准，经受住了高海拔考验，获得了用户的肯定。此项技术填补了高海拔大功率轨道车的空白。

2020 年 10 月 18 日，格尔木站，海拔 2800 米。GMC-96x 钢轨打磨车静静地停靠在辅线，准备在高原大显身手，进行第一次高海拔钢轨打磨施工作业，在昆仑山站（海拔 4765 米）至望昆站（海拔 4484 米）区间进行作业。王江和整个团队都是既兴奋又紧张。

这台 GMC-96x 钢轨打磨车（高海拔）是王江和团队人员针对高海拔地区铁路特殊环境，在传统钢轨打磨车的基础上，通过采用大功率柴油发动机、增加发动机缸套水加热装置、机油加热装置、乙醚辅助启动装置、制氧系统等辅助系统，能满足高海拔地区作业条件的专用产品。该车设有两套既可以独立工作，也可以共同工作的动力传动装置。在一套动力系统故障时，可利用另一套系统实现打磨作业和高速运行。

这台车凝聚着王江和整个团队的心血。多少个披星戴月的日子，多少个困难的拦路，其中的艰辛只有经历过的人才能知晓。

为了保证车辆状态，王江团队的高级工程师杨文志和一名电工、一名液压工进行跟车服务。

作为这列车的总设计师，杨文志此刻的心情激动而感慨，他拂去车身上的尘土，轻轻抚摸着道道痕迹，大自然的威力和铁路人的坚毅在上面留下了太多故事。

王江院长带领团队挑灯夜战的时刻在他脑海中慢慢浮现。为了这台产品，他们付出了太多心血，高海拔降功、强紫外线辐射、高寒缺氧……这些困难被他们逐一攻克。

波光粼粼的青海湖、肃穆荒凉的柴达木盆地、气势磅礴的高原雪山，终于看到这列打磨车在雪山和风沙中驰骋。

经过短暂休整，他们又立即投入到车辆整备和检查工作中。

10 月 20 日夜间，在西宁工务机械段的集结下，一支由机组人员、技术人员、后勤保障人员、随车医生等组成的 26 人团队乘坐宿营车、打磨车、油罐车、平车等组成大列附挂编组，向昆仑山站出发。

10 月 21 日清晨，昆仑山站，海拔 4765 米，气温 -10℃。由于队伍中不少人是第一次上高原，耳鸣、头晕、呕吐开始陆续出现，强烈的高原反应让即便是西宁的工作人员也感到不适。

这时，突然传来大声而急促的声音："气温过低，有燃油加热器不能正常工作，发动机无法启动！"突发情况让所有人的心顿时紧张了起来，而燃油加热器厂家服务人员因剧烈的高原反应已被送下山。

为了不耽误作业，金鹰公司的设计人员顾不得初上高原的头晕脑涨，立即对燃油加热器进行拆解检查、确认状态，经过数小时的奋战，最终使发动机正常启动。

10 月 25 日，昆仑山下，海拔 4500 米，气温 -7℃。6 时，车外一片漆黑，只有远方的雪山泛着白光。大风吹得宿营车车窗呼呼作响，偶有寒风从缝隙中钻进。机组人员此时已经忙活起来。启动发动机、全车供电、初步检查、联络调度……做好出车前准备工作。

8 时 30 分，伴随着发动机的轰鸣，车辆启动。“发动机正常。”“水温正常。”

9 时，车辆到达施工点，负责人一声令下，各号位机组人员神情严肃。“作业发动机已启动！”“打磨小车已放置正常！”“打磨电机解除锁定！”“各打磨头偏转、升降正常！”

9 时 20 分，随着笛声长鸣，打磨车缓缓加速。3km/h、5km/h，“电机启动正常！”8km/h、10km/h，打磨操作人员按下下降按钮，打磨头加载。96 个打磨头在钢轨上高速旋转，车身两侧火花四射。“打磨头工作状态正常！”

“作业距离 4.1 千米、打磨 3 遍、20‰的坡道上作业走行速度达到 15km/h。”工作人员记录下打磨车在高海拔的第一组数据。

10 月 26 日，打磨车要经过全长 1686 米、号称“世界高原冻土区第一长隧”的昆仑山隧道。汽笛回响，1 遍、2 遍、3 遍，这条隧道的钢轨在建成后迎来了第一次钢轨打磨车的全面维护。

时空仿佛在此交汇。2003 年 4 月 7 日，26 岁的王江参与研制的

GCY-720型重型轨道车也曾从这条隧道缓缓驶出，标志着青藏铁路在高原冻土地段铺架取得了重要阶段性成果。17年后，打磨车与其隔空呼应，为青藏线保驾护航。

王江说："金鹰重工之所以能取得一些成绩，秘密就是'金鹰人'攻坚克难的毅力、敢为人先的勇气。"

目前，王江带领团队参与研发的高原轨道车已连续19年为青藏铁路等重点工程保驾护航。不仅填补了高海拔大功率轨道车的空白，为公司后续开发出更多高原型铁路工程机械打好了基础，更为国家推进川藏铁路建设积累了宝贵的经验。

我们一定要走出去

2021年12月3日，中老铁路开通。作为"一带一路"、中老友谊标志性工程，中老铁路全线采用中国标准，是首个以中方为主投资建设、共同运营并与中国铁路网直接连通的国际铁路。

5年多来，无数建设者远征西南边陲，完成一个又一个急难险重任务，为中老铁路顺利通车贡献了"中国智慧"和"中国力量"。

作为一家专注铁路工程装备研发的高新技术企业，金鹰公司为中老铁路配套生产的重型轨道车、接触网作业车、起重轨道车等产品，分派应用到万象南站、万荣站、琅勃拉邦站、孟塞站等工区开展线路施工、巡检、维保等作业，为中老铁路的安全运营保驾护航。

"中国铁路员工热情友好，金鹰的产品非常好用，愿中老友谊更加深厚长存……"老挝公共工程与运输部的工作人员竖起了大拇指。

这是金鹰重工系列产品走向全世界的一个场景。

闯市场、走出去，这是每一个中国品牌壮大的必由之路。作为中国铁路工程机械研发人员，王江一直梦想着把我国成熟的技术和标准带到国际市场上，让中国铁路工程机械像中国高铁和动车组一样服务世界，成为中国铁路的另一张名片。

由于其他国家执行的铁路标准与我国有很大的不同，我国铁路工程机械的现行标准并不适用。王江带领研发团队查阅了大量国外铁路标准，记录和比较了各国常用机车的性能指标，收集了线路设施实际条件等多方面的资料，根据各国线路沿线地形地貌、气候条件，针对各个目标国家充分考虑并在产品适应性上做出相应的优化调整方案。

在我们深入的采访中，我们了解到，在出口产品攻关的过程中，王江和研发团队大多时间都住在公司，晚上试验，白天下发改制方案，改制完后晚上接着试验，休息的时间极少。

2014 年，金鹰公司承接了新加坡陆路交通局 C1676 地铁轨道车项目，项目在制动、钩缓装置、电气、轮对甚至是涂装油漆，均执行欧洲标准。大到车体静强度试验、转向架强度试验和疲劳试验、车轮减载率试验，小到电磁兼容试验、限界试验等。

时间紧，任务重，标准高。

“装备走出去代表中国，我们没有退路，必须搞出来！”王江说。

王江和团队人员着手研究欧标，制定试验大纲，到与用户沟通试验方案以及资料提交审核，再到最后的试验完成。

从设计、生产、试验、验收、运输、培训到售后维保，都充满着难点和挑战。

在设计时，新加坡用户方要求采用先审批设计图纸和计算文件再开始生产的管理模式。设计文件提交流程分为三步：第一步是预最终设计文件，第二步是最终设计文件，最后是最终合同交付设计。根据设计文件提交清单，严格按照提交计划进行，交付过程需要经过新加坡用户多个部门审核，从结构、原理、标准、合同条款到字体、排版、编码，从大到小，从抽象到具体，提出多种意见，要求我们进行答复修改。

112 个设计文件，王江和团队共提交了超过 500 多个版次，答复上千条用户意见。

在生产过程中又出现了很多现场问题，例如最先设计铁地板为 4 毫米厚，但是新加坡用户看到生产照片后，觉得平整度达不到他们的要求，要求进行整改，最后换成 6 毫米厚；车体按照设计文件基本完成施工了，用户又突然说顶车垫板和他们买的移动式架车机不匹配，要求重新设计。

这样的问题此起彼伏，只能耐心地一项一项攻克。解决的问题越来越多，用户的意见越来越少。

在此之前，新加坡所有的地铁工程车基本被欧美日企业垄断。此次项目，王江和团队人员用高质量的产品、满足用户多样化的需求以及完善的售后服务，获得了用户的好评。

2019 年，王江再次带领研究团队针对新加坡陆路交通局 R176 地铁轨道车项目进行投标分析。其中带有地铁第三轨清洗装置的隧道冲洗车以及车体中部进行装卸轨的龙门吊车列，国内之前均没有类似车型，这让投标的难度大大提升。

王江开始着手布置多种整车方案，进行择优选取，在重难点项目上，组织团队人员开会研讨，集思广益，不放过任何可能存在的问题。最终在 2020 年年初，成功拿下此次项目。

在项目启动会上，用户方领导特意强调："这次项目，金鹰并不是最低价中标，但是，我们看中了金鹰重工的产品质量以及对新加坡市场的高度重视，才确定金鹰为中标单位。"

在整个项目的设计生产过程中，全球疫情形势严峻，各项工作均面对前所未有的挑战。设计会全部改为线上视频讨论，所有设计文件改为无纸化提交，甚至公司内的用户校验车辆也是通过视频完成的。但是再多的困难也无法阻止整个项目的有序推进。

在设计过程中，王江始终强调："设计出符合合同要求的产品是最基本的要求，要设计出用户满意度高的产品，才是我们的目标。"

团队从细节出发，优化上车踏梯及扶手，在避开下部限界的同时，确保作业人员上下车方便；增加发电机组远程启动装置，可让用户在车上铺满钢轨的情况下，不上车即可远程作业；在合同要求提供发电机组却没有要求安装输出插座时，及时提醒用户，合同条款存在问题，车型功能将会缺失，并提供出完整的解决方案供用户参考。目前该项目第一批车已到达新加坡，开启了新的征程。

2021 年 8 月，由于前面 2 次的成功经验，金鹰公司再次中标了新加坡 J176 地铁轨道车项目，考虑到本项目的车型基本和以前的项目车型相似，大家开始放松起来。

王江严肃地说："任何细微的合同条款更改都可能会直接影响整车方案的定制，大家一定要仔细研究技术合同并摘选出不确定项，及时汇报重点讨论，不能掉以轻心。"

一盆冷水让大家清醒了起来。于是，重新研究合同，发现难点并积极寻找办法，甚至找到西南交通大学对车辆曲线工况进行仿真分析，确保不留下任何开口项……

如今，在王江的带领下，金鹰重工生产的多功能作业车等 13 种产品远销马来西亚、古巴、新加坡等 26 个国家和地区，参与了埃及斋月十日铁路、中老铁路、雅万高铁等重点铁路项目建设，展示了中国铁路企业的良好形象。

雄鹰带着群鹰飞

作为一家专注于铁路基础设施养护装备研发制造的国家高新技术企业，金鹰重工要想实现创新发展，必须拥有一支奋发向上、有超强驱动力的科研团队。

王江作为公司专门从事专业技术研究的研究院副院长，一直致力于发挥好骨干引领作用，倾力传承匠心，全面打造一支高新技术研发团队。

作为金鹰重工项目团队的带头人，王江对项目的研究、设计、试验、运用各个环节的重点难点严格把关。当团队成员遇到困难时，他会积极组织攻关，与相关部门及时沟通、协调，以克难攻坚、有战必胜的劲头解决各类技术难题。针对团队的工作特点，他还专门编制了“合同车型执行记录表格”，将工作中每一项细节都描述得清清楚楚，极大地提高了工作效率。

在人员组建培养上，王江结合每个人的专业给予方向性的培养，不仅让各组员的专业知识得到更大的强化，也使工作开展起来更加准确有效。

王江大胆起用年轻的设计师担任重点项目总体设计师，80 后的张亚军是国家级重点科研项目钢轨探伤车的负责人，是“茅以升工程师奖”的获得者，目前成绩出色的张亚军已升任事业部经理；88年的鞠小李任第一代160千米系列产品辅助总体设计师时年仅27岁，目前他已成长为高级工程师，也获得了武汉局“十百千青年人才”的称号……

2012年，在公司车间调试试验现场，试验动力单元性能的过程中，质检员赵建利不仅工作细心，还认真地琢磨研究试验原理，反复思考。这一细节引起了王江的注意。

王江发现赵建利踏实肯干，做事认真，具有刻苦钻研的精神，果断向领导提议将他调入研究所，并与其签订师徒合同，全心全意培养这个徒弟。从对车辆工程、结构力学等理论知识的言传，到与工人、用户沟通等各种经验的身教，仅两年时间，赵建利就被培养成为一个能够独当一面的轨道车辆总体设计师。

如今，赵建利已经成长为公司高级工程师、轨道车辆研究所所长，负责所有轨道车、接触网检修作业车的研发。

此外，王江还毫无保留地分享自己的研发经验，组织研发团队成员开展讨论，让每个人都能表达自己的想法，启发创新思维和破解难题的灵感。在遇到分歧时，他会带着组员们深入现场，坚持在实践中寻求答案。

带领团队，王江经常说的一句话是：“真理是实践出来的！”

有一次，用户提出轨道车在曲线外轨超高区段施工时，由于内外轨存在高度差，车辆只能在倾斜状态下作业，存在安全隐患，亟须拿出解决方案。

经过研发团队讨论，形成了两套方案：第一套是给车辆底盘增

◇ 王江在隧道检修作业车上检查液压系统和作业机构运转情况（摄影：胡玮杰）

加调平装置，第二套是给车上的作业平台增加调平装置。两套方案的主张者各执己见，互不相让，矛盾摆在了王江面前。他没有急于做决定，而是告诉团队成员要用实践去证明。

于是他带领团队分别制作了两套方案的工装进行试验验证，经过 2000 多次的疲劳试验，结果显示第一套方案的安全性能没有第二套方案高。用户也表示更希望采用第二套方案来解决问题，矛盾也随之化解。

有趣的是，第一套方案的失败并不是毫无价值的，为后期进行底盘优化和结构调整提供了宝贵经验。

在王江看来，即使失败的实践经验也弥足珍贵，甚至胜过 10 次成功。

在一次又一次解决问题的实践中，大家都得到了长足的锻炼和成长，仅有 7 个人的研发团队，全部成了高级工程师。

“王院长不仅业务能力强，人也很好，平易近人。每次我们在工作中遇到困难，他总是很耐心地讲解。”

“有时候遇到挫折，王院长就鼓励我们，给我们加油打气，还带我们去吃好吃的。”

走进研究院，走进王江的研发团队，王江的徒弟鞠小李向我们介绍道。

2005 年，17 岁的鞠小李从石家庄铁道大学工程力学专业毕业，来到原襄樊金鹰轨道车辆有限责任公司研究所（现金鹰重工研究院）。从事铁路工程机械设计研发，这让专业不对口的小李无从下手，看着身边的同事都比自己融入得快，开始焦虑起来。要坚持下去还是辞职？无数个夜晚，他躺在床上睁着眼睛到天亮。

发现了小李的状态不对，王江便约了小李一起吃饭，询问他是不是家里遇到了困难还是工作不顺利。

打开了话匣子的小李，把自己的困惑和难题一股脑都倒了出来。

“小李，你是非常聪明的孩子。一说就懂，进步非常快。你有什么不懂的随时可以到我办公室找我。”王江拍了拍他的肩膀，鼓励地说道。

在生产车间实习、跟班轨道车、调研客户需求、设计图纸、参与重要的项目……就这样，从最简单的开始学起，一步一个脚印地前进。

从图纸都还不会画的小李，在王江的带领下，如今已成为铁路行业优秀的高级工程师。他先后获得武汉局集团有限公司“十百千青年人才”和科技工作先进个人等荣誉称号。

他参与完成的《用于铁路隧道检修的 GCY-300Ⅱs 型重型轨道车》获得 2020 年度武汉局集团公司科学进步奖一等奖。他参与并获得了多项国家实用新型专利，还参与了铁道行业标准《电气化铁路接触网检测车》的编制工作。

2020年，面对突如其来的新冠肺炎疫情，公司的各项安排被打乱，但是工作不能就此停滞。王江和他的团队克服困难、创造条件，早早地进入到工作状态。他们通过网络办公方式，不定期召开线上讨论会，以保证各项设计工作进度顺利进行下去。

复工复产后，王江和他的团队迅速投入到工作中，组织完成铁路工务多功能作业车、GCD-450重型轨道车、QPC-2起重轨道平车和GCC-50钢轨淬火车等多个车型的型式试验及试用评审工作。

一年的时间里，他们组织申报专利102项，受理97项，获得专利23项；对既有成熟产品零部件进行了标准化统型，有效提高产品品质；参与编制了国铁集团企业标准《Q/CR 746—2020 大型养路机械车轮、车轴型式与基本尺寸》《Q/CR 747—2020 捣固车用捣固装置》并成功发布实施；参与了国铁集团技术性文件《轨道作业车管理规则》。

雄鹰带动群鹰飞。多年来，王江带领团队青年大力传承和弘扬工匠精神，破解一道道难题，攻克一个个难关，为铁路事业奉献力量。从王江的研发团队里先后走出7名高级工程师、1名研究所所长、1名事业部经理。他的团队先后获得“全国青年文明号”、第十八届“铁路青年五四奖章集体”荣誉称号。

随着对王江和团队深入的采访，我们对这些研发工作者们产生了深深的崇敬之情。一天的工作结束，就在我们将要离开金鹰研究院工业园时，看着夜晚安静下来的园子，有些恋恋不舍。回头看向身后的厂房和办公楼，闪着星星点点的光芒，他们还在忙碌着。

不知道有多少人、多少企业得益于金鹰的科研技术，也不知道在一项项科技成果的背后还有多少像王江和他团队一样的铁路人。

幸福都是奋斗出来的，奋斗的人生才会更加精彩。王江和他的同事们血液里仿佛隐藏着无数蓄势待发的雄鹰，引领着中国铁路工程装备研制迈入世界一流水平。

理工男也温柔

人间烟火气，最抚凡人心。生活中的王江并不是我们脑海中对理工男的刻板印象，他温柔也有趣；也不是我们误以为的工作狂形象，他善于发现和享受生活的美好。

工作中的他一板一眼，生活中却十分随性，笑起来有两个酒窝，眼睛里永远是清澈的光芒。工作中的他行程满满，勇攀高峰，生活中的他永远是知足常乐的模样。

王江说，他对现在的生活状态很满意，理性工作，感性生活，做简单的事，做快乐的人。

在采访中，王江一提到襄阳，就面露喜悦。他说他很喜欢襄阳这座城市，风景很美，山川灵秀，文化底蕴丰富，还有很多美食，充满着热气腾腾的烟火气，适宜居住，是要定居一辈子的城市了。

王江喜欢读书，在众多赞颂襄阳的诗歌中，他最喜欢王维《汉江临眺》中的句子：“襄阳好风日，留醉与山翁。”

细数时光，从大学毕业到现在，王江在襄阳落户已经 20 年了，这里早已成为王江的第二故乡。

有时间的时候，王江喜欢开车带着家人打卡襄阳的各个美景。

在城市里探访遗迹古建，也到乡村去寻觅一份闲适与安然。一起去古隆中，想象一位手持鹅毛扇子、头戴葛巾的儒士，一个懂得生存智慧的人，照亮了襄阳过往的岁月，同时也扩大了旅行人对历史想象的空间。乘着游船缓缓行驶在汉江之上，襄阳汉江两岸的景色也恍若画卷般在眼前铺展开来，任凭江风吹拂脸颊吹乱头发。夜晚漫步唐城，流光溢彩，梦幻浪漫。

王江也喜欢和同事们一起去襄阳机务段的球场踢足球，有时候是中场，有时候是前锋。蔚蓝的天空，强壮的身体在绿茵场上不知疲倦的奔跑，散发着快乐和自由的气息。凌波微步，足底生花，皮球以不同的弧线在草坪上滚动，就这样乐在其中。

女儿就在球场边坐着，托着腮认真地看爸爸踢球，直到比赛结束。

“爸爸，你踢球的样子真帅！”

“走，回家去。晚上爸爸带你吃好吃的去！”

女儿是爸爸的小跟班，只要爸爸不在工作，她就喜欢黏着爸爸，而王江也喜欢被女儿这样黏着，心里甜如蜜。

冬日的一个下午，我们来到王江家，首先映入眼帘的是琳琅满目的相框，有女儿瑶瑶满月时胖嘟嘟的样子，有小学时调皮的样子，也有初中时亭亭玉立的模样，眉眼都和王江很像，连安静的性格也像极了王江。

仔细看去，还有一张一家三口的合影，是女儿满月时的全家福，照片已经有些泛黄，那是 14 年前的冬天在家门口的照相馆拍摄的。

那一年，女儿瑶瑶出生，小小的生命轻柔得像一片羽毛，又像一颗糖，给一家人带来了巨大的幸福。

自出生起，小瑶瑶就很黏人，一定要有人抱着还要听音乐才能入睡，这对本来睡眠时间就少得可怜的王江来说，可是个不小的挑战。为了不影响王江休息和第二天的工作，妻子体贴地带孩子睡一个房间，让王江单独睡一个房间。

因为工作忙的缘故，王江陪伴家人的时间很少。不过，性格爽朗、贤惠的妻子从不计较，也不埋怨，而是默默地承担了家里的大小事务。

“其实，带孩子和带徒弟是一样的，要有耐心，要培养他们独立思考的能力。”每次提到自己的女儿，王江的眼睛里总是满含爱意，也带着几分自豪。

瑶瑶喜欢看书，王江就给她买书，《古文观止》《城南旧事》《追风筝的人》《我想和你在一起》……

每天晚上，完成功课以后，瑶瑶喜欢一边看书一边等爸爸回家。大多时候，王江到家的时候已经是深夜，瑶瑶已经睡着了，手里还拿着书。王江蹑手蹑脚地走到女儿床边，把书放到书桌上，给女儿盖好被子，再悄悄地走开。

所以，每逢咚咚的敲门声响起，女儿总是第一个冲过去开门。如果是爸爸回来了，就开心地抱着他，给他拿拖鞋换上，拉着他的手，迫不及待地和他分享学校的事情。

2021 年，瑶瑶在襄阳市第二十中学就读八年级，成绩优异，聪明懂事。

“我最喜欢爸爸给我辅导作业了，爸爸很有耐心，从来不会凶我。他总是会先看一下我的学习进度，然后给我讲解知识点。在他的提示下我就把题解答出来了。”提到爸爸，瑶瑶总是会开心地笑起

◇ 王江带领研发团队成员商讨改进车辆设计图纸（摄影：胡玮杰）

来，眼睛弯弯的。

2018 年的夏天，王江一家三口和好友几家人约着一起出行，带孩子们去广州长隆野生动物世界游玩。

高铁飞驰，一路南下，欢快地奔驰着。

“爸爸，快看，那边的小黄车和你们单位院子里的差不多呢！”瑶瑶一边喊一边指着窗外。

王江贴着车窗户，仔细向外望去，还真的是金鹰重工生产研发的轨道检修车。

“瑶瑶，那就是爸爸生产制造的车，可以帮助铁路的叔叔们更好地维修线路。”

听了爸爸的回答，瑶瑶立刻跑过去告诉同行的小伙伴。“你们快看，对面的小黄车可是我爸爸做的呢。我爸爸可厉害了。”瑶瑶满脸自豪地说道。

看到这一幕，王江也欣慰地笑了起来。

夏日浓烈的阳光照在窗外黄色的轨道检修车上，车体上印着“襄阳”和“金鹰”的字眼熠熠生辉。眼前的女儿笑靥如花，妻子安静地坐在身边，这就是王江心里幸福的模样。

2021 最美铁路人 ZUI MEI TIE LU REN

冯剑坚

与复兴号一起奔跑

——记中国铁路上海局集团有限公司上海机辆段指导司机冯剑坚

◎ 封叶馨　徐　琳

2021 年 6 月 18 日，深夜，京沪高铁。

车头巨大光柱，像一把银色长剑，刺破夜空。这是复兴号智能动车组列车在京沪高铁上的首次拉通试验。

担当此次拉通试验的司机，是上海机辆段动车组指导司机冯剑坚。

充满现代气息的复兴号智能动车组驾驶舱，智能化仪表仪器静静工作着。冯剑坚坐在简约的弧形操作台前，冷静、沉着。

正前方 ATP（列车自动防护系统）蓝色屏幕上，双黄灯闪烁。

“出站凭证好了，车门关闭，到点开车！”冯剑坚目光如炬，手比口呼，一气呵成。这套准确规范的动作，已经深深烙在他的生命里。

冯剑坚挺直脊背，轻推手柄。数字在仪表盘上不断跳跃：40 千米，100 千米，200 千米……

列车快速运行，速度直线上升。

从上海到北京，列车运行途中各站的通过时间、加速与制动速度、惰力运行的风阻减速等状况，冯剑坚进行了全系统、全功能的综合检测验证。这一夜拉通试验，为复兴号智能动车组列车正式运营，奠定了坚实基础。

20 年来，从驻港战士到高铁司机，冯剑坚走过一段极不平凡的道路。2002 年，自驻港部队退役后，他来到铁路工作，实现了从小就想当一名火车司机的梦想。聪明好学、争强好胜的他，每次技术考核都名列前茅。从东风内燃机车、韶山电力机车，到和谐号、复兴号动车组，冯剑坚幸运地见证了中国高铁从无到有、从追赶到并跑、再到领跑的历史性变革。

踏着中国高铁磅礴的发展节拍，如今，冯剑坚已经成长为一名能开 9 大类 28 种车型的全能型司机，荣获全国五一劳动奖章、上海市劳动模范、2021 年“最美铁路人”等称号。

春风和煦，我们走上上海虹桥站站台，只见一列复兴号智能动车组列车稳稳停下，一扇扇车厢门同步开启，来自五湖四海的旅客渐次拥出，奔向不同的目的地。

车头的司机登乘门打开，一位国字脸的高铁司机走出来。他头顶大盖帽，穿着藏青色制服，戴着白手套，身姿挺拔，步伐有力，这位高铁司机就是冯剑坚。

谈起复兴号智能动车组的驾驶体验，冯剑坚满脸骄傲：“这是全球最先进的动车组列车，智能、灵敏，对司机平稳操纵提出了更高要求，是挑战，更是展示我们驾驭能力，让旅客感受智能化列车平稳舒适的舞台！”

优秀的首批驻港战士

无锡多香樟。一到春天，空气里飘荡着香樟清新的芬芳。

小时候，冯剑坚与父母住在铁路南门货场附近。时有火车疾驰而过，轮对敲打钢轨，传来轰隆隆的响声，家中门窗震颤不已。

不知是谁高喊一声："大炮来了！"他撒丫子跑出门外。一群孩子一窝蜂似的拥向货场。

一节节平板车用厚实宽阔的肩背，驮着坦克、大炮，还有好多说不出名字却威仪赫赫的军事装备。远处火车头一声长啸，列车咣当咣当移动起来，缓慢而雄壮地驶向远方。

光阴在指缝间悄悄溜走。当年顽皮的小男孩，成长为一名正直敦厚的青年。1996 年，从学校毕业后，冯剑坚在无锡一家国营饭店工作，但他并不甘心。偶然看到一则征兵通知，他仿佛触到心中滚烫的梦。

反复政审和多次体检后，冯剑坚在家中等待消息，忐忑不安。那是春天的一个日子，天晴，10 点多钟的光景，阳光从香樟树叶缝隙里穿过，洒下星星点点的光。

屋外传来一阵敲门声。打开门，只见两名来客一身戎装。原来是人武部的接兵干部。他们微笑问道：明年香港回归祖国，你愿意去中国人民解放军驻香港部队，成为首批驻港战士吗?

幸福来得如此突然，冯剑坚激动得说不出话，只一个劲儿点头。就这样，他幸运地成为首批驻港战士。

几天后，迎接新兵的花车，喜洋洋地开进小区。父母笑靥如花，窗外的香樟树，沙沙摇着树叶为他喝彩。

临行前，亲朋好友到火车站送他。冯剑坚一身崭新的橄榄绿军装，胸口扎了朵红艳艳的花，帅气极了。他挺直腰板，并紧双腿，向亲友敬了一个并不标准的军礼，转过身一个箭步，踏上驶向未来的梦之列车。

他的心，早就飞向那个魂牵梦萦的地方。那是驻港部队，那是国家主权的象征，而他，即将成为其中一员。他眼眶湿润，心中激荡不已。

列车一路南下，抵达深圳。冯剑坚和战友们来到新兵连集训。

早上是体能训练：3 公里越野跑、俯卧撑、仰卧起坐、400 米冲刺……下午是列队训练。新兵们一站就是 3 个小时。他总是忘了将脖颈贴紧后衣领。班长取来 2 枚大头针，别在他领口。一不留神，就被扎到。

很多新兵们患了骨膜炎。冯剑坚身材敦实，生来小腿比旁人粗壮，骨膜炎也更为严重。手指在小腿上轻轻一按，瘪下去一个坑，好几天都弹不回来。

班长中气十足：“正常的训练只是锻炼，非正常的训练才是磨炼！”

高负荷的军事训练，让这个来自江南水乡的青年，晒黑了皮肤，练粗了胳膊，坚定了意志。深圳河碧波荡漾，他望着隔岸灯火辉煌的香港，目光坚毅。

1997 年 6 月 30 日，黄昏时分，蓝底红白相间的米字旗在港督府徐徐降落，昭示着香港殖民统治时代的结束。

1997 年 7 月 1 日，凌晨。天空下起瓢泼大雨，似是洗去中华民族长达一个半世纪的屈辱。大雨滂沱，却无损驻港战士巍巍英姿。香港市民在雨中夹道欢迎，热情献上“威武文明之师”匾额。路边的紫荆花在雨水中傲然绽放。军车通过皇岗口岸时，冯剑坚不由自主挺起胸膛，自豪的泪水顺着雨水汩汩流下。

作为维护香港繁荣稳定的重要军事力量，驻港部队必须不断提高履行防务的能力，军事训练比以往更为严格。

“掉皮掉肉不掉队，流血流汗不流泪”，冯剑坚始终坚持刻苦训练。1998 年 3 月，他光荣入党，在同时期入伍的战士中，第一个跨入党组织的大门。

同年 6 月，冯剑坚被选送到预提班长训练队进行集训。那是令人终身难忘的 6 个月。

第一个月，他就在 400 米障碍跑中摔倒了，膝盖磨掉了一大块皮肉。他没当回事，继续训练。没想到伤口化脓感染，小腿肿得和大腿一样粗。到卫生队一检查，医生勒令他痊愈前不得再参加训练。

冯剑坚一听，急得快哭出来——不能参加训练，就会被遣返回原部队。他向医生发誓，一定乖乖配合治疗。转过头，又向集训队队长保证，绝不会让训练成绩一落千丈。

然而，事与愿违。痊愈后的第一次 5 公里越野跑，冯剑坚竟然掉了队。他不气馁，迅速制定一份详细的恢复体能计划：别人中午休息，他去 5 公里越野跑；别人 5 公里越野负重 15 公斤，他负重 25 公斤。功夫不负有心人，年底综合考核时，他所有科目成绩都是“优”。

1999 年年底，军队兵役制度改革，冯剑坚成为首批士官。年轻的心，如刚刚破茧的蝴蝶，迎着港岛海风，上下飞舞。

2000年12月，担任教官的他，承训了15名新兵。这批新兵是为驻港部队三军仪仗队而招，集训结束后通过考核才能正式入选。

冯剑坚要求十分严格。集训第一天，练习站军姿，他让新兵背上T字板，调整肩部与背部的姿态。再用绑腿的方法，令新兵腿部并拢。一天下来，新兵背上皮磨破了，小腿绑肿了。冯剑坚知道，这些20岁不到的小伙子委屈极了。夜幕降临，他来到宿舍，与新兵谈天说地。香港冬季不冷，小伙子们心里暖融融的。

第二天，冯剑坚与新兵一起背上T字板，绑住腿，站军姿。新兵们心服口服，个个挺直脊背。从那以后，再也没有人叫过苦喊过累。

15名新兵全部入选仪仗队的好消息传来，大家乐坏了！小伙子们围成一圈将冯剑坚托起，兴奋地向空中抛去。他因此荣立三等功。

从军5年，冯剑坚获得过无数荣誉：优秀学员、优秀士兵、优秀思想骨干、军事训练尖子……这些荣誉，为他的军旅生涯镶了一层金边，熠熠生辉。

26岁，他重新站在起跑线

2001年11月26日，冯剑坚结束5年军旅生涯，恋恋不舍地离开驻港部队。

在家等待分配的日子，恰逢寒冬。苏南的冬天，湿冷湿冷的。寒意一丝一丝侵袭人的皮肉，直至钻进骨头缝里。

寒去春来。次年5月，冯剑坚终于等到退伍军人再就业的招聘通知。他立即赶往劳动局，只见正对大门有2个摊位，左边是农业银行，右边是上海铁路局。

童年的场景在脑海里一闪而过——一列火车“咣当咣当”驶向远方……冯剑坚心中一阵激动，下意识地向右边走去。

原来，上海铁路局为无锡南门货场调车作业，特招一批火车司机。一听是火车司机，他两眼放光，毫不犹豫接住铁路局递来的橄榄枝。

很快，冯剑坚收到崭新的工作证。打开一看，职务一栏写着：机车乘务员。机车乘务员？是在火车上为旅客服务的列车员吗？他急得满头大汗。

父亲见他急成那样，便托人找到南翔机务段劳人科电话。电话那头耐心解释：是冯剑坚误解了，机车乘务员就是火车司机。可他还是不放心，第二天一大早，和父亲从无锡赶到上海，又辗转找到南翔机务段。直到工作人员面对面告诉他：机车乘务员就是火车司机，他心里的石头才落了地。

那一年，冯剑坚 26 岁。

去单位报到的第一天，一群年轻人从他面前经过，浑身散发青春活力。一打听，这些 20 出头的小伙子全是火车司机，已经开了好几年火车。

26 岁，重新选择一份新的职业，似乎并不晚。可是在火车司机这个行当里，冯剑坚已经被更年轻的人甩开一大截。站在新的起跑线上，他内心充满焦虑和不安。

入路后，段里安排冯剑坚在南翔职培基地学习。他既不是铁路院校毕业生，也不是铁路职工子弟，对铁路庞杂的知识系统一窍不通。老师讲课不乏专业名词，他听得云里雾里。职培基地发了一打厚厚的专业书籍，他打开一看，傻眼了——每个字都认识，组合在一起却不知所为何物，一片愁云惨淡。

老师说，火车是一种机械交通工具，火车司机不仅要会开火车，还要了解火车上的各种机械设备。老师还说，人与机械沟通的语言就是机械图纸，火车司机也要学会机械制图。

对零基础的冯剑坚来说，机械制图着实复杂。表面粗糙度、偏差带、公差等级……台上老师讲得兴致勃勃，台下学生听得一头雾水。老师还要求大家画三维图，这十分考验学生的空间想象能力。冯剑坚耷拉眉毛苦着脸，不知如何下笔。

好在父亲是搞机械的。周末回家，冯剑坚凑近父亲，指着书上的模型图道："爸，这个机械制图太难了，我实在画不出三维图！"

父亲嘿嘿一笑，带他走进厨房。父亲取来土豆，用刀切出书上模型的大致形状，安慰道："画图没那么复杂，你要先培养空间想象能力。"切土豆不方便，冯剑坚去文具店买回一盒橡皮泥，照着书上模型图捏出形状。捏得多了，空间想象力也变强了。

冯剑坚记录下课堂上听不懂的地方，周末回家找父亲答疑解惑。父亲拿来一些图纸，先教他二维图的看法和用法，再教他看三维图。经过一段时间学习，冯剑坚尝试去画三维图。父亲说，抄图纸是最笨也是最有用的办法。抄了无数张图纸后，画三维图对他来说，就成了小菜一碟。在学期末的机械制图考试中，他轻松考了满分。

当时有个 JZ-7 空气制动机，特别玄乎。冯剑坚没见过实物，只知道这个设备管路多、阀门也多，有一股空气在其中蹿过来又蹿过去。

水的流动，电的流通，冯剑坚都能理解。但是，这看不见摸不着的空气，是如何让火车停下来的，他实在想不通。汽车轮胎放气了，车自然没法开。火车又不是橡胶轮胎，怎么一放气，也开不走呢?

冯剑坚对着空气制动机的图纸苦思冥想，却毫无头绪。周末放假，他立在站台上等候通勤车，瞥见一列内燃机车静静停靠在隔壁站台旁。他挪开步子走上前，想瞧一瞧空气制动机。可是，制动机在哪儿呢？他欲哭无泪。没见过实物，搞不懂原理，做什么都是徒劳。

无意间得知，段教育科有个 1∶1 实体模型！冯剑坚央求老师带他去看。老师经不住软磨硬泡，找一天空闲带他去了教育科。在那里，冯剑坚终于见到了实体模型。理论与实际一结合，他茅塞顿开：火车放气后，闸瓦抱住轮对，自然走不了！

一起跑通勤的老司机告诉他：“一定要弄懂空气制动机，司机考试肯定会考。”

司机驾照考试中，会进行空气制动机的故障假设。哪个管路堵了，哪个管路堵了一半，哪个管路被封闭，考生必须尽快找出来告诉考官。所以，不搞清楚空气制动机的原理和结构，今后拿不到司机驾照。

冯剑坚暗暗下决心：不琢磨明白，绝不罢休！

学透原理后，他着手研究管路故障，作出各种各样的假设，比如串风、漏风、被改道、被关闭等。空气制动机的每一处细节、每一种变化，全都刻在了脑子里。

在部队里，大家都说“练为战”；来了铁路，冯剑坚则是“练为考”。他已经输在了起跑线上，这条路没有捷径，唯有打牢基础奋力追赶。一年后，培训结束，冯剑坚在各项考核中名列前茅。

坚定的司机梦

单位给冯剑坚配了一个师父，外号“老古董”。

之所以有这个外号，是因为师父业务精湛，是当时沪宁线上数一数二的优秀司机，金贵得很呢。

南翔职培基地培训结束后，冯剑坚定岗在沪宁车队，担任学习副司机。跟车学习的第一天，师父问他：“是想安安稳稳当个普通的火车司机，还是在这个岗位上干出一番成绩来？”

冯剑坚脱口而出：“既然干了这一行，就一定要干好！”

师父赞许地点点头。

学习副司机的第一个任务是掌握电气动作，也就是电气设备的一整套检查程序。师父对冯剑坚悉心教导，耐心讲解每条电路的作用、出现故障的原因、处置故障的流程等。一遍不懂就讲两遍，直到他弄懂弄通为止。

此外，冯剑坚给自己制定了“两个必须”的学习计划：每天，必须熟悉电路图中一条安全保护电路；每周，必须请师父对自己进行副司机应知应会抽问。

为了提高动手能力，冯剑坚常去检修库，缠着师父教他在机车上查找假设故障。正值夏季，柴油机驾驶室气温超过 50 摄氏度。假设故障的种类数不胜数，冯剑坚提着铁榔头钻进去，一待就是一个钟头。时间久了，师父劝他出来透透气。可他说，自己起步晚，再不努力学习，会被甩得更远。

柴油机室的油污染在制服上极难清洗，冯剑坚翻出当兵时穿的迷彩 T 恤套在身上。迷彩服不但耐脏，还能不断提醒他：自己曾是一名永不言弃、永不服输的军人。

他穿着干的迷彩服进去，湿透了再出来。待衣服干了，他再进去。进进出出，一次又一次，衣服上的盐霜越积越厚，到最后迷彩服硬邦邦的，能立在地上。拎起来一抖，落下一层白色粉状颗粒。老司机们开玩笑："小冯，你家都不用买盐咯！"

2 个月后，冯剑坚在学习副司机考试中拿了满分，走上副司机的岗位。他驾驶东风 8B 内燃机车，在沪宁线上进行调车作业。

2004 年，中国铁路第五次大提速。上海至北京的直达列车开行，一站不停，夕发朝至，最高时速达 200 公里。铁路的进步与发展，令冯剑坚振奋不已。

2006 年，冯剑坚具备了报考火车司机的条件。这一年，是晋升司机考试改革的第一年。与往年相比，这次考试变化很多、难度更大，许多人抱观望态度。

但冯剑坚不想再等了。这一年，他 30 岁。老话说，三十而立。他暗暗发誓：不论如何，一定要拿到司机驾照。

最后，车队报名的人，只有他一个。

为了静下心复习，冯剑坚在单位公寓申请了一个宿舍，除了上班就是在宿舍备考。最终，他以 3 门考试平均 95 分以上的成绩，通过了司机理论考试。

很快，迎来了难度更大的实作考试。这次考试要求考生在 1 个小时内找出 6 处假设故障。

冯剑坚来到内燃机车走行部前，用榔头敲打每一处螺丝，听声音辨别是否松动，仔细观察老虎钩穿销是不是标准的 45 度，查看轮缘润滑系统管道是否遗失，等等。接着，他迅速钻到车底，检查走行部和轮对是否有裂纹，电机盖内是否有异物，再一一查验沙箱、油压减震器等设备。他又来到动力室，查看紧急制动按钮是否在作用位，空气压缩机传动皮带是否断裂，水温调节阀 T 字挡板是否遗失……

最终，他仅用 45 分钟时间，成功找出 6 处假设故障。就这样，人生第一本司机驾照收入囊中。

这时，冯剑坚已经在沪杭线跑了 3 年，每天开着货物列车兜兜转转。3 年时间，他已经能够熟练驾驶货物列车。好男儿志在四方，他渴望更宽广更精彩的天地。

冯剑坚羡慕开客车的司机。货是死的，人是活的。拉人自然比拉货更具有挑战性。小小的闸把，连接着成千上万旅客的乘车体验，多神奇哪！

机会总是留给有准备的人。这一年，上海运用车间缺客运列车司机，单位从货运列车司机中挑选了包括冯剑坚在内的 6 名司机过去。这 6 人中，只有他是刚拿到驾照的，驾龄最短。冯剑坚如愿以偿，开起了客运列车。

2007 年，中国铁路第六次大提速，自此进入高速时代。飞驰的和谐号动车组，成为万里铁道线上亮丽的风景线。

此时，冯剑坚正驾驶时速 120 公里的东风 11，穿行在上海与蚌埠之间。时速 250 公里的“和谐号”动车组，让他有了新的奋斗目标——成为一名动车组司机。

冯剑坚不是好高骛远的人，他知道，只有火车司机里的佼佼者，才有资格去开动车组列车。当务之急，是先把眼前工作干好。他踏踏实实开好每一趟车，安全成绩出众，2008 年被评为段优秀共产党员。

功夫不负有心人。2009 年 6 月，单位组织考试，选拔动车组司机后备队伍，冯剑坚与其他 10 余名司机脱颖而出。在这些人中，他又是驾龄最短的一个。

动车组司机筛选条件十分苛刻，堪比飞行员。各铁路局挑选出来的司机，必须经过铁道部理论考试、面试、心理测试的层层把关，冯剑坚一路过关斩将，通过铁道部各项测试后，被送往成都学习培训。

初到成都，他仿佛回到当年南翔职培基地的日子，两眼一抹黑。动车组对他来说，是彻彻底底的新生事物。什么 CRH 二型车结构，什么列控车载设备，统统没见过。他跟自己较劲儿："别人能学会，

◇ 冯剑坚在虹桥动车所信息台进行应急指挥（摄影：刘垚）

我也能！”凭着这股不服输的劲儿，他硬是把培训内容全部吃透。1个月后，冯剑坚顺利通过各项考核。

回到上海，单位安排他跟车学习。除了单位里的学习，冯剑坚上下班途中也不闲着。

他家在无锡，自从有了动车后，便乘坐动车上下班。一上车，他钻进驾驶室，跟当班司机学习操纵方法。今天看这个司机起步很稳，他请教起步稳的秘诀；明天发现另一个司机呼唤应答特别好，他口中跟着默念；后天觉得人家手势真帅，他挥手模仿比划。回去后，他将这些绝活归纳对比、取长补短，总结出一套适合自己的操纵方法。

夜幕降临，冯剑坚下班跟车至无锡站。车门打开，旅客陆续下车。但他还有一个问题没搞明白呢，冯剑坚决定留在车上继续请教当班司机。1个多小时后，列车抵达终点南京站。这一回，冯剑坚心满意足地下了车。

初夏，站台的晚风，吹去了白天的暑意，也吹去了他的疲惫。虽然没吃晚饭，冯剑坚却不觉得饥饿。他哼着小曲，脚步轻快地踏上了返回无锡的列车。到家已是半夜，月亮静静微笑，洒下一片银白的光。

段里培养动车组司机，坚持“成熟一个，上线一个”原则。两个月后，冯剑坚单独上线了，他是这批人中第一个上线的动车组司机。

星光不问赶路人，时光不负有心人。7年不懈奋斗，冯剑坚一步一个脚印，终于站在了火车司机队伍的前列。

攀登，永不止步

冯剑坚的目光有着明显的职业特征，永远看着远方。

拿到动车组驾照，只能说是会开动车了。想开好动车，还得狠狠下一番功夫才行。就拿站台对标来说，动车组在车站停时只有 2 分钟，停车位置不准不仅耽搁旅客上车，还会带来不安全因素。动车组停车对标的允许误差值是 20 厘米，冯剑坚跟自己较劲，把标准定为 5 厘米。

为此，他摸索载客量、天气、线路坡度等因素对停车的影响，总结出 24 个车站、5 种不同条件下，固定初制动地点、固定制动级位、固定速度控制、固定参照目标的操纵方案。他一闸一闸试，一趟一趟练，对标误差值不断缩小，15 厘米、10 厘米、8 厘米……终于实现了误差值小于 5 厘米的目标。

后来有一次，冯剑坚值乘 G108 次从上海虹桥至徐州东，6 个停车站全部零对标，1 厘米也不差。随车添乘的运用工程师不禁赞叹："这比射击连中十环还牛！"

宝剑锋从磨砺出。不断地实践，让冯剑坚的实操技能更为娴熟，理论功底更为深厚。

单位每半年举行非正常行车考试，测试内容主要是司机在列车运行途中遇到故障或异常情况如何处置。那一天家中突发急事，冯剑坚必须尽快赶回去。他提前看了返程时刻，发现赶车时间很紧张。于是，他在 5 分钟内迅速答完题，拎起行囊匆匆离去。

5 分钟，冯剑坚考了满分！这件事引起车间领导注意。不久，段里举办第一届“遵章守纪、按标作业”知识竞赛，车间派他去参加。这次比赛设置了抢答题。别人不敢抢的题，冯剑坚敢抢。连续抢了8道题后，他们那组分数遥遥领先，不论他人如何追赶都无济于事。就这样，一举夺魁。

2012年，原上海铁路局举办机务系统职业技能竞赛，段里派冯剑坚出马。

比赛规则公布后，冯剑坚发现，理论考试没有给出范围。怎么办？他选择了最笨的办法：将技规、行规、操规等规章全部背诵下来。

这是一项艰巨的任务。接下来的日子，只要一有空，他就背书。白天休息白天背书，晚上休息晚上背书，上下班途中背书，行车间隙背书……同事们见冯剑坚口中念念有词，笑称他“不是在背书，就是在背书的路上”。

那个时候，父母与他住在一起，亲戚邻居常常串门，家中人多热闹，不利于复习。他与客人打个招呼，带上水和干粮下了楼。去哪里呢？家里有辆小汽车，是冯剑坚的“移动书房”。他开车行至僻静角落，一背就是一天。

冯剑坚还有一个习惯——听规章。他大声朗读规章，并用MP3录制下来。背累了，就听一会儿。睡觉前，他戴上耳机躺下，温故知新。听着听着，睡着了。

半夜，妻子被一阵奇怪的声音吵醒。原来，是丈夫说梦话呢。她仔细听了一阵，发现许多词汇很拗口，都是铁路专有名词。

功夫下得深，铁杵磨成针。最终，在全局职业技能竞赛中，冯剑坚理论和实作均为第一，获得了动车组操纵第一名的好成绩。值得一提的是，冯剑坚“零误差”完成了实作考试。考试完毕，考官忍不住当场喝彩：“第一名出来了！”

同一年，冯剑坚作为上海局唯一一名选手，走进全路职业技能竞赛赛场。开赛后，冯剑坚顺利拿下理论考试高分。

实作比赛定在沪宁高铁。就在上车比赛前，他突然接到通知：比赛列车交路被临时更换，计划停靠的苏州站由 7 道改为 3 道、上海西站改为上海站。

为了这次比赛，冯剑坚将原本定下的交路练习了上百次，还请来技术高超的司机陪练。现在却换了一条全新的交路！

冯剑坚知道，考验真本事的时候到了。进入驾驶室后，他呼出胸中浊气，稳稳心神，轻推手柄。列车按时从无锡站出发。

一路上，呼唤应答、运行时速、制动机使用等核心项目，他一一拿下高分。17 分钟后，“一把闸”撂下，列车准点停靠苏州站。身后 2 名考官掐表一算，实际停车时间与运行图理论时间仅差 5 秒，再下车拉开卷尺一量，停车位置误差不到 1 厘米！

26 分钟后，列车同样完美停靠上海站。

最终，冯剑坚从上百名选手中脱颖而出，荣获全路技术能手称号。

十年磨一剑。从 2002—2012 年，从输在起跑线上的新人，到全路技术能手，冯剑坚一路奔跑，奋力追赶，实现了“弯道超车”。

八次紧急制动

下雪了。

雪花一片一片飘落，渐成漫天之势。很快，四周白茫茫的一片。

雪越积越厚，一脚踩下去，便是一个深坑！

2012 年冬天的一个下午，一场大雪突袭京沪高铁。为了保证行车安全，济南西站以南的部分区段被实施临时封锁。列车大面积晚点，沿线车站候车室人头攒动。座位上坐满了人，后进站的旅客拖着大包小包，只能找个空隙站着。

越来越多的旅客拥到检票闸机口。

“怎么还不检票？”

“到底什么时候发车？”

“我要改签！”

有人大喊大叫起来，引得人群阵阵骚动，不安、焦灼、愤怒的情绪在蔓延。

望着面红耳赤、怒目圆睁的旅客，客运员举起扩音器，扯开嗓子，一遍又一遍大声解释：“大雪影响行车安全，请大家少安毋躁！一旦恢复正常，我们立即告知！”可这声声呼喊杯水车薪，苍白无力。

京沪高铁全长 1318 公里，运行环境复杂，气候变化大，动车组司机必须具备极强的应急处置能力，才能保证列车安全运行。

不打无准备之仗。平时，冯剑坚注重收集研究动车组非正常处置案例，制定了 31 项京沪高铁非正常行车处置预案。大风、雨雪等各种环境下的行车，他都成竹在胸。

雪渐渐小了。

在几个小时的漫长等待后，18 时许，线路清扫完毕，封锁终于解除！上级指派冯剑坚驾驶第一趟动车组从济南西站开出。寒风夹杂着冰冷的雪花钻到车底。很快，速度传感器被冰雪裹了个严严实实。

19 时 20 分，“滴嘟滴嘟！”驾驶室内响起急促的报警声。

这时列车刚刚经过南京，向镇江驶去。调度命令这一区间限速 160 公里，冯剑坚严格按照要求执行。可监控屏幕上的仪表盘却显示，列车时速高达 175 公里！列车“超速”，自动引发紧急制动，运行速度直线下降。监控屏幕上跳动的数字触目惊心：140、120、80、60……

要命的是，列车正处在 2% 的长大上坡道，20 秒内就会停车！更要命的是，前方不远处就是接触网分相区。分相区是没有电的，而动车组以电为动力源，一旦停在分相区内，列车就会失去电源，只能等待救援。

零下好几摄氏度的天，旅客怎么受得了！而且这是大雪后出发的第一趟列车，一旦停下，后续列车也不得不全停下来，这将造成京沪高铁再一次大面积晚点。

列车还在依靠惯性往前移动。冯剑坚皱紧眉头，大脑快速运转：分相区大约五六百米，列车时速必须高于 60 公里才能依靠惯性通过。而正前方的监控屏幕显示：时速已低于 45 公里。

根据经验，冯剑坚冷静判定：这个故障应该只是速度传感器受冰雪影响失控所致，列车其他设备并没有问题，可以正常行驶。

电光火石之间，冯剑坚果断缓解制动，从恒速模式切换到手动控速。随后，他将手柄推到最高，眼睛紧紧盯住监控屏幕和前方线路。列车速度由快速下降，转为缓缓上升，45、50、55……

时间一点一滴流逝，分相区越来越近了。

终于，临近分相区的时候，列车时速提升至 65 公里。列车冲进分相区，成功闯了过去！

但这只是开始。

冯剑坚知道，前面还有意想不到的情况等着他。他给自己打气：“好的开始，是成功的一半！”

没多久，第二次紧急制动出现了。好在这一次，列车和下一个分相区之间，还有很长一段距离。他操纵手柄缓慢提速，继续向前行驶。可是，只要速度稍快一些，失控的速度传感器就会尖叫。列车立即泄了气，触发紧急制动，速度再次降下来。

第三次不像前两次那么幸运。这一次和第一次一样，需要闯过分相区。他如法炮制，可惜没能完全成功——列车的前 3 节车厢进入了有电区，剩下的 13 节仍然留在分相区！

冯剑坚无奈叹气，捋捋思路。这列车共有 16 节车厢，前后共有 4 架受电弓，分别设置在第 2、7、10、15 节车厢顶上，像 4 根天线连着接触网，将电流引入列车。平时只需升起前后 2 架受电弓，列车即可获得充足动力。现在的情况是，已升起的 2 架受电弓在 7 车和 15 车，都处于分相区，只有位于 2 车的受电弓在有电区。

他脑中灵光一闪，有办法了！

经与随车机械师沟通，冯剑坚操纵开关，先将之前已升起的 2 架受电弓降下来。然后点击屏幕，切除 7、10、15 车受电弓。最后，升起 2 车受电弓。依靠这个受电弓传入的电力，列车缓缓移动。

待最后一节车厢进入有电区，他将 2 车受电弓降下，接着恢复之前切除的 3 架受电弓，最后再次升起 7 车和 15 车受电弓。列车顿时抖擞起精神来，加速向前驶去！

驾驶室内，冯剑坚挥舞右手，时而指向前方确认，时而振臂握拳提醒，一路手动控速。后来，列车紧急制动又出现了第四次、第五次……乃至第八次。每一次，他都化险为夷！

次日凌晨 3 点，列车终于安全抵达上海虹桥站。

连续 9 个小时的“闯关”，让冯剑坚精疲力竭。衬衫早已湿透，他却没有察觉。看着旅客走出车厢，他长长舒了口气，悬了一夜的心终于落下来……

远程“动车组司机大夫”

“叮铃铃！叮铃铃！”

办公桌上，电话机铃声大作。冯剑坚拿起听筒，语调沉稳，让人很有安全感：“你好！这里是动车信息台。”

电话那头十分焦急：“列车起步时没有电流电压，车子现在动不了，怎么办？”

他略一沉吟，问道：“ASC（自动速度控制）设置速度值了吗？”不给 ASC 设置速度，相当于自动挡汽车启动后，挡位没有拨到 D 挡，车辆自然无法移动。

对方恍然大悟，知道自己犯了低级错误，一个劲儿向他道谢。他笑着说是分内事，又祝对方一路平安，这才挂了电话。

2013 年，段里将他调往动车信息台担任技术指导，负责为全段高铁司机上线跑车提供应急处置远程技术支持。如果说，驾驶动车的他，是一名风驰电掣的高铁战士，那么在信息台，他的角色，更像一位沉着睿智的远程“动车组司机大夫”。

每天，成百上千的动车组列车，穿行在广袤的祖国大地上。迎着阳光，列车铆足了劲向前冲。跑得久了，自然疲惫，闹闹小别扭。幸好还有动车信息台，那里有经验最丰富、技术最高超的高铁司机担任远程“动车组司机大夫”。司机开车遇到困难，一个电话打过去，他们总能迅速解决问题。

“动车组司机大夫”是如何发挥作用的呢？冯剑坚在信息台摸索出一套工作法，即一全、二问、三听、四查，与中医的望、闻、问、切有着异曲同工之处。

一全，是指规章学得透、学得全。这可是“动车组司机大夫”的基本功。二问，是指问清楚故障情况。大夫搞不清病情，还怎么看病？三听，是指留意车辆或设备发出的各种警报或提示音。车上那么多设备，不同的声音代表不同的问题，自然要多加留心。四查，是指逐项排查，明确故障原因。碰到疑难杂症无法定性时，排除法是最有效的办法。冯剑坚凭借这个工作法，每次都能精准快速找到问题的症结。

记得有一回，一组回空车底要送回上海站。可途径上海西站时，地面设备发生故障，车子不得不临时停下来。待地面故障解除后，司机打算再次启动列车，却无论如何都无法让车子动起来。他自己捣鼓了半天，急得抓耳挠腮。无奈之下，只好求助信息台。

冯剑坚迅速给出解决方案。他先让司机确认行车凭证是否正确，得到肯定的回复后，再指导司机对 ATP（列车自动保护系统）进行目视操作，同时一再叮嘱，要注意警惕键的按压。

大约半分钟后，司机又一次打来电话，有些急躁，大声嚷嚷道：“你说的这些完全没用，车子刚启动却又触发紧急制动停车了！”他闻言蹙眉，自己刚刚提供的解决措施绝对没有问题。那就只有一个可能，是司机误操作了。

冯剑坚不动声色，只叫司机不要挂断电话，让对方跟着自己的指令重新操作一遍。目视操作开始后，司机按部就班按下警惕键。冯剑坚听见电话那头传来“嘀嘀嘀”的响声，立马心生警觉，询问司机道：“你按了哪里的警惕键？”

原来，司机之前按下的警惕键，是另一套随车设备 LKJ（列车运行控制记录装置）上的。动车组列车上有好几套随车设备，其中两套分别是 ATP 和 LKJ。它们都设有警惕键，作用却大不相同。按下键后，发出的声音也不一样，ATP 的为“嗒嗒嗒”，LKJ 的是“嘀嘀嘀”。如此细微的差异，被冯剑坚敏锐地捕捉到了。

这一回，司机伸手按下 ATP 的警惕键，问题迎刃而解。他有些不好意思，对冯剑坚佩服至极，忍不住赞道：“‘冯大夫’耳朵太灵了！”

有一年夏天，上海虹桥动车运用所内，一列动车组整备作业完毕，10 分钟后将前往上海虹桥站载客上线。可是列车一直处于紧急制动状态，无法启动，司机一时间找不出原因。很快，随车机械师赶到，两人协同查找，仍是一头雾水。时间不多了，两人不约而同想到了“冯大夫”。

详细了解情况后，冯剑坚大脑飞速运转。这是一列重联动车组列车，前后顶端两个车头都有驾驶室，分别位于第 1 节和第 16 节车厢。司机驾驶的那一端是操纵端，另一端就是非操纵端。当班司机和随车机械师已经彻查了操纵端，没发现任何异样。那么，唯一的可能，就是非操纵端有情况。

想到这里，冯剑坚猛地一拍大腿。对！一定是非操纵端的制动手柄或者紧急制动按钮出了问题！

他转念又一想：当班司机在操纵端，可以从车厢内穿行至非操纵端。1—16车，约有400米路程。待司机处理完毕再返回操纵端，就是800米路程。而每个车厢之间，还有自动移门，势必阻碍穿行。司机这一来一回，至少需要10分钟的时间。此时，距离发车还有7分钟，来不及了！

幸好，动车信息台距离存车场只有2公里。冯剑坚当机立断，他撂下电话，直接骑着电瓶车冲了出去，5分钟后抵达存车场。下车后，他越过平过道，迈上登车台，掏出备用钥匙打开门进入非操纵端驾驶室。果然，是紧急制动按钮处于作用位！他赶紧上前用力拔出。1分钟后，列车准时出库。

从2013—2018年，冯剑坚在动车信息台整整5年。回忆那5年，印象最深刻的，是桌上两部电话机。铃声此起彼伏，常常这个电话还没挂掉，那个电话又来了。有的时候，甚至会同一时间响起来。两部电话机，就像两个顽皮的孩子，天天在一起“叮铃铃”比赛，就看谁来的电话多。

多数时候，是一些简单的问题，冯剑坚稍作提醒便能解决。电话那头诚挚道谢，他心里暖洋洋的。碰到其他人都解决不了，他三下五除二就搞定的时候，成就感像七彩绚丽的气球缓缓上升，慢慢填满整个心房……

5年间，冯剑坚通过远程指挥，成功处置各类故障4000余起。司机们佩服极了：“我们永远可以相信‘冯大夫’！”

最美“逆行者”

那是一个寒冷的春节。

面对突如其来的新冠肺炎疫情，2020 年 1 月 23 日，除夕前夕，武汉市突然宣布“封城”，关闭了离汉通道！在这个中华民族最隆重的节日，一个千万人口的特大城市，竟然如此举动。环视人类，前所未有。霎时，举国震动、世界瞩目！

恐慌，也在传播，像病毒一样。药店里的口罩、超市里的食物被一抢而空。人们惴惴不安，瑟缩在家中，不敢踏出家门一步。街头巷尾空空荡荡，各色店铺大门紧闭。一阵寒风卷起街角的落叶，萧萧瑟瑟。

这个春节，冯剑坚如往年一般，持续当班添乘，未能陪伴家人。新冠肺炎疫情来势汹汹，家人牵肠挂肚，盼望他早日归来。1 月 28 日这天，他即将结束添乘，返回无锡与家人团聚。家中，妻子早早便张罗饭菜。这个春节，一家人还没吃过团圆饭呢。

冯剑坚喜欢吃腌笃鲜，这是江浙地区的一道家常菜。妻子将新鲜和腌制的两种肉片，和着冬笋一起放入砂锅炖煮，咕嘟咕嘟……汤汁渐渐变得乳白，香气袅袅。

餐桌上摆满了美味佳肴。电视机播放的春节晚会，父母无心再看。女儿像小兔子一样，不停地蹦到窗边去看爸爸回来没有。所有人都在等待他的归来。

可等来的，却是冯剑坚即将驰援武汉的消息。

那天下午，车间主任在 300 多人的工作群中发出一段倡议：“武汉暴发了新冠肺炎疫情，根据工作部署，段里决定担当一对动车组从上海虹桥站直通长沙南站。希望大家踊跃报名，在国家最需要我们的时刻，在铁路最需要我们的时刻，争做最美‘逆行者’！”

几分钟后，大家看到，第一个回复的人是冯剑坚。他只有两个字：报名。

彼时，人们对新冠肺炎病毒认知有限，可谓谈“新冠”色变，谈“武汉”色变。全国上下，人心惶惶。但冯剑坚没想那么多，只是下意识地认为：自己是一名军人，也是一名有着 22 年党龄的党员，一定要带头冲在前，他相信家人肯定支持自己！

在冯剑坚的带领下，微信群里不断有“报名”二字蹦出来。最后，全段共有 136 名动车组司机志愿驰援疫区。

1 月 30 日凌晨，冯剑坚带领 2 名司机驾驶检验列车开出上海虹桥站。出发前，迎着猎猎寒风，他们面向党旗，作出庄严承诺：“我宣誓：不忘初心，牢记使命！疫情就是命令，防控就是责任！”

上海虹桥到长沙南这一区段，不属于上海局管辖，大家都不熟悉路线。这次任务，是为后续列车开行做准备。

一路上，冯剑坚沉着冷静、严格执标，克服了线路陌生、站场不熟等困难，详细记录了区段的线路坡度、站台长度、分相区段等信息，为后续值乘司机积累有益经验。

当列车途径武汉时，冯剑坚透过司机室玻璃窗向外望去。往日热闹熙攘的武汉站，如此空寂，不见人影。城市街道上，只有稀稀拉拉几辆电瓶车。而路口的红绿灯依旧闪烁，不知人间疾苦。他静静看着，心里说不出的哀凉。

春节过后，武汉疫情日甚一日，感染人数、死亡人数与日俱增。

◇ 冯剑坚驾驶 G1772 次列车驰援武汉（摄影：沈卢峰）

所有医院人满为患，政府紧急筹建火神山、雷神山医院和若干方舱医院。摆在国人面前火烧眉毛的第一任务就是：全力阻击，与疫情赛跑！

此后一个半月，冯剑坚在这条线路上跑了 10 多个来回。车上除了普通乘客，还有很多来自上海、安徽、湖南等地驰援武汉的医护人员。按照规定，司机全程不能走出驾驶室。他只能隔着玻璃注视这些勇敢的“逆行者”，敬佩之余甚是感动。冯剑坚想，他能做的，就是将他们和物资顺利送达抗疫“战场”。

有一次，列车在长沙装了整整两车厢医疗物品送往武汉。正常情况下，列车在武汉站只能停靠 5 分钟，这点时间是不可能卸下两车厢物品的。为此，调度要求冯剑坚提前 5 分钟到达，为卸载物资提供充足时间。

如何才能抢出5分钟时间？冯剑坚决定，从恒速模式切换到手动模式，采用“贴限”的办法来抢时间。所谓“贴限”，就是用每个区段限定的最高速度来驾驶列车。比如，在限定时速250公里的区段，必须保持250公里的速度，而不是249公里或248公里。

这一路地形复杂，除了直行线路，还有弯道、隧道、坡道、桥梁。想要顺利抢到时间，这些区段非常关键。就拿弯道来说，前一段弯道限速310公里，随着曲线半径减小、离心力增加，为了保障列车行驶安全，后面一段弯道限速280公里。从限速310公里降至280公里的过程是动态的，大约1秒钟降速1公里。

冯剑坚必须谨慎再谨慎，确保行驶速度与不断下降的限制速度保持一致。假如推手柄时稍微多用了点力，减速减猛了，列车就会迅速慢下来，还怎么抢时间呢？要是没有及时减速，列车又会面临超速的风险，进而触发紧急制动，反而误了时间。

这一路，冯剑坚全神贯注，紧紧盯住前方屏幕上的仪表盘，操纵手柄不敢有一丝误差。

最终，列车提前5分钟到达武汉站。工作人员早早等候在站台上，车厢门打开的一刹那，他们迅速钻进车厢。10分钟后，两车厢物资全部卸下！

这一个多月里，冯剑坚与同事们先后运送医护人员和医疗器材、药品、口罩、防护服等物资35批次。所有人心中只有一个念头：要为抗疫多运一趟物资、多出一份力！

女儿知道爸爸“开火车去武汉”，因为想念，她找来画笔，画了一幅画。画中上方是一列绿色的动车头，旁边写着“武汉加油！中国加油！”下方是穿着工作制服、戴着蓝色口罩的他，一旁工工整整写着："爸爸，你已经好久没回家了，我好想你呀！"

晚上和爸爸视频时，她拿出这幅画说："爸爸，我想你了，我画下了你开车的样子。"

冯剑坚心中难受，却依然笑道："画得真棒，要是再像一点就更好了。"

女儿却嘟着嘴："你已经 30 多天没回来了，你的样子我都快不记得了！"

女儿的话，让他鼻子一酸。

其实，他很想念家人、想念女儿，但是疫情当前，很多人都在为抗疫操心出力，作为一名高铁司机，他更要冲在前面！

这时，妻子接过视频电话，眉眼弯弯，温言宽慰："家里一切都好，你在外注意安全。等你回来，给你做最爱吃的腌笃鲜！"

行车"活地图"

风和日暖，水天一色。

长江三角洲中部，一条"巨龙"横卧于奔腾的江水之上。两座高高的桥塔，巍峨耸立。波涛滚滚东流，浪花层层跳跃，合奏着一首欢快的赞歌。

这条"巨龙"是沪苏通长江公铁大桥，是世界上首座跨度超千米的公铁两用桥梁。2020 年 7 月 1 日，沪苏通大桥与沪苏通高铁同时开通。

潮平两岸阔，风正一帆悬。一座大桥、一条铁路，无限拉近了长江南北的时空距离，增进了苏中、苏北与苏南、上海的联系，不断推动长三角区域一体化发展。一列列银白色动车组列车搭载着希望和梦想，在这条高速通道上来回穿梭。

这条高速通道凝结了无数上铁人的智慧和汗水。冯剑坚就是其中之一，他全程参与了沪苏通高铁的联调联试工作。

高速铁路穿越崇山峻岭，跨过大江大河。对高速行进的列车来说，不同的气候带、复杂多变的地形、风暴雨雪等极端气候，都潜藏着威胁。高铁建造的每一个环节、每一道工序，都对安全有着充分考虑，包括极端条件下可能遇到的风险。因此，联调联试是高铁开通前必不可少的安全措施。

在联调联试期间，司机驾驶试验列车，对轨道、电路、通信、机车、车辆等设备设施进行全面调试。一旦发现缺陷，就要进行调整，直至整个系统符合高速运行及动态验收的要求，从而确保开通运营后的行车安全稳定。

在沪苏通高铁联调联试期间，冯剑坚曾驾车一天跑20多个往返，参与多种复杂试验。在对新线路没有任何驾驶经验的情况下，他为了记录线路坡道、运行速度、制动停车、与停站对标位置的变化规律，有时甚至关闭控车软件，目测驾车、手动控速，为后续开通提供精准数据。

其中，有一段不到2公里的线路，限速90公里。试验计划要求，用超线路限速15%的速度（时速103公里）进行提速试验。接到这个任务，他不禁皱起眉头。

这条线路的上一区段限速80公里，而下一区段的连接处是侧向道岔，同样限速80公里。这就意味着，在短短不到2公里的线路上，列车须从时速80公里加速到103公里，随后立即减速至80公里。

假如未能顺利减速，列车将超速通过道岔，存在脱轨颠覆的风险。

冯剑坚思忖：必须提前测算出足够的制动距离。

为此，他找到一条限速 200 公里、全长 20 公里的线路——限制速度和长度都绰绰有余。随后，他驾驶 CRH 二型车从时速 80 公里冲刺到 103 公里，瞥一眼 LKJ 屏幕，记下公里标。与此同时，他猛推制动手柄，列车立即减速。至时速 80 公里时，他再记下第二个公里标。2 个公里标之差，就是制动距离。

做好充分准备后，冯剑坚带领 2 名司机上车了。他们一人操纵手柄，一人报出屏幕数字，冯剑坚则负责全程把控。

列车在飞奔，仪表盘速度值直线上升："85、90、95、100……"

冯剑坚算准了距离，大吼一声："制动手柄推到底！"

列车猛地减速。

待行至道岔时，仪表盘显示速度：78！

3 人长长吁了口气。在这一分钟不到的时间里，他们的心吊在嗓子眼，现在终于可以落下了。

除了驾驶试验列车，冯剑坚还负责制作联调联试安全卡控表。上级要求"一车一表"，表格包含了整条线路各个车站间的所有运行数据。

制表过程非常繁琐。冯剑坚根据日计划和工务电务部门提供的信息，摘取出驾驶试验车需要的数据填入表格。一份安全卡控表，下设几十张单页。数据如此之多，极易出错。一个疏忽，就会将正方向行驶数据，误填入反方向的表格。一旦错误数据被带上车，后果不堪设想。故而他谨慎又谨慎，细心又细心。

制表工作量很大，最多的时候，冯剑坚一天做了 60 多份表格。

他常常一坐就是一天，直至头晕眼花才站起来跺跺脚活动一下。没多久，颈椎出现问题。后颈下方突起富贵包，身体其他部位皮肤温热，唯独此处冰凉。用指甲去抠，居然毫无痛感。同事劝他去看医生，他不肯，咬咬牙挺过去。直到联调联试结束半年后，颈椎病才痊愈。

联调联试一个多月里，冯剑坚没回过家。他每天工作到凌晨一两点，睡四五个小时，爬起来再接着干。鼋头渚樱花开了，满树烂漫，落樱纷飞。他原本答应女儿，带她去赏樱。可这一次，他又食言了。

沪苏通高铁开通当天，冯剑坚负责从泰兴站始发的列车。上车前，泰兴市委书记与他热情握手："感谢为本地经济建设作出的贡献！"

这些年，除了沪苏通高铁，冯剑坚还参与过京沪高铁、杭甬高铁和盐通高铁联调联试工作。这不仅帮助他锤炼了胆大心细的品质，还促使他成为能开 9 大类 28 种车型的全能型司机。

冯剑坚还琢磨每条交路的细微差别，利用每次出乘反复加深记忆。现在，全段 5908 公里高铁交路、175 个停站、356 个关键点，他可是了如指掌！

握指成拳力量大

冯剑坚深知，一个人有技术，只是自己有成就；一群人有技术，企业才能有发展。

回顾这 20 年，他在前辈的传帮带下，逐步成长为一名全能型火车司机。他向前辈们学习，把自己的技能和经验分享给更多的人。

为提高动车组司机安全风险防控能力，冯剑坚专门编写《各线风险提示卡》，被当作全段培训资料使用。他的另一篇《提高动车组司机列控非正常故障处理能力》课题报告，获国铁集团优秀质量体系成果奖。

◇ 冯剑坚在办公室编写日常作业流程授课材料（摄影：徐晓帆）

2019 年，单位安排冯剑坚担任指导司机。他的指导组共有 28 个动车组司机，他觉得肩上担子更重了。

上任第一天，冯剑坚在更衣室里刚换好制服。一名时髦男青年走进来，只见他身穿白色羽绒服，脚踏粉色运动鞋，头发三七分梳得有棱有角。二人互不相识，冲对方点点头，算是打了招呼。

后来他才知道，小伙子姓顾，几乎每个月都要被考核，是让车间领导十分头疼的“考核专业户”。闲聊时，又听其他同事说，小伙子顽劣成性，因为家里条件好，根本不在意考核扣的那点钱。

冯剑坚听了这些话，只是皱了皱眉，没有吭声。他开始暗暗观察小顾的行事做派。其实，小伙子本性不坏，脑袋瓜转得挺快，业务方面稍一点拨就能领会，只是年纪轻脾气急，有些事处理得不够妥当。

冯剑坚想起以前在部队当教官时，手底下士兵跟小顾一样，喜欢调皮捣蛋。人不轻狂枉少年，知错能改就好。

这天，小顾又被考核了。冯剑坚打算趁这次机会和他好好聊聊。他平时处事公正，能够一碗水端平，再加上业务能力出类拔萃，小顾对他态度还挺恭敬。

冯剑坚开门见山："为什么又被考核了？"

小顾低头玩手指，满不在乎："就那么回事儿呗。"

冯剑坚有些生气，敲敲桌子，抬高声音问："那么你是打算一直这样下去吗？"

这时小顾抬起头，满脸不服气："我也想进步，可是没机会！"

冯剑坚面上却不露声色："马上沪苏通高铁联调联试，你愿不愿意跟我一起去？"

只有各方面都很优秀的司机，才能参加联调联试。小顾瞪大眼睛，似乎不敢相信自己的耳朵。年轻人的喜怒哀乐从不藏着掖着，当小顾确定自己没有听错时，开心得蹦了起来。

在联调联试中，冯剑坚安排小顾先从打杂做起。令人欣慰的是，小顾事事积极主动，手脚勤快，不懂就问，进步很快。

从那以后，小顾精神面貌焕然一新，变了个人似的。不久，盐通高铁联调联试。这一次，小顾作为主力军挑起大梁，最后圆满完成了任务。

因表现出色，小顾回到段里就被任命为标准动车组（标动）司机。再后来，他去参加技能鉴定，考上技师。从后进司机，到标动司机，再到技师，小顾唏嘘不已："多亏冯师父，助我迷途知返！"

有了小顾珠玉在前，段里的年轻司机都更勤奋好学了。冯剑坚先后与 24 人结成师徒对子，他带着徒弟们学理论、练技能，还建立了业务交流微信群，通过图文、视频等形式传授经验。这些徒弟中，先后有 5 人在全路全局职业技能竞赛中取得名次，1 人被评为全国技术能手。

每年 8 月，新职司机入路，一茬又一茬的新人来到指导组。冯剑坚心里又开心又着急！

面对这么多新职工，指导司机的首要任务，是让他们赶紧学习业务。可是放眼整个指导组，没有几个能单独带徒弟的合适人选。有些老司机的实作能力绝对没话说，可是他们普遍学历不高，而且年纪大了怠于学习，有些专业术语说得不够准确，理论素养不过关。年轻司机学理论倒是学得不错，可惜实作经验不足，远远达不到带徒弟的水平。

冯剑坚一边思考，一边把三者写在白纸上，笔头勾勾画画，不经意连成一个三角形。他瞬时来了灵感：让老司机和年轻司机一起带新职司机，不就解决问题了嘛！

于是，在车间动车组模拟驾驶台前，常常出现这样一副"三角形"的场景：老司机坐在驾驶椅上，边开车边示范操作流程；年轻司机站在一侧，对艰涩的专业术语进行讲解；新职司机站在另一侧认真听讲，把关键点记在本子上。

"双导师制"试用了一段时间后，效果挺不错，一举三得。新职司机既学了理论，又学了实作；年轻司机跟着老师父也学会不少实用技能；老司机呢，理论水平大大提高。如此一来，指导组的战斗力越来越强！

跟随时代的脚步

冯剑坚幸运地踏上了中国高铁飞速发展的节拍。

随着铁路事业的蓬勃发展，运输装备持续升级。2017 年，时速 350 公里的复兴号智能动车组飞驰在全长 1318 公里的京沪高铁上，京沪全程运行时间仅需 4.5 小时。

在试运行中，冯剑坚发现一个问题：列车使用“恒速模式”起步，在达到目标速度时，会出现轻微停顿。与其他司机交流后，大家都反映存在类似情况。

尽管这是一个小问题，冯剑坚却不想放过。他反复查阅操作流程、多次咨询厂家，却没能找到原因。一天休班，冯剑坚骑着电动自行车去接女儿放学。不远处的十字路口，红灯闪烁。他松开电门减速，身子猛地往前一倾。这一瞬，他立即联想到复兴号智能动车组的轻微停顿问题：一定与电流瞬间消失有关！困扰许久的问题，终于找到了症结。

回到单位，冯剑坚尝试采用“级位模式”起步，通过微调手柄来减少电流波动，停顿的现象果然有所好转。于是，他开始苦练“级位模式”起步的操纵方法，每次值乘都把一支粉笔立在操纵台上，反复摸索不让粉笔倒下的电流平衡值。终于，粉笔立住，列车停顿现象彻底消失。

一次大会上，段领导点名表扬："有了冯剑坚这股钻研的劲头，没有开不好的车。"

2021 年，复兴号智能动车组集中上线运行。这是我国具有完全自主知识产权的新型动车组，达到世界先进水平，充分体现了中国高铁技术的先进性和成熟性。

冯剑坚是上海局第一个接触复兴号智能动车组的高铁司机。

2021 年 5 月 16 日，上海局集团公司派冯剑坚前往中车长春轨道客车股份有限公司（长客股份公司），参加智能动车组的操作培训。上海局集团公司没有人见过新车型，机务部要求他整理好培训内容，带回来给全局司机参考学习。

5 月，春风浩荡。此次长春之行使命光荣。作为先行者、探路者，冯剑坚心潮澎湃。在去的路上，他认真研究厂方提供的资料，用笔勾画出新旧车型所有异同点。抵达长客股份公司参加理论培训时，他再根据专家讲课内容，一一做好注解。

课程结束后，冯剑坚前往车库参观。一列外形酷炫的动车组列车映入眼帘。列车外观采用了中华传统文化中的龙凤图腾元素，车身印有上下舞动的红黄条纹，精致又飘逸。列车两侧标有金色"复兴号"大字，闪亮又夺目。车头长 12.5 米，采用"鹰隼"仿生学设计，整车气动阻力降低了 7.4%，节约能耗 10%，彰显了中国高铁绿色环保的理念。车头增设了一道司机登乘门，不仅方便司机上下车，而且可以减少对商务座旅客的干扰。

穿上工作人员递来的鞋套，冯剑坚迫不及待走进驾驶室。现代化的空间设计，简约的弧形操作台，智能便捷的运维系统，令人耳目一新。他掏出手机，将驾驶室新功能、新系统逐一拍摄下来。

暮春时节，大街小巷，满树飞花，正是长春一年中最美丽的时候。

冯剑坚却无心欣赏。培训一结束，他立即回到宾馆，连夜编制操作手册。第二天，在乘坐飞机返回上海途中，他又紧锣密鼓完成了操作视频的制作。

6 月 3 日，冯剑坚将新车型接回上海。他发现，新车型更注重旅客乘车体验，因而更加智能灵敏，这对司机平稳驾驶的技能提出了更高标准和要求。

冯剑坚有一架黑色无人机，4 个旋翼上各有一架小型螺旋桨。闲暇无事，他来到一片开阔地带，手持遥控器，拨弄控制杆。4 个螺旋桨飞速旋转，无人机“嗡嗡”飞上天。这一刻，他仿佛回到了驾驶室，控制杆就像动车手柄，都是那么灵动！

他惊喜地发现，相较于新车型手柄，无人机遥控器的控制杆更

◇ 2017 年 4 月 6 日，冯剑坚在 G7201 次列车上帮教新入职司机（摄影：李忱）

为灵敏。之后几天，他一有时间，就练习无人机的操纵。慢慢地，他手感越来越好，驾驶新车型更加平稳。

6 月 18 日，冯剑坚驾驶复兴号智能动车组列车，圆满完成首次拉通试验任务。

2021 年是中国共产党成立 100 周年。6 月 25 日，七一前夕，中国铁路献礼建党百年，复兴号智能动车组列车正式集中上线运行！

作为首批动车组司机，10 余年来，冯剑坚安全驾驶动车组 1.2 万趟，总里程 350 多万公里，相当于绕地球 87 圈。回首过往，冯剑坚深感光荣与自豪，但更多是肩头沉甸甸的责任。

这些年，越来越多的高校毕业生来到铁路。指导组来了好几个大学生，其中还有上海交通大学高材生呢，他们天天追着冯剑坚喊“师父”。

长江后浪推前浪，前浪更得向前闯。给这些有知识有能力有梦想的大学生当师父，冯剑坚又一次感受到了在驻港部队训练仪仗新兵时的澎湃激情。

冯剑坚心中燃着不灭的火，眼里亮着闪耀的光。他在最好的时代与高铁相遇，以最努力的姿态追赶前行。他知道，唯有不断奔跑，才能不负中国高铁！才能不负最好时代！

最美铁路人

2021 ZUI MEI TIE LU REN

王军

信号旗的力量

——记中国铁路广州局集团有限公司衡阳车务段车站值班员王军

◎ 范　恒

春风一夜到衡阳，楚水燕山万里长。

明代诗人王恭对衡阳的诗意化表达，印证了今日衡阳铁路的枢纽地位。

衡阳站是京广线上的特等站，属中国铁路广州局集团有限公司衡阳车务段管辖，是京广南北大动脉的重要咽喉。衡阳车务段管辖60个站，担负着京广、湘桂、益湛、资许、衡柳、怀衡、吉衡等8条铁路线，共计800多公里的铁路运输任务。

有车站，就有值班员。车站值班员是兵头将尾，是车务系统一颗不可缺少的螺丝钉。对于一个车站来说，作业人员手中的信号旗，承载着铁路安全运输的责任，是铁路安全行车的标志，是火车头前进的方向。

王军是衡阳车务段的一名车站值班员。2009年入路，先后从事信号员、连结员、调车长、助理值班员、车站值班员等多个岗位。10多年来，王军安全办理20万余趟列车作业、1.2万余钩调车作业，消除 80 余起安全隐患，一步步成长为技术尖兵。在第四届全国铁道行业职业技能大赛中，王军夺得车站值班员全能第一名，荣获“全路技术能手”的称号。

初春时节，我来到了衡阳车务段采访，在郴州车站的站台上见到了王军。作为衡阳车务段的业务技术教官，他正在向值班员演示信号旗的规范动作。

站台上，王军神情庄重，他高举信号旗，动作标准，果断有力，迎接列车通过，指挥列车发车，一横一竖，都是一种责任，一种力量。

王军以精湛的业务技能，带出了一大批铁路安全生产尖兵和技术能手，成为行车系统的中流砥柱。“王军车站值班员铁路技能大师工作室”也就成为享誉路内外的一块金字招牌。

2022 年 1 月 16 日，中央宣传部、中国国家铁路集团有限公司联合录制的“最美铁路人”发布仪式在央视如期播出，灯光璀璨，群星闪耀。央视主持人王宁真诚地对王军说：“每一个岗位都有大师，都能发出时代的光芒，2022 年，希望你这个大师工作室，可以产生更多的大师，让我们看到中国铁路的力量。”

是啊，王军正是用手中的信号旗，忠实履行着自己的职责，书写着朴实人生，彰显着中国铁路力量。

王军坦诚、健谈。沐浴着春日的阳光，王军讲起了他与信号旗、与铁路的故事。

在汽笛声中成长

湖南郴州是王军的故乡。这里山奇水秀、人杰地灵，红色与绿色相映成画，被誉为“天下第十八福地”。苏仙岭风景区、红军“半条被子”的故事和中国女排训练基地，这几个看似完全不搭界的领域，让郴州成为一座充满革命传统、文化魅力和拼搏奋进精神的城市。

小时候，爸爸牵着小王军的手到北湖公园游玩，指着隔壁的女排基地说：“这里是冠军的摇篮，飞出了中国的金凤凰，显示了咱们中国人的骨气和精神。”

幼小的王军，从父亲的眼中看见了一种催人奋进的自豪力量。

1987 年，王军出生在郴州的一个铁路世家，他从小听长辈们讲铁路人艰苦创业、无私奉献的精神。读小学时，他又从课本里读到詹天佑修建京张铁路的爱国故事，耳濡目染，这些都深深地影响着小王军，他心里对铁路充满着向往。

爷爷王益德是工务段的领工员，住在郴州火车站附近的潘家湾，大院子里住的全是铁路职工，王军孩童时跟随爷爷奶奶在这里生活。印象中，爷爷不管去哪里，都会穿着铁路制服，雄赳赳气昂昂，特别神气，让很多人羡慕。

“呜……”汽笛长鸣，每天 12 点和 18 点，火车站的大钟就会准时报时，伴随着火车的汽笛声，王军渐渐长大。

父亲王元利是衡阳车务段的客运员，勤劳能干、心灵手巧，木工、泥工、电工，样样拿得起，还擅长美工，车站的宣传标语和各种宣传画册，以及刻印时刻表等文案工作，都是他的杰作。“一米多高的大字，不用划格子打底稿，拿起排笔，一气呵成，跟现在电脑打印出来的一样。”王军说起父亲，满心的敬佩。

有次父亲下班回家，包里装两面信号旗：一面红色、一面绿色。王军好奇地拿出信号旗比画着。他问父亲：“你们大人也玩小红旗啊？”父亲说：“这是信号旗，是指挥火车开行的。”

有一次，王军给父亲送饭。经过站台，他看见站台上站着一个人，穿着笔挺的制服，手里拿着红、绿两面旗子，对着对讲机说话，然后高举起手中绿色旗子，划圈摇着旗子，然后列车就缓缓开动了。

王军恍然大悟：“爸爸，火车真的听信号旗指挥啊？”

是啊，那么长的火车，一面小小的旗子就能让火车开动，多牛啊！这一幕，在王军幼小的脑海里刻下深深的烙印。

南来北往的列车，送走了旅客，也送走了光阴，小王军一天天长大，变得特别淘气，成了院子里的孩子王，院里人送他一个外号“飞天蜈蚣”。

杏花春雨，年少轻狂。青春就像一辆匆匆驶过的列车，一转眼就没有了踪影，那些懒慢疏狂，在入伍后渐渐被磨去棱角。

部队是一座大熔炉。

王军的军人梦，似乎从一出生就注定了，名字的“军”，是父亲的军人梦，后来成了王军的人生选择。

2004年，王军入伍后到河北张家口，成为装甲步兵。新兵班长王建锋，在新兵队伍中一眼挑中了王军，被选到全军的“基层建设模范连”，这个连是装甲步兵团的形象代表连，在军事素质和政治素质上都要过硬，纪律更严，训练更苦，标准更高。

从学生到军人的身份转变，一下让王军措手不及，何况还是到模范连。在学校和家里调皮，不过是受几句呵斥责备，到了部队，有副班长、班长、排长、连长……一级一级管着，别想偷懒耍滑。

一个南方人到北方，不说训练艰苦，光适应气候这个关，就是一个坎。王军的反应比一般人更强烈，光鼻血就流了两个月。

新兵首先是内务这关要过，地板要干干净净，被子要叠得方方正正，水壶、雨衣、牙膏、牙刷、脸盆、毛巾等要摆放整齐，各在一条线上，任何生活细节都要讲规范、讲标准。

王军在家没有养成这个习惯，要从杂乱无章到完美无瑕，这个过渡比别人难。

部队纪律严明，不管谁犯错，就全班集体受罚，抹布没叠好、被子没叠好、牙膏没有按规矩挤……任何生活细节没做好都要被罚。以此树立团队意识和集体荣誉感。

王军在心里暗暗叫苦："这个地方要待两年，怎么待得下去啊？"

班长打电话给王军的母亲反映情况，母亲说："严格要求他，不要怕他吃苦受累。"送到部队的目的，就是要彻底"整治"他，心疼不能心软。

新兵下连后，王军以为轻松了，没想到更苦，流血受伤成了家常便饭。

北方的冬天，寒冷刺骨，打靶训练时，"卧倒！"指挥官一声令下，全体立即趴下，地下全是石子和黄土，身体跟地面一接触，零下 20 多摄氏度，冷得刺骨。这样一趴就是一上午，身体很快就冻得没了知觉。

然而，这还是第一步练习瞄准，到了第二天，才知道第一天是多么幸福。

第二天练习匍匐前进。匍匐分低姿匍匐、高姿匍匐和侧姿匍匐。3 种匍匐姿势都很辛苦，动作要领都很难，特别伤膝盖和手肘，一天练下来，身上没有一块好肉，伤痕累累，作训服全部磨烂，贴身穿的棉袄上全是血，血被棉花吸干后，肉和皮跟棉花粘在一起，撕下来钻心地疼。

这种苦，直到王军调到装甲车驾驶连才结束。那又是另一种磨炼，是技术上的学习和攻关。

成长是一次次蜕变。蜕变是痛苦，是流血。王军在部队这座大熔炉里，得到了真正的成长，磨平了性格的棱角，学会了忍耐，性格变得成熟冷静，刚毅坚韧。退伍后，父母看到他懂事了很多，感到无比欣慰。

初遇伯乐

穿过南岭巍巍大山，跨越山谷中蜿蜒曲折的河流，在粤湘两省交界处，有一个古老的火车站——白石渡站，它曾是粤汉铁路上的一个三等站，现在是京广线上的四等站。这里离郴州有 50 多公里，每天只有一趟绿皮火车往返于郴州，这趟当地农民的“菜农专列”，也是职工上下班的交通工具。交通很不便利。

王军的工作生涯便是从这里开始。

2009 年秋天，王军退伍后到铁路职业技术学校学习了一年多，分配到郴州车务段白石渡站工作，父亲知道后高兴地说：“年轻人就要去小站历练历练，以后才会有担当。”

◇ 王军到白石渡站开展帮教工作（摄影：李泳铧）

上班第一天，师父把《铁路技术管理规程》《行车组织管理规则》等 5 本规章交到他手里，郑重地说："学好用好规章是干好工作的基本功，这就是咱们的饭碗。"

王军从信号员学起，他把部队的好作风带进工作中，认认真真学习业务，跟着师父耐心地学实作。考试时，有些学员摸不着门道。王军倒是不急不忙，很顺利地通过了考试。

结业时，考官总结说："谁用心学了，谁没用心学，我一眼就看明白了。"

这个考官给王军留下了深刻印象，他讲话风趣幽默，和学员们聊得很投缘，王军得知他也是军人出身，更有了亲切感。这时王军还不知道，这个人后来成为他实现人生价值的引路人。

王军顺利通过了信号员考试，开始学习连接员。

深秋的一个黄昏，王军作业完后，站在信号楼上，遥望整个车站，一个站台，几根冰冷的股道，没有列车通过时，车站一片寂静。王军心想，在这样平凡的岗位上能干出成绩吗？思绪随着天边的晚霞渐渐消失，一种迷茫感油然而生。

理想很丰满，现实很骨感。这时的王军正走在自己人生的十字路口。

小站的作业量很小，王军没有学习动力，连接员学了一年，都没有考出师，拖拉着混日子，一直混到那个照亮他心路的“老兵”出现。

2010 年 10 月，郴州车务段并入衡阳车务段，白石渡站也换了站长。

新站长上任摸人员底，没见到王军，就打电话给他：“你连接员学了一年还没出师，怎么好意思待在家里啊？”

这时，王军才知道车站来了个厉害站长！

王军到车站一看，哦，这不是实习时的那个考官嘛！

新站长一见王军也认出他来了，“是你啊，你学信号员还可以啊，怎么学连接员就不行了？”

“我没有不行啊，就是不想学！”王军最不服气别人讲他不行。

“那怎么半年都考不出师呢？”

“我是不想考。”

“抓紧考，考完学习别的。”

这个新来的站长就是王军实习时的考官，名叫唐郴，30 多岁，军人出身，很有工作方法和魄力，能知人善任，业务能力相当强，曾获得过广州局职业技能竞赛车站值班员全能第一名。

王军开始认真学习，没过多久，就通过了连接员考试，直接顶在连接员岗位上了。

唐郴觉得王军人聪明，有上进心，就找王军谈心，谈军人的作风、铁路人的职责、年轻人的未来和理想、自己的成长经历。王军豁然开朗，他认识到铁路也有广阔舞台。

“愿意在车站学习，提高综合素质，为今后的路走得更宽更广打基础吗？”唐郴问他。

王军有一股冲劲，很爽快地点头答应了。

唐郴是军人风格的管理，雷厉风行，刚猛直爽，对王军要求高，管得也很严，工作上不容半丝马虎。他要求王军除了完成本职工作，还一边学习助理值班员和值班员，下班后利用休息时间兼做车站台账和后勤工作，但是工资没多拿。

唐郴说：“王军聪明，要让他心服口服，必须以理、以德服人。”

虽然王军忙得脚不沾地，但只要工作出了纰漏，唐郴也绝不会心软，没少批评他。有次，唐郴看见王军在接一趟客车，嘴里有气无力地念着“进站、绿闪、出站、信号好，K600 次白石渡站 2 道通过”，然后拿着旗子无精打采地摇，唐郴看见了，走过去就是一顿训：“助理值班员是一个车站的脸面，就像人的脸一样重要，你这是打车务段的脸，打铁路的脸！”

唐郴拿过旗子，一边给王军示范，一边念道：横平竖直，角度准确，段落清晰。

“这是信号显示的动作要求，不仅动作要规范，还要有军人的精气神，口齿要清楚，声音要洪亮……去练习 50 遍，直到标准为止。”唐郴板着脸吼着说。

王军站在太阳底下，烈日炎炎，他一遍遍地将旗子举过头顶，横平竖直，一遍、两遍、五遍、十遍……他感觉那不再是一面轻飘飘的旗子，仿佛有千斤重的力量，那是生命的绿色，他举着的是千万人的安全保障，沉甸甸的。

“那时我看见他就想躲，最好不要见他。”王军说。新兵遇见老兵，不得不服服帖帖。从一开始的对冲，到彻底怕他、服他。

有人说，人生只要两次幸运便好，一次遇到伯乐，一次走到底。王军很幸运，遇见了最好的伯乐，并在他的指引下，奋勇前行。

第一次出彩

多年来，铁路为选拔高素质人才，每年举办各行业的技能大赛，通过层层选拔，选出有理想、懂技术、会创新、敢担当的高素质技能人才队伍，为铁路高质量发展提供坚实人才保障。

这年春运刚刚结束，衡阳车务段紧锣密鼓地准备举办业务技能竞赛。

唐郴跟王军谈心：“你若有理想，想有更大的作为，有两条出路，一条是考监控分析员，另一个是考调度员。而这两条路都需要有过硬的业务基础。”

唐郴激将王军：“敢去参加比赛吗？”

“敢呀，有什么不敢，我去。”王军应声而答。这次采访过程中，王军告诉我，师父当时给他指的两条路，其实就是一条路，一条学技练功、靠过硬本领闯天下的路。

从此，王军走上了业务竞赛的“星光大道”，这是一条他之前从没有想过的道路。

王军深知自己文化程度低，业务素质底子差，虽说嘴上答应得很快，但是学技练功的道路并不是坦途大道，尤其是规章制度特别绕口，今天背会了，明天一问三不知。

为此，王军陷入了深深的思考：学习上的苦跟部队训练比起来，根本不算什么，但是就是没有掌握学习方法，死记硬背规章很枯燥，对业务实在提不起兴趣，更别提什么信心了。

唐郴想到一个“绝招”，要求王军用军人的标准来参加比赛，立正、跨步走，转体、挥臂，每个动作必须标准、漂亮，英姿飒爽，规范有力，体现军人的精气神。

唐郴告诉王军：“这信号旗尽管很轻，但挥舞信号旗必须干净利索有力度，要有军人的气势。”

由此，王军眼前一亮，信心大增。

“把部队的军姿跟工作相结合，唐老师挖掘了我的长处，一下让我找到存在感和价值。”王军很感动地说道。

唐郴对症下药，增强了王军的自信。王军在心中暗下决心，一定要通过自己的努力，实现心中的梦想。

王军说起一件事，让他彻底愿意主动勤奋学习、苦练业务技术。

有一天，师父带王军上操作控制台，进站信号突然由绿变红，需要立即办理列车非正常通过手续。王军第一次遇到这样的紧急情况，顿时大脑一片空白，一时着急，尚未确认接车线路空闲，就准备开放引导信号接车。说时迟，那时快，师父一把推开王军，确认线路空闲后才开放信号。

王军回忆起当时的情况，还有点后怕：“等我反应过来，惊出一身冷汗，如果接车线有车，就会造成列车追尾，后果不堪设想！”

这件事对王军触动很大，也让他明白了一个道理，熟记规章只是基础，灵活运用好规章才是关键。

从这里开始，王军开始苦练实作，而不仅仅是为了考试。

学习理论业务很枯燥、乏味。王军背题时思想不能集中，尤其有些规章拗口不好记，他就想了一个办法，把自己关在宿舍里大声朗读，强行把思想拉到书本上来，这样背了几天后，想不到效果非常好，那些难记的规章念了几遍竟然都背下来了，这也成了王军背规章的习惯。

为了做到烂熟于心，除了读和背，王军还将规章制作成小卡片，一道题一张卡片，随身携带方便，可以随时拿出来读，下班路上，工作间休时，有时间他就拿出来温习。

训练是按照“看一遍、做一遍、考一遍、改一遍”的程序，两三天进行一次小考。王军很努力地学了，但是每次小考成绩，总是比本科生戴瑞差那么一点，王军是个不服输的性格，他不但不灰心，反而激发了斗志，他一边更加认真钻研业务，一边查找原因。

“我到底差在哪里呢？”他自问。

每次考试，他们是循环阅卷，王军每次都是看彭长春的试卷，在下一次考试后，王军改看戴瑞的卷子，他想知道自己考不过戴瑞的原因到底在哪里。经过仔细对比，他发现了两个原因：一是戴瑞理解能力强，能灵活运用规章，联系工作实际答题；二是他做题严谨，一个标点符号都不会错。

找到原因后，王军有针对性地补强，起早摸黑地刷题，效果十分明显，成绩大步提升。

比赛前，王军又一遍遍看唐郴、蒋琦辉、谢春华等前辈参加业务比赛的录像，学习他们的比赛经验。

2011 年 3 月，衡阳车务段职业技能竞赛如期举行。

3 人代表白石渡站去段里参加比赛。王军在比赛中发挥出色，夺得了助理值班员理论、实作、全能 3 个第一，破了白石渡站的历史纪录。

不鸣则已，一鸣惊人！

这一年衡阳车务段职业技能接发列车竞赛，设 3 个职名，一共才 10 个第一名，白石渡站就得了 8 个第一，获得前所未有的成绩。王军挥舞信号旗的姿势和力度，成为比赛场上一道亮丽的风景。采访时，至今还有参赛职工记得当时的场景："没想到信号旗在王军的手中是那么潇洒和有力量。"

王军的人生第一次散发出熠熠光彩。

知识可以产生力量，比赛给他树立了强有力的信心，并对行车工作和学习业务产生了兴趣。

摘下最亮的"明珠"

"故立志者，为学之心也；为学者，立志之事也。"王军一赛成名，成为车务段的业务骨干力量，后来又破格提了车站值班员技师，实现了他人生的第一个小目标，朝着更远的目标出发。

2014 年，王军遇到了人生的第二个恩师周鑫。

周鑫是衡阳车务段职教科副科长，曾在全路车站值班员竞赛中获得优异成绩。他也是广铁集团赫赫有名的金牌教练，曾 4 次担任全路职业技能大赛总教练，均取得了辉煌成绩。

2014 年，周鑫仍担任主教练，在全段选拔业务选手，负责培训带领他们参加广铁集团的职业技能大赛，唐郴向周鑫推荐了王军：“王军有潜力，但需要好好打磨。”于是，王军被作为候选人之一，参加了全段竞选，经过 1 个月的培训，王军脱颖而出，与大学毕业生陈龙一起参赛。

陈龙的综合素质很强，他代表助理值班员参赛，助理值班员的指挥性动作较多，王军就把自己擅长的军姿“摆臂、走步、口令”等全部教给陈龙。陈龙领悟力很强，一教就会，比赛时，别人以为他俩都是军人出身。

“周老师时刻守着我们，百分之两百的精神，感觉他头发都是竖起来的。他的付出，已经远远超出了本职工作范围。”王军很敬佩周老师的敬业精神。

考前最后一周，周老师又想出一个“花招”，把郴州站的客运小姑娘全部叫过来观摩，给他俩鼓劲，做比赛前的心理建设，打磨熟练程度。

经过两个月勤学苦练，王军信心满满。

一切似乎都在意料之中。2014 年 7 月，王军在广铁集团举办的职业技能竞赛中，一举夺得了车站值班员个人理论第一、全能第一，以及团体第一的好成绩，由此，他也获得了参加第四届全国铁道行业职业技能大赛的“门票”。同年 11 月，王军代表广铁集团参加第四届全国铁道行业职业技能大赛，他再次和陈龙搭档，代表双行队参赛。

赛前，广铁集团组织参赛人员到株洲科技职业技术学院集训。这次集训，广铁集团职教处派了领导全程跟踪，周鑫仍担任总教练。

这是更高级别的竞赛，难度更大、范围更广，集训了 1 个月，王军总是找不到感觉，几次考试成绩都不理想，王军的信心一下落到了谷底。

周鑫看着王军干着急，无助之下，他向唐郴打了一个求救电话。

第二天，王军接到唐郴的来电，他们谈了 1 个多小时，王军认认真真听着。

王军骨子里有一种不服输的精神。面对唐郴的责备和周鑫的关怀，他想起了女排顽强拼搏的精神，想起在冰天雪地里军事训练的艰苦，想起了梦想中的那面旗帜，为什么我就不能自我突破呢？他绕着校园走了一圈又一圈，看着满天繁星，看着教室里挑灯苦读的学子，回忆曾经在学校虚度的青春年华，往事一幕幕，顿时泪流满面，自己是多么愚昧啊！

每个人在成长中都会遇到挫折，会哭泣，会觉得痛。痛过了，便坚强了；傻过了，便懂得了适时的珍惜与放弃。

回想当时情景，王军说，这一段刻骨铭心的经历，犹如自己人生的第二个十字路口。

王军彻底醒悟了！他知道自己根本就没有退路，只有向前走，拼尽全力向前走。输了没关系，华丽的跌倒，也胜过无谓的徘徊。

人生难得几回搏！

王军调整心态，一头扎入书山题海里。

学员都在教室里一块学习，不能像以前一样大声读，王军就把读改为抄写，他抄写、默写每一条规章。理论复习的书有《铁路技术管理规程》《行车组织管理规则》《铁路事故处理规则》《接发列车作业标准》等十几本书，这几本书加起来有 30 多厘米厚，每一条都要熟练掌握。他又把历次考试的 49 套集训试卷，分门别类归总，把容易混淆的题目对比学，把比较生硬的规章描红反复学，把关键内容加黑加粗重点学。

潜心学习，常常不知不觉，王军就熬到了凌晨，最后的标准要达到随便抽问哪一本书的哪一条，都能背出来。

“《铁路技术管理规程》第 374 条是什么？”

“车站值班员接到司机或工务、电务、供电等人员的救援请求后……”

这条 344 个字的规章，王军一字不错流利地背了出来，除此之外，还要了解机务、电务等知识，加深对业务的理解。等培训结束，王军翻烂了 4 套行业规章，写完了 8 个厚厚的本子。

交谈中，王军回忆训练时的艰苦，感慨万千，他说其实克服困难没有太多的窍门，就是要坚持到底，滴水穿石。

◇ 王军到周家坳站开展上门业务帮教（摄影：李泳锌）

实作练习每做一道题，需要 1 个多小时。40 道题，从模仿作业到肌肉记忆，他们至少要过 10 遍，经过 400 多次实作训练。

慢慢地，由量变产生质变，做题的速度越来越快，正确率达到 100%。

周老师在教室里挂着一个时间倒计时牌，跟高考一样，每天翻牌子，22 天、21 天、20 天……每天敲着时间的警钟，就像头上悬着一把时间的利剑，在慢慢地刺向头顶。

王军回忆那时："集训期间的累和压力，是很难想象的。"

王军常常练得口干舌燥，喝点水继续，到最后实作练习时，手臂稍微抬起来都疼痛难忍，仍咬牙坚持着。那段时间，他是走着背、坐着看、站着想，有时候做梦都在演练。

"一直到比赛的前一晚，一刻都没有放松过。"王军回忆。

经过 3 个月的努力拼搏，终于迎来了比赛的日子。

2014 年 11 月 11 日，石家庄喜迎八方宾客，第四届全国铁道行业职业技能大赛在这里举行。

这是中国铁路总公司成立后，与国家人力资源和社会保障部共同举办的首次大规模、多工种的国家一类职业技能大赛，设有信号工、铁路线路工、电力机车司机、车站值班员等 7 个竞赛工种，有来自 18 个铁路局（公司）代表队的 700 名选手参加了竞赛。

进入考场前，周老师很兴奋："从现在起，你不叫王军，叫'王牌军'；你不叫陈龙，叫'中国龙'，你们一定行！"

"向前对正，齐步走。"王军喊口令，洪亮的声音立刻传进了考场，吸引了正在收拾试卷的考官的注意力，立即看向入场门口，并朝后面喊："录像，快点录像。"

王军迈着坚毅的步伐走进了考场。向裁判长汇报："广铁集团第四号代表队整队完毕，请指示！"

行进间转体，步伐整齐，声音洪亮，吸引了裁判长、裁判员、考评员等所有人的目光。

"各就各位。"王军和陈龙坐到了比赛的位置上。

赛场外，周鑫却紧张得坐立不安，来回地踱步，不时盯着考场方向。

赛场内，王军声音洪亮，沉着冷静，按程序办理闭塞、布置进路、开闭信号、交接凭证、接送列车和发车，动作有力、潇洒，作业流畅，不慌不忙地按作业程序进行，一连串的标准作业动作赏心悦目，把考官看震惊了！

王军硬是把一场考试，变成了一场表演秀。

所有逆袭，都是有备而来。

最终，王军在第四届全国铁道行业职业技能大赛车站值班员的比赛中杀出重围，获得个人全能第一名，摘取了全国铁道行业技能大赛最亮的那颗"明珠"，创下了广铁集团车务系统历史最好成绩。

"其实，比赛并不是一帆风顺的，中间发生了两个小插曲。"王军突然冒出一句，把我的心提到了嗓子眼，即使知道他最后是冠军，还是忍不住着急，出了啥失误呢?

第一个失误是王军找不到箱里的钥匙；第二个是陈龙误报站场无存车，造成他没有"戴帽"。王军沉着冷静，急中生智，将两个失误都化险为夷。这两个小插曲，凸显他超强的临机应变能力和过硬的业务本领。

学习永远不晚。人只要想学习，任何时候都能出发；只要肯努力，任何岗位都可以发光发热。

王军非科班出身，性格贪玩，少年时期耽误了许多宝贵的学习时光，要在专业性很强的铁路岗位上发光出彩并非易事。他很感慨地说：“学生时代没有吃的苦，在单位一两年内加倍的全吃回来了，人若想有作为，这些苦就是躲不掉的，因为成功的道路没有捷径。”

王军成长的过程，就是破茧成蝶的过程，这个过程交织着苦涩和迷茫，他奋力挣扎着蜕化所有的青涩和丑陋，在阳光下抖动轻盈美丽的翅膀，幸福地抖动。

金牌“指挥官”

电脑屏幕上，在一条条五线谱似的光带上，跳跃着红黄蓝绿的美丽音符，它们像夜空的精灵，似乎在弹奏着悦耳的华章。

电话声此起彼伏，电台紧急呼叫，才知这里不是音乐大厅，而是车站信号楼值班室，是车站值班员的前沿“阵地”。这些美丽的颜色灯光，是联锁控制台上显示列车进出站的信号指示灯。从这里发出的每一条指令、每一道流程、每一个旗语，都直接关系到行车安全。

在繁忙的京广线，一天往来 400 多趟列车，车站值班员每天要执行上万次作业程序，是铁路上的交通“指挥官”，每一条指令都责任重大。

王军在第一次参加段业务比赛拿了一等奖后，调离白石渡站，到京广线上的许家洞站担任车站值班员。唐郴也在此之前就已调许家洞当站长。

王军心想，自己都已拿了业务竞赛冠军，上岗作业不在话下。

谁知道第一天上班，王军就遇到一个突发情况，手忙脚乱，完全应付不过来，一下就蒙了。他发现，在实际操作过程中不仅要有过硬的业务素质，还要有果断敏锐的应变能力。

现实狠狠地扇了他一记耳光，他发现自己被胜利冲昏了头脑。

白石渡是京广线上的四等小站，只有 7 股道，是单方向的站，而许家洞是三等中间站，有 11 股道，属于多方向车站，有京广线的接发列车和资许线的机车调配，以及本站的货物装卸作业等，工作难度大，也复杂多了。王军没有单独操作过这么复杂的作业，应付不过来也在预料当中。

唐郴是有意这样安排的，也是在提醒他，不要沉迷在胜利的喜悦中。

车站值班员是一个车站运转最核心的岗位，要指挥车站的接发列车、车站调车作业、施工维修、机车出入库等，负责管理班组 10 多人的作业调度指挥。他心里很清楚，要干好值班员，就要学会统筹运作，必须十分熟悉每个岗位的作业。

王军明白这点后，主动向经验丰富的老师父请教，勤学好问，拿出当兵时吃苦的狠劲，不论早晚，不论岗位，一头扎进工作里，上班认真学习值班员，下班就到各个岗位转，哪里工作最忙，哪里就有他的身影，把信号员、调车员、连接员、调车长、助理值班员等岗位流程，又全部重新学习了一遍。

通过 3 个月的现场学习，王军很快就把车站作业程序的“来龙去脉”摸得一清二楚，能得心应手地指挥，完全胜任车站值班员的岗位。

2014 年，王军获得全国铁道技能竞赛大奖后，理论知识更加熟练。王军学以致用，把理论运用到工作中，再把工作中遇到的问题用新知识来解决，相互促进，行车作业水平得到大步提升。

衡阳站是京广大动脉的重要咽喉，5 条干线交汇，29 条股道密布。在办理接发列车过程中，一趟列车通过车站，至少有 29 个作业程序，衡阳车站最多可以同时接发 3 趟列车，这就需要作业人员在 5 分钟左右的时间里，完成近 90 个作业程序，也就意味着每 3 秒钟就要完成一个程序，其中任何一个程序出错，都将影响整个车站的正常运行。平时保畅通就不容易，如遇到突发情况更是难上加难，需值班员有过硬的业务本领，沉着应对。

有一次，K1296 次旅客列车因为大雾无法辨认信号，在京广线上行进站信号机外停车，王军通知后续列车注意运行，再次确认进站信号机显示正常后，向列车调度员汇报，改用天气恶劣、难以辨认信号的办法行车，后续列车陆续恢复运行。

王军刚想松口气，京广线下行客车 K1007 次呼叫接近，他迅速意识到，如果按原计划接进三道停车，会影响衡柳线接车，进而引起京广大动脉堵塞。事情紧急，他立刻拨通调度电话，建议把这趟车推迟 1 分钟接入四道，调度迅速变更运行计划，确保了衡柳线列车正常通过。

作业过程中，王军眼睛盯着列车运行计划，耳朵听着各单位的情况汇报，左手接电话、右手做着记录，口里不时下达列车运行进路的命令，整整两个小时，他就像一个站在十字路口的“指挥官”，忙而不乱，条理清晰，将车站拥堵的车流迅速疏通了。王军看着一趟趟列车有序地开出车站，长吁一口气，才发现自己已是满头大汗，助理值班员十分敬佩他的临危不乱。

像这样因恶劣天气、自然灾害等引起的非正常情况，每年都会遇到五六起，每一起都事关重大，如果处理不好，就会堵塞一个站，打乱一条线，影响一大片。王军面对紧急情况，安全、快速、准确疏解车流，他一再告诉自己，车站安全畅通和运输秩序，决不允许在自己手中出现纰漏。

行车岗位100多道标准作业流程，300余条行车规章，王军烂熟于心，熟练运用。他说："科技越先进，作业人员就要更有责任心，设备一旦发生问题，就要人顶上去，隐患有大有小，哪怕是错一个字，车次错一个数字，都有可能造成大安全事故。"

王军是车站值班员的金牌"指挥官"，同时也是信号旗操的"指挥官"。

郴州车站信号楼前的水泥坪里，一支信号旗操队伍，迈着整齐的步伐走来，他们身穿笔挺的铁路制服，头戴大盖帽，左右手紧握红绿色信号旗，队伍集合完毕，一名高大帅气的年轻人，大步走到队伍最前面，带领队伍开始信号旗操表演。

举起、平伸、交叉、挥舞……他们步伐矫健，动作整齐划一，铿锵有力，信号旗在他们手中是那样有力，那样潇洒。

走在前面的领操员正是王军。

衡阳车务段十分重视队伍素质建设，这支由20名年轻优秀业务尖兵组建的信号旗操队伍，是从车务段3000多名员工中选拔出来的，由王军担任教练，严格按照部队的军姿，结合行车动作标准，按时开展信号旗操训练，打造"标准铸铁魂"的精神风貌。

2015年7月，广铁集团在衡阳车务段郴州运转安优线建设开展验收时，这支队伍闪亮登场，惊艳了所有人的目光，展现了“衡车人”的精气神和良好风貌。

站如松，坐如钟，行如风。王军说，一个人的精神状态和工作作风至关重要，必须恪守作业标准，做敏感的“哨兵”。

在繁忙的京广线上，王军正是凭借娴熟的业务技能和良好的精神风貌，牢牢守住了运输一线安全。

主动啃“硬骨头”

生活中，有人愿意逆流而上，有人会顺势而为。顺流逆流，都是为了成就更好的自己。

2016 年 10 月，王军调哲桥站当站长。哲桥是四等站，是车务段的一块“硬骨头”，地处边远，人员复杂。

去之前，领导跟王军谈，有了业务技能，还需锻炼现场管理能力，此前，王军没有当过正职，也没有在管理岗位任职过，就给了王军几个建议岗位，让他自己选择去哪里锻炼。

周老师了解王军的性格，希望王军去太平里站，那里民风淳朴，人员不复杂，或者去郴州车间当副主任，一步一个脚印地学习，这个岗位是“钱多、责小、离家近”，是很多人梦寐以求想去的地方。哲桥站离郴州 100 多公里，上下班要火车转汽车，交通很不方便，是一个“责大、钱少、离家远”的岗位。

王军想给自己一点压力和历练。于是，他挑了哲桥这“硬骨头”啃，义无反顾地去了哲桥。临别时唐郴叮嘱他要高调做事，低调做人。周鑫也打电话给王军：“你去后要沉下心来，稳中求胜，这是你第一次当正职，要做出成绩。”

尽管做了很多的思想准备，但王军一到任还是有点蒙，这跟当值班员完全是两回事。上任没几天，车站就发生一起路外伤亡，死者家属到车站来索要赔偿。王军第一次遇到这种情况，不熟悉处理流程，怎么办？

王军权衡利弊、要害，跟家属耐心沟通。肇事方看王军年轻，就天天到王军办公室来磨。王军一边安抚他们，一边跟上级汇报实际情况。后来在段路外伤亡专干、地方司法部门等多方协调下，终于处理好这起事故。

这件事，尽管王军受了一些委屈，但增长了见识，知道了路外伤亡的处理流程和方法，赔偿是有国家标准的，为今后的工作积累了经验。

哲桥是一个老站，地处偏远，员工业务水平参差不齐，安全意识薄弱，王军想利用自己的长处，带动车站员工学习业务。

贺强是车站的助理值班员，也是退伍兵转业，平时工作懒散，作业纪律松懈，曾一个月接过 7 张 A 牌，是段里的接牌“老客户”。

一个多月后，贺强就发生一件大事，让王军坐不住了。这天下半夜贺强当班，电话吵醒他后，他拿着红灯去站台接一趟通过的旅客列车。如果司机看到红灯必须紧急停车，一旦停车，就要算安全行车事故。

信号楼的值班员看见他拿着红灯接车，吓得背上直冒冷汗，马上进行了制止。“你怎么拿红灯接车呢？”王军赶到现场严肃地问他。

“我不知道，没有啊！”他哈欠连天地回答。

王军坐下跟他聊天，问他是不是没休息好，或家里发生什么事？他都说没有。

这样的状态怎放心让他上班呢，王军叫他回去休息，自己替岗。

又一列列车进站，王军站在站台上，拿起信号灯，亮起绿色灯光，列车呼啸而过。看着远去的列车，王军突然觉得肩上压着千斤重担，这股力量来自内心的责任。

王军意识到问题的严重性，再不敢掉以轻心，就跟贺强谈心，一聊还发现他业务水平很不错。

王军随口问他："《铁路技术管理规程》第 301 条是什么？"

令人惊讶的是，虽然他不能一字一句背出来，但能讲出个大概意思，证明他的业务底子确实不差。王军加了他微信后，发现贺强文化功底也不错，发朋友圈写的内心活动和心情，语句通顺，条理清晰。

王军很诚恳地跟贺强说："你想学业务，理论和实作我都可以教，你随时找我都行。"

王军想要彻底改变他，从生活细节上入手，到贺强家走访，帮他解决孩子上幼儿园的难题，在年节时慰问他的父母。在工作上，安排他给车站做台账和一些后勤工作，树立他的自信，就这样，贺强慢慢走上正途，能把交代的工作完成得很好。不久，王军调走，贺强恋恋不舍，对王军说："谢谢您对我的关心和帮助，让我能够全身心地投入到工作中……"

站场环境管理，是铁路安全保障的前提。

王军到站场熟悉环境，发现车站站台往南走，有一条窄窄的三四百米的泥巴小路，杂草丛生，人也很难走过去，很容易摔进股道或草丛，存在极大的安全隐患。而这条路是助理值班员到列车尾

◇ 王军在衡阳技能大师工作室梳理阶段工作成果（摄影：李泳锌）

部去试风发车的必经之路。

王军立即向车务段打报告，很快就修好了一条 300 多米长的水泥路，彻底解除了这个安全隐患点。

王军会把小时候爷爷常跟他说的一句话放在心上：铁路安全无小事，马虎就会丢性命。他经常组织员工学习行车安全事故案例，一再强调作业安全和劳动安全的重要性，每一起安全事故，无不是违章造成，任何小事都不能掉以轻心。

王军就这样以站为家，很少有时间能回去看望家人。儿子梓颢 3 岁了，因陪伴少，跟他不亲近，甚至有点怵这个陌生的爸爸。王军的爱人谭雅丽在郴州站当计划员，对王军的工作十分理解支持，要他安心搞好工作，不用牵挂家里。

王军一点一点地学习管理，建设好站场环境，关心员工，搞好后勤保障。经过一年的努力，给职工创建一个和谐办公环境，各种关系和业务也都理顺了，工作逐渐走上了正轨。

不久，王军因为工作需要，调段职教科从事职培工作。

“我觉得自己在站长这个岗位没有干出多少成绩，但对我的成长是一种考验和磨炼。”王军诚恳地说道。

一年的站长经历，王军有成功，有磨炼。他认识到，懂业务并不等于有管理能力，作为一个优秀的管理者，不仅要业务好，还需要提高综合素质，才能成为一名合格的管理者。

从学生到老师

郴州职教培训基地，明亮的教室里，一个年轻帅气的老师在讲课，他姿态优雅，不时向台下学生提问，学生们聚精会神听讲。

这名老师就是王军，正在进行车站值班员岗前培训。

从学生到老师，这是一次角色的重大变换。

王军没有当老师的经验，他就先看教学片，模仿老师讲课。王军发现，自己学容易，要讲出去很难。古人云知其然而不知其所以然，也许就是这个意思。王军发现要让学生听懂学会，就要提前备课，自己先搞懂每一条规章的来龙去脉，领悟到这点，他立即回过头来，主动研读《铁路技术管理规程的条文说明》，这是一本专门解释技规的书，他认认真真地研读，一页页、一条条地读懂吃透。

王军第一次上公开课，讲了一天，腰都直不起来了，讲得喉干舌苦，嗓子都嘶哑了，学生却昏昏欲睡，这种状态让王军感到无比的挫败。

第二天，王军调整思路，不再照本宣科，而是把规章条例形象化，把条例套到控制台上结合现场讲，这样更加形象，然后开始一个个提问，一下把学员全问倒了，课堂气氛紧张起来了，瞌睡也全没了，马上竖起耳朵听。这种讲课模式效果明显，学员听得有劲，也感兴趣。

“讲课也要有技巧，当好老师不是那么容易的。”王军笑着说。

培养学生是多方面、多方向的。一种是在岗位实践上，一种在业务知识竞赛上。

一个炎炎的夏夜，郴州培训基地的教室里，灯火通明，两个背影紧挨在一起，他们一会儿沉思，一会儿交流。

“王老师，这个动车组救援动车组的规章，是不是理解成在故障动车组的前部救援就隔离进入区间救援，尾部救援就完全监控模式进入区间救援，我这么理解对吗？”

“嗯，有一定道理，再查阅一下规章印证就更保险。”

这对师生就是王军和张洪蜫。2018 年，王军作为张洪蜫的主教练，负责培训他参加广州局集团公司接发列车技能竞赛。

张洪蜫是永州站的值班员，学习刻苦，谦虚，性格温和，领悟力相当强，他有疑问，总是会向老师提问。

这次比赛是高铁的业务，高铁运行区段有 CTCS-2 级列控系统和 CTCS-3 级列控系统。衡阳车务段是用 C2，而比赛是用 C3。王军对 C3 也不熟悉，等于两个人都是摸着石头过河，从零起步学习 C3。

“我们是亦师亦友，共同进步。”王军谦虚地说。

王军虽然没有接触过 C3，但是行车理论基本相通，他有扎实的普铁业务基础。王军先叫张洪蜫背《行车组织细则》等，将普铁和高铁的业务两项结合、对比，找差异，打好扎实的理论基础。

王军回忆："刚开始很艰难，不知道哪个是标准答案，只有两个人边做，边记问题，做完后再翻规章，找依据，有时候一天都只能过一两道题，到最后答案也不一定正确。"

他们师生一起探讨，边学边练。

晚饭后，他们一起在院子里散步。院子里树木葱茏，月光温柔地笼罩着整个院子，一阵晚风吹来，树叶沙沙作响，有了一丝凉意。院墙外车水马龙，霓虹闪烁，远处不时传来火车的鸣笛声。

师生俩却无心感受身边的繁华和景致，边走边思考各自的问题。走着走着，突然想到一个问题，赶紧交流意见，然后一起奔回教室实践操作。

通过将近 1 个月的训练，20 道练习题，用了 10 多天才过了第一遍，熟练后，两三天就可以过一遍。"一个成熟选手要过 6 遍以上，才能形成肌肉记忆。"王军说。

采访中，张洪焜告诉我，王老师虽然年轻，平时跟我们玩在一起，但只要一进入学习，就对我们要求极为严格，从不嘻嘻哈哈。白天我们一起研究课题，晚上要求我们改正今天的错题和预习，错题不能再犯。

张洪焜悟性很高，能快速理解王军的讲解，加上他也是退伍兵，形体好，动作美观，王军把比赛经验一一教给他。

这是王军第一次带学生参赛。比赛那日，王军在台下当观众，比自己当选手还紧张。

功夫不负有心人。最终张洪焜在这次比赛中获得了实作和全能第一名。获奖后，他拿着证书跑过去跟王军合影，激动地说："师父，这份荣誉有你的一半。"

王军在职教路上如鱼得水，忙得不亦乐乎。岗位培训、技能实作、业务竞赛等，并重点培养一批大学生参赛。

朱家辉和何正伟是2018年刚入路的本科生，次年参加集团公司业务竞赛。王军负责培训工作。

朱家辉一脸稚气，还跟刚出校门的大学生一样，说到王老师时满脸敬佩："王老师教我们有耐心，有方法，在训练时，放开手让我们发挥，实作时不干涉我们操作，而是把问题一一记下来，等操作完成后，再一道道题来纠正错误。"

出师告捷，在2019年广州局集团公司职业技能竞赛中，他们夺得了个人实作第三、全能第三和团体第二的好成绩。

王军和学生平时处成朋友，很多学生是北方人，过节回不了家，王军请他们到家里吃饭，让他们在异乡也感受到家庭的其乐融融，休息时，常和他们一起打球、跑步等，言传身教，引导年轻人积极向上。

几年来，王军已累计面向一线职工授课180余场次，培训学员1900人次，并将提炼的"精读、巧记、深思、熟背、苦练、活用"12字学习法，在全段推广，带出了上百名技术骨干的尖兵团队，其中70余人在各级技能比武中获奖。

王军说，在带学生时，有争执，有艰难，也有欢笑，但更多的欣慰。王军培训的学生，有的已经走上管理和技术岗位，看着他们有进步，有出息，王军高兴，这是对他辛勤付出的最大回报。

"比起周老师，我还差得很远，车务段有2/3的站长，都是周老师的学生，是桃李满车务段啊！"王军说起周老师，一脸敬佩。

青，取之于蓝而青于蓝；冰，水为之而寒于水。王军算是周鑫第三代学生里最有出息的学生之一，又回到职教科，接过了职教工作的接力棒，一代代传承，把技能和工匠精神发扬光大。

送教上门

王军干职教工作，不仅仅在三尺讲台上，还不失时机地“送教上门”，开展现场教学。

新开通的衡柳线，是高铁普铁列车混跑，行车组织复杂，多种闭塞方式并存，作业中面临较大的安全风险。

王军没有犹豫，辞别爱人，背着电脑，立即出发了。

湖南的冬天特别冷，小雨夹雪，北风拼命朝脖子里钻，一股寒冷袭击着整个身体。王军冒着严寒，走遍衡柳线沿线每一个车站，逐条逐句，理顺 20 多种应急情况下的作业流程，打通了不同方向、

◇ 王军到永州站调车室开展业务指导（摄影：李泳铧）

不同组织方式下的作业程序，并形成了一套衡柳线接发列车作业标准。其中，永州站是普速列车、货车、高铁列车混跑，多种行车方式并存的多方向车站，作业方式尤为复杂。王军就扎根在永州站，跟车站作业人员吃住在一起，一边跟作业人员探讨，现场指导作业，一边做记录，经过一个多月的废寝忘食，编写出一套高普混跑接发列车作业图解，为车站日常作业和应急处置提供了很大帮助。

当时王军儿子还不到 1 岁，等他回来时，王军兴致勃勃地张开手臂去抱他，儿子却拼命向妈妈怀里躲，不要他抱，王军眼睛一下就湿润了，心里很难过。爱人笑着安慰他：没事的，过一两天就好了，别难过啊！

2018 年年底，怀衡铁路即将开通，王军在现场勘查时，敏感地察觉到长塘线路所的道岔，与其他车站的道岔不一样。一般来说，联动道岔的开向应该一致，而该线路所的联动道岔却是一边直向位置，一边侧向位置，一旦出现应急情况，需要人工准备接发车进路时，车站值班员布置的进路，与现场进路人员准备的进路会产生分歧。

次日，王军利用 1 个小时的“天窗”时段，赶到现场确认了所有道岔的直向、侧向位置，并对现场非正常接发列车布置进路的用语，进行了重新规范，有效消除了行车隐患。

一次次挑战，一次次迎难而上。

王军抽出时间，从杨桥站开始，西渡、松木、咸塘、库宗桥、颜家珑等车站及长塘线路所，5 个车站和 1 个线路所，一站站送教上门。

有一天，王军正在讲课，突然，儿子推门进来，大声朝他喊：

“王老师，我们来啦……”王军抬头看见爱人领着儿子站在门口，微笑着看着他。下课后，爱人对王军说：“孩子想你了，哭着闹着要来接你回家过年。”儿子在旁边嘟囔着：“明明是妈妈想你了，却非要说是我想你。”

原来王军很长时间没回家，快过年了，爱人带着孩子过来看他。

一个站教完了，他背着包，向下一站走去……

“王老师，快帮我们看看车站的施工配合方案，车务段公布了新的模板，我根据新的模板做的方案，麻烦帮我把把关，看看有哪些地方不对。”

2019 年 1 月 28 日 21 点，王军刚刚从下站送教返回，又接到了车站的求助电话，放下电话后，他立刻打开电脑，认真查看一线传来的资料，作标注修改。

这次高铁站“送教”，从理论到实作，整整培训了 36 天，大大提高了作业人员在站控模式下，办理接发列车的作业水平，教学成果显著。后来，这种模式在全段推广开来。

“王老师，看完您的接发列车微视频，我还有些疑惑，想向您请教一下。”

2021 年 3 月的一天，王军吃完晚饭，接到了永州站车站值班员蒋浩俊打来的求助电话。王军立马回到办公室，耐心细致地为其答疑解惑。

2021 年年初，受新冠肺炎疫情防控影响，下站不方便了，王军在车务段党委的“微党课”启发下，通过接发列车仿真系统，自己演示标准操作流程，录制微视频，进行“接发列车微视频”教学，并公布了自己的手机号码、微信号，随时在线答疑。他针对 110 多项行车安全关键点，灵活运用现场教学、远程培训、模拟仿真等多种方式开展培训，把非正常应急处置的场景现场演示出来，帮助一线职工在疫情防控期间开展业务学习，起到了很好的效果。

“这种学习方式，职工兴趣更浓，学习效率也高，现场安全卡控能力也得到了有效提升。”耒阳站党总支书记李双喜很支持微视频教学。

几年来，王军开展现场送教360多次，各类答疑近1万次，有效地提高现场作业水平和应急处置能力。

大师的责任与担当

2022年1月10日，衡阳东站台上，从北京西开往衡阳东的G69次徐徐进站，王军刚走出车门，“敬礼！”一声洪亮的命令，齐刷刷地向王军敬礼，然后一齐拥向他，献上鲜花，引来了很多旅客的注目。

原来这是战友和同事为庆贺王军荣获“最美铁路人”凯旋，特意到站台来迎接他，给他一个意外惊喜！

衡阳车务段重视人才培养，每当职工获得重大荣誉时，都会举行隆重的表彰大会给予重奖。王军就是其中一个楷模，成为全段职工学习的榜样。

青春的奋进、泥泞中的匍匐、学习的重压、技术攻关的跋涉……春华秋实，岁物丰成。王军的辛勤付出，收获了沉甸甸的果实。

2016年，中国铁路总公司颁发了“王军车站值班员铁路技能大师工作室”的牌匾；2017 年年初，衡阳车务段正式成立了“王军车站值班员铁路技能大师工作室”；2019 年，王军又入选国铁集团“百千万人才工程”专业带头人。

岁月的年轮刚刚迈入 2022 年，王军双喜临门，既荣获了全国“最美铁路人”的荣誉，又迎来了家庭的美满，爱人诞下一枚小公主，儿女双全，凑成一个大大的“好”字。

温暖的家庭是王军前进的力量，荣誉和责任紧紧地捆在一起。每一个荣誉都是责任，每一枚勋章都是担当。王军感到肩上的担子更重了。

王军是大师工作室的负责人，团队目前有王军的老师周鑫、唐郴，以及戴瑞、陈龙、谢春华、刘友志等 10 人，他们都是业务尖兵和技术能手，日常坚守在各自岗位，技术攻关和应急处置时，他们冲在任务的最前列，成为行车系统的骨干力量。

几年来，王军充分利用工作室的优质资源，一心扑在技术人才培养和重点课题攻关中，组织开展了防止行车设备误操作和行车组织错办理等 10 余项重点课题攻关。他主导编制了近 20 项教学课件，成为行车一线作业人员的学习宝典。

王军觉得，解决现场作业难题更有意义。有一次，一个车站值班员请教王军一个行车的“疑难杂症”：接车进路已锁闭，进站信号已点亮，然后发生进站信号机故障，把这个进站信号机故障给打灭了，光带遗留下来了，如果要办理引导接车，这条光带需不需要解掉它，再重新开放引导信号？

王军告诉他，遗留下来的这条光带，它跟引导信号不是敌对进路，是可以使用的，但是我们在使用引导信号之前，要通过控制台确认进路正确并锁闭，接车进路空闲，把这条进路检查正确，进路准备妥当之后，我们再来开这个引导信号。讲完之后，王军就到控制台上，又给他们操作演示了一遍。

实际上，这个问题是在现场作业中时常遇到的，去掉光带与不去掉光带有 3 分钟的时间差。

同事情不自禁夸赞王军：“真不愧是大师啊！”

“节约 3 分钟在衡阳站意味着什么，你知道吗？可以接发 7 趟列车！”王军笑着几根手指并拢比画了一下。

王军将标准作业流程、行车规章熟记于心，被同事们称作规章“活字典”。

自技能大师工作室成立以后，王军利用这个平台，背上挎包和资料，到沿线各站去考察，解决技术难题。单线、双线，高铁、普铁，在近 3 年时间里，王军的足迹踏遍了管辖内 60 个站，行程 1 万多公里，大家都亲切地称他为“挎包大师”。

王军一下站，有时候就很难顾上家，只能偶尔和家里视频通话，有次王军和爱人视频通话，看到她在医院里，王军一下子紧张了起来，爱人说：“没啥事，在体检呢！”事后，王军回家才知道是儿子发高烧，爱人怕他担心，“伙同”母亲瞒着他。王军嗔怪爱人骗他，爱人说：“你那时是最忙的时候，告诉你也回不来，还白白让你担心。”听了这句话，王军很感动，感激爱人的体贴。

对于一线管理人员和作业人员来说，他们很盼望“王大师”去，能一对一、面对面地指点。

“因为他带来的不仅是书本上的知识，更多的是符合现场要求的作业技能。”杨桥站申站长诚恳地说道。

近年来，王军先后在京广线、湘桂线、衡柳线、怀衡线和吉衡线参与安全攻关 15 次，有效地确保了行车安全稳定。

一滴水只有融入大海才永远不会干涸，一个人当他把自己和集体事业融合在一起时，就能产生最强大的力量。

王军认真说道："作为铁路技能大师工作室负责人，一定要运用自己的所学所长，发挥引领传帮带的作用，要把自己所学的业务技能运用到工作中，成为保安全的尖兵。"

2020 年 11 月 24 日，作为全路工匠和首席技师被评为全国劳动模范，王军走进北京人民大会堂，现场聆听了习近平总书记的重要讲话。习近平总书记强调：技能人才是国家的宝贵资源，要更加重视技能人才培养，使更多社会需要的技能人才、大国工匠不断涌现，打通高技能人才和技术人才的职业发展道路，激励广大青年走技能成才、技能报国之路。

王军表示要牢记习近平总书记嘱托，作为一名普通一线职工，一个平凡劳动者，要践行劳模精神，坚守岗位，忠于职守，握好手中信号旗，撸起袖子加油干，为铁路运输安全贡献力量。

最美铁路人 2021 ZUI MEI TIE LU REN

陈向华

检车锤的乐章

——记中国铁路昆明局集团有限公司昆明北车辆段检车员陈向华

◎ 万乘里　郝子青

澜湄长河，一轨相通。

2021 年 12 月 3 日，随着中老两党两国最高领导人“发车”的指令，举世瞩目的中老铁路正式开通运营。

当天，首趟国际货运列车从昆明始发，驶向老挝万象。

检车员陈向华和团队目送着国际列车远去，露出了欣慰的笑容。自己精心挑选的货运车辆能在中老铁路上安全运行，为中老铁路货物运输贡献一份力量，陈向华心中无比自豪。

陈向华长年工作在昆明东列检作业场。这里繁忙而有序，一列列货车驶进不同的股道，静待始发前的检查，车轮在钢轨上的滚动声、车轮与闸瓦的摩擦声、检车员手锤的敲击声，各种声音此起彼伏，共同演奏了一阕钢和铁的乐章。工作中的陈向华动作敏捷流畅，挥动检车锤画着优美的弧线，敲击车辆不同部位，发出了美妙的声响。

陈向华是中国铁路昆明局集团有限公司的首席技师。30年来，他钻研检车技术，攻克检车难题，创新检车工具，累计检车28.8万余辆，检车行走超过4万多公里，共计发现车辆隐患及故障1.1万个，曾获得全国劳动模范、全国五一劳动奖章、火车头奖章等殊荣，被中央宣传部、中国国家铁路集团有限公司授予2021年“最美铁路人”称号。

春日清晨，昆明北车辆段绿荫映衬下的技能大师工作室，陈向华戴着护目镜，正对照着图纸，认真加工一块工件，不时拿起游标卡尺测量，神情专注而沉静。

陈向华告诉我，自己第一次创新是从手中的检车锤开始的。当时他利用检车的间隙琢磨，每次处理故障都要携带好几样工具，何不改进一下检车锤呢？于是一把集合三种功能的检车锤应运而生。

就是这样一把检车锤，陪伴他在全路的技术比赛中斩获佳绩，先后带出高级工400余名和高级技师、技师29名，培养出云南铁路检车事业的中坚力量。

如今，这把检车锤与陈向华的众多发明创造，静静地陈列在昆明北车辆段的荣誉室，成为全段职工的骄傲。

一把检车锤，一段奋斗史。它见证了一名铁路工人的执着、坚韧和智慧，也见证了中国铁路走出去的时代强音。

带着对劳模的崇敬和对工人发明家的好奇，连日来我和陈向华，以及他的领导、师父、同事和家人深入地交谈，回顾他的检车人生，感受他的检车情怀。

进场当学徒

30 年前的一个冬日，宣威列检作业场寒风凛冽。

灰蒙蒙的天空下，一列货车被冒着黑烟的调车机车推进作业场，车辆之间发出刺耳的金属撞击声，一阵风把股道间的煤灰扬起，向四处撒去……

股道旁多了一个青年，眼神里颇有些犹豫和迟疑。

1991 年的陈向华，刚刚高考落榜，正好昆明铁路分局到曲靖市招工。17 岁的他，畅想着来到铁路工作，可以当一名火车司机，穿着笔挺的制服，驾驶火车头，奔驰在铁道线上……

于是他告别父母，坐上火车，成为昆明北车辆段的一员。

可没想到，陈向华被分配到偏远的宣威列检车间，干的是钻车底的活儿。他一下子迷茫了。

单位提供的单身宿舍寒冷而简陋。下班后的工友们灰头土脸，满身油泥，用电炉烧水洗脸，一条毛巾擦几把，脸盆里的水就黑了。

躺在宿舍里铁管焊的单人床上，陈向华辗转反侧，思忖了一宿后，第二天坐车回到了 100 多公里外的家。

"怎么就不想干了呢？"父亲铁青着脸，憋了半晌才说话，"哪里有什么好的工作环境？干工作哪有不苦的。"在曲靖劳动局工作的父亲曾是一名边防战士，多年驻守中缅边境线，在崇山峻岭中巡逻，不仅要面对恶劣的地理气候环境，还要面对不可预测的危险。

"路是我们云南人的希望，有了路云南才会发展。"父亲曾经驻守的地方，有一条路叫茶马古道。父亲说："1000 多年前，云南人长途跋涉，一步一个脚印，才把普洱茶带到了古印度和尼泊尔。”

陈向华的家乡云南曲靖市，是一个自然资源相对丰富的城市，当地的煤炭、磷矿等资源都是依靠铁路运输。“铁路职业很光荣。”父亲说，“有困难就去克服！”

陈向华红着脸，不敢多说话，第二天悄悄回到了单位。

回忆起刚工作时的情形，陈向华当时也不清楚以后会怎么样，但心里想：总不能当逃兵吧。

穿上黄马褂，拿起检车锤。他开始跟着师父，一招一式学起了检车技术。

学技术、背规章、钻车底、识部件。由于对铁路知识一片空白，陈向华只有从头学起。

渐渐地，陈向华发现了车辆技术的乐趣。看似不起眼的货车车底，却有几百个零部件。通过各个零部件的系列动作，共同产生了强大的制动力。

工友休息去打球，他却待在宿舍，啃各种车辆专业书籍。有时为了搞清技术问题，他经常看书直到深夜，把问题弄清楚才安心睡觉。

陈向华一米七八的身高，要钻到很低的车下非常不容易，更不用说在狭窄的空间里工作。

车底与股道的距离最大的地方有 400—500 毫米，小的地方只有 100—200 毫米。刚开始学习检车，他要不就是碰到头，要不就是挪不开腿，甚至衣服也经常被车底的零件刮破。

为了能在车底灵活地工作，他经常利用下班时间，找不同类型的车辆练习“腾、挪、闪、移”的基本功，全身上下被碰得青一块

◇ 陈向华在聚精会神处理车辆车钩故障（摄影：许崇官）

紫一块，头上前一个包还未消，后一个包又碰起来。

一把小小的检车锤，一天要挥上千次；学习更换车辆配件，一天要练习上百次，反复到腰酸背疼、两手酸肿。

休班后回到家，母亲看着他抖得拿不住筷子的手，心疼地说："向华，你看你又黑又瘦，别把身体搞垮了。"他安慰母亲，"没事的，我扛得住！"

陈向华的认真和努力，师父王继忠看在眼里。王继忠至今还记得，这个高大文静的年轻人记性最好，一个星期就能把 5000 多字的"车辆单车检查一口清"背得滚瓜烂熟。

"这小子行。"王继忠当时就认定这个手脚麻利、勤奋好学的小徒弟，于是把陈向华带在了身边。

陈向华回忆说，王师父对货车构造非常熟悉，如同熟悉自己的身体，什么故障都难逃王师父的眼睛。

一次跟班实作让陈向华感受到了王师父的严谨和严厉。

在陈向华信心满满地检查完一辆棚车后，王继忠俯身钻进车底，对陈向华检查过的车进行复查。

“进来！”不一会儿，王继忠大声喊陈向华。陈向华心里一紧：糟糕了。他连忙钻进车底，来到师父身边。循着师父手电筒指的方向望去，制动梁端轴一条细细的裂纹赫然在目。刚才明明已经检查过了，怎么还漏了呢？陈向华感觉脸火辣辣的。

“锤到、眼到、心到！”王继忠严厉地说，“你知道制动梁端轴裂的后果吗？列车运行后，裂纹会越来越大，端轴和闸瓦托会分离，制动梁就会坠落，轻则引起车辆脱线，重则车辆颠覆！”

检查一辆车要用 7 分钟左右的时间观察 200 多个零部件，在狭小的空间内，高效准确地发现故障隐患，确实不容易，但这些都不是理由，拿起检车锤就意味着责任。

“就在这一瞬间，我突然明白这把检车锤的分量。”陈向华重新审视自己的工作，检车工作虽然平凡，但却关系着整列车的运行安全；检车工作虽然看起来简单，但每一个步骤都考验检车员的责任心和专业能力。

为了避免漏检故障，陈向华采取了笨鸟先飞的办法，在按照标准化作业的基础上，遇到重点的部件，多走一步、多敲一锤、多看一眼。别人一锤而过的部件，他总要多敲几锤；别人探身看的部位，他要趴下去多看几眼。

功夫不负有心人。经过一段时间刻苦训练，陈向华顺利通过顶岗考核，领到了属于自己的第一把检车锤。

未来的路还很长，陈向华心里明白，只有握紧手里的检车锤，才能担起这份责任。

当好车辆医生

从车头到车尾，大约 1000 米；两个股道车列之间，宽度不到 3 米。这就是检车员的工作场地。

走进宣威列检作业场股道中狭长的空间，脚踩着坚硬的道砟石，钻进乌黑斑驳的车底，用检车锤与车辆“对话”。顶岗之后，陈向华独立承担起了检车职责。

检车员是露天作业，冬天寒风刺骨，手脚僵硬；夏天骄阳似火，闷热难耐。

宣威的冬天阴冷潮湿，在云南是出了名的。多年之后，陈向华依然记得当时寒冷的情形。寒冬时节，天空中常下着冻雨，寒风夹杂着冰冷的雨星往衣服里钻，检查几趟车下来，衣服就基本湿了，就连手电筒也经常因为进水而闹“罢工”。

但这些困难不算什么，陈向华始终谨记检车员的职责。在他心里，每发现一个故障、排除一起安全隐患，就是拆除一颗“炸弹”，决不能让列车带着隐患出发。

宣威是云南的东大门，宣威列检作业场上的很多满载钢铁、煤炭的货场列车正是驶往自己的家乡曲靖。让列车安全运行，就是为家乡的经济发展作贡献。

正是带着这种朴素而强烈的责任感，陈向华每次检车，都不敢有丝毫懈怠；每次遇到典型的故障，陈向华都会认真地学习，积累检车经验。

一次，陈向华听说临近的红果列检所发生了一起罕见的车辆钩尾框折断故障，立即产生了兴趣。

休班后，他坐了6个多小时的火车，赶到红果站，找到了那个断裂的钩尾框。

他认真向工友请教发现故障的过程，在多次探身观察后，他将那个钩尾框的故障位置在携带的笔记本上标注清楚。返回后，他把故障点标注在宣威列检车间练兵车上，对照记录反复练习，摸索出此类故障的最佳检查角度和方法技巧。

从此，陈向华养成了记录工作小经验的习惯，车辆哪个位置最容易发生故障？现象是什么？现场如何处理？这样的笔记，他记了17本。

由于工作用心，陈向华的检车技能提高得很快，仅工作一年后就在青工技术比武中崭露头角。

1995年，年仅23岁的陈向华摘得全局车辆技术比赛全能第一的桂冠。风华正茂的陈向华，一下子成为昆明北车辆段的“明星”。

“向华，你真棒！”“给我们车间争光了！”陈向华把全能冠军的奖状小心翼翼地贴到了宿舍的墙上，工友们纷纷投来了羡慕的目光。

这无疑给了陈向华莫大的鼓舞。他没想到，自己能在一个不起眼的岗位上，得到了领导和同事的认可。找到工作的价值和乐趣，从此他更加珍惜手中这把检车锤。

2004年，昆明铁路局实施运输生产力布局调整，对管内多个列检所进行了精简，陈向华和同事们并入昆明东列检作业场。

昆明东站是云南铁路的枢纽核心，每天有超过50列车在昆明东列检作业场集结，发往全国各地，所有检车员每班检查的货车超过2000 辆。这也意味着陈向华工作强度更大了，检车质量要求更高了。

陈向华每个班要钻车检查 3600 多次，由于云南铁路长、大下坡道多，车辆制动力加大导致闸瓦磨耗严重，陈向华每个班几乎要更换闸瓦 60—70 块。

但无论工作怎么繁忙，在列检作业场各种嘈杂的声音中，陈向华总能静下心来仔细观察车辆的状态，像一位“望、闻、问、切”的医生。陈向华说，车辆的各个管路，就好比人体的经络，牵一发而动全身，各个检查的关键点就好比穴位，对运输安全起着决定性作用。

用检车锤敲击零部件，能够判断其状态，良好的声音是清脆的，开裂的声音是浑浊的；紧固的螺栓声音是实的，松动的螺栓声音是散的。

拿起检车锤，陈向华就像拿起了武器。锤头散发着金属的光泽，坚硬有力。在他眼里，检车锤是他工作的搭档，是他延伸的手臂，是他感知的触角。

挥动检车锤，他像驰骋疆场、克敌制胜的战士，像纵横江湖、武艺高超的侠客，又像凝神静气、探寻知音的琴师。那富有节奏的敲击声，抑扬顿挫，韵味无穷。

陈向华发现的典型故障总是比其他人多，同事们很惊讶，陈向华心里知道，拿起检车锤，就不能放过任何一个故障。

有的裂纹只有头发丝细，如果不仔细检查，很容易漏检；有的故障位置隐蔽，如果看的角度不对，就不能发现，所以必须钻到位，从不同的角度观察；有的故障难以处理，陈向华甚至需要整个人躺在道砟石上，仰着头进行维修。

车钩丛板在车辆上比较隐蔽的位置，如果检车员观察不仔细就容易漏检。2004 年，陈向华在检车过程中，发现了一辆车的车钩丛板异常。于是，他钻到车底，把头伸到车钩缓冲器后侧狭小的空间，拿出手电，换不同观察角度，对车钩丛板进行贯穿检查，发现这辆车的车钩丛板有一条明显裂纹。

陈向华惊出一身汗：这样的故障如果放出去，车辆就会脱钩，后果不堪设想。

于是，他立即拿起对讲机，向车间报告。在经车间主任和相关管理人员确认后，立即摘车进段修理。

陈向华将自己双侧贯穿检查车钩丛板的经验向所有检车员推广，当年，昆明东列检作业场又发现了 10 余起同类故障。

陈向华对检车有特殊的敏锐，只要一走进列检作业场，他自然就会打起精神，眼观六路，耳听八方，任何异常都会引起他的警觉。

一次，他在完成自己检车任务返回的过程中，听到邻线同事敲检摇枕弹簧的声音异常，就立即停下来提醒同事。同事调侃说："我都没有听出异常，难道你是顺风耳不成？"陈向华没有说什么，弯腰检查摇枕弹簧后未发现异常，用随身携带的水壶往摇枕弹簧上浇水，发现摇枕弹簧上有一条头发丝一样的裂纹，同事顿时对他钦佩不已。

深夜 24 时，城市开始变得寂静。100 多盏照明灯照亮了整个站场，这时的作业场比白天还忙碌，调车机车陆续将一列列车推进股道，到处是检车员忙碌的身影。

对于检车员来说，这往往是一天中最疲倦的时候。这时陪伴陈向华的除了检车锤，就是自己的影子。疲倦的时候，陈向华总会喝口浓茶，提提神，抬头看看浩瀚的星空。

陈向华说，每个人就像这夜空中的一颗星，发出自己的光芒，才不负这片星光的璀璨。

守望在列检作业场，一列列车从身边驶过，陈向华感觉自己的梦想也随列车飞向了远方。

亮相比武场

技术比武，是对检车综合能力的考验，也是向更高、更精的检车技艺发起的挑战。

2004 年，陈向华因为技术业务精湛、检车业绩突出，被选派参加全路车辆技术比赛。

参加比赛的都是全路货车运用检修的高手，和他们过招，比的不仅是技能，还有体力和毅力。

10 公里的跑步、蛙跳 10 组、组装车钩数 20 次、闸瓦更换 30 余次、单车检查 50 余次……为了备战比赛，陈向华开始了魔鬼训练。这期间，他每天搬、抱、抬的东西将近 3 吨，超负荷的训练使他在 1 个月的时间里就瘦了 5 公斤。

2004 年，铁路部门结合当时的 60 吨、70 吨级新车型，下发了最新版的铁路货车运用维修规程，比以前的运规有了较大的改动。

新运规足足有 300 多页，里面包含了铁路货车运用维修各个方面的要求；敞、平、棚、罐 4 种车型都有可能涉及技术比武，图纸更是复杂、各不相同。

但在他看来，如果只是背出来，在考场上还有可能会紧张出错，只有完全能够默写、默画，对各种车型的结构了如指掌，才不会出错。

高手对决，分秒必争。

要想取得好成绩，不仅要精通理论，还需要实作中表现得更强。

在单车检查练习中，陈向华想到了一个压缩检车时间的办法。

他把检查的整车部件细分为16个区域，与队友互相用秒表精确计算每个区域的检查时间。通过这种方式，有针对性地对各个区域进行精准的速度训练，逐步压缩检查时间。

7分10秒、6分30秒、5分40秒、5分5秒、5分钟、4分58秒！通过这种精确的训练方式，陈向华将单车检查的时间控制在5分钟左右。

◇ 陈向华在为培训学员讲解新研制的钩托梁垫板调整工具使用方法（摄影：孔令建）

技术比赛对所用的工具也有很高的要求，赛场往往也是各位高手展示独门工具的“秀场”。

在训练中陈向华发现，在“更换闸瓦”这个项目中，工具还是不太称手。经过两个多星期的练习，他的单项成绩提高并不理想。陈向华开动脑筋，考虑怎样才能压缩自己的时间。

闸瓦是货物列车的刹车片，用闸瓦钎固定在闸瓦托上，在闸瓦钎的下侧有一个圆环钥匙扣一样的闸瓦钎环穿过，这个“钥匙扣”可以保证闸瓦钎在车辆运行期间即使有剧烈震动颠簸也不会脱落。虽然闸瓦钎环在保证安全方面发挥了巨大作用，可在陈向华的比赛道路上却变成了拦路虎。

他们最早使用的更换闸瓦工具是一根一米长的撬棍，把工具伸入闸瓦的下部，用脚踹掉闸瓦钎环，虽然省力，但动作多、工具杂，这么一套下来起码要 7 秒的时间，就算多次练习以后也需要 5 秒，一辆车 8 个闸瓦，算下来就要 30 多秒，如果能把这个时间缩短，陈向华的成绩就能提升一大截!

顺着节约时间、集成工具的思路，考虑到闸瓦钎环的拆除，最终陈向华把主意打到了自己的检车锤上：他把木质柄的检车锤更换成铁质锤柄，在锤的尾部加长了一根长钢管，同时在锤头尖沿处用砂轮机开了一个 2 厘米深的凹槽。更换闸瓦时，除去闸瓦钎环就可以用这个凹槽扯去钎环。钢制的锤柄尾部被敲扁，撬动闸瓦时可轻易插入闸瓦与车轮踏面之间，当撬棍使用。

经过多次的试验和自己的手感比较，最终陈向华把自己“出征小锤”的长度定为 45 厘米，这个长度能兼顾重量、强度、便捷。

最终，这个三合一的自制检车锤在赛场一亮相，就引起了考官和观众们关注。

裁判示意：单车检查开始。

“插旗！”陈向华把一面红色的小旗帜，插在比武车辆上，开始进行作业。

陈向华拿起检车锤，一头钻进了车底。

“叮叮叮……当当当……”陈向华高大的身躯在车底不断穿梭，冰冷的检车锤似乎被赋予了生命，在车底各个部件间灵动地划过，行云流水地敲击各个检车部位，没有一丝重叠，也没有一丝拖沓，如雨打芭蕉，亦如钢珠落地，急促、准确。

“左侧闸瓦磨耗过限、枕簧折断、施封锁丢失……”随即一连串的故障从陈向华嘴里流畅地报出。

突然，钻进外台车的陈向华发现处于隐匿位置的前从板的两颗铆钉稍有异样，凭借铆钉声音的差异和反馈的手感略微不同，于是他迅速探身查看，然后肯定地报出“前从板铆钉断裂”。

一旁的考官露出了一丝不容易察觉的微笑。

钻出台车，随着一声哨响，陈向华以 5 分 1 秒的时间结束单车检查，一共找到了 40 个故障！

现场的两位考官对着还喘粗气的陈向华投来了赞许的目光，小声议论着：这么快、这么准，不容易！

在接下来的车钩单项比赛中，陈向华娴熟的拆解动作再次赢得了考官的赞赏。

“取出防跳插销！”“提钩成开锁位！”“取出钩舌圆销开口销！”……随着一连串的步骤报告，30 多公斤重的钩舌在陈向华手里似乎没有多少重量，只见他抓住钩舌，收臂、转腰、蹬腿，几个动作连贯，一气呵成。他把平时练习娴熟的业务技能完美地展示给了裁判，顺利完成了比赛。

这一次比赛，陈向华获得了全路车辆技术比武“理论第一”“全能第八”的好成绩，荣获全路“百强检车员”称号，赢得了一枚金灿灿的“火车头”奖章。之后，他的业务技术一路高歌猛进。2007年，他在云南省职工技术技能大赛铁路系统货车检车员比赛中夺得“全能第一”，被授予云南省“技术状元”。

关键时刻显身手

6 月的滇东，大雨滂沱。

强降雨侵袭着南昆铁路，一列货车因故停靠在线路上。

“叮铃铃——”电话铃声打破了夜晚的平静，急促的铃声似乎在传递着电话那头的急切心情。2008 年，刚担任车间安全员的陈向华，就遇到了一起突发故障。

“南昆铁路西街口站列车出现故障无法运行，要赶紧去现场处置。”值班员向陈向华报告。

“让应急成员立马到车间救援房集合！”陈向华一骨碌从宿舍的床上爬起来，一边穿着衣服一边说。

列车长时间在线路上停留，势必导致列车大面积晚点，严重影响全线运输组织。听完值班员的话，陈向华意识到问题的严重性，一路小跑到了车间救援房。

“工具箱、应急照明灯、制动软管、120 阀……”陈向华逐一清点救援工具材料。多次参与现场救援，他早已备齐了一整套应急救援的工具。

救援车在雨夜中行驶了 70 公里后，到达了抢险现场。

只见一列货车停靠在一个陡坡旁的线路上，坡上布满奇形怪状的岩石，植被稀疏，红色的泥水顺着山坡的沟壑汩汩地往下流淌，坡底零星地散落着大大小小的碎石。

焦急的火车司机见救援人员赶到，连忙向陈向华介绍故障的情况。

“可能是落石敲击引起的制动故障，故障点应该出现在管系里，需要重点排查。”陈向华判断。

陈向华一边招呼司机启动打风，一边拿起检车锤，在雨中小跑着冲向列车的另一端，与抢险队员分别从两端向中间排查每辆车的情况。这列车一共有 46 辆，长达 700 余米。

手电光划破雨夜，豆大的雨点噼噼啪啪地砸在车厢上。他们一会儿探身检查车辆主管，一会儿爬到车辆中部检查制动阀，顾不得雨水淋湿了衣服。

一辆、两辆、三辆……检查到机后第 27 辆的时候，陈向华似乎听到了一股气体从列车主风管泄漏的声音，立即凑近一看——没错，就是它！陈向华抓着对讲机，急切地说道：“故障找到了，机后 27 辆主管裂了，小张你们抓紧把工具箱抬过来！”

但是，钻到车下的陈向华看到故障后，却倒吸了一口凉气。眼前这根车辆制动系统“大动脉”的主风管被异物撞击完全断裂，里面的压缩空气喷涌而出。

车辆主管是一根 32 毫米的铸造钢管，更换主管是车辆检修的“大手术”，往往需要摘车后送往检修车间，将车辆吊起，进行一套复杂的拆装工作。

要在线路上紧急处理，设备工具有限；要调回车间修理，将影响大量的运输时间。

时间一分一秒地流逝。如果故障一直得不到处理，列车滞留的时间就越长。

陈向华认真检查着断裂痕迹，脑海里回想着带来的工具，120阀、制动软管……现场经验丰富的陈向华随即做了一个大胆的决定。他使用携带去的制动软管进行“搭桥手术”，将断裂的主管两端拆除，装上 2 根制动软管连接起来，并捆绑牢固。

这种方式以前从来没有采用过，但陈向华坚信能够维持车辆运行。

“启动打风！”随着他的示意，司机开始启动风压机，向列车管里充入压缩空气。

风压达标，列车缓缓启动。在运行至下一站后，列检人员对故障车辆进行摘车送修。从开始检查到抢险结束，仅仅用了 40 分钟。

凌晨 4 时许，3 人乘车返回，上了回程的汽车，他们才发现自己的前胸后背全湿透了。

像这样的抢险，陈向华经历了很多次。从开始跟着车间检修人员出去抢险，到后来独自带队执行任务，陈向华在一次一次的急难险重任务中学习、锻炼，经验也在不断地积累。

渐渐地，他抢险的次数更多了，单位上只要遇到较大的突发救援任务，大家都会第一时间想到他，安排他带队去现场解决。很多同事还打趣地说，“一有急难险重，就会想起陈向华”。

根据抢险积累的经验，陈向华对外出抢险所要准备的工具进行了梳理整理，针对不同的故障，提前准备不同的工具。

他对用于外出抢险的设备进行了专门的分类，并装进不同颜色的铁箱：红色标志箱子里的设备用于制动管系类故障抢险、黄色标志箱子里的设备用于车门车体类故障抢险、绿色标志箱子里的设备用于车轮车轴类故障，这些箱子里还附有工具类别、检查方法和使用注意事项。为了防止雨天浸湿，陈向华将箱子内配置的注意事项都拿去过塑密封。

抢险，抢的是时间，靠的是方法和胆识。

一次，一列货车运行中，THDS 车辆轴温检测系统发出了轴温过高的报警，报警车辆摘甩列车停靠在沪昆铁路小新街站。

接到信息后，陈向华立即带上顶轮检查工具，踏上抢险车。到达车站后，他先调取 THDS 系统的数据，对照该列车近段时间的运行情况，查看整列车的轴温。然后，他钻到车底，对基础制动系统、车轮踏面、轮辋逐一查看，再将故障轴承顶起来检查，“听、看、摸、捻、转、诊、鉴”一套动作下来，却始终没有发现故障。

这个时候如果放弃检查，申请报修，是最简单的处理方式，但是段里安排换轮车开到车站来处理，车辆就得停留 2—3 天，影响运输效率。

陈向华希望能够以最佳的方式来进行处理。

他静下心来，脑海里捋着导致故障发生的各种可能性，终于在一个隐蔽的地方，发现了基础制动卡滞的故障，处理后，车辆恢复了运行。

安全无小事，急难勇担当。

每一次为列车排除的故障都是安全路上的冲锋，对自己人生高度的冲锋。

安全的严标尺

在职工们眼里，陈向华温和而严厉。

职工对陈向华既怕又爱。怕是因为他严格认真，对安全标准毫不妥协；爱是因为他热心坦诚，主动和职工一起解决难题。

因为工作突出，陈向华被选拔为车间安全员，负责昆明东列检车间 21 个作业点的安全质量，这对他来说更是一种考验。

纵有一双慧眼，也不及千双眼睛。他坚信，一个人能把工作干好，就在于能执行标准；一个车间能把工作干好，就在于一群人都执行标准。

每天上班第一件事，陈向华就是打开办公网，收集整理全路大大小小的安全故障和隐患，梳理近期安全工作重点，引导大家加强对重点部位的检查。

“夏天车辆容易发生热轴故障，冬天钢件容易断裂、橡胶容易老化、漏风故障比较多……”陈向华平常话不多，但谈起安全工作，他变得滔滔不绝。

昆明东列检运用车间 21 个作业点分散在昆明东、塘子、金马村、王家营西、宣威 5 个地方，光来回行程就超过 1000 公里。这些作业点，他每个月至少要跑一次，常常是马不停蹄，才下火车，又上汽车，一大早出去，深夜才回来。

“兄弟有情，安全无情。”陈向华严肃地说，“行车安全无小事，任何作业不到位都有可能造成无法挽回的后果。”

每次检查作业场，他都要了解安全重点是否落实到位、安全风险防范措施是否到位、职工作业是否标准。遇到新职工作业，他就拿起检车锤，跟在后面，对车辆进行复查；遇到作业不标准的职工，平常性格随和的他也会严厉批评，职工们看他公正无私，也没有什么怨言。

一直以来，陈向华是个本分的人，但工作却让他变得爱钻牛角尖。

传统的单车技检“二十八步”检查法已沿用多年，没有谁敢去挑战它的权威。

但他发现，这种作业法是针对早年结构复杂笨拙的老旧车型，随着新车型新工艺的大量投入运用，车辆的配件结构和安全关键发生很大变化，这种作业法明显已经不能适应工作需要。

于是，车底下多了一个“武痴”。他心有丘壑，脚步沉稳，手法流畅，一会儿蹲、一会儿爬、一会儿仰、一会儿卧，有时一个动作都会重复几次，就像练一套“旷世奇功”。

经过长时间的琢磨，陈向华终于梳理出涵盖车辆六大部位、156个必检点的“二十三步检车作业法”。

这一整套的检车动作完成下来既流畅又省力，单车技检作业效率提高了1倍，得到了领导和同事的认可。在提交技术部门反复验证审核，成为昆明局集团公司沿用至今的货车检车标准。

一次，职工们反映，制动梁闸瓦托铆钉位置隐蔽，难以检查，容易造成漏检。

于是，陈向华钻到车底，蹲、爬、仰、卧，从不同角度观察制动梁闸瓦托铆钉。连续尝试3天，他终于总结出了一套“上铆钉三角孔看、下铆钉对面看、内外台车交叉看”的检查角度，绘制成闸瓦托铆钉检查站位图，仅需 3 步，就能够确保检查到位。

这种方法在作业场推广后，铆钉折断发现率提高了 4 倍。

2007 年以来，K2、K6 等铁路新型货车大面积投入运用，转向架部位新增交叉支撑装置，如果检查不当，不但耗时长，还存在检修“死角”，容易漏检漏修。

陈向华结合这个部件的结构特征、组装位置，通过现场摸索验证，总结形成新版的“看、探、钻、检、诊”5 字作业法，不仅极大提高故障发现率和准确率，还让单辆车技检时间压缩了 2 分多钟，受到检车员的热烈追捧。

在此之后，陈向华先后总结提炼单车故障“156 部位”磁钉标识练习检查法、车辆交叉支撑装置五字检查法、制动梁闸瓦厚度差检查法、闸瓦托铆钉故障检查法等方法，并作为经典教案广泛应用

◇ 陈向华介绍货车轮对轮径尺的使用方法（摄影：许崇官）

于检车员岗位技能培训。

他研究制定《运用对常用起紧急车列（车辆）的调查处理方法》，有效解决了列车频繁发生常用制动起紧急的问题，该办法经多次试验成功后顺利在全段运用部门推行。设计制作 17 型车钩调整垫板，有效解决 70 吨级重车和 60 吨级空车连挂互钩差超限的难题。

沉浸在车辆检查技术的世界里，他既忙碌又充实。

源于对工作的热爱和对货车车辆构造的熟悉，加之对现场作业经验丰富，他提炼和优化的工作方法越来越多，而且还很管用。

陈向华心想，作业标准越简练，职工执行起来就越容易。此刻，他做的就是变复杂为简单。

在 70 吨车辆大量进入货车系统以后，陈向华主动承担起了车间《货车检车员岗位作业指导书》的编写工作。针对货车检查点多、项杂等特点，他结合自己检车的经验和技规的要求，将货车运用作业指导书内容浓缩成每行 7 字的打油诗，将全车间检车必检点和检查方式进行统一，而且又方便了职工记忆。

基层安全工作琐碎而具体，任何小事都会带来安全问题。

“职工冬天穿戴衣帽不能遮挡耳朵，否则就听不清附近的列车信息；雨雪天气来临前，要及时准备防滑垫；还要教职工怎么去穿防滑鞋垫，这些小细节都不能忽视。”陈向华说。

每次车间开交班会，各位工长都会非常注意陈向华提醒的内容。

到达列丙班的工长说：“陈师父提示的内容都是我们当天干活需要特别关注的地方，下雨天他会提示大家早一点儿出发，注意道路交通安全，秋冬季他会提醒我们注意铸造大部件断裂的检查，雨天他会提示我们穿戴好雨衣，下雪和霜冻天气他会提醒我们准备好防滑草席。多提醒一句，我们也会多注意一些。”

“安全是个系统工程，出了问题要全面地分析。”陈向华系统学习《安全管理概论》后很受启发，他说，“人的不安全因素、物的不安全状态、现场管理的缺失、现场生产环境都会导致事故发生。”

一位到达场的老职工，平时工作认真仔细，很少出现漏检。但是在 2009 年 7 月，突然出现了两个不该出现的漏检故障。陈向华很是奇怪，便主动找到了他，询问了他近期的情况。一问才知道，这位职工的母亲生病了，他和妻子又要上班又要照顾家里的老人，在现场就有些犯困。但这位职工不好意思开口请假，前一天没休息好就过来上班，所以导致了漏检。

陈向华了解到这个情况以后，主动与车间协调，为这位职工调整了一周的班，让他安心回家照顾母亲。

一次，陈向华在值班期间，对最近一段时间的漏检故障时段和漏检部位进行分析。

他发现，职工在后半夜的 4 个小时漏检比较多，白天用餐前漏检比较多。在他向各位值班人员提出来以后，大家恍然大悟，都说好像真是这么个情况，只是以前没注意到。

自此以后，陈向华就给自己增加了一份工作：统计每个故障发生的时间、故障人、故障部位等内容，陈向华称之为漏检故障趋势分析。

车间根据漏检故障趋势分析，有针对性地对现场展开了检查，对故障率较高的始发乙班、丙班开展专门的帮扶，一段时间以后，这两个班组的故障发现率比以前高出了近 2 倍。经过全车间的共同努力，昆明东运用车间安全持续稳定，连续多年被评为全路“十强货车列检作业场”。

付出总会有收获，只是收获的时间不一样；奋斗总会有回报，只是回报的方式不一样。

2015 年 4 月 28 日，陈向华走进北京人民大会堂，现场聆听了习近平总书记的重要讲话，佩戴上闪亮的“全国劳动模范”奖章。2016 年，陈向华经过层层筛选，被组织选派到中国劳动关系学院劳模班学习深造。

岗位成才，大学圆梦。

陈向华知道，铁路工作成就了自己，只有把大学里学到的知识运用到工作中，才能更好地发挥自己的作用。

安全总教官

八月盛夏，昆明北车辆段门口的榕树更加茂盛，树下迎来了一批朝气蓬勃的年轻人。

这些年轻人是昆明北车辆段的新鲜血液，以后也将成为铁路事业的中坚力量。

这天，身材高大的陈向华特意换上一套崭新的工作服。他集合了所有新职工，列队走向昆明北车辆段职工训练基地。

作为昆东运用车间当之无愧的安全、技术第一人，陈向华应段上聘请，成为昆东运用车间技能培训总教官。在陈向华的记忆中，这样的青年职工，他一共带过 300 多个。

“把我的检车经验和心得传授给每一名新职工，让他们快速成长成才，我的工作才更有意义。”陈向华总是这样说。

每次新职工来之前，陈向华总会精心地准备教程。在他看来，一名新职工从入门、达标到优秀，需要系统的培训，因此，他为新职工制定了一套成长成才的全流程培训方案，为大家铺好了一条成才的捷径。

昆明北车辆段重视新职人员的培训，提倡培养人才、重视人才，专门建设了占地 32 亩的职工培训基地。在培训基地的实训库内包含了敞、平、棚、罐在内的所有常见车型，也是昆明局集团公司唯一的货车职教基地。

走进培训基地的阶梯教室，陈向华开始播放他制作的车辆构造幻灯片。他将每种车型分解成不同模块，细致地为大家讲解车辆的结构和各个部件相互配合联动的原理和过程。在幻灯片中，陈向华设计了各个部位的动态剖面图，插入车辆制动时气流走向、闸调器工作原理等动图，让新职工对车辆原理一目了然。

陈向华把大家带到一个半解剖的车钩前，开始讲解车钩的内部结构。

此前，陈向华主动向段上申请，将报废的钩头、缓冲器、闸调器等车辆配件剖开，还牵头制作 70 吨货车底架模型，帮助职工更加直观地了解配件构造。

体能训练也是必修课。

开始的一周，他会要求新职工练习跑步、蛙跳，特别是屈腿半蹲式“弹簧腿”走路。刚开始，大家总会觉得好奇，但一天下来，浑身酸疼，小腿肚又酸又涨，而陈向华却笑着催促他们去一遍一遍地重复：“一天不来上这么几套，你们是练不出效果的！”

后来大家才慢慢理解：跑步是为了锻炼体能，蛙跳、弹簧腿是为了锻炼腿部肌肉和腰腹力量，有了好的体能才能快速拆装沉重的车辆配件，完成好一天近千次的钻车动作。

一个身材较小的新职工在学习拆装车钩的时候只能将30多公斤重的车钩钩舌抱到一半高，无法安装到1米左右高度的钩头上。练习了很多次，他都使不上劲儿，没有办法，他只有用肚子顶住钩舌，使劲地往上抬，狼狈的样子让大家忍不住总想去帮他一把。

陈向华悄悄把他拉到一边，捏了捏他的肱二头肌。“小伙子，要加油呀。”然后找来两个沉甸甸的哑铃，交给了他。不负众望，这名新职工在3个月后，终于能够轻松把钩舌安装到位。

一丝不苟地执行作业标准必须一开始就养成习惯。

要想成为一名合格的检车员，必须熟悉敞、平、棚、罐等多种不同的车型，每种车型上都有200多个不同配件，配件搭配和运用限度的技术标准都不一样；要通过一辆车的故障检查，才能拿到成为检车员的“上岗证”。

有一名新职工虽然每天都很努力，但是效果始终不好。在第一次顶岗考试当中，没有发现陈向华为他设置的10个故障，成绩不合格。

看着一起学习的其他人纷纷走上检车岗位，他心里很惭愧，也很着急。

陈向华把他单独带到了练兵场，仔细观察他检车的动作，发现他虽然完成了一套检车动作，但是由于探身、弯腰不到位，导致一些故障漏检。

经过陈向华一段时间一对一耐心的辅导，这名青工终于顺利完成了岗前考试。

在我的采访中，陈向华的徒弟李清雯告诉我："陈师父传授给我们的很多方法和技巧都是书本上没有的，让我们少走了很多弯路，更重要的是从他身上我们学到了一种用心工作的态度。"

李清雯是一名女职工，正是经过陈向华的培训，打牢了检车基础，成为这个段 5T 运用车间的一名职工，通过货车运行故障动态图像检测系统，远程监看车辆状态。

打开昆明北车辆段的办公网，我看到了陈向华定期更新的排查典型故障 PPT。每次他都会把近期收集的车辆典型故障、发现这些故障的技术难点和隐患表征进行重点提示，特别是结合他自己处理故障的经验，讲解实用的故障处理方法。他这么做就是让大家不断丰富经验、进步成长。

除了培训新职工，陈向华还是昆明局车辆系统比武练兵教练，带领优秀的检车员向更好的检车技能发起冲刺。

陈向华有着丰富的比赛经验，也有独到的训练方法。

除了常规的理论培训和实作训练，他注重从检车动作的每个细节入手，进一步提高参赛选手的检车速度。

"在安装紧急阀时，很多参赛人员速度不够快，有时螺母还容易从手中滑落，大家可以试下这种方法。"说着，陈向华用左手托住阀体，右手 3 个指头预紧螺母的方法，以先里后外、从左到右的顺序进行紧固，虽然只是一个小细节，但大家尝试之后，果然速度比之前快了。

在安装钩舌的时候，他发现一名学员抓钩舌不够稳。他便亲自示范安装诀窍：只见他左手抓住钩舌外 S 面的下端，右手抓住钩舌尾部，手部用力、一挺身，就将钩舌稳稳地卡进钩头上。经过标准

◇ 陈向华在为新员工详解车辆构造（摄影：王悦冰）

的示范，这名学员动作更加流畅，成绩明显提高了。

他还为徒弟发明了很多提高检车效率的工具：钩舌圆销开口销拆除专用工具、闸调器松紧专用工具等一批好用称手的工具，这些工具也为徒弟们提速增能奠定了坚实的基础。

这些年，不断有徒弟给他报喜："师父，这次比赛我得第一了""师父，我当上班长了"……

工人发明家

昆明北车辆段的技能大师工作室，是一个方正的两层楼小院，这里有学习室、设计室、加工间和装配间，各类机床、工具一应俱全。

院内的空地上整齐摆放着陈向华和工作室成员最近的创新成

果——“库内调车警示器”，工作室成员正忙着进行调试。

“创新其实很简单。”谈起发明创造，陈向华眼里闪动着光芒。

陈向华第一次创新检车锤既方便了自己，又让其他职工受益，于是，他把工具工装的改进作为自己新的努力方向。

在线路上处理紧急故障时，经常会需要拆除经过点焊的螺母，如果用扁铲去剔除，费时费力，拆除一颗螺丝要 10 多分钟，特别是遇到狭小的空间时难以挥锤，处理起来就更麻烦了。

怎么解决这个难题呢?

下了班的陈向华，走进昆明最大的机电市场。连续逛了几天，始终没有找到一个现成的工具。

这时，他心里有个想法：平时剪钢筋的液压剪能不能用来剪螺丝呢?

陈向华试了一下，没成功。会不会是刀头角度的问题?陈向华找到液压剪的生产厂家，在与厂家技术人员多次对接后，厂家同意按陈向华的设计制作刀头。

拿到厂家特制的刀头，再连接上液压传动装置，陈向华兴致勃勃地试拆一颗螺母。只听见“啪”的一声，螺母松开了，前后只用了 5 秒钟。

“用这个拆螺母实在太快了。”“我们真是想不到可以用液压剪。”这款螺母液压剪引起了同事们的极大兴趣。

陈向华渐渐发现工作中很多难题都可以通过创新工具来解决，创意越来越多。

以前调整变形的货场脚蹬，要靠大锤敲，他发明货车脚蹬变形调整装置，采用手动液压泵，利用杠杆原理，对变形的脚蹬进行调整，故障处置从原来的20分钟缩短为4分钟，效率提升5倍；在线路上抢修作业无法接电源，他找来风动角磨机，制作风管连接器，利用列车管里的风给角磨机带来动力；车钩钩托梁磨耗板变形难以调整，他创新采用手动液压镐，以地面为支撑，巧妙调整磨耗板变形部位，故障处理时间从原来的30分钟缩短为5分钟，效率提升6倍。

这些工具解决了户外现场作业、生产条件有限的问题，大幅提高了列检作业、故障抢修的工作效率，深受职工欢迎。陈向华渐渐成了职工们心中的“发明家”。

看了陈向华的各种发明创造，我不禁想起自己曾经在班组工作时，也参与过技术创新，相比起来，陈向华更有想象力，很多发明让人眼前一亮。

2014年7月，经中国铁路总公司推荐，国家有关部门审核，陈向华成为享受国务院政府特殊津贴的高技能人才。12月，位于昆东运用车间办公楼的“云岭首席技师”陈向华技能大师工作室启用，每年享有20万元的活动经费。

纵有本事，也要有人搭台。昆明北车辆段大力支持技术创新，采购了一批先进的实验、加工设备，精选几名技术骨干，组成陈向华工作室团队，让陈向华创造新型工具。

从列检作业场，到大师工作室，陈向华站上了一个新的舞台。

他决心从货车检修的流水线入手进行技术创新，提高货车车辆检修流水线的生产效率。

走进昆明北车辆段的检修库，你会感受到现代化车辆检修生产线科技创新的浓厚氛围。

在高大宽敞的检修库内，一条 4 米高的双层检修流水线将车辆拆下来的零部件架到轨道上，输送到各个生产环节的检修平台，经过一轮检修后，再输送到下一个作业台，整个流程繁忙紧张。据了解，这里每天要检修 40 辆左右不同类型的货车。

陈向华发现检修流水线虽然是根据整个货车检修流程来设计的，但也存在很多接合部的问题，接合部需要人工来衔接，既限制了流水线生产的速度，又浪费了大量的人力。

在检修车辆承载鞍的检测作业台，检测平台与流水线相距 1.5 米，但检修人员每天要把 300 多个 20 多公斤重的承载鞍，从流水线上搬到检测作业台上，每天搬运的重量将近 7 吨。

于是，他组织团队设计制作承载鞍检测传送装置，为了明确各个位置最佳的尺寸，他先后到现场比对测量 10 多次。最终，设计的承载鞍检测传送装置取缔了人工搬运，在流水作业中，承载鞍会自动精准地送到作业台上，减轻了检修人员的劳动强度，提高了作业效率。

“陈向华是职工创新的代表。”谈起陈向华的创新，昆明北车辆段段长李义这样说，“我们要通过技能大师工作室，让陈向华带动全段职工都来参与技术创新，充分发挥广大职工的聪明才智，专注技术、专注现场，破解货车车辆检修、运用的疑难杂症，为技术人才成长进步提供更多的平台。”

为了让技术创新的项目实施得更加顺畅，陈向华修订完善了《大师工作室课题管理实施细则》，全面规范了课题申请、项目立项、经费管理、组织实施、验收评估、奖励等流程，大幅提高了项目的兑现率。

每年，陈向华大师工作室都会向各车间征集技术改造的提议和需求，工作室的成员在对议题进行可行性研判后，再组织全段技术骨干进行创新。

2021 年，陈向华看到敞车下侧门折页焊接非常费劲，焊接时弧光和粉尘对职工身体健康造成影响，开始组织工作室成员进行立项攻关。

经过 3 个月的反复试验，他们成功制作了一台具备自动进料、自动焊接等功能的自动焊接装置。

这天上午，昆明北车辆段站修车门焊修点，职工们围着一台崭新的设备议论纷纷。随着这台设备上的葫芦吊将一扇敞车下侧门吊到指定位置，大伙迫不及待地凑近观察，在确认焊缝质量达标后，现场传出一阵阵欢呼声。

“这个设备真好，它焊接时我可以离得远一点，再也不会被弧光刺眼、烟雾刺鼻了，真想不到干焊接工作还能和弧光、粉尘说再见。”电焊工庄玉辉高兴地说，“这焊缝不仅比我焊得笔直，还很均匀，看来我该退休喽。”

“今后就让它替你出力，你只要把它看好就行啦！”陈向华说。

这个自动焊接装置不仅实现了机械取代人工进行焊接，节约人力成本 100 余万元，还大幅提高作业效率和焊接质量，有效降低了作业中对身体的伤害，长期困扰职工的难题迎刃而解。

“搞创新首先要敢想，有了好的预想，再来考虑怎么实施。”陈向华说，“我们工作室的成员有丰富的现场经验，有扎实的实作能力，做成的每项技术革新改造都受到了职工的认可。”

打开电脑，陈向华梳理着工作室技术创新课题汇总表，每一项都认真标注项目说明、工作要求和现场图片，同时备注着参与创新的职工团队，以及奖励的金额。

“今年职工提议更多了。”陈向华指着电脑上的表格，对我说，“一共收到技改工装类、技术攻关类、合理化建议等 193 项提议，职工们参与技术创新的积极性更高了。”

“岗位奉献智慧力量。”在昆明北车辆段检修库的流水线旁，有这样一句话。铁路的现代化发展，不仅需要严格执行标准和规章，确保运输安全的哨兵，还需要善于学习、大胆创新，实现生产自动化的工人发明家。

据统计，陈向华大师工作室创立以来，他带领团队先后完成了 192 项技术革新改造、71 项科技创新项目，成功申报了 8 项国家实用新型专利，创造了直接经济价值 1000 多万元。发明创新的货车车钩缓冲器一体拆装机、制动梁端轴除锈机等一批检修设备，运用在检修流水线上，大幅提升了生产效率。

幸福的家庭

铁路的一头是单位，另一头是家。

陈向华的家在距离昆明 250 多公里的宣威，一下班他就坐着火车，往家里赶。

每次回到家，他都抢着做家务，但妻子总是把他推出厨房。她知道，他累了。有时候，靠坐在沙发上，饭还没熟，陈向华就睡着了。

妻子知道，他的心在铁路。

2007 年昆明北车辆段公开招聘安全监察，主管副段长鼓励他参加竞聘，他却婉言谢绝了。妻子很不理解，和他大吵了一架。“你是傻子吗？干部你都不想当？”陈向华淡淡地说，“我在一线干了那么久，熟悉现场、热爱专业，还有一帮风雨与共的好哥们，已经习惯了这种生活方式和工作方式”。

妻子贤惠，家里的事基本都是她在打理。因为工作繁忙，女儿出生、上学、生病，陈向华几乎没管过。为了让他全身心投入工作，妻子转让了位于宣威黄金地段、精心打理了10多年的小店。

一次，女儿感冒发烧，电话打到了昆明东列检作业场。

陈向华很焦急，倒是妻子显得镇定，她没说太多，只是嘱咐陈向华安心工作。等陈向华忙完工作，请假回到宣威时，女儿已经做完扁桃体手术。看着病床上脸色苍白的女儿，这个铁汉再也忍不住，眼泪夺眶而出。

陈向华周末要值班，每个月只有两个周末能回家。回到家，他非常珍惜和女儿在一起的时间，一有空就带着女儿逛街、爬山、去游乐场。

每逢周日傍晚，就到了陈向华离开的时候。这天，妻子往往会提前做好饭，陈向华匆匆扒几口，就准备去坐火车。这时女儿总是依依不舍地拉着父亲的大手，不让他走。陈向华内心的纠结，可想而知。

晚上10点，陈向华回到单位，而女儿躺上床，准备入睡。女儿对着枕头旁陈向华买的叮当猫说：“叮当猫，你知道吗？我爸爸是发明家，他也可以变出很多东西。”

人们说，铁路职工的子女成熟早，就是在这一次次相聚与分离中，女儿渐渐长大。

“女儿记性好，去学跳舞，老师教一遍动作，她就学会了，这一点像我。”陈向华说这话时，脸上露出了幸福的笑容。女儿从 3 岁就开始学习民族舞和拉丁舞。

2010 年 6 月，9 岁的女儿来昆明参加云南省青少年舞蹈比赛。走下作业场的陈向华，来不及擦把脸，就匆匆赶去观看。

舞台上，女儿穿着金色的藏袍，头上盘起辫子，伴随着音乐翩翩起舞，赢得了观众的阵阵掌声。这一次，女儿获得了民族舞的第二名。

“她乐感好，动作到位。”陈向华笑着说。

回不了家的日子，陈向华经常待在单位的宿舍，捧着书看。他看的书比较杂，有文学的，有历史的，还有科幻的。

在整齐排放的书籍中，有一套翻旧的《平凡的世界》。他说，他喜欢看路遥的书，在书里能感受生活的艰辛，明白劳动的价值，体会朴实的情感。

陈向华很喜欢看科幻类的书，最近看了小说《三体》。他说，科幻类的书能够让人进入浩瀚的宇宙，看到不一样的星球。

“这应该是你比较有想象力，能够保持创新能力的一个原因吧？”我问陈向华。

他说：“可能是吧，搞创新一定要有空间思维，能够想象出各个结构之间的关系。”

他酷爱跑步，坚持了很多年。这让他保持了良好的体力，能够适应高强度的工作，所以每次见到陈向华，都感觉他神采奕奕。

2018 年，陈向华把家从宣威搬到昆明后，他每天清晨 6 点 20 分就从家里出发，跑步 7 公里到单位上班。

脚步有力地踏在地上，风从脸庞吹过，伴随急促的心跳，迎来清晨的霞光。

人生，永不止步。

传承友谊和匠心

2021 年，中国迎来了一件大喜事，作为“一带一路”、中老友谊的标志性工程——中老铁路在年底开通运营。

昆明局集团公司上下欢欣鼓舞，各部门各单位围绕中老铁路开通紧锣密鼓地准备各项工作，一批年轻职工走进老挝语的培训课堂，准备奔赴老挝工作，这其中有很多是陈向华的徒弟。

10月，陈向华接到为中老铁路试运行挑选货运车辆的紧急任务。想着自己检查的车将穿过热带雨林，驶向老挝万象，陈向华心情十分激动。

拿起检车锤，陈向华带领挑车小组成员走向了列检作业场。

在挑车的第二天半夜，陈向华蹲在昆明东上行始发场股道边，聚精会神迎接备选列车进站，忽然听到车轮声中夹杂着一丝轻微异响，凭借多年的检车经验，判断第 27 辆车轮踏面可能有问题。

列车停稳后，陈向华马上对这辆车的车轮踏面逐一进行排查。果然，在第 6 个车轮与钢轨密接的踏面上，发现了一块 0.2 毫米的擦伤。虽然没有超限，但陈向华还是果断把它扣下。队员竖起大拇指说，陈师父，您这是顺风耳啊！这么小的擦伤都能听出来。

经过 5 昼夜连续作战，转战 4 个作业场，陈向华带领挑车小组从 2000 多辆备选车中挑出 240 辆精品车。最终，这些车顺利地完成了中老铁路的试运行任务。

习近平总书记强调，中方愿为中老友谊之路培育更多栋梁之材。昆明局集团公司按照总书记的要求迅速行动，加强老方铁路员工培训，派出技术骨干参与运维管理，为中老铁路安全运营提供人才支撑。

作为全局货车检车员技能培训总教官，陈向华承担了派驻老挝的 23 名检车员的培训任务。

打开网页，陈向华认真搜索了解老挝的自然和气候环境。“热带雨林真是美啊，但这样的高温高湿的环境下容易发生热轴的问题。”陈向华说。

考虑到境外铁路运输环境特殊，他最担心的是检车员的应急处置能力，因此他专门针对热轴等 17 类突发故障，开展了两批次应急处置培训。

“在国内，如果遇到突发情况，现场解决不了的问题可以向车间和段求助，到老挝后，就只能你们自己解决，应急处置能力就变得非常重要。”在课堂上，陈向华对即将奔赴中老铁路磨万段工作的检车员说。虽然这些学员很多是陈向华的徒弟，很多也是优秀检车员中挑出来的骨干，但陈向华对这次培训还是非常重视。

陈向华组织他们有针对性地开展应急处置培训，总结归纳列车货车运行过程中容易出现的故障以及相应的处理方法，进一步强化他们独立处理故障的能力。

中老铁路是一条采用中国技术标准、使用中国设备的国际铁路，陈向华改进研发的很多检车工具在中老铁路上同样适用。

这些检车工具，是大师工作室自制的，市场上买不到。为了提高全线的货车检修效率，让自己的徒弟在中老铁路上也能用上以往用惯的工具，所以要在中老铁路开通前，迅速赶制一批检车工具。

接过中老铁路检车工具需求清单，陈向华暂时叫停了大师工作室的其他任务。他带着大家列清单、建模型，紧锣密鼓地干了起来，用 2 个多月制作出 18 类 270 余件专用工具，还改良了 6 种常用工具。

在这批赶制的检车工具中，有一个螺杆式互钩差调整工具。在铁路日常货物列车运行中，由于各车辆装载货物的重量不一样，会造成车钩一个高一个低，不能完全咬合，运行中易发生脱钩，造成列车分离。以前处理这种问题，需要使用垫木、千斤顶等 7 件工具，还得 2 人配合才干得了。

在为中老铁路准备检车工具时，陈向华就想，这一大堆的工具送到老挝去，太麻烦了，能不能改进一下？陈向华尝试了五六种方案，效果都不好。一次亲友聚会，陈向华看着红酒开瓶器将木塞缓缓提起，突然来了灵感，要是在车钩上方安装一个固定支架，不就能通过转动螺杆解决这一问题吗？

回到工作室，陈向华开始画草图、写方案，很快制作出工具样品。想不到试用时，又遇到了麻烦，由于钩头太重，螺杆转不动，陈向华和工作室成员再次头脑风暴、反复试验，最后在螺杆上加装了推力球轴承，轻松提起了钩头。工友们高兴地说："这个工具又轻便又好使，一个人就轻松搞定！"

这次送到中老铁路沿线的检车工具中，还有一个便携式试风装置。以前，在沿线处理车辆空气制动故障时，因为没有风源，无法确定故障是否处理彻底，这一直是困扰车辆部门的难题。经过反复研究，陈向华在小推车上组装空气压缩机、运转阀、储风缸等部件，提供移动风源，彻底解决了这一难题。中老铁路的工友反馈：有了这个装置，随时随地都能提供风源，像“充气宝”一样，太实用了。

如今，在中老铁路上，陈向华的 40 多个徒弟坚守在磨憨、磨丁、万象等站点。他们手持陈向华改进的检车锤，崭新的锤头光洁铮亮，敲击出铿锵的节奏，为中老铁路列车护航。

陈向华说：“虽然我们不能经常见面，但只要他们求助解决一些生产技术难题，我就会立即打开视频进行远程技术会诊，与他们一起解决问题。”

在陈向华带出的徒弟中，还有两位分别担任着中老铁路磨憨口岸和万象货运管理中心的技术负责人。一位徒弟每天监督着即将走出国门的货运列车的安全状况，另一位徒弟则将自己所学传授到异国他乡。

在陈向华看来，这不仅是一份荣耀，更是中国铁路运输的新纪元。

从铁路边彷徨犹豫的懵懂少年，到走进人民大会堂的全国劳模，到技能大师工作室的负责人，再到自己创新的工作方法带到老挝。陈向华的职业生涯可谓起起伏伏，自己的奋斗，服务了企业的发展；铁路事业的发展，也成就了自己的成长。

陈向华的事迹所体现的“劳动最光荣”价值观，值得每个人学习，这是推动铁路事业发展进步，推动全社会发展进步所必需的优良品质。

一名人类学家这样说，纯粹为自己的人，容易形成行动上的低欲望者，而为他人的人，则会表现出一种强劲的在行动上的驱动力。劳模显然是一种通过服务并贡献他人而成就自己的人。

在采访陈向华的过程中，他身上的敬业与专注、坚韧与坚守、专业与创新、豁达与淡泊，展现出一名工人的朴实和情怀，给我留下了尤为深刻的印象。

我们每个人都是普通劳动者中的一员，只是在不同的岗位上。每个岗位都给了我们一片天空，你可以选择飞翔。当飞翔时，你的眼神充满了力量，你的身上闪着耀眼的光芒。

陈向华说，铁路的每一个岗位都普通而平凡，但只要努力、勤奋就能走出精彩人生。只有干一行爱一行的执着和坚守，才能让自己的人生价值得到升华。

向着太阳，奏响人生的乐章。

2021 最美铁路人 ZUI MEI TIE LU REN

王久军

他从京张高铁来

——记京张城际铁路有限公司高级工程师王久军

◎ 栾秋玲

2022 年 2 月 4 日 17 时 10 分，举世瞩目的第二十四届冬奥会开幕式还有不到 3 个小时，就要在北京国家体育场隆重举行。

这时，京张高铁太子城站，一列“瑞雪迎春”复兴号智能动车组——G9984 次冬奥列车，载着 800 多名参加开幕式的各国运动员、教练员和嘉宾，驶出站台，奔向北京。

作为冬奥会交通保障工程，京张高铁不仅完美兑现了“北京、延庆、张家口 3 个赛区间实现 1 小时转换”的申奥承诺，更像一个重量级运动员率先登场，华丽亮相。车厢里，豪华、智能、人性化的设施，令冬奥宾客兴奋不已，拍个不停，直呼“一步迈进未来”。

一名日本记者参观完 5G 超高清演播室，又望向车厢端部的速度实时显示，数字十分醒目：350 公里 / 小时。他羡慕地盯了半晌，忍不住问列车长：“这是不是奥运会专用铁路？你们平时都坐不上吧？”

靓丽的列车长微微一笑，骄傲又响亮地回答：“不！中国高铁四通八达连接成网，我们中国人坐高铁很方便！”

在全球最大的视频平台 YouTube 上，一个美国运动员边晒乘坐京张高铁的视频，边惊叹留言：“毫无疑问，中国高铁是世界上最好的！”

曾任京张高铁精品办公室副主任的王久军，每天都留意媒体动态。冬奥会期间，京张高铁将面临多国宾客的品评，面对网上一片叫好，他自信地笑了。

从2015年12月开工，京张公司和30多个参建单位鏖战48个月，终不负使命，修成了世界上第一条智能化高速铁路，“精品工程、智能京张”成为中国高铁集大成的标杆示范线，全线工程获得国家优质工程金奖。

山河壮美，复兴奔驰。从空中鸟瞰，京张高铁与老京张铁路同向而行，如巨龙起舞，隔空对话。

1909年，京张铁路实现中国自主设计修建铁路零的突破，向世界宣告：“中国人能行！”2019年，京张高铁首开智能化高速铁路之先河，向世人集中展示：“中国高铁领跑世界！”

如果说京张铁路是中国修建铁路的起点，书写了中国大写的“人”，那么京张高铁从“人”到“大”象征着梦圆，领航新征程、一起向未来。

王久军就是在京张高铁建设中成长起来的杰出代表。

“精品办”选择了他

2021年岁尾，我踏上进京采访的复兴号，望远山隐隐，不由默念：“京张，京张！”

京张高铁的设想源自 2005 年，10 年论证后先期工程才开工。申奥成功后，在建的京张高铁多了一项任务：承担 2022 年冬奥会交通保障的重任，并由此踏上建设快车道。

2017 年，习近平总书记先后在不同场合强调，要深化细化冬奥会基础设施建设规划，努力建设精品工程。

中国铁路人说，请党和人民放心，京张高铁一定能！

中国国家铁路集团有限公司党组在对中国铁路和装备制造客观研判的基础上，提出“精品工程、智能京张”的建设目标，同时郑重承诺：保证 2019 年年底高质量开通！

目标催人奋进，挑战前所未有。当时工程已全线开工，按照新标准所做的提升改造，将使工程难度大大提高。但是中国铁路人深知，建设京张高铁意义非凡、责任重大、使命光荣！从京张城际铁路有限公司到各参建单位都扛起了大型国企的担当，他们誓言豪迈：保证期到必成！

代表所有参战建设者接下军令状的，是建设单位京张城际铁路有限公司。

京张公司位于北京丰台卢沟桥南路的大院，院内还有北京高铁工务段和大机运检段的一个车间，抬脚就见机车库线，钢轨道砟，典型的铁路院落。

2021 年 12 月 23 日，王久军带我来到京张公司。踏进王久军的办公室，目之所及，不是图纸，就是各种方案资料。窗台上养着绿萝和多肉，窗外，楼门口的那棵青松正好给二楼撑起绿荫。

王久军今年 44 岁，中等身材，敦实稳重，自信冷静，和很多工程人一样，满脸的青胡茬，打着典型的户外烙印。

“这张军令状，难在哪儿？”我问他。

他不假思索地回答：“对我们来说，难就难在怎么把精品工程落地，做到有形有标有量化。”是啊，精品工程是笼统的要求，必须尽快定框架出方案，细化到具体项目，才能谈到全线建设标准的完善提高。

2017年年初，精品工程的全新课题提出后，都不知从何下手，进展一度迟缓，大家都很着急。

为快速打开局面，国铁集团成立了京张高铁领导小组，下设7个工作组，建立了协同推进机制，合力推进“精品工程、智能京张”建设。同时由建设部组织路内专家以专家组的形式为精品工程保驾护航，王久军作为京张公司唯一代表加入了专家组。2018年3月，在北京局集团公司的支持下，京张公司增设精品办公室，全面负责“精品工程、智能京张”工作。精品办人员必须优中选优，精英做精品。

随手翻看那小山一样的设计图和方案，我不由咂舌：“天哪，这么重的任务，精品办就两个人，你们是怎么扛起来的啊？”

王久军认真地说：“那肯定不是就我们俩啊！我们背后是整个团队！就像那盾构机，如果后背没有推动力，那前面的刀盘再快也只能空转！你看，不光整个公司和北京局集团公司在支撑我们精品办，设计、监理、施工单位等几十家呢，那都是我们并肩战斗的兄弟！当然最大的倚仗，是国铁集团和国家！表面上精品办是我们两个人，实际上是所有人默默无闻在一起合力推进！而且，一线的参建单位比我们更辛苦！”

这时，我有点理解了，王久军被中宣部、国铁集团授予 2021 年“最美铁路人”称号后，一直在向媒体强调最美铁路人不是他一个人，而是代表所有建设者。

我转而问王久军：“那你是怎么被选进精品办的呢？”

他嘿嘿一笑：“这个，我也想知道！”

于是带着这个问题，我走进了马侃彦董事长的办公室。

京张公司初期的领导班子配备中，党委书记、董事长、总经理由一人兼任。2017 年 9 月，为加强力量，原铁路总公司工程监督总站站长马侃彦被调来京张公司任党委书记、董事长。

56 岁的马侃彦，儒雅的外表下是一名老党员的铁肩担当。相比原岗位，平级调动来建京张高铁，无疑是风险很大的苦差事。他却甘之如饴：“在职业生涯的尾声能赶上京张高铁建设，人生大幸！”马董很有亲和力，谦逊、冷静、睿智，听他讲话是一种享受。

马董娓娓道来，初识王久军，缘于下现场的“带道”。

到京张公司没两天，马董对现场还人地两生，就赶上迎接国铁集团领导检查，往现场出发时，他连公司的随行人员都没来得及认全。

那次的目的地是张家口附近的草帽山隧道，这是京张高铁全线重点工程之一，山陡路险起伏大，地质条件极差。天擦黑时，已经没有公路可走，也没了导航。眼看坑坑洼洼的施工便道是越走越窄，司机犹豫了。

这时，就听副驾驶有人自信地说：“这路我走过几回，慢点开，咱这考斯特肯定过得去！”司机有了定心丸，继续往前开，在他的指挥下，果然顺利到达。

马董当时心里就想："这个带道的不错！"

后来发现，这人可不只是带道，大到路线行程安排、施工点联系协调，小到吃饭、住宿、会议室安排，尤其是一路上的工程进展状况，问到哪儿，不卑不亢，张嘴就来。

多年来用人育人的领导生涯，让马董快速得出几个判断：第一，公司派他随行，说明值得信任；第二，现场情况张嘴能答，说明沉得下去长期泡工地；第三，搞工程技术的，还把后勤安排得井井有条，说明善于协调关系。嗯，是棵好苗子！

从此，马董开始留意这个叫王久军的人。

3个月后，国铁集团抽调全路专家组成精品工程专家组，王久军被选派为公司代表参与专家组的顶层设计，这既是开阔视野的机会，也是组织有意考验。王久军不负众望，表现优异。于是，后来成立精品办，原工程部部长、老劳模于进江任精品办主任，在定副主任人选时，公司领导和于主任不谋而合，选中了王久军。

马董告诉我，这个工程有两条硬杠杠，一个是2019年年底如期开通，一个是建成"精品工程、智能京张"。所以，精品办责任重大。

王久军的工作任务，包括"精品工程、智能京张"的具体规划、创建、检查评估验收、科研课题组织推进、工程化项目的落地实施以及先进工装工艺工法的推广交流等，一时间千头万绪，忙得昏天黑地。

马董感慨地说："我们经常说公而忘私是一个好党员的境界，久军还不是党员的时候，就做到了。"

精品办刚成立一个多月，有一天王久军来找马董，这个性子爽利的汉子少有地扭捏起来，不好意思地说要请假：家里才仨月大的二儿子住院了，病得不轻，媳妇熬不住哭着打电话催他回天津。马董一听就急了，命令他马上回家。

马董动情地对我说："眼瞅着眼圈都红了，父子连心哪！可他还不好意思请假，精品办刚成立，他怕耽误工作。你说，精品工程交给这样的同志，能不放心吗？"

京张高铁建设由国家审计署全程跟踪审计。当时审计人员替公司捏把汗，有人私下问马董："我们审计最怕精品工程做虚了，要是变成噱头，最后可过不了审！"

马董底气十足："放心吧，国家的每一分资金，我们都会用到刀刃上！我们有明确的标准、明确的方案，可考核可量化，全都实打实地落到具体工程上！"

马董的底气，源于精品办，源于公司和北京局集团公司的团队作战，更源于参建单位的团结协作。归根结底，源于这些建设者心底共同的交通强国梦。采访过程中，马董一再强调"功成不必在我，功成必定有我"。"厚学、敬业、悦享、功成"，这是京张公司的企业文化，透着低调和担当。

在京张公司的牵头协调下，所有参建者以舍我其谁的豪迈和期到必成的决心，实现了"精品工程、智能京张"的目标。

在领跑世界高铁的新征程上，京张高铁第一个冲上了赛道：

——京张高铁打造了 90 项有代表性的精品工程，其中 40 项斩获多种奖项，29 项获省部级工法；

——总结提炼出 138 项创新成果，其中获奖 5 项、专利 37 项、工法 38 项、软件著作权 23 项；

——形成了包括超大断面隧道“品”字形施工工法在内的11项标志性成果；

——在共建过程中，各参建单位从队伍建设到技术装备应用、建设管理模式，都有了质的提升。

从小就梦想修铁路的王久军，从没想过自己竟能修上这样一条智能化的京张铁路。

故乡，那片热土

唐山是一片创造奇迹与梦想的热土，是中国近代工业的摇篮。铁路零公里的起点，就在这里。

1978年9月，王久军出生在唐山丰润张良各庄村。儿时的他并不知道胥各庄的历史，只听在县建筑公司上班的爹说过，从前县政府就在胥各庄，那算铁路的发源地哩！

对王久军来说，村后远处的铁路可比胥各庄来得亲切。小时候只能远远地看，那个草绿色的长龙，在庄稼的海洋里游过来，一下子近了，响天震地，可快了。等大些了，近前去看，才知道它有自己的“路”，那两根细细长长的钢轨，仿佛要通往天边去。等再大些，上了学，考进西南交通大学，就知道了铁路和火车，知道了詹天佑和京张铁路，也知道了身边的唐胥铁路、机车车辆厂和龙号机车。原来，自己的家乡，竟然是中国铁路的起点，是中国轨道交通装备制造业的发祥地。

王久军为此莫名骄傲。后来他去唐山机务段参观，段里的纪念碑上刻着这样一句话：“中华铁路，师夷之技，源唐胥始，于龙号起，几多艰难，历经风雨。”这话也刻进了他心里。历史告诉他，“交通强国、铁路先行”这 8 个字有着怎样深沉厚重的过往。

王久军自己也说不清，修铁路的种子是啥时候埋到心底的。也许是父亲的职业影响，也许是小时候的铁路情结，一步一步引领着他走向远方。

水有源树有根，王久军告诉我，故乡的人，对他影响最大的是奶奶。

王久军有个了不起的奶奶，她不但是家里的“佘太君”，也是村里有名的“贤人”。奶奶没有上过学，16 岁嫁进王家，36 岁守寡，她一个人拉扯大 7 个孩子。在那个物资匮乏的年代，村里没有医生，奶奶就帮人接生；村人重礼，奶奶就帮乡亲们料理红白事。她把热情待人、多行善事、诺不轻许、自强不息的周礼做到了极致，成了村里最受尊敬的大“捞忙”（义务的红白事总管）。奶奶过世已好几年，直到今天，一提起来，村里的老人还会竖起大拇指赞：“那老太，能干！贤德！”

因为太穷，儿子们结婚都晚，王久军这个长子长孙也来得晚，奶奶格外看重，也格外严格。奶奶去“捞忙”，他是小跟班，跟着奶奶学礼，也是“身经百战”。那一两百人的场面，奶奶像个女将军，指挥若定，头绪再多事儿再难，她总是乐呵呵地一句：“不怕，咱捋捋，捋顺了就有法子了！”小久军走哪儿都集“万千宠爱于一身”，从小就自信心“爆棚”，不怕事儿，从小就跟着奶奶为人着想为人忙。

那时节村里都穷，“捞忙”也没啥报酬，乡亲们知恩，时常送来几个鸡蛋、果子。他头一回喝到麦乳精就是别人送家来的，一尝，太好喝了！一个劲儿问奶奶："这么好喝的东西，顺子家咋舍得送咱们？"奶奶笑眯眯地拍拍他的头，说："你就记住，帮人是福！"他似懂非懂。

上学后的王久军，是家长们口中那个成绩优异、自信懂礼又特别友爱的"别人家的孩子"，他也慢慢地有了自己的理解：利他，换来的是心灵的富足。

王久军身子往前倾着，认真地总结："我是在爱里长大的孩子，奶奶带我体会到给予的快乐，学校则让我切身感受到接受的幸福。"

高二最后一个学期，王久军得了严重的肺炎，在家躺了一个月，心灰意冷。就在这时候，班主任王小红老师带着同学们来了，带来了学习资料，给他讲学校里的新鲜事，给他鼓劲儿打气。最后当王老师把班里的捐款塞进他手里，对他说："别放弃，我们都在等你！"这个倔强的青年哭得像个孩子。

复学后，王久军向学校党组织递交了第一份入党申请书，并在毕业前被列为入党积极分子。后来，上大学，进铁路。再后来，这个修铁路的，把唯一的弟弟也引领进了铁路的大门。

在小他 8 岁的弟弟面前，王久军拿出了长兄如父的担当。

弟弟考高中时，父亲说："成绩又不好，别费那个钱了，考职高吧！"

刚参加工作有了收入的王久军坚决反对："必须上大学！我供他！"

弟弟毕业了，又来找他拿主意："哥，我应聘哪儿好呢？"

给弟弟选专业时就有"预谋"的王久军，眉飞色舞："铁路！铁路建设大有可为！"

就这样，弟弟应聘进中铁建工，现在已经成长为广东公司的部门副职。哥俩一南一北地修铁路，时不时地交流一下业务，其乐融融。

播种、耕耘、生长，这是大自然不变的规律。春风，热土，故乡以它特有的温度和基因，滋养着庄稼、树木和孩子。那滚烫的铁路基因渗进王久军的血液里。

你好，清华园隧道

清华园隧道是王久军最难忘的地方。

京张高铁正线全长174公里，全线桥隧占比66%，设车站10座，“一桥三站三隧”是全线控制性重点精品工程，这其中，清华园隧道是最难啃的硬骨头之一。

曾经，城市对铁路是又爱又嗔，爱这大动脉的滋养，嗔它对城市的交通分割，一座座平交道口和地道桥，留下多少无奈的记忆。新建高铁站大都远离市区，也是避免对城市新分割的无奈之举。

现在，京张高铁如何进出北京城？

这个答案不仅事关首都城市格局，也是全国高铁建设对标杆样本的期待。

经过长达5年的论证，京张高铁进城方案才最终敲定：采用“隧城融合”的设计理念和缝合设计方法，以盾构施工方式修建清华园隧道，缝合老京张铁路对城市的分割，消除四道口、五道口等交叉道口对城市交通的堵塞，又能将老京张铁路地面线拆除改造成京张遗址公园和城市绿带，将隧道建设融入城市发展，显著降低噪声和振动污染，释放城市空间。

论证的艰难，源自前所未有的施工难度。

清华园隧道全长 6020 米，是单洞双线高铁盾构隧道。通常地铁盾构施工，直径 6—8 米，而清华园隧道直径 12.64 米，是当时北京最大直径的盾构隧道。

大直径也不算难，难在复杂的地层环境：它要穿越北京主城区的 7 条主干道，还要以最小净距 3.4 米侧穿地铁 13 号线，以 5.4 米净距下穿地铁 10 号线，以最小净距 0.8 米上跨地铁 15 号线，同时穿行地下 88 条市政管线。这种近距离“穿梭”掘进，安全和技术要求极其严苛，无异于在人体内做动脉微创手术。

与此同时，施工不能影响地面和地铁交通。如此艰巨的隧道施工，国内首例。“敢为天下先”的京张精神在京张铁路建设者身上得到了一脉传承。

相比明挖和暗挖方式，盾构施工的特点是“静悄悄”，基本不

◇ 2018 年 8 月 31 日，王久军带领团队成员商讨京张高铁穿越城市地铁具体方案（摄影：陈爽）

干扰城市生活。隧道挖了一年，地上车照跑，船照划，商场、学校、写字楼一切如常；地层下，地铁和市政管线正常运行。

王久军自豪地说："清华园隧道称得上中国高铁智能建造第一隧！"

清华园隧道选用了世界最先进的泥水平衡盾构机，中国铁路人给它起名"天佑号"。2 台近 13 米高、150 米长、3000 吨重的钢铁巨型"地龙"，前端安装可旋转刀盘，从两个始发井出发，分别沿 VMT 自动导向系统引导的精密路线，在蛛网般密布的地下管网中穿梭通行，逐环掘进，身后的管片在智能系统加持下同步拼装，所过之处隧道成型。通过 BIM 协同管理平台，项目部和各级管理人员轻松实现全过程可视化监控。

清华园隧道工程的第一关，是各种施工手续的办理，业内俗称施工"准生证"。

王久军耐心地给我普及铁路工程常识。修建一条高铁，涉及单位和关系方众多，有建设单位俗称业主，有设计院、监理公司、各标段的施工单位，还有各市政和关联工程的产权单位。林林总总数下来，有三四十家之多。

王久军给我打了个形象的比喻：你有个院子要装修，想要中国风，你得先有个初步方案吧，然后跟设计公司一起确定好设计图，再把活儿交给装修公司，还得请个监理把关，干活过程中遇到问题你要负责协调解决。但是开工前，你要跟物业办手续约定材料和人员进出场，跟邻居协调扰民问题，跟相关的产权单位办各种安全保证手续。

就清华园隧道来说，各种穿跨手续项点多、周期长、协调难，按常规至少要6个月才能办完，人、机、料干等着，望“证”兴叹，一度成为施工单位铁十四局最头疼的事儿。

京张公司党群工作部贾全友副部长是一位老宣传干部，他告诉我：“久军在这方面真有两下子！设计院啊、施工方啊、监理啊都流行一句话——有困难，找军哥！”

一声“军哥”，代表主意多，能解难题。

王久军始终相信，改变人的思想很难，但统一目标相对容易。谈到手续关，他认为，要理解各方的立场和规定，不要当成对立关系，首先认识到，修好京张高铁是共同目标，彼此是伙伴、战友。

着手办手续后，他和项目部首先找问题理思路，换位思考，抓关键环节。

比如地铁运营公司，最不放心的是运营安全。常规流程是先请人检测地铁设备施工前状况，然后做施工安全评估，拿出能确保达到安全要求的施工方案，上地铁公司的专家评审会，通过了再施工。其中专家评审会很关键，因为通不过就要重来，那怎么能提高通过率呢？能不能先把评审会专家邀请过来，以专家咨询形式提前介入工程呢？于是，“预咨询”应运而生。在此基础上，他形成了独创的“先检测、预咨询、重运营、上措施、共审查、勤监测、后评估”工作法，提前3个月就办完了清华园隧道工程各项手续，为“天佑号”盾构机提前下井赢得了宝贵时间。

一声“军哥”，代表经验丰富、胸怀大局。

审图纸方案是王久军的一项重点工作。有一天，设计院的设计专册交来清华园隧道的管片设计图，王久军一审，发现没有纤维加固，于是直接提出质疑：“这图有点问题，咱是大直径隧道，为什么没有纤维加固呢？”

专册起初不理解，也很自信：“受力没问题！我们做过那么多地铁管片都没加过，再说，图纸已经通过了第三方专业审核，能有什么问题？”

他又压低声音，好心地提醒王久军：“再说，加纤维，可就增加你们公司成本了，不好吧？”

“你地铁直径才多少？这个都超两倍了！强度和柔韧度太关键了！成本要考虑，安全质量更重要！”王久军不容置疑。

王久军的判断来自实战经验。他参与修建的京津城际延伸线解放路隧道和参观学习过的天津地下直径线，这两个大直径铁路盾构隧道都做了管片纤维加固。

于是，专册半信半疑，等他研究完那两条隧道的数据，发现不加纤维真有安全风险，冷汗涔涔：“如果真出了问题，可负不起这个责！”他十分感激地说：“军哥，多亏有你啊！”

一声“军哥”，意味着和参建单位齐心协力，共克时艰。

清华园隧道最让人揪心的，是下穿地铁 10 号线施工。

10 号线是北京市最繁忙的环线地铁，日均客流 200 万人次，稍有闪失，造成地铁停运，将造成恶劣影响。经评估测算，地铁沉降变形必须控制在严苛的 2 毫米以内，要达标，就必须对土层进行加固。

最初铁十四局拿出的方案是在地铁道床开孔，对土层进行竖向注浆加固。这办法没毛病，但是要时间，必须占用大量地铁“天窗”时间，这是下策。可技术人员一时拿不出更好的方案，工作陷入僵局。作为建设工程主管，王久军和设计、施工单位一起查阅了大量盾构穿越地铁的案例，还到类似项目进行实地调研，仍然没有头绪。有人气馁了，建议就按原方案施工。

夜深了，一筹莫展的王久军站在窗前，习惯性地摩挲着那块镇图纸的小石头。石头是从院子里的机车库线上捡来的，它原本是颗道砟，承受过万钧压力。

窗外，青松静默，繁忙的北京城也安静下来。王久军望着夜空，问自己：“这就被难住了？老京张当年要什么没什么都没被难住，一定有办法！”

那一夜，办公室的灯彻夜未息。

我在王久军的工作笔记本上发现，他喜欢在上面涂画喜欢的诗或格言。“大雪压枝低，虽低不着泥。待到红日出，依旧与天齐。”“万物皆有缝隙，那是光照进来的地方。”再看书写的时间点，都是清华园隧道施工期间。这个70后面对困难时的心灵独白，跃然纸上。

就在那个晚上，王久军苦思冥想，盯着图纸发呆，视线无意识地聚集到一个大写英文字母“H”上，有如神助，灵感突至：“搭个拱试试？”顺着这个思路出发，最后和现场技术人员确定了方案：从地铁两侧开挖竖井创造作业面，搭设小管棚横向注浆固化土层，给盾构机和地铁间搭起一座坚固的土桥。问题完美解决！

那一天，当“天佑号”平稳穿越10号线时，监测人员盯着沉降数据，兴奋地喊：“才0.8毫米！太不可思议了！”

是的，不可思议，他们在最苛刻的施工环境下创造了最小沉降纪录。

另一个提高功效大胆创新的灵感则来自联合收割机。

清华园隧道工期很紧，地层复杂，未知因素多，提高效率显得尤为重要。开工没几天，王久军就对工艺流程动了心思：科技手段日新月异，就连老家收麦，也早用上联合收割机了，我们难道为了图稳就按部就班？关键流程有没有改进的可能呢？以前都这么个程序干，我们也一定按部就班地干吗？

铁路隧道施工，最关键的两步是打通隧洞和浇筑轨下结构（填充路基）。王久军结合专家意见，大胆提出合二为一的设想：把轨下结构现场浇筑改为全预制拼装，盾构机前面掘进，后面直接拼装，同步进行，同时完工。敢想还要敢干，京张公司和设计、施工单位共同采纳了这一构想又一起创造性地开启实现了国内全预制拼装技术的先例，工期因此提前了 48 天。

2018 年 11 月 20 日上午，“天佑号”盾构机的刀盘徐徐破土而出，宣告清华园隧道全线提前贯通。王久军和在场的人们一起欢呼雀跃，喜极而泣。

现在，如果你从北京北站出发，会发现高铁从学院南路转入地下的清华园隧道，5 分钟穿越北三环、知春路、北四环、学府路、清华东路，于五环内出地面，轻轻松松就出了北京城。

可谁知道这 5 分钟里，清华园隧道成功穿越了特级风险源 3 处、一级风险源 80 处，经检测评估，所有风险源状况均符合规范要求，成功实现了地下空间多层布局，为今后的城市空间综合开发提供了可靠参照。

透过“联合收割机”驶经的隧道，王久军和设计、施工、监理的伙伴一起，好像看到了铁路建设的金色麦浪，心头更加明亮，脚步更加坚定。

爱，归去来兮

贾全友曾这样分析道：久军“拎得清”，他主要是擅长用“理工男”建模思维把事情的结果往至大、至小两个方向去推演和认知整体，与众不同。

不曾观世界，何来世界观？王久军的职业生涯确实有点不同寻常：他曾离开过铁路在市场历练5年，所以他能够跳出铁路看铁路，用市场思维看工程。

翻看王久军的简历，我发现他每一步都踏着铁路改革发展的节奏。

2001年，西南交通大学毕业的王久军应聘到原北京铁路局，被分到了天津第二建筑段工程室。

这一年，正是“十五”开年，铁路改革风起云涌。减员增效是当时一件大事，落实到站段层面的举措，主要就是分流人员，鼓励个人外出劳务。

报到后，一心想修铁路的王久军，很快就明白建筑段不修铁路，年轻气盛的他犹豫了。所幸，他碰上个好主任。

工程室马志雄主任一眼就喜欢上了这个新来的大学生，当徒弟带。一年后，马主任响应号召，主动要求，出任新创办的达美建筑工程公司经理。临走，他问王久军：“小子，跟师父闯市场，去不？”小徒弟欣然点头，就这样建筑段多了个最年轻的项目经理。

在达美建筑工程公司，王久军第一次上网，第一次用扫描仪，第一次背上数码相机，第一次竞标……达美留下了他太多的人生第一次。

马志雄是个好伯乐、好经理。不管是当时昂贵的数码相机，还是重要的招标项目，他都有魄力放手："你能行，放手干！"被认可，自然火力全开，王久军没让师父失望。

当时的站段多种经营业务在路外市场上没有优势，竞标路外工程项目，在当时的北京局还是空白。当达美决定竞标天津颐海公寓小区工程时，没人看好他们。也是，一共 5 家竞标，达美公司资历最浅，除了铁路的信誉背书，无可倚仗。活儿交给了王久军，小伙子初生牛犊不怕虎，不信这个邪，做足功课之后，熬了几宿，拿出了一份堪称完美的方案书，之后一炮打响，一举中标，首开原北京铁路局中标大型路外建筑项目的先河，为此，王久军还上了原《北京铁道报》。

善于总结的王久军趁热打铁，发表论文《浅谈如何成功投标》，填补了铁路局房建系统路外竞标的经验空白。

2004 年，为尽快实现减员增效目标，段上加大政策力度，继续鼓励人员外出劳务。师父跟王久军一合计：去真正的市场历练历练去！

"当时心思很简单，一个是想出去见识见识，另一个就是多挣点儿钱，供养弟弟读高中上大学。但惦记着还要回铁路，出去也没离开建筑市场。"王久军回忆当时的想法。

这次王久军应聘到了知名的天津顺驰地产有限公司，在这里一干就是 5 年。他从运营中心干到财务中心，把所有岗位都经历了一遍：成本测算、物资采购、成本控制、合同管理、经营预算、多项目统筹……

建筑段年龄老化严重，而顺驰员工平均年龄二十三四岁，纯市场环境摸爬滚打，企业文化迥异。在这里，不怕你试错，就怕你不敢挑战；不用按资排辈，有成绩三两年就能升迁；强调团结协作，一切用团队业绩说话；强调使命般的激情，信任并尊重每一个人，要求每个人都得把自己练成一支军队。顺驰，对于年轻气盛、敢拼敢闯的王久军，如鱼得水。

有成功就有教训，太顺了就容易膨胀。

年轻人聪明能干，难免心高气傲容易杠头。

一次，王久军和女主管在一项工作上有了分歧，一冲动罢工了。没想到部门伙计也自发跟随，闹挺大，最后领导协调才得以化解。这件事是王久军性格修炼的转折点，他开始从至刚变得柔软：眼睛里要看得见别人，否则锋芒太盛针锋相对，两败俱伤还于事无补。不管你对抗或逃避，问题就在那里，能面对、解决它，才是真本事。

这段外出劳务经历深刻地影响着王久军，他从一个专才蜕变成通才，眼界和胸襟随之变宽。他对我说："你看，一个 20 出头的小年轻去竞标，就敢当场拍板拿下价值几亿元的地块。为什么？因为背后是整个团队的支撑、领导和各部门前期大量的工作和精密的测算。你站出去就代表团队，就要能应对变化，解决现场问题，说每句话都要负责，也要值得别人托付，还要学着信任别人。建京张高铁也一样，精品工程表面上是我们一个精品办在'操盘'，背后是我们整个公司五六十号人的支撑啊，每位领导、每个部门都是全力以赴！"

在顺驰的 5 年，王久军先后参与十几个项目建设管理，总计规模 243 万平方米，累计投资 88 亿元。市场的浪潮把那个锋芒毕露的少年打磨成了稳重成熟的职场精英。

2008 年，京津城际开通，北京奥运会惊艳世界。那之后，铁路建设方兴未艾，政策导向从鼓励外出劳务转向呼唤人才回归。

回，还是留？

说不犹豫是假。“世人慌慌张张不过图碎银几两，偏这碎银几两能解世间忧伤。”王久军 30 岁的肩头上，扛着老小。离开建筑段时月工资 800 元，初到顺驰就开 6000 元还不算年终奖，现在老总器重，待遇优厚，按理说应该留在顺驰。可一闭眼，就有个声音在追问：不修铁路了吗？

搞建筑设计的妻子一语道破：“回铁路吧，免得将来后悔！”

2009 年 9 月，王久军回到铁路，并且经人举荐，调到了津滨城际铁路公司安质部，负责京津城际延伸线天津至于家堡工程安全质量工作。

毕业 8 年后，王久军终于修上了铁路。京津城际延伸线项目一干 6 年。

那 6 年让他体会到铁路工程人的“熬”字决。不像房地产项目可复制性高的特点，铁路工程标准高，差异性大，情况和挑战多得多，得一关一关地熬，熬过去就赢了。

王久军在滨海新区于家堡高铁站“熬”。这个花园里的车站被誉为美丽的大贝壳，是全球首例单层大跨度网壳穹顶钢结构工程，难度远超北京“鸟巢”（“鸟巢”的网壳结构有支柱）。他和同伴“熬”过去了，这项工程斩获了中国钢结构金奖（国家优质工程）、天津市科学技术进步奖、中国建设工程鲁班奖和中国土木工程詹天佑奖。

王久军在淤泥土质环境下“熬”。京津城际延伸线的地质特殊，在这样的条件明挖隧道以及全地下站难度很大，但他胆也很大，成功采用 65m 超深地下连续墙的围护结构施工，对当时来说，国内罕见。

王久军在毫厘之间“熬”。工程中，2.4m 扩 3.4m AM 扩孔桩的质量控制是一大难点，他一口气解决了深层扩孔护壁防塌及成孔检测、灌注桩 36 小时超缓凝混凝土试配和 HPE 机精准定位问题，最终 100 根钢管柱误差全部控制在 1/1000h 内，技术在全路领先。

6 年间，王久军忙里偷闲充电学习，考取了二级注册建造师资格证书，顺利通过建筑施工企业项目负责人考试，取得安全生产考核合格证书。

6 年间，王久军边干边思考边总结，撰写了多篇论文，其中 4 篇在省部级刊物发表。

6 年间，王久军不断优化施工技术，参与天津市科研课题“穹顶钢结构及膜结构安装施工技术研究”，经专家鉴定达到国际先进水平；参与《软弱地层超大深基坑地下车站施工综合技术》和《大跨单层网壳钢结构穹顶施工综合技术》的编写，目前均已由中国铁道出版社出版。

6 年，儿子长成小学生。当爷俩爬上“贝壳”车站最高处，听着儿子叽叽喳喳：“这大贝壳太好看了！爸爸真厉害！”王久军望着和车站浑然一体的紫云公园，笑得很开心。

2015 年 12 月，京津城际延伸线工程收尾，正在工地上打包行李的王久军，被领导一个电话派去了北京：“京张公司有点事儿，你去一趟吧！”

没多想，就去了。到了才知道，他被京张公司相中了！

工程人说话嘎嘣脆："修京张高铁，来吗？"

王久军有点蒙圈，嘴上利索："修京张？来啊！"

对方一点不客套："那这就算报到了，马上投入工作，你去……"

不应该先跟原单位核实、办离职吗？咋有点被抢的感觉？

参与修建京张高铁，是每一个铁路工程人的梦想。王久军，在埋头耕耘 13 年之后，就这样"熬"进了那个想都没敢想过的梦里。

我见青山多妩媚

八达岭雄关漫道，地势险要。古诗云："过尽重关更上山，上山又过一重关。从来漫说金城险，到此休说蜀道难……"

◇ 2019 年 12 月 30 日，王久军作为优秀建设者代表参加京张高铁首发仪式并接受媒体记者采访（摄影：贾全文）

八达岭是一位沉默无语的智者，它厚重的阅历足以陈述世间的变迁与人的伟大。当年的老京张铁路到了八达岭，面对33‰的大坡度，詹天佑设计了著名的“人”字形展线铁路。曾多次听专家讲述，这条路线并非詹天佑勘测时的首选方案，受诸多制约才被“逼”上了八达岭。即使是那样艰难，京张铁路也充分展示了第一代建设者非凡的勇气和智慧。

今天，京张高铁不再盘山绕行，王久军他们用一条12.01公里长的新八达岭隧道，直截了当霸气穿越——横穿处恰好位于京张铁路青龙桥一撇一捺交会点，“人”字变“大”字，意味深长。

王久军告诉我，就像人解决了温饱的窘迫，就会考虑生活质量一样，现在中国修高铁，不是能不能干成的问题，而是怎么干更好的问题。智能、绿色、精品、人文的现代建设理念，其背后是中国铁路建设者的自信与从容。

新八达岭隧道的重中之重是“与环境共生”，这是全线环保要求最严格、工期最紧张的控制性工程，文物保护是首要难题。

新八达岭隧道与长城缆车入口距离不到200米，地处八达岭核心风景区，与水关长城并行两次下穿八达岭长城，浅埋下穿青龙桥站。与地面距离最浅处只有4米，最深处却有432米。为保护八达岭长城、百年青龙桥站和“人”字形线路，该段隧道无法采用传统明挖回填方式，只能爆破开挖。

喜欢打比方的王久军说，我们好比在大山深处表演顶缸杂技，你想抡圆了胳膊大刀阔斧地施工，没门儿！要胆大心细，辗转腾挪间必须拿捏好轻重分寸，要害的地方，甚至退步到人工风镐开挖！

施工环境的高严苛和施工技术的高标准，使王久军想到了控制爆破，以精准的爆破减少震动，俗称“爆雕”。但如何实现精准微损伤控制爆破？又是一个前所未有的难题。

没有捷径，就用笨办法，一遍遍地试。王久军他们选择了电子雷管减震爆破施工技术，在离文物较远的斜井，以毫克计量雷管装药量，以毫秒计算爆炸间隔。经过上百次起爆试验，最终拿出 3 套针对不同等级围岩的爆破组合。每当提着心按下起爆器“放炮”，看那围岩就像剥洋葱，一层一层地剥落下来，是他们眼中最美的画面。监测数据显示，一次爆破震动速率控制在每秒 1.6 毫米以下。这是个什么概念呢？就相当于一个人在长城上跺了一下脚。

王久军神秘地说：“如果你到了长城站，一定要留意一下站台层，那里保留了原汁原味的爆破面，成了长城站一道别样的风景。”

药量少就得多“放炮”，才能保证工程进度。王久军他们不足半年时间就实施爆破 4500 余次，平均每天四五十次，一遍遍地复习如临深渊、如履薄冰的感受。

第二个挑战是“站隧一体”：在新八达岭隧道里，还藏着一个庞大复杂的建筑群，即八达岭长城站。

资料显示，八达岭长城站独占当时 4 个国内“之最”和“首次”：

埋深最大（102 米）的地下高铁站、最复杂的暗挖洞群车站、两端渡线段单洞开挖跨度是单拱跨度最大（32.7 米）的暗挖铁路隧道、旅客进出站提升高度最大（62 米）的地下车站。

八达岭长城站埋深之深，保护环境是初衷。

2018 年夏天，我曾有幸参观过八达岭长城站施工现场，戴上装有定位芯片的安全帽，置身于地下迷宫般的“宫殿”里，除了震撼还是震撼。当时就想，要在百米岩层底下打造这样一座超级建筑，除了胸襟和眼界，还需要具备怎样的勇气、智慧和力量？

今天，亲自参与课题研究与建设的王久军给了我答案：“在全国铁路基建工程中，长城站首次运用BIM和综合交通指挥智能信息技术，洞内无线网络实现全覆盖，所有施工人员及机械设备均安装GPS，监测360度无死角，施工指挥更精准。”

长城站仅地下建筑面积就超过4万平方米，怎样能同时实现安全、环保、快捷和经济？

王久军他们绞尽脑汁，反复踏勘现场，请教专家，终于集各方智慧，确定了三层三纵78个洞室的群洞建筑方案。这其中，尤其值得一提的是，在借鉴国外“新奥法”“新意法”和“挪威法”理论的基础上，他们充分展示了中国智慧，在新八达岭隧道大跨过渡段创新提出了“品”字形工法。通过“顶洞超前、预留核心、分层开挖、锚索锁定”，克服了重大技术难题，节省大量人力、物力，实现了信息智能化施工，达到国内领先、国际一流水平，具有向国内外推广的应用前景。

北京冬奥会的开幕式，满满的中国式浪漫。浪漫的背后，是从容面向世界的中国人。在京张高铁，同样蕴藏着筑路人的浪漫：百年前的京张铁路，翻越八达岭，展示的是铁路先辈的巧妙构思；今日的京张高铁再次翻越八达岭，体现的是现代铁路人的宏大手笔。

非常巧合的是，京张高铁恰好在老京张铁路“人”字形的顶端立体穿越，从空中透视俯瞰，原来的单线铁路“人”字形顶端叠加双线高铁变成“天”字，在新时代的今天，历史让“新”“老”京张在此交会，“天”“人”合一也许就是当代高铁建设者向詹天佑前辈们最好的致敬。

这种骨子里的浪漫还延续到新型耐久性结构体系设计上。长城站的衬砌混凝土使用寿命竟然大于300年！这是多么长情的告白啊！这个超大跨度的工程，哪怕穿越断层破碎带和风化槽，遭遇5级围岩等复杂地质，新型耐久性结构也可保隧道固若金汤。

可是，混凝土使用寿命怎么才能从100年提高到300年？没有先例。那就攻关呗！王久军和工程部牵头，协调铁科院、铁五局、中铁设计等几家单位组成科研课题组，开始了没日没夜的攻关。

沙子、石子、水泥等怎样配比才能达到300年的耐久性？配比实验来说话。一次、两次……N次以后，数据还是不理想。

吃饭时，一个个都食不知味。餐桌上的活跃分子王久军就给大家鼓劲儿："别泄气！奥运工程哪有容易的？办法总会有的！"

小伙伴接茬说："倒也是，上次奥运会的水立方也是世界难题，泡沫理论头一回应用到实际建筑，干得多漂亮！"

"你可别说，我啊，每次看水立方都把气泡看成石头，你说是不是职业病？"

大伙都笑起来，王久军却慢慢停下了筷子，他脑子里浮现水立方气泡那密贴的接触面，眼睛亮亮地抬起头："你们说，咱把石子的尖打掉，接触面增加，密贴性是不是就增强啦？！"

几个人你看看我，我看看你，不约而同扔下筷子跑了出去。很快，铁科院实验室传来好消息，耐久性达到了要求！铁五局搅拌站立马投入试验生产，现场一试，高兴劲儿还没过的王久军又被泼了一盆水：按照实验室提供的数据生产出的混凝土，在现场却"水土不服"！

一分析，原来是和易性出了问题。

王久军耐心地给我这个外行解释：就像和面，水多了它就粘手粘盆，水少硬了也不行，这就是和易性。实验室是标准状态养护，浇筑试验品只有十几厘米长，而搅拌站搅拌环境和现场浇筑环境都各有差异，现场浇筑体积大，这些都是造成“水土不服”的原因。不怕，关键环节都已攻克，剩下的细节不在话下，经过反复调整含水量，最后顺利通关。

采访中，王久军常挂在嘴边的一句话是：“其实，和参建单位比，我们做的不算什么，他们才最辛苦！”

据说，八达岭项目部经理有句话广为流传：“能干长城站，个个是好汉；干完长城站，个个是铁汉！”

诗人辛弃疾说“我见青山多妩媚，料青山见我应如是”，建设者说，为实现与绿水青山相见两欢，付出再多也心甘。

铁汉们不光把柔情给了大山，还有碧水。

如果我告诉你，全长 9.08 公里的官厅水库特大桥，在整个施工过程中，1.4 万吨钢铁没有往湖里掉一块，5.7 万多升涂料没有往水中洒一滴，你会不会像我一样惊呼：不可能吧？

桥下的官厅水库是北京市一级备用水源地，绝不能给老百姓饮水带来一点不良影响。为此，京张参建单位从设计、施工、运维进行通盘考虑，反复研究优化施工方案，王久军在其中倾注了大量心血，最终想出“顶推法”的施工方法：先在岸上搭积木，8 孔 110 米的钢桁梁一一拼好，再用千斤顶推，直到湖心就位。为最大限度地减少后期维护可能产生的污染，大桥采用长寿命的涂装体系保用 60 年，钢梁生命周期内仅需 2 次涂装。

如今，8 孔拱形钢梁绵延成一道橘色长虹，与蓝天绿水交相辉映，绘就了一幅桥影流光的最美画卷。

智能，隐形的翅膀

“我知道，我一直有双隐形的翅膀，带我飞，给我希望，我终于看到所有梦想都开花。”《隐形的翅膀》是王久军最喜欢的歌。

在京张高铁，他深切地体会到，贯彻落实习近平总书记“三个转变”重要指示精神，智能创新就是那隐形的翅膀——有力地推动中国制造向中国创造转变、中国速度向中国质量转变、中国产品向中国品牌转变。

京张高铁建设过程中，共进行了 67 项工程化推进，在全球首次采用了全线、全专业、全生命周期的 BIM 技术，是我国智能铁路最新成果首次集成化应用，也是“三个转变”的生动实践。

作为建设与运营的全程见证者，王久军太清楚了，京张高铁每一项精品工程都伴随着现场智能建造的突破，也伴随着创新的阵痛和喜悦。人和路一起，经历一次次的蜕变。

他喜滋滋地笑：“你知道吗？干啥都能上瘾。现场总是千变万化，就总有难题，解题就有创新，就像嗑瓜子，每嗑一粒都有仁儿，那感觉，嘿嘿，上瘾！”

王久军又说：“其实很多时候，创新不是能不能做到，而是能不能想到，尤其是习以为常的事儿。尤其这么大的工程，各家可能更多只想自家的事儿，我们作为牵头总协调，就要通盘考虑。有时，脑瓜里一个小火花，现场可能就有大突破。”

比如官厅水库特大桥的全生命周期监测。这座铁路特大桥，是国内首例时速350公里的简支钢桁梁，结构新颖，造型别致，长虹飞跨，美不胜收。施工时，为实时监测钢材变形情况，大桥局往钢梁里预贴了应力应变片，实时传输数据。按常规，这个监测元件完工后就拆除废弃了。

王久军注意到了这个细节，及时提出质疑："拆掉？留给后期运营单位接着用不行吗？"大家一想，对啊，只需要改接一下数据终端，不增成本，也没有技术问题，就把施工监测扩展到了全周期监测，以前咋没想到咧？

智能创新，有时候也源自某个奇思妙想。

京张高铁及崇礼支线总长226公里，隧道占全线的31%。在隧道主体完工后的"四电"工程中，遭遇了效率瓶颈。接触网是高铁的电力设备主体，野外的接触网设备架设在地面固定的立柱上，但隧道内空间所限，传统的立柱由隧道顶部的吊柱来替代，这就需要在隧道顶部打孔，用以固定安装吊柱。经初步统计，各专业需求加起来，起码需要打孔20万个！

我们都有生活经验，往房顶打孔难度最大，精度最难控制。更难的是打孔后的吊柱安装，在十几米的高处，把300公斤重的钢铁吊柱举过头顶，精准安装上去，即便有工具辅助，也谈何容易！

工作进度就这样慢下来。项目经理既焦急又无奈，"军哥，你看，工人都玩了命地干，这一天才打几个孔？安装效率更低！不出活儿还费时耗力，人可不是机器！"

王久军也着急，工期是大事。一连几天他都在琢磨这事儿，慢慢地一个想法浮出来："人不是机器，能不能换机械臂？"于是，王久军和现场施工团队一起头脑风暴，最终定下方案：研制智能作业车。

作业车到了现场，工人都很新奇：作业车配了两条机械臂，一条用于隧道打孔，另一条用于隧道吊柱安装，在电脑程序控制下配合人工作业，极大地解放了人力。

投产后掐表一测，不得了：2 人一组，16 分钟就打孔 13 个、安装 1 根吊柱，精准无误差！原来 10 人一组，1 天最多才装 15 根！这效率，天上地下！

怀来双块式轨枕无人生产线也是王久军他们的一个“小骄傲”。

为满足京张高铁建设需要，中铁三局把新郑桥梁厂整体搬迁到怀来，当厂子完成预制箱梁任务后，又直接承接了 41 万根双块式混凝土轨枕的预制任务，桥梁厂就变成了梁枕厂。

高速铁路，轨枕质量至关重要。王久军在现场调研中发现，当时的轨枕生产还是传统的人工生产线，担心生产效率和质量标准达不到现场需求。尝到智能建造甜头的王久军，向上级提报了对生产线进行智能化升级改造的方案。起初的方案只想实现关键工序半自动化，没想到方案到了国铁集团精品专家组，专家们眼前一亮，看得更远：高铁建设如火如荼，智能化轨枕厂值得研究，把这方案升级成全自动智能化生产线吧！于是一不小心，又做出一项标志性工程。

难度当然就加大了。王久军他们却像学霸见了奥数题一样“上瘾”，全力以赴科研攻关。难题一个接一个，成果也一个接一个：全自动套管锁付机、桁架钢筋及箍筋自动组装、混凝土自动精准布料……凭借这些研发成果，他和梁枕厂团队先后完成 13 个工序的智能改造。

回忆往事，王久军有些感慨："过程挺难，也挺有意思，你会发现很多启发就来自生活。"

在实现混凝土自动布料时，往轨枕模具里倒混凝土，人工改为机器臂后，如何触发停止成了难题。由于环境温度、湿度随时在变，混凝土含水量不固定，液体固体并存，石子也不规则，用质量和体积来设置触停都不够精准。

"你猜，最后从哪儿受的启发？"王久军眨眨眼睛，笑嘻嘻地问。

我摇头。这哪里能猜到。

"带孩子去水上乐园玩过吧？它不是有一个欹器桶吗？桶里水一满，就会倒扣过来，我就是想到了这个，"说得兴起，他一拍大腿："欹器原理啊，'虚则欹，中则正，满则覆'！"

对于有心人来说，生活处处都有金钥匙。在一群有心人的不懈努力下，国内轨道交通产业第一条全自动智能生产线悄然问世。通过人工智能与高铁施工深度融合，轨枕生产实现减少用工 62%，生产工效指标提高 17%，废品率由 2.5‰ 降低至 1‰ 以下。更重要的是，他们填补了土木工程自动化智能化预制施工的空白，提升了中国铁路建设行业的实力。

这些数不胜数的智能建造、智能装备、智能运营技术的集成，成功开启了世界智能高铁新篇章。

冬奥会期间，各国宾朋目不暇接：

时速 350 公里自动驾驶，一证通行、刷脸进站、智能机器人服务、站内导航，列车 5G 超高清演播、无线充电、灯光智能调节、人性化客舱设计，交通一站式接驳……

◇ 2019 年 12 月 30 日，王久军参加京张高铁首发仪式时于始发站北京北站拍照打卡相框前留影（摄影：贾全友）

中国高铁给他们留下了“畅通、便捷、绿色、温暖、舒适、安全”的美好出行体验。

我想，王久军们的“上瘾”，源自内心火热的情感，是责任心，更是使命感。在聊到铁路建筑的未来时，他笃定地说：“老龄化社会对工程施工的影响越来越大，用工难用工贵，所以，唯有智能化，才能满足越来越高的建设标准，创新的路，永无止境。”

说这话时，他望向窗外的青松，目光深邃，满是希望和热忱。

关键时刻，他上

沈智是王久军的 80 后校友，现任京张公司综合部副部长。谈起自己的师兄，沈智毫不掩饰对他的钦佩：“久军特别有担当，我服他！”

沈智给我讲了一个沙城站改的故事。那是2017年，他俩还都是工程部的普通部员。

从图纸上我们可以看出，两条京张铁路同向而行，但是有的路段则是同线，老京张融入新高铁，你中有我，我中有你，成为彼此的一部分。这部分线路就要对老京张铁路的既有线改造升级，沙城站改是其中一项重点工程。

通俗地讲，就是京张高铁要占用原沙城站的线位，在保持原线路正常运输的情况下，采取永临结合的过渡方式，把沙城站站房、办公生活房屋及轨道、供电、通信等一应设备挪到旁边保证继续运营（术语称还建），原站场给京张高铁建设拆腾出空间。

这其中的流程环环相扣。

首先车站房屋和设备要还建到位，新旧址之间的旅客通道要建好，然后在规定的“天窗”时间内，连人带设备从原沙城站整体切割倒换到新址，老京张通过这里正常运营。最后才可以拆除原站场，腾出正线施工空间。

这类施工被行业内形象地称为“刀尖上的舞蹈”。也不知道起初哪个环节先发生了延误，问题就像滚雪球一样越滚越大，越滚越棘手。

眼看着时间流逝，沙城站改没有实质性进展，还将导致其他标段工期延误——沙城站成了断点，正线架梁施工没了运输通路，急得干瞪眼。

一个本不是关键控制性的重点工程，就这样卡住了所有人的脖子。

为解这个燃眉之急，原北京铁路局决定要在 2017 年 9 月 13 日召开现场推进会。作为业主的京张公司要牵头汇报：到底存在哪些问题？怎么解决？需要协调什么？时间节点怎么排布？没有这些，现场会将失去意义。

积重难返，要捋清这团乱麻，谈何容易——十几家单位牵涉其中，马踩着车，车挡着炮，相互掣肘，理由都充分，都委屈。

日历无情地翻到了 9 月 12 日，第二天就是现场会。眼看汇报材料还是一团糟，总经理余泽西想起对现场最熟悉的王久军，就对他说："带上沈智，你俩去沙城盯一下吧！看到底什么情况！"

沈智特意向我说明："领导就说让我们去盯一下，也没说必须怎样，一般人不会主动捡这样的烫手山药，但他不，交给他的事儿，一定要拿个结果！"

临危受命，刻不容缓。到了沙城站，俩人争分夺秒地召集施工单位相关人员，先耐心倾听，平复牢骚，再换位思考，结果导向，条分缕析，对症下药。其实，当事各方谁不想把活儿干好？当局者迷而已，只要抓住关键，找到症结，就越捋越顺。就这样，一群人熬了一个通宵，最后不但捋清了情况，还拿出了基本的解决方案，需要现场会上当场协调的，也一条一条列出来，齐活！

9 月 13 日，原北京铁路局主管领导和 8 个处室负责人来了，参建的铁三局、铁七局施工管理人员、京张公司各部门负责人来了，各站段负责人也来了，60 多人，坐得满满当当。基于他们连夜拿出的方案，在原北京铁路局强有力的协调和推动下，各方协定：确保 10 月 20 日沙城站按期过渡开通。现场会圆满成功，最终都如期推进，确保了全线施工进度。沙城站改让很多人对王久军刮目相看：

这人行！关键时刻顶得住，能成事！

2019 年 8 月 19 日，是王久军永生难忘的日子。

那一天，他举起右拳，面对鲜红的党旗庄严宣誓：“我志愿加入中国共产党……”

这个多年前就被列为入党积极分子的人，眼眶湿润了。

一个好的领路人，在成长的道路上至关重要。

“敢担当，能成事，急难险重靠得住，从没让人失望过！”这是党支部书记于进江对王久军的评价。

于进江是一位上过青藏线的老劳模，也是王久军的入党培养人和介绍人。于进江是从中铁十九局奔赴京张高铁而来，他先后在京张公司担任工程部部长、精品办主任、运输安全部部长，是王久军一直以来的直接领导，可以说，王久军在京张公司，是于部长一手培养、看着成长的。

于进江是王久军身边的榜样。这条汉子心里全是工作，父亲去世时正赶上工期紧张，没能见上老人最后一面，成了他心底永远的痛。他常挂嘴边的话是：“未来是你们年轻人的，赶上重点工程，多难得的学习机会啊！多干活儿不吃亏！”虽然是个 60 后，学习力却一点儿不输年轻人。他工作细致，严谨认真，尤其重视科技创新，鼓励年轻人的奇思妙想，放手让年轻人去施展，工作中推功揽过，机会和荣誉面前力推年轻人。有这样一位领路人，怎能不带出好党员？

王久军入党后的第一个考验，是代表公司常驻原北京铁路局调度楼全程参与京张高铁联调联试工作。

联调联试是在新线工程静态验收合格后，铁路部门通过综合检测列车动态检测的方式进行综合检测。说白了，就是开通前试跑，通过检测来发现、调整优化，使其达到设计要求。这是开通前最后一道“安检”。

时间紧，任务重，关键时刻，领导们再次选中王久军。因为这项工作不但需要最熟悉现场，还要善于协调关系，关键是能成事，这个人，非王久军莫属。

一场鏖战，没日没夜。联调联试近 3 个月，忙到家里人的电话根本打不进来。我随意翻出他当时的一日工作安排，整理如下：

5 : 30，“天窗”点闭，电话联系各方人员，汇集情况；

7 : 00，整理汇总资料；

8 : 00，联调联试计划编制会，编制当天联调联试计划；

10 : 00，组织参建单位开会，安排下个“天窗”任务；

14 : 00，施工计划编制会；

16 : 00，组织各参建单位做施工前准备；

17 : 00，联调联试总结会、参建单位会议；

23 : 30—次日 5 : 30，现场克缺整改“天窗”会战。

这样的工作节奏周而复始，直至开通。说句大白话，联调联试就是在查漏补缺，每个问题都要多部门快节奏协同作战。

王久军随手一翻，翻到了 2019 年 12 月 1 日的工作记录。

那天，17 点的联调联试总结会上，大家听取铁科院当天的联调联试及动态检测工作报告，其中一条缺陷引起了关注：北京北至张家口段下行线存在接触网拉出值二级缺陷 2 处。

王久军也有些意外：“拉出值动态检测偏差是允许误差的两倍多，这不应该！”

施工单位核查了施工记录，严格按图施工，施工误差满足验收标准！

设计单位也核查了设计图：高铁常用的设计标准，应该也没问题！

都符合要求，那问题出在哪儿？

6个小时后，就是“天窗”作业时间，缺陷要当天整改，必须快速“诊断”。

王久军难掩自豪地说：“这时候团队的作用就显现出来了，公司建立了联调联试工作群，各部门都在，我供电不在行也不怕，因为我们是团队作战！”

王久军第一时间将测试发现的新问题通报给了公司负责“四电”工作的物资部。总结会一散会，王久军就立即和物资部于文明部长一起召开专题分析会。

于文明有着丰富的供电管理经验，他盯着检测报告看了一会儿，突然指着报告说：“大家看，这几个缺陷点的里程几乎是同一位置，会不会在曲线上？”

大家马上核查资料，果真是曲线。于文明一拍大腿：“那就清楚了！综合检测是逐级提速，这个曲线拉出值对速度的包容度不够！”

病因查明，就是照方抓药了，于是争分夺秒组织相关人员，重新确定设计值，完善变更手续，协调好各专业抢“天窗”的矛盾，充分利用23 : 30的“天窗”作业，顺利完成缺陷整治。

我哗啦啦地翻看着笔记本，仿佛听到，调度楼里此起彼伏的电话铃声，会议室的激烈讨论声；仿佛看到，一队队人马星夜兼程，步履匆匆。

总结体会

展望

◇ 2019 年 11 月 20 日，王久军在第二届中国铁路建设国际合作高峰论坛上交流发言（摄影：宿宇瑾）

2019 年 12 月 30 日，京张高铁开通。王久军作为建设者先进代表登上 G2505 次首发列车。这一天，张大、张呼高铁同时开通运营。那一声声发车的鸣笛，如同铁路人滚烫的誓言。

北京冬奥会结束后，王久军依旧奔忙于京张高铁。

要知道，京张高铁是京津冀一体化发展的经济服务线，传承京张铁路百年历史的文化示范线，落实“一带一路”引领高铁走向世界的使命线。它的建设和运营经验成果，是中国高铁的一个富矿。

近几年，王久军先后参与《川藏铁路精品工程实施方案》的编制和 14 项省部级重大和重点课题研究，受邀登上第二届中国铁路建设国际合作高峰论坛的演讲台，先后参编多部专业著作和行业规范标准……

他脚步匆匆，不知疲倦，因为初心不改，也因为背后有一个温暖的港湾。

珍贵的聘礼

婚礼是人生中最重要的时刻之一。

王久军结婚时却没有什么聘礼，甚至结婚典礼上的戒指，都是用 8 块钱的道具戒指搞定的。

妻子李庆芳通情达理，王久军却一直记在心里，3 年前的情人节给妻子补上了钻戒。他说欠她的太多，就用一辈子慢慢去还吧。庆芳幼年丧父，王久军一直把她当闺女疼着、让着、护着。庆芳不擅做饭，他就用心学厨艺，父亲好吃饼，母亲爱饺子，庆芳喜欢微波鸡翅，孩子们爱吃肉，他心里门儿清。

圣诞节前夜，我来到了王久军租住的二居室，一家人刚搬来不久。大儿子聪聪读初三，优先占据主卧大书桌；五边形不规则的客厅里，摆着庆芳的小书桌；旁边小小的玩具区，摆满了小儿子铭铭的迷你工程车、挖掘机……我不禁乐了：建筑之家，名副其实！

庆芳文静秀美，眼神清澈，从天津搬来北京后，她调进了设计院，也算同行，可谓夫唱妇随，琴瑟和鸣。

她自内蒙古来，他是唐山娃，两个年轻人赤手空拳在天津打拼，偶然相识于网络，她网名“阿芳”，建筑设计职场新人；他叫“不会浪漫”，铁路外出劳务的铁血青年。表白时，王久军跟庆芳坦白说家里条件不好，自己还要供弟弟上学。她没被吓跑，反而认定他重情顾家，是自己要找的那个人。

我调侃庆芳：“他既不高大也不英俊，家境也不好，当初咋就认准了他呢？”

庆芳垂下了眼帘，嘴角却翘了起来，有一丝孩子气，再抬眼，很认真："久军身上有父亲一样的安全感，他值得信赖一辈子！"是啊，她从没觉得委屈，生活不富不贵，却安心、踏实。漂泊的小船，向往的是能安放心灵的温暖港湾。夫妻啊，你护我，我护你，像"人"字一样，互相支撑。

王久军在京张高铁一干就是 6 年多，毫不例外，这个家里他缺位很多。他歉疚，她却心甘情愿，用柔弱的肩膀撑起了家里的天。

我问庆芳，再通情达理的人也有脆弱无助的时候，你曾经有一瞬间怨怪过他吗？

也有过。

京张高铁全线开工时间不长，她也怀上了期待中的二胎。她在天津忙上班，忙聪聪的小升初，忽略了高龄孕妇容易流产。那天晚上见红时，她慌得直哆嗦，打电话给王久军，他正在清华园隧道忙，电话没打通。没来得及去急诊，孩子就没了。懊悔、悲痛、恐惧、无助，她想哭，又怕吓着门外的儿子，就躲在卫生间咬着拳头哭："久军！你在哪儿啊？"后来二儿子铭铭出生时，庆芳下意识地想起那个溜回天上去的孩子：一定是个漂亮女儿吧！

这时，幼儿园放学的铭铭，左手拉着高大的爷爷，右手牵着腿脚不太好的奶奶，神气地进了门，家里顿时热闹起来。

趁铭铭缠妈妈的工夫，我转头去看桌上的那些书：《教练型父母》《感谢自己的不完美》《不越界，不评判》……随手翻开，密密麻麻的批注。

庆芳解释道："这些都是我和久军一起学的，我喜欢读，他喜欢瞎写，你看，都被他画得乱糟糟……"和孩子一起成长，厉害！

原来，聪聪的青春逆反撞上了夫妻俩的中年焦虑，他对父母表现出抗拒疏远，为此两口子一起开启了为父母之道的学习之路。

热闹间，聪聪也放学了。听过我的来意，这个已超出庆芳一头高的大男孩，露出新奇的神色，眼睛亮晶晶，笑吟吟的。我递给庆芳一个眼神：放心，青春期的孩子看眼睛，如果有光和热，这叛逆期就没大刺儿。

我和聪聪进屋单聊，书桌上堆满了学习资料，书架上粘着落款为“爱你的爸爸”“爱你的妈妈”的便利贴，层层叠叠，颇为壮观。

我开玩笑地说，听说叛逆期撞上更年期，聊聊吧，尽情控诉！

聪聪一愣，随即就笑，那点紧张也消失了。话匣子就此打开，一点没有庆芳忧心的“不肯跟大人交流”。

“爸爸啊，感觉特自信、特有办法，举个例子啊？什么厕所漏了，婆媳小矛盾，辅导我作业，就没有能难住他的！”

“我觉得他跟别的家长不一样，他总是有自己的看法。所以我学习上生活上的事儿，都喜欢问他。比如爸爸每周讲一个历史故事，角度都很新颖……对我有什么影响？他长年累月这么讲，你说积累起来会有啥影响？”

这小子，还反问起我来了！我决定问一个敏感点的：“爸爸忙起来不顾家，你怎么看？”

少年挑眉答：“不顾家？没觉得啊，相反他是我见过最顾家的爸爸。虽然在家时间少一点，可心在啊，人在工地，有点空儿还视频通话给我讲题呢！家里大事小事都操心，唉，谁让我家那仨大人都单纯呢，我爸就是全家的主心骨！”

哈哈，这语气，很王久军！

“爸爸最大的优点啊？从工作的角度说是严谨。比如，他在家，有同事发来报告啥的，他通过微信群语音去审，一条一条的，特别细，有时一个字都抠半天。要从家庭的角度说，那应该是包容。他宽容接纳家里每一个人，和事佬、灭火队员，对我，他会给一个方向，划定底线……”

“圈养”时代的父母，是子女最佳模仿对象。这个少年的言谈举止、思维表达，处处都带着王久军的影子。我相信，只要夫妻俩不过分焦虑，这个青春“叛逆者”不会成为他们的苦恼。

王久军是极简主义者，他说，庆芳跟了我，从物质上说挺亏的。我告诉他，不会，迁就和疼爱是一个男人最珍贵的聘礼。体贴和温暖是一个女人最好的嫁妆。婚姻美好的样子，不就是这样互相包容、支撑，共同成长吗？心中装着满满的爱，行路的人才能走得更稳更远。

采访结束时，我不由想起一位诗人的话：

“人是怎样炼成的，高铁就是怎样铸成的。千锤百炼的工程人，天地之间，他们站立成桩，躬身是桥，匍匐为路。每一处工地都是梦想家园，每一项工程都是生命化身，每一座建筑都是精神雕像。”

百年圆梦路，翩翩展羽翼。中国速度、智能高铁、交通强国、领跑世界……这梦想成真的美好现实，给整装再出发的人，增添无限动力。

从京张高铁走来的王久军们，将朝着更远的目标走去。

2021 最美铁路人 ZUI MEI TIE LU REN

张雪松

高铁工匠

——记中国中车唐山机车车辆有限公司车体事业部高级技师张雪松

◎ 符会娟　李志强

东风夜放花千树。烟花璀璨，欢声雷动。

壬寅立春，春天的夜晚，2022 年 2 月 4 日 20 时，第二十四届冬奥会开幕式在北京国家体育场隆重举行。随着《我和我的祖国》音乐缓缓响起，国旗传递仪式开始了。

一面硕大、鲜艳的五星红旗徐徐展开，如一片红色波涛，在 190 名传递者手中缓缓传递。那一片靓丽的中国红，通过各行各业的代表手手相传，这令人感动的场景，具有深刻而美好的寓意，为世界所关注，更成为中华儿女心中难忘的时刻。

全国劳动模范、中车唐山公司首席技能专家张雪松，就是国旗传递活动成员之一。传递过来的国旗像一团火，让他倍感温暖，更感到一种精神的力量。

那一瞬间，张雪松想起了 2008 年春天，第一列国产 350 公里高速动车组在唐车成功下线，火红的绸带渲染出一派欢腾喜庆，张雪松作为这列车的车体制造骨干成员，内心也是这样欣喜与激动。

这些年来，张雪松和中国高铁一起奔跑，带领唐车动车组车体团队，攻克一个又一个技术难关，完成109项技术革新，改进20余项进口工装设备技术，制作66套工装卡具，总结与制定72项工艺文件和操作指导书，为中国高铁动车组车体制造技术领跑世界作出了突出贡献。他先后获得全国劳动模范、全国优秀共产党员、全国道德模范荣誉称号。2022年1月，张雪松被中宣部、国铁集团联合授予“最美铁路人”称号。

辛丑年冬日的一天，踏着一场刚刚落下的春雪，我们来到唐车采访。

走进高铁列车生产车间，像进入一个巨大的室内体育场，呈现出一派井然有序、紧张忙碌的景象。最引人注目的是智能产线上，那一个个高大的智能机器人。它们站在各自的岗位上，伸展灵巧、敏捷的手臂，焊接、打磨、组装……我们仿佛进入了电脑游戏中的场景，身心被不由自主地吸引住了。

中等身材，体形偏瘦，一身浅灰色工装的张雪松，微笑着向我们走来。在巨大的厂房中，他是那么普通，他不时和熟悉的工友们一边比画，一边说着些什么。此刻，我们远远地感觉出他的强大气场，仿佛他就是这里的中枢神经。

“今天，智能制造已经深入高速列车生产每一道工序，作为新时代的高铁工人，必须走进智能产线这个领域，学习并掌握这种本领。”张雪松以他一如既往的平和语调给我们讲解。

喜欢火车的孩子

张雪松从小就喜欢火车。他出生在唐山市古冶区，就是百余年前唐胥铁路东延穿过的地方。汽笛声，是襁褓中的张雪松最早听到的人生乐音。

1973 年 2 月，一个瑞雪纷飞的日子，在铁路古冶站旁边的铁路工房，一个男娃的啼哭打破了清晨的静谧。爸爸看着院子里两棵挺拔的松树、绿意盎然的树枝和松针上厚厚的落雪，像是对孩子母亲说，又像是在自言自语："大雪压青松，青松挺且直。"孩子的名就叫雪松吧。

1976 年唐山大地震时，张雪松三岁半。真像是被雪松这个名字赋予了某种刚强与坚韧，他没有更多的哭泣和恐惧，跟在爷爷和爸爸身后，看他们拉着架子车，一点点清理碎砖乱瓦，修缮倒塌的房子。迎难而上的执着，锲而不舍的劳动，一帧帧画面深深印在他幼小的心灵中。

奶奶还经常带小雪松去赶集，给他买小人书。爷爷带着他走过铁道边，总会给他讲铁路上发生的故事。从詹天佑到茅以升，从邓培到节振国……

小雪松最喜欢看火车。铁道边的旧钢轨上，时常有一个孩子坐在这里，望着南来北往的火车，浮想联翩。

那呼哧呼哧喘息着吐出白烟的火车，呼喊着从银亮的钢轨上奔向远方。火车拉的是什么？火车每天都去哪儿？火车吃饭吗？火车晚上要在多大的房子里睡觉……他常常和小伙伴们一起和火车赛跑，看谁比火车跑得快。跑啊跑啊，直到实在跑不动了，就趴在草地上，无奈地看着火车跑成一个小黑点，消失在地平线上。

雪松常想：火车去哪儿了？是不是跑到另外的世界？是不是跑得快了就能进入一个崭新而陌生的世界，将来我长大了，能不能跟着火车跑向远方更美的地方？我能不能让拉着我的火车跑得更快……

奶奶常领着小雪松到车站给爷爷送饭。在雪松的眼里和心中，戴大盖帽，穿铁路服，配铁路徽章和铜纽扣，在火车站当值班员的爷爷可威风了。他潇洒地立在站台上，挥动着手中的小旗，“说”着内容丰富的旗语。小绿旗、小黄旗、小红旗，不同的颜色，不同的姿势，就有着不同的意思，这一切，真是太神奇了！那么长的一列接一列的大火车，竟然那么听爷爷的话，爷爷一句话都没说，小旗一晃，大火车就乖乖地停了，再一晃，大火车又乖乖地开了！将来我长大了，也要让火车听我的话，我不仅要指挥火车，还要学会造火车，造更漂亮的、跑得更快的火车！

会木匠手艺的爸爸，高兴地给雪松做了一辆玩具小火车。拥有木头火车的小雪松成了左邻右舍的孩子们最羡慕的小伙伴，大家天天跑到雪松家，和他一起在院里玩开火车的游戏。

这辆小火车有半尺多长，能够装在书包里，于是它就“开”到了学校的书桌上，于是很多小伙伴都成了“火车司机”。后来它又“开”到了铁道边，小火车总是跃跃欲试地想和大火车比一比……成为“火车迷”的小雪松，为了弄清小火车的构造，就趴在书桌和土炕上，把小火车的驾驶室、车厢、车轮、车灯拆下来又组装上，组装上又拆下来，反反复复，废寝忘食，乐此不疲。

雪松又求着爸爸给他做了一段木头轨道，要让火车跑起来。在爸爸制作过程中，他一直蹲在旁边看，眼睛一眨不眨，他要学会爸爸的手艺，将来造真火车。

木头钢轨上的枕木被他和小伙伴玩掉了，雪松就找来爸爸的乳胶罐，硬是把轨道和火车给修好了。爸爸回家后，将信将疑地看着他修好的火车，高兴地说："好小子！将来你会给国家造更好的火车！"

后来，作为古冶铁路小学学生的张雪松，成了机械制作兴趣小组的骨干，除了火车，他对汽车、收音机、手表、挖掘机、自行车的构造原理，都表现出浓厚的兴趣和天赋。

上学，放学，出门，张雪松总是沿着铁道行走，和奔驰的火车一起出发和回家。

好工匠从打手锤开始

唐胥铁路是中国第一条标准轨距铁路，而唐车是我国机车车辆制造业的源头。在铁道边长大的张雪松，向我们讲述铁路工厂的故事，也述说着自己的故事。

中车唐车公司的前身是开平矿务局胥各庄修车厂，诞生于晚清唐胥铁路通车的 1881 年，是中国第一家铁路工厂。141 年前，在这个厂的车间里，聪明智慧的第一代唐车工匠们，利用开矿用过的卷扬机锅炉和蒸汽机，装造出了中国第一台蒸汽机车"龙号机车"，后来还为慈禧制造了一辆豪华专用客车——"銮舆龙车"。

新中国成立后，唐车创造出多项"中国第一"。张雪松对此如数家珍……新中国成立之初，唐车厂修复了大量遭到战争破坏的机车车辆，用于国计民生之需，先后试制成功第一台跃进型调车蒸汽机车、和平型干线货运蒸汽机车、第一台装用空心动轴的和平型蒸汽机车……

1976 年唐山大地震，百年老厂被夷为废墟。英勇的唐车人没有被灾难吓倒，他们英勇奋战，当年就恢复生产，修复了在地震中被砸坏的一台东风 5 型内燃机车。新建的唐车厂，浴火重生，走上快速发展之路。

跨入新世纪，2008 年国产首列时速 350 公里 CRH3 型动车组在唐车成功下线。新一代 CRH380BL 型动车组在京沪高铁运行试验中，创下了每小时 487.3 公里的世界铁路运营试验最高速。2017 年 8 月 21 日，唐车研制的复兴号高速动车组首次在京广高铁载客运营。

“一代代唐车人，不懈奋斗，砥砺前行，为国计民生和铁路发展作出了突出贡献。”在张雪松充满情感的讲述中，我们感受到他对唐车厂浓浓的爱，对唐车人深深的情。如果唐车是一台运行百年的老机车，他说，他愿意做这台机车上一枚小小的螺丝钉。

小时候，富有传奇色彩的唐车，就让张雪松特别向往与渴望。十几岁的时候，他曾一个人走到唐车大门口，羡慕地看着身穿工装进进出出的唐车人，眼里满是憧憬。他甚至多次想象着工人师傅们造火车、修火车的场景。但那威严的大铁门，醒目的“闲人免进”牌，让张雪松对唐车既感到神秘好奇，又觉得难以靠近。

上初三那年，张雪松看见同学把一个手工制作的铁皮小汽车模型拿到班上，同学们羡慕地观赏、摩挲着这个惟妙惟肖手艺精巧的小汽车模型。原来这位同学的爸爸是唐车的一位技术工人。一个周末，张雪松用自己喜欢的两颗玻璃球，换来跟同学到唐车“找爸爸”的机会。

走近厂部大院，张雪松的眼睛不够用了，高大宽敞的厂房，整齐划一的流水线，一台台排列整齐的仪器和设备，让张雪松流连忘返。如果说之前的梦想是一粒懵懂的种子，那么，这一刻，张雪松明确了自己的目标，他要报考唐山机车车辆厂技工学校！他要学习造火车、修火车。

1989 年 7 月，张雪松从古冶铁路中学毕业，考入唐山机车车辆厂技工学校，开始机械钳工专业学习。此时的雪松，已经成了唐车厂的“预备役”，可以戴着校徽在厂里随便参观了，张雪松感觉自己就是一台小火车，在人生的轨道上开始了奔跑。

课程安排一周实作，一周理论。张雪松的第一节实作课是练习打手锤。

打手锤，看起来很简单的实作项目，像练武者必学扎马步一样，是工匠绕不过去的基本功，要通过它锻炼锤击的准确性和力量。当张雪松真把锤挥起来的时候，却发现没那么简单。打手锤特别需要力量的均衡掌握，一旦力量有一点偏差，手锤就打偏了，不仅不能达到“稳准狠”的目标，还可能打伤了手。张雪松和同学举着手锤一下一下不停练习，没过几天，肩膀和手臂又酸又疼，握手锤的手掌上起了水泡，握錾子的手也被手锤划破了。

不少同学开始吃不消了，嫌打手锤太累太苦，甚至想要换专业，老师不厌其烦地给同学示范动作要领，耐心细致讲解。懂事的张雪松明白老师的良苦用心，学习特别勤奋认真。周末，同学都回家了，空荡荡的校实习场，他一边回想老师的示范动作和注意事项，一边挥锤练习，拿捏好挥锤的高度，掌握好力度和角度，还要在挥锤中掌握节奏，学会用巧劲儿。就这样，他像一位打击乐乐师，一个人叮叮当当练起来，练得津津有味。

一天练累了，他靠在椅子上不知不觉睡着了。梦里，一列火车喷吐着浓烟，大声鸣叫着，从远方驶来，张雪松拔腿就去追，可是那双小腿怎么也跑不过火车的钢铁轮子，跑着跑着，火车不见了踪影，张雪松赶紧加快步伐，再次追赶，可是双腿像灌了铅一样怎么也跑不动，急出一身汗的他突然惊醒。天黑了，透过窗棂，一轮明月默默注视着他，如温暖的期许与鼓励。

经过两个多月苦练，他很快掌握了打手锤的力量运用技巧，总结出一套打手锤窍门，同时很快掌握其他钳工技能。第一学期结束实作考试，张雪松获得了全班唯一的 100 分，也第一次上了光荣榜。

书山有路勤为径。张雪松懂得，学无止境，他必须一步一个脚印，踏踏实实走好每一步。他对每个学科都充满了兴趣，尤其喜欢机械制图，很多同学都说，那么多课题和难题，张雪松仿佛看几眼就会了。是的，一张小小的三视图，张雪松一眼就能看个八九不离十。实作课上，对着图纸，他能够毫不费劲、又快又好地做好一个零件。老师还把他制作的一把小巧玲珑的鸭嘴锤，当作一件工艺品，在全班进行展示，他也成了同学们眼中的小偶像。

发现了好苗子，老师常常开小灶重点培养张雪松。除了课堂上严格要求，给他布置一些课外作业外，还帮他办了一张学校图书馆的借书卡。如饥似渴的学习和阅读，让他进一步开阔了视野，打开了一个全新的世界。学习，读书，思考，感悟，他慢慢明白，铁路发展不仅关乎交通行业进步，更关乎国家发展。路强国强，路兴国兴。只有学好技术，掌握新技能，才能成为一名真正的好工匠。

中国作为发展中的大国，更需要大国工匠。技术报国，产业报国，让他有了更高的目标与追求。钳工基础、金属学、工程力学、机车车辆，枯燥的课程、繁复的公式，眼花缭乱的名词和数字，好像变成了一个个活泼灵动的小精灵，吸引着张雪松的眼睛去触摸、解读、探索。慢慢地，他读出了新鲜有趣，读出了知识和技术的魅力，读出了一条通向有钢轨和火车的梦想之路。

师父的绝活儿

1992 年 7 月，张雪松技校毕业，如愿进入唐车工作，“技校预备役”转正，他成了一名“工厂战士”。

上班第一天，来到厂部大院，张雪松一下子就被路旁伫立的光荣榜吸引住了眼球。姜旺、王国良、孙洪太、王必耕等历代劳动模范和技术能手，一个个闪光的名字，像一轮小太阳，照亮了青年张雪松未来的追梦之路。他要以他们为榜样，争取当一个技术能手，成为像他们一样的劳模。

怀揣梦想，他兴冲冲地来到修机车间大修班报到，见到了师父佟振来。佟师父年纪不大，个头不高，话语不多，黝黑如铁的脸庞，不怒自威，是技术上的一把好手。

大修班，顾名思义，担负着工厂所有设备的大修任务，一台台庞大威严的机械设备，像一个个身穿铠甲的大将军，让他心生敬畏。靠墙的一张张油渍斑斑的长木凳，既是矮书桌，也是休息床，而空气中弥漫的铁味和机油味，提醒他来到了一个属于工厂和工业的全新陌生领域，而那些码放整齐的工件和螺丝、螺帽，又好像都是他一直熟悉和亲切的。今后，他就要和它们相依相伴了。

领取了工作服和钳工工具，他迫不及待地换上那身他向往很久的天蓝色劳动布工作服。看着镜子里的自己，青涩懵懂的脸庞，闪烁着求知欲望的热切眼神，一个宽广的新天地在眼前徐徐展开。至今，张雪松还记得，那天，他高高兴兴地穿着新工装回到家，“咱雪松成工人阶级了！”

妈妈和大姨围着他，一会儿摸摸新工装的面料，一会儿拽拽笔挺的衣袖。“今天多加两个菜，给雪松庆祝一下。”她们特意去菜市场买回鱼和肉。下班回来的雪松爸爸显得特别高兴，拿出自己珍藏的老酒，拉着雪松坐下就喝，张雪松第一次羞涩地和爸爸碰杯，心里对自己说：一定不辜负亲友的期望，好好学习，练好本领，制造出更多更好的机车和车辆。

◇ 2019 年 10 月，张雪松作为兼职教授在唐山工业职业技术学院做演讲（摄影：王卫平）

张雪松开始了激情奔跑的每一天，努力干好师父交代的每一项工作。可是时间过去了一个月，他每天除了练习刮削就是拧螺丝，这和他预想的工作内容差得太远了，他多么想和其他师哥一样，制造零件，修理设备，组装机车啊！

一天，张雪松大着胆子问师父："为什么老让我干这活儿啊？"佟振来看着有点失去耐心的徒弟，反问："小伙子，你以为你干的活儿没有技术含量吗？"说着，佟振来拿起一把刮刀，在平板上精心刮出一个弧形花纹，接着在弧形花纹稍下的地方刮出第二个弧形花纹，不一会儿工夫，一行栩栩如生、活灵活现的小燕子出现在张雪松眼前，它们好像正飞在翠绿的田野，恍惚间，张雪松好像看见小燕子在嘲笑他：想要高飞你还嫩了点呢，快快学习本领吧。

张雪松脸红了，羞愧地看着师父的这手绝活儿，打心眼里服了气。佟师父语重心长地说："干什么都不能心急，欲速则不达，刮削和拧螺丝看似简单，里面却蕴含着很多技巧。"

打这以后，初入钳工行当的张雪松明白了一个道理，从某种程度上讲，技术就是简单工作一遍遍不断累积中的提升。他沉下心又开始了每天刮削、拧螺丝的枯燥工作，但雪松不再着急，不再急于求成，他决心要当一名像师父那样令人尊敬和羡慕的技术能手。

车间，食堂，宿舍，工作台，只要有机会，师父就会不失时机地启发和开导他，学习一定要理论联系实际，在练好钳工基本功的同时，还要会看机械图纸，熟悉所有机械设备的结构、部件和工作原理。从那时起，张雪松常常白天在厂房里刮削、拧螺丝，晚上就在家练习看图、画图。时间不长，对一些常用零件图，他随手就能画出来了。

好小子，钻进去了！

佟振来看在眼里，喜在心头，慢慢地开始让他参与一些设备维修。

第一次修理设备让张雪松记忆深刻，是厂里的一台外圆磨床出现故障，需要赶紧修理，恰好师父和别的几个骨干去维修别的设备了，大修班只剩几个学徒工，张雪松自信满满，自告奋勇拎起工具袋就跑出了大修班。

到车间后，负责设备管理的老师父用怀疑的眼光扫视他："你会修吗？"当时，现场很多人异样的目光，刺伤了年轻的张雪松敏感骄傲的心。他红着脸，二话没说，麻利地拿出工具，一项项逐个检查、测试，零部件没问题，他又拿出外圆磨床图纸，一遍遍勘测比对，终于找到故障点，原来是磨床液压回路中的流溢阀出现堵塞，导致磨床不能正常运行。张雪松立即对流溢阀进行修理，随后，经过处理后，磨床恢复了运行。

"小伙子，不简单，老佟带出来一个好徒弟！"

工友纷纷向他竖起大拇指，张雪松依然红着脸，低着头，一句话也没说，可是心里却像吃了糖一样甜甜的。那天，张雪松回到班里，师父什么也没说，可雪松看得出来他眼里的丝丝笑意。从此，师父不管走到哪，修什么设备，都会带上张雪松当帮手。

一年后，唐山市举行青工技能大赛，此时的张雪松已经掌握了师父的刮削绝活，作为同批青工中技能技术的佼佼者，被推荐参加唐山市青工技能大赛。

第一次参加市级比赛，张雪松心里七上八下很没底。佟振来给他专门制定训练计划，让他在短时间里必须要练就自己的绝活。时间紧，任务重，张雪松白天训练完后，晚上继续练习。从夕阳西下到满天星光，张雪松记不得自己在工作台边站了多久，废弃了多少零部件原料，只记得回家躺床上，双腿肿胀酸痛，胳膊疼得抬不起来，眼睛看什么都是花的。经过勤学苦练，张雪松能独自加工 1/6 头发丝精度的工件了。

张雪松迎来了人生路上第一个高光时刻，获得唐山市青工技能大赛钳工比赛第四名的好成绩。此后几年，张雪松从一名青年技术能手，逐渐成长为钳工行业精英骨干，成为年年参赛和年年获奖的“金牌选手”。先后获得唐山市职工技术状元、唐山市青年标兵、河北省钳工状元、唐山市青年岗位能手、全国技术能手等荣誉。

但张雪松并不满足，他还有更高的梦想。他要学习更多新技术，他要造火车。

当第一个吃螃蟹的人

跨过新千年的门槛，中国铁路迎来了崭新的发展机遇。中国高铁开始在决策者心中孕育。

2004 年，作为百年老厂的唐车产业转型升级，开始筹建 CRH3 高速动车组生产线，铝合金厂作为公司迈入高铁市场的首个生产单位，应运而生。

听到消息的张雪松，兴奋极了！他不仅等来了制造火车的机会，而且是制造高铁动车！张雪松第一时间报名参加了铝合金厂的选拔考试，他做梦都想造火车啊！而且这次是有机会造中国的第一列高铁动车！

与传统的碳钢车体结构不同，动车组的车体大部分由铝合金型材料拼接组焊而成。而制造高速动车组的第一重考验，就是提高铝合金车体焊接精度。

“之前的车辆制造都是碳钢材料，铝合金从未接触过，铝合金焊接过程中，我们碰到许多前所未有的技术难题……”谈起铝合金工厂成立初期，张雪松记忆犹新，向我们讲起那段艰难岁月。

2005 年 5 月，张雪松受命从分厂精心挑选了 16 名精兵强将组成铆钳班，开始铝合金车体焊接技术联合攻关。

说到铝合金车体，得先说说铝合金。

铝合金在 20 世纪初由德国人发明，第一次世界大战后被列为国家机密。上百年来，中国生产的客车基本上都是碳钢材质的。铝合金材质能让车辆变得更轻，同时更有利于提升车辆的密闭性，但铝合金车体制造技术却很难从别人手中获取。

刚开始，大家按照原来碳钢材质的焊接方法，明显感觉到手中的焊枪不听使唤，铝工件更不听使唤，意想不到地变形、开裂……张雪松带领班组成员做了几十次试验，车体部件仍然像个不听话的顽皮孩子，总是得不到想要的结果。

铝合金焊接与碳钢焊接的最大区别是变形大，预变形值不好掌控。简单说，就是要焊接变形后的形状刚好是标准的，而焊接之前则必须是预变形的。而这个预计变形的尺度和分寸很难掌握，它不仅与材质面积、厚度有关，更与材料的形态、结构、分布相关，是一个极其复杂的变量。

高速运行的动车组对车体焊接要求相当高，以时速 350 公里运行的动车组，一旦产生变形和焊缝开裂，后果不堪设想！

有一次，车体侧墙部件焊接变形，张雪松对电流电压、保护气体、氧化膜、焊前预热等 17 个因素和 100 多种综合影响逐一排查，仍然没有找到原因。就在他苦思冥想的时候，抬头看到通风设备上的布带在微微飘动，他赶紧拿来风速仪测试，果然，焊枪口的风速超标 0.2 米每秒，影响焊接变形的原因终于找到了。

工友激动地说："张师父，您真神了！"

"从来没干过，我们就从一个个零部件开始，自己和自己'死磕'"。就这样，张雪松带领大伙反复摸索铝合金车体侧墙、端墙和车顶组装调修的组焊工艺，进行分步试验调整，从一个小小的截面开始，2 米、5 米、10 米，再到整车的组焊拼接，不断试验，摸索参数。一步步解决了车体底架挠度超差、车钩面板加工缺陷等 30 多项技术难题。

通过分析归纳"变形量""焊后调修"和"调修加热温度控制"等 8 种数据，总结出"调整装配法"和"夹具压紧点多点支撑"的系列铝合金型材组合焊接工艺方法，保证了动车组车体的各项尺寸精度。

同时，张雪松牵头研制出焊接夹具、装配定位板、反变形工装卡具等 66 套工装卡具，形成工艺文件和操作指导书 72 项，为动车组整车生产制定出了"中国制造"技术参数，他们编制的《高速动车组侧墙焊接标准检测方法及工装》获得国家发明专利授权。

从吃螃蟹无从下手，到研制出吃大闸蟹的"八件套工具"，张雪松和工友们把动车组车体制造这只"大螃蟹"吃得津津有味！

"一个月内制造出一辆铝合金车体样车。"来不及陶醉于探索出的成果，高铁列车制造任务接踵而至。当时，正值高铁技术引进的关键时期，为了增加谈判筹码，我们必须要造出一辆铝合金车体样车。

任务就是命令！练好兵，就要上阵冲锋！

张雪松迅速召集16名成员开了一个动员会。共产党员张雪松头一个表态：从今天起吃住在厂里，铝合金车体制造不出来，决不回家！

“跟着雪松干，咱们听他的。”其他成员积极响应号召，回家简单收拾了一下，一个小时后，大家携带简单的洗漱袋和换洗衣物，住进厂里临时由会议室改成的宿舍，开始了24小时连轴转，打响了铝合金车体制造第一战。

有了《高速动车组侧墙焊接标准检测方法及工装》当指导书，焊接工艺对张雪松他们来说，不再是难题，但打磨、探伤、组装等其他生产环节，却陆续出现新问题，有时候还同时出现几个问题。

自此，张雪松开始和难题较上了劲。想难题、啃难题，成了家常便饭。一个数据有疑问，就和大家翻阅大量工具书，查阅海量资料，分析比对；一个逻辑有问题，就会影响后续工序环节，必须综合分析，找到“牵一发而不动全身”的万全之策。

全身心沉浸于思考中的张雪松，一遍遍往返奔波生产现场，画下一个又一个草图和方案，偶遇工友打招呼，他一律“视而不见”，有工友甚至说：“张雪松像灵魂出壳了！”

但他是一台理性的“工作机器”，每天下午5点，张雪松都会准时来到工作室，认真听取大家每日工作进度汇报，然后根据工序进度、解决问题和掌握新问题的发生情况，细致安排第二天的工作。这时候的张雪松，思维敏捷、条理清晰、细腻高效，和工友眼中常见的目不斜视、匆匆走路的张雪松几乎判若两人，用工友的话说，这是“来电的张雪松”。

有一天，同在唐车上班的师弟李玉璐接到张雪松电话，找他借一本重要的参考书，急用，他赶紧回家拿上书，骑上自行车，一路飞奔来到厂里。

走进张雪松他们的临时宿舍，李玉璐一眼看到角落里摆放的一张行军床，周围摞满一堆堆书本、资料以及写满数字和画着草图的纸张。张雪松坐桌前一边吃着泡面，一边用手指在桌面上比画着什么。

午后的阳光透过窗户，聚光灯一样照在他身上，工作服的后背上一块块隐现的汗渍记录着他昼夜的辛劳，看着胡子拉碴、明显消瘦的张雪松，李玉璐的眼睛湿润了……

他打小和张雪松一起长大，一起上技工学校，一起进唐车，他知道张雪松最不爱吃方便面，一身衣服最多穿两天就要换洗。李玉璐一句话没说，放下书扭头就走了。第二天一大早，李玉璐向厂里递交了一份参战申请，来到张雪松带领的铆钳班，成为第十七名攻坚队员。

小吊线，大作用

有一天，高铁动车组车体组装时，出现了更为复杂的问题。

我们可以看到，优美的流线型动车车体司机室由很多曲面组成，而这个复杂的曲面组装过程，需要先在各个平面进行精确定位，如果找不到各平面之间的联系定位点，各自孤立装配，很难在保证车体轮廓的同时满足所有的定位，常常是“按下葫芦起了瓢”，如动车组司机室进行分拆、搬迁重新组合时，几十个测量点都需要在30多个曲面中进行精确定位。常常是一个尺寸刚调合适了，另外的相关尺寸又出现了偏差。

再接下来的难题是，由于动车组车体各部位不同的加工作业流程，需要车体搬迁，而搬迁中的变形和定位偏差又成了一个大难题。

怎么办?

“吊线，我怎么没想到呢？”

一天早晨，刚起床的张雪松，看着一道道阳光从窗外直射向桌面，投下细细的银线，突然，他脑子里灵光一闪，想起以前干钳工时常用的吊线。他叫来李玉璐等人，迅速来到现场，运用吊线先将车体进行一次粗定位，将几十个曲面大致定位在空间。每个位置误差控制在一两毫米之内，再用激光跟踪仪进行精确定位，在每个立柱的顶部相应的位置挂一个线坠，搬迁之前在立柱底部将线坠进行标记，搬迁到新的工装位置后再挂起线坠，将线坠调整到立柱底部原先做标记的位置，这样基本就可以确定工装定位点已经大致调整到了合适位置，然后用激光仪建立三维坐标，就能精确锁定每个曲面的空间位置了。

小吊线发挥大作用，车体组装和搬迁中的定位难题，迎刃而解。

一个月后，交车的那一天，看着曲线优美、熠熠生辉的铝合金车体顺利通过验收，张雪松和工友们，欢呼跳跃，向着蓝天大喊：“我们胜利了！”淡蓝色的厂房，仿佛被阳光涂上了一层格外动人的光亮，闪烁出炫目迷人的色彩。

紧接着，张雪松他们迎来更重要的任务，研发制造时速350公里动车组。先前是制造样车，这回是制造高铁线上风驰电掣的“真家伙”，张雪松和伙伴们能不激动嘛！

2008 年 4 月 11 日，经过 3 年时间，1000 多个智慧与汗水浇灌的日日夜夜，唐车人迎来中国第一列国产时速 350 公里动车组成功下线。至此，中国用 3 年时间，走完了国外 20 多年的技术研发路程，成为世界上仅有的几个能制造时速 350 公里高速铁路移动装备的国家之一。

张雪松站立在银白色的车体旁，轻轻抚摸着自己和伙伴们亲手制造的动车，心潮起伏，激情难抑……

这一刻，张雪松终于制造出属于唐车人、属于他自己的高铁动车！

厂房外，天空格外湛蓝，梧桐树高大的身姿愈加挺拔，吐香的白玉兰多么高洁，桃花红着脸传递着喜讯，张雪松嘴角荡起欣慰和幸福的笑，他知道中国高速铁路制造业的春天已然到来！

2009 年 8 月，在中国第一条设计时速为 350 公里的京津城际铁路开通一周年之际，张雪松和工友专程来到天津站，第一次坐上了他们自己制造的高铁列车。

“看着自己制造的列车在钢轨上飞驰，像看着自己的孩子一样，所有苦和累都值了！”张雪松掩饰不住内心的豪情和激情。

他们在一节节车厢缓缓走着，一点点抚摸着光滑如镜的车身，像是抚摸孩子光滑的脸蛋，又像是找寻昔日劳动滴下的汗水。车窗外，原野急速飞过，树急着涌过来，云和天空扑下身子，它们好像都在为张雪松鼓劲，为他们喝彩，这贴地飞行的火车啊！真像是带人们奔向另外一个新世界，张雪松深深陶醉在这种飞行中，陶醉在梦想成真的巨大喜悦中，一个新天地突然在眼前打开，一种恢宏和辽阔自胸中升腾，张雪松不由想起读过的一首喜欢的诗，像极了他此时此刻心中的诗情画意：

动车向前，飞奔
平行且超拔于大地的翅膀
似乎在奔跑中
引领和提升着什么
轮轨唰唰，执着
满怀激情地不倦刷新
那么多惬意与赞美的目光
从车窗向两侧出发
亲爱的动车，可不可以称你为
带领时代飞翔的使者！

◇ 张雪松在车体总成工序检查尺寸（摄影：王卫平）

2012 年，唐车拿下了为德国制造 80 辆高铁铝合金车体大部件的订单。交付验收那天，张雪松和工友早早来到现场，看着亲手打造的部件，像等待检阅的士兵，心里充满了成就感，这可是我国高铁车体部件首次出口欧洲。

经过一个多小时近乎苛刻的验收，德国专家做出了一个出人意料的举动，一名工程师将脸贴在光滑如镜的加工面上，竖起大拇指赞叹说："这简直是完美的艺术品，真了不起！"张雪松和工友心里那个美啊，真比吃了蜜还甜！

自此，从第一辆铝合金车体试制到今天，张雪松所在的中车唐山公司已经累计生产各种型号的高速动车组 600 多列，总计近 5000 辆，并创下了车体制造质量零缺陷的纪录。

转行，从数控到智能

时代大潮滚滚向前。随着人工智能技术的迅猛发展，智能制造成为大国制造的金字塔尖。

2017 年，中车唐山公司"铝合金车体制造新模式"入选国家智能制造示范项目，成为国内首个高铁铝合金车体智能制造试验基地。机器人焊接技术、机器人打磨技术等 43 项智能项目陆续在中车唐山公司铝合金产线落地。

我们走进唐车公司车体事业部，即原来的铝合金厂。宽大的厂房内，一排排智能机器人像等待出发的士兵，分布于车体制造焊接、打磨、装配等智能生产线。

"原来当工人一辈子，都是靠技术和手艺吃饭，无论任何车型，车体制造焊接打磨等主要程序先前都是依靠手工完成，百余年来，车体制造的主要劳动者由‘人’变成‘机器人’，这是一场史无前例的革命！”张雪松深有感触地和我们讲述着。

“隔行如隔山，当时面临的第一个难题就是转行。”张雪松边走边和我们讲述。铝合金高铁列车车体生产线，过去是高级技术工人唱主角，现在，升级进步，由一系列智能设备担纲了。

转行是艰难的，如同脱胎换骨和涅槃重生。张雪松带领团队，像战场上的尖刀班和突击队，向高铁列车智能制造生产线进发了。

对操作智能设备，张雪松有自己的思考与见解。说得通俗一些，所谓智能设备，就是以程序化、数据化的自动化作业高效替代精细度难以保证的人工劳动。而操作好数控设备，就能找到通向智能化的“梯子”。

张雪松必须由钳工转行掌握数控设备。他开始认真自学电气、计算机等业务知识，同时，报名参加机电一体化大专函授课程，学习维修电工、PLC 编程、CAD 设计知识……

而说到数控设备，张雪松并不陌生，他是很早就拥抱“数控”的人。

早在 2006 年 8 月，为满足高速动车组项目生产需求，唐车首次采购了一批进口数控设备，张雪松的任务是配合德国专家安装调试这些从未见过的“洋设备”。有一次，安装精细部件时，一位德国专家回头瞥见了张雪松，冲他挥了挥手，示意他离得远一点，不想让他看到“奥秘”。这个小小的动作深深刺激了张雪松那颗要强的心。

“我们以后是要干高速动车组的，遇事不能靠边站，必须冲到前面去！”张雪松暗暗在心里说。

为尽快掌握数控设备的运行参数和性能，张雪松给自己制订了严苛的学习计划。白天，他寸步不离地跟在外国专家身后“偷师”，有问题马上虚心请教。晚上，他几乎整夜泡在图书室，查阅大量资料，学习前沿知识。工友调侃说，哪里有新设备、新技术，哪里准有雪松，找他，到新设备那儿准没错。

是的，张雪松像一颗道钉，是和智能制造的新设备“锚”在一起的。

一次，在安装机床主床身时，张雪松发现地基打孔位置与安装位置有偏差，他马上通过翻译告诉德国专家，但忙碌的外方技术人员并未理会他的提示，仍然继续安装，最终因失误造成返工。随后，外方在现场安装五轴加工中心时，张雪松又发现导轨安装尺寸不对，立即指出来，外国专家核对后果然发现了误差，向张雪松连连竖起大拇指。

这两件事让外国专家对张雪松的态度发生“急转弯”，每次安装调试设备都主动提出请他参与。此时的张雪松，也已经对设备有了很深的了解，每次任务他都完成得又好又快，思路清晰敏捷，考虑充分细致，技术高超娴熟，外方技术人员不断为他点赞，与他也成了好朋友。

而张雪松更深的思考在于，智能制造必定会成为趋势，中国作为制造大国，我们的产业工人要如何提升素质，做到不再受制于人！“我们这么大的一个企业，上万名员工，连几台数控设备都搞不定，还怎么生产世界一流的高速动车组？”对！先能自己安装调试设备，才是解决问题的关键！

为了早日达到掌握数控技术目标，张雪松白天干工作、晚上学知识，节假日更是全身心投入。复杂的机械结构搞不明白，他就天天钻进满是油污的设备间内，对照图纸对每一个零件仔细观察分析；理论上弄不清楚，他就钻进图书馆和网上，在知识的深海中搜寻答案。

电工图纸看不懂，他就向时任电工培训师的爱人范红云拜师。妻子开玩笑说：“我当老师可以，你把家务全包了。”张雪松当即答应，每天下班后他就赶紧回家做家务。他一边拖地，一边回想头一天画的电路图，错在什么地方了，为什么错了。当一轮明月含情脉脉看着他们的时候，老师和学生正在认真画电路图，布线、设故障、找故障，范老师很严格，如果设置的故障点没找准，会罚他重新布线，直到找出故障。

爱着，帮着，心疼着。学而忘时的晨昏，范红云常会给丈夫冲一杯咖啡提神，拿毛巾让他擦一把脸，默默站在身后为他捏一捏酸疼的肩颈。眼神对视的温柔，不需要太多的言语，那是夫妻间的相互鼓励，那是两颗好学上进的心之间的彼此信任。

2007 年 10 月，唐车开始批量生产高速动车组，可用于铝合金车体大部件加工的 8 把专用机夹铣刀先后损坏。如果从国外采购，成本高、时间长，会严重拖延进度；外包修理，国内没有一家公司敢于承接。急难险重当前，又是张雪松站了出来。

“无非是数据，拿数据说话最有说服力。”

对各行各业的好工匠，精细度是衡量他们的尺度和规矩。张雪松对损坏的刀具逐一测量、分析，总结记录下大量数据。同时，他从书上和网上所提供的数据资料中寻找有用的信息，虽然像大海捞针一样艰难，十分考验一个人的意志和耐心，但终于捞到了“定海神针”。经过仔细对比分析，张雪松终于找到了问题的根源——刀片平衡。

一把专用机夹铣刀由 10 个刀片组成，工作转速高达每分钟 8000 转以上。如果一个刀片的镶嵌面重量稍稍有点偏差，就会造成刀体振动，影响加工精度，甚至危及整台设备安全运行。张雪松对症下药，按照标准，细致地打磨每个刀片，一遍又一遍地进行刀体动平衡检测。最终，将 8 把刀具全部修复，加工设备重新恢复正常。

铣刀和千叶片是动车组铝合金车体智能产线侧墙大线自动打磨系统所应用的工具，安装在机器人的末端执行器内，工作时高速旋转，把凸起的焊缝磨平，从而保证车体外观的美观。

但在使用过程中，铣刀和千叶片上升和下降冲击力比较大的弊病逐步暴露出来，尤其做下刀动作时，刀具在下降时速度过快，造成刀尖切入工件时撞击焊缝表面，经常出现刀尖损坏现象，操作者不得不重新换刀、对刀，既浪费成本，又耽误工作时间。

为解决这个难题，张雪松找来设备图纸，精心钻研，通过改造设备气路、加装阻尼装置等措施，使得刀具和千叶片升降动作更加柔顺，明显降低了冲击速度和冲击力，下切时刀具温柔地切入工作面，大幅度减少了损坏，圆满地解决了这个技术难题。

2009 年，由钳工转行到数控行业的张雪松获得河北省技能大赛数控机床装调维修工第一名，成了钳工和机床维修“双科”状元。他摸索出的“定点养护”模式，使设备故障和缺陷率降到了 1% 以下，此后，他又荣获首批中车“高铁工匠”和“中华技能大奖”。

机遇总是垂青有准备的人。到 2017 年机器人焊接技术、机器人打磨技术等 43 项智能项目在中车唐山公司铝合金厂落地的时候，张雪松已经为迎接智能项目做好了充分的技术储备。

焊缝打磨机器人工作的原理是将刀具安装在机械臂的附加轴上面，通过轴的旋转去带动刀的旋转，实现自动加工。但刀具和车体接触面必须始终保持 0.02 毫米的距离，稍有差池就会造成打磨过量或焊缝余高超标。

一天，一名工友找到张雪松着急地说："张师父，机器人出现了打磨焊缝余高超标问题，想了很多办法都解决不了，您快帮着看看吧。"

一连几天，张雪松就像绑在了机器人身上，对照作业程序，仔细观察每一个动作，记录每一个参数，吃饭睡觉都忘了，大家开玩笑地说："张师父都变成机器人了。"张雪松听后笑了笑，继续投入工作，功夫不负有心人，最终发现是铣刀在 Z 方向的误差引起的，于是，张雪松迅速制定改进方案，设计制作出铣刀安装定位工装，严格将精度控制在 0.05 毫米内，成功解决了这个问题。

随后，张雪松带领团队攻克了龙门焊接机器人激光传感器系统修正、窗口智能打磨系统质量不稳定等 20 多项关键技术难题，其中 3 项获得省部级技术发明奖和科技成果奖。这些，为持续巩固和扩大中国高铁的领跑优势作出了重要贡献，在智能制造舞台上充分展示了大国工匠的实力和自信，目前，中国铁路装备产品已出口 100 多个国家和地区。

以优秀带出更多优秀

走进张雪松技能大师工作室，墙上、柜上的奖状和奖杯无声地叙说着他们一路走来的艰辛。模拟程序运转的微型机器人如一台大玩具，吸引着大家的目光。周边的练功台，分门别类的元器件和工件，打开的电脑以及上面的繁复数字，都在告诉我们：这是一个高效运转的攻坚工作室。

张雪松告诉我们，工作室现有成员 30 多名，都来自高速动车组车体制造一线高技能人员。这些成员分布在不同工种和岗位，每当工作室有攻关项目或技术难题时，一声号令，大家齐聚一堂，把脉会诊，开始运用集体智慧展开技术攻关研发。

朱宝利作为工作室成绩斐然的元老之一，说起张雪松对自己的带动、帮助和指导，感慨良多：“没有张师父的榜样精神和严格要求，就没有我今天的成绩……”

2005 年，还是一名普通钳工技师的朱宝利即将参加全国第二届“振兴杯”工具钳工技术大比武。因第一次参加国家级技术大赛，朱宝利心里特没底。张雪松闻讯而来，主动当起参谋和教练，帮他精心准备比赛。从分析图纸、制造工装、验证工艺，从手把手的钳工锉削动作，到钻孔作业的孔距矫正，再到先进工量具的使用方法，张雪松拿出看家本领，不遗余力地帮朱宝利强化训练。中午休息，张雪松还不忘给朱宝利安排训练内容。每日的重复学习、操作，朱宝利觉得很累。“中午都不让休息一会儿，张老师有点太苛刻了……”张雪松一言不发，进行着他的“沉浸式辅导”。

在钳工工作中，刮削是一项最累的操作，一把刮刀修正平面度误差，一点一点找正，既考验手艺，又考验耐力。一个多星期，张雪松中午都没有休息，帮朱宝利整修了一块一级高精度的平台。

张雪松的真诚让朱宝利感动，也让他下定决心，勤学苦练。后来朱宝利荣获河北省钳工状元，得到获奖名次的第一时间，他就把这个好消息打电话告诉了师父张雪松。自此，朱宝利顺理成章成为张雪松大师工作室的一员得力干将。

2020 年冬天，河北省职工职业技能大赛开赛。经过层层角逐，最终由张雪松带领一众青年员工代表唐山市出战。

常家宝是参赛员工中的一名 95 后，因为第一次参赛，集训时心里很紧张，越是紧张越容易犯错，回头看到师父在后面督战，更是生怕挨批评。张雪松没说一句重话，反而时常安慰他："家宝，没事，别着急。第一次参加大赛难免会出错。我来给你演示一遍，你再看看。"就这样，张雪松带着队伍，一点一点钻研，一点一点进步，最终获得河北省团体第一名的好成绩。

在那一摞五颜六色的本子上，记录着张雪松在工作实践中研究出的不少绝活儿。多年来，他积累的 10 多万字的工作日志也成了工友的"争读宝典"。他还经常组织召开班组攻关讨论会、小发明演示会，通过"教学练比"等现场技能切磋活动，带动员工骨干互相交流、共同提高。

"刚进厂时，我仰慕张师父很久，却一直没机会见上面……"帅气的青工李子禹，是工作室年纪最小的成员，他主动向我们讲起和师父张雪松的故事。

有一天，班组通知，张雪松技能大师工作室要组织培训。子禹怀着十分激动的心情来参加，张老师由浅入深，循序渐进，通俗易懂的讲授，让他受益匪浅，学到了许多书本上没有的知识。可是后来的定期培训和紧张的生产"撞车"了，他既不想耽误生产，又想去工作室学习，张老师看出了他的为难，专门给他配了一把工作室的钥匙，让他只要有空随时来工作室找自己“吃小灶”。此后，李子禹在张雪松的着意培养下，技能操作水平飞速提高，成为一名让人羡慕的技术明星。

2021 年 10 月，李子禹即将前往成都参加第七届全国职工职业技能大赛暨工业机器人操作调整工比赛。可是厂里没有训练专用的触摸屏，参赛选手都很着急，怕耽误训练，又不敢向领导提要求。张雪松得知情况后，主动向公司申请，得到支持后，迅速购买了两块大赛培训设备触摸屏。有了训练设备，大家练得更起劲了，在张雪松悉心指导下，李子禹荣获第七届全国职工职业技能大赛工业机器人操作调整工个人第五名，喜获全国技术能手称号。

李子禹从成都回来后，一出火车站就跑来见张雪松，他把奖杯放到张雪松手上，“师父，这个奖杯应该属于您！”“好样的，师父为你高兴，这是我们共同的荣誉！”张雪松说着和李子禹一起举起奖杯，把它放在工作室荣誉台上。

张雪松明白，一个团队的成功，不仅仅是某一个人技能的传帮带。他常说：“一个人的精力和能力都是有限的，只有一起努力，才能提升团队的整体实力。”

2013 年，张雪松工作室被国家人力资源和社会保障部命名为“国家级张雪松技能大师工作室”。2014 年 11 月，又被中华全国总工会授予全国示范性创新工作室。

2018 年以来，张雪松带领工作室提出并实施创新科技成果 76 项，合理化建议 180 余项，这些成果全面应用于铝合金车体制造过程中的焊接、装配、加工、探伤等关键工序，使铝合金车体制造周期缩短了整整 5 天。

工作室申报的创新成果“高速动车组车体制造机器人柔性打磨技术”获2019年度中国中车科学技术奖三等奖；“优化智能产线提升铝合金车体制造质量”获2020年度中国中车科学技术奖二等奖；“铝合金车体组装制造技术”被河北省总工会推荐参评2021年度河北省技术发明奖。

工作室还先后申请发明专利授权15项，实用新型专利授权“钻孔套筒及风钻”等10项，应用于车体生产，便捷高效，充分体现了工作室专利成果的创造性和实用性。

通过张雪松和团队成员传帮带，工作室先后将30多名青年员工培养成技术精英，其中13名员工成为国家和省部级劳动模范、技术能手。同时，张雪松带领大家，面向一线操作岗位编制出15种课件和培训教材，完成5000多人次轮训。在国家和省市技能竞赛上，由张雪松担任主教练的团队，选手共夺得18项大奖。

张雪松说：“只有列车的动力同时启动，整列车才能跑出前进的加速度。”正是秉承着这样的团队合作意识，凝聚着集体的智慧和汗水，工作室攻克了一项项技术难题，取得了一个个创新成果。现在，对知识的尊重、对精湛技术的推崇，正成为中车唐山公司一万多名员工的共同追求。

从工作室到“云课堂”

“新时代的产业工人，不能再像以前那样只是简单地付出体力劳动，而是要勇于站在新技术的前沿，敢于向世界先进技术发起挑战……”

◇ 张雪松在工作室以智能制造为课题培训员工（摄影：王卫平）

这是张雪松 2020 年面向全国工友开展智能生产线知识点网络直播的开场白。

“太及时了，我正好学习工业机器人操作呢！”

“这下解开了我的疑惑，向您学习，张老师！”

“找了好久，终于找到量块使用的视频啦！”

“收藏了，希望将直播进行下去，给更多需要的人。”

……

一时好评如潮，不少“粉丝”在直播间写下了热情留言。

2020 年，当全球发生大规模新冠肺炎疫情后，居家办公、视频直播、网络学习，成为人们工作生活常态。

张雪松利用新冠肺炎疫情防控期间难得的居家时间，针对大家咨询比较多的工业机器人操作相关知识，在收集实际操作中遇到的常见问题和故障后，根据自己这几年在高铁智能产线安装调试和智能产线使用过程中的运用维护经验，编制成课件《工业机器人相关知识和维护保养》。通过中车云课堂和全国总工会平台进行了网络直播，引起全国工友的广泛关注和好评。

谈起第三次在全国产业工人学习平台直播的《量块及其量块附件的使用》，张雪松说："现在网络上关于量块使用的文章非常少，甚至关于量块附件的使用方法也找不到。"但实际上很多青年工人对量块正确使用方法和量块附件作用都不太清楚，甚至有的青工连听都没有听说过量块附件，但这正是钳工等工种在精密测量中必备的知识要点。

为此，张雪松根据自己常年在钳工工作方面累积下来的经验，梳理归类，结合网络和专业书上查阅的大量相关技术资料，制作出详细实用、通俗易懂的课件。为了让工友达到理解、消化、吸收、掌握量块附件的使用方法和技巧，张雪松特意让徒弟李子禹配合拍摄了量块附件使用视频。

3 个网络平台直播，引起全国工人朋友热烈反响，好评如潮，一时间，在网络上刮起一阵张雪松热，点击量当日便达到 10 万 +，工友纷纷收藏视频课件，为张雪松点赞，很多网友和"粉丝"还纷纷留言，希望张雪松再接再厉，将直播进行下去，像电视剧一样定期分集播放。

张雪松没想到，自己一不小心变成了"网红"，更没想到，这些不容易懂的专业技术受到这么多人追捧，这充分说明技术工人对知识的学习热情，说明有相当一部分受众在实际工作中很需要专业知识的普及性讲解。

通过和工作室成员沟通，大家认为既然网络直播广受欢迎，应当将这项工作固定下来，持续做好。张雪松带领团队，从网络上注册了工作室的视频号和微信公众号，将智能生产线中一些技术方面小绝招、小窍门及一些常见疑难故障处理，制作成直观可见的视频向大家播放，同时，在微信公众号以文字同步推出。

视频号和微信公众号推出后，得到各方好评，进一步掀起了青年工人学习技术的热情。他们把观看视频感受和疑惑写进留言，张雪松和工作室成员，每期节目播放后都要及时查看公众号留言，争取第一时间给大家回复。

“我没什么惊天动地的事迹，是国家给了我很多荣誉，时代给了我一个广阔追梦的舞台，我只是践行着终身学习的理念，心怀感恩，每天激情满满地超越自己。”这是我们采访中，张雪松说得最多的一段话。

终身学习，超越自己。一句说起来多么简单，做起来又多么难的事。它需要超于常人的专注执着和加倍付出的毅力，它需要我们专心一致，专注一心，心无旁骛地一条道走到底。

翻开张雪松一本本学历证书，一沓沓获奖证书，仿佛走进他长长的遥无尽头的学习之路。自参加工作开始，他先后取得唐山市、河北省、全国各类比赛技术状元。自学取得河北理工大学机电一体化专业大专学历，取得中国劳动关系学院社会工作专业本科学历，自学取得重庆大学电气工程及其自动化专业本科学历，取得机械钳工高级技师证、机械设备修理高级工程师资质、数控机床装调维修工高级技师证。

“张师父给我印象最深的是特别好学，前段时间，他去常州出差回唐山，因疫情防控在家隔离了 14 天，硬是将一本 300 多页的专业书学完了，太让我佩服了！”工作室成员孙克安向我们说。

是的，学习的路对张雪松来说，从来没有止境，当张雪松和工作室成员，分别被唐山工业职业技术学院等 10 多所大专院校聘任为客座教授，开展校企合作培训新模式时，张雪松觉得肩上担子更重了。

“凡事预则立，不预则废。言前定则不跲，事前定则不困，行前定则不疚，道前定则不穷。”喜欢读国学的张雪松常用这几句四书里的话勉励自己。

他认为，一个人无论做什么事，一定要有计划、有目标，学习更是如此。张雪松更加勤勉地加强自己知识短板的学习，给自己制定学习和讲课计划，每次到学校讲课前，他都提前几天准备课件内容，将自己的学习经历做了一个小课件《开始的路》，作为每次正式讲课前的励志故事，讲给学生听，培养学生的学习兴趣和学技术的积极性。

受聘担任河北省遵化市职教中心名誉校长后，张雪松传道授业的担子更重了。为此，他主动与学校老师合作成立校园工作室。“习近平总书记强调，要以智能制造赋能高质量发展。中国铁路要加快新一代信息技术与高铁的深度融合，持续深耕智能制造。因此，迫切需要一大批有知识、懂技术、肯钻研的知识型员工掌握先进技术。”

这是他在校园工作室为新生开讲的第一课。

现在，在传承技术和技能的道路上，张雪松正在以一名大国工匠的责任和担当，向青年播撒事业和梦想的种子，浇灌技术追梦、技术强国的梦想。

用心打磨爱的光芒

我们问张雪松，作为大国工匠，你最满意和最用情的产品，除了车体制造还有什么？雪松微红着脸笑着说："是给我爱人打磨的蜜蜡项链……"

人人都有一个家，一个不太华丽但却能遮风挡雨的港湾，也许它不够大，不够美，也许它很平常，只是一日三餐的清淡滋味，可是因为有了爱，便有了人世间最可抚慰心灵的实实在在的幸福。

张雪松是幸福的，有爱他的人和他爱的人，正是这份来自家庭的温暖和幸福，给了张雪松心灵和身体最妥帖的安抚，让他像动车一样始终不倦奔跑在高铁列车制造的钢轨上，一直向前。

我们来到张雪松家，一个幸福的三口之家。

一进门，就看见书桌上摆放着一束玻璃瓶养的翠竹。阳光下，透明的瓶身映衬着青碧的竹叶，越发显得竹子挺拔向上，让人不由想起郑板桥"咬定青山不放松"的诗句。张雪松的妻子范红云说："竹子是雪松养的。"我们不知道这是不是一个美丽的巧合，或是一种冥冥中的暗示，它的气质风骨与我们采访的主人公竟如此相似。

书架上一本被翻烂了封皮的国学经典，蒋伯潜版本的《四书读本》。翻开这本厚书，几乎每一页都有张雪松用心标注出的重点文字和阅读后的心得感悟。

张雪松说，这是他研读多年的一本书，里面有关为人处世和修身养性的文字，给了他很多启迪，能让他慢慢沉静下来，他时常将自己所悟所学心得，讲给妻子和儿子听。

说着，张雪松翻开其中一页，“这一段是我给儿子讲得最多的”，我们看到黑线标注处的一段文字：“古之欲明德于天下者，先治其国；欲治其国者，先齐其家；欲齐其家者，先修其身；欲修其身者，先正其心；欲正其心者，先诚其意；欲诚其意者，先致其知……”

“儿子受爸爸影响，现在也喜欢上了国学，喜欢独立思考。”说起儿子，范红云很是自豪。这位身材娇小的秀气女子，却是一位秀外慧中、坚强能干的女子。是张雪松和儿子心中的主心骨。

得知我们来采访，儿子拨通了母亲的视频电话。

我们看到了高大帅气的张晨祥，一名福建华侨大学的大一学生，开始，腼腆的小伙子话很少，我们问一句，他答一句，当我问道：“小石头，爸爸当选为‘最美铁路人’，你有什么想对爸爸说的吗？”范红云说，小石头是张雪松给儿子起的小名，就是希望儿子能像石头一样顽强坚韧。

听我这样叫，小石头打开了话匣子：“爸爸既严厉又温和，他从不会因为成绩骂我，却因为我的学习态度对我失望过，让我明白有时候态度比结果更重要。他对自己要求严格，他认为懈怠会让他老去。我的爸爸，是我的榜样，他的言传身教令我受益终身。”

“同学知道爸爸是制造高铁动车的，都很佩服他！”小石头补充道，声调里透露出儿子对爸爸满满的钦佩之情。

听完儿子这番话，一直站着没说话的张雪松眼神中流露出复杂的神情。他默默走到窗边，若有所思地抬头望向窗外。是啊，这么多年，张雪松一心扑在高铁制造的前沿阵地，妻子范红云一直在背后默默支持他，几乎承担了所有的家务，承担了他作为一个儿子和女婿对 4 位老人悉心照顾的责任，承担了对儿子的陪伴和教育。

“我为家里做得太少了……”

站在窗边，看着天边一轮金光璀璨的夕阳，正散发着最后一丝温热，张雪松的思绪不由回到 2021 年，他去北京开会的时候。老父亲因病住进了医院，孩子刚上高三，范红云白天上班，下班赶紧做好饭菜送到医院，又匆匆回家陪儿子。为了让张雪松安心，范红云直到公公出院，才将这件事告诉他。

“爸爸住院了，你为什么不告诉我？”

张雪松第一次对范红云发了火！

他觉得心里很憋屈，出差开会讲课是很多，可身为家里的独子，工作再忙也不能对老父亲生病不闻不问，就算不能到身边尽孝，但总能打个电话啊！

“我不是不想让你分心吗？”范红云像犯错的孩子一样低下头。知夫莫若妻，这么多年，她太了解丈夫了。范红云想起张雪松刚干动车组那会儿，为了攻克焊接技术难关，他连睡觉都觉得是浪费时间，每天睡三四个小时，偶尔说句梦话都是焊接打磨。

看着低下头的妻子，张雪松觉得对不住她。20 多年来，他的时间和精力几乎都放在车体制造上，妻子从来没有让他为家事操过一点心。她为这个家付出了一切，逢年过节给张雪松和儿子、公公、婆婆买很多东西，唯独很少给她自己买。后来，张雪松的爸爸打来电话：“雪松啊，我这肠胃老毛病了，没啥大事，我知道你忙，没让红云告诉你。”

想到这儿，张雪松从窗边走过来，望着范红云温柔地说：“就像歌里唱的，我的军功章里，有你的一半。”范红云有些羞涩地低下头，脸上飞起一片红云，像极了天边那朵绯红的晚霞。

两串放在梳妆台上的蜜蜡石项链和一个木制手镯引起了我们的注意。拿到手上细细端详起来。蜜黄色的项链坠子，一个被雕刻成了心形，中间镶上蓝色绿松石，显得雍容大方；一个被雕成方形，边上饰以花纹，像一个精致的手提包，无不体现出雕刻者高超的打磨技艺和细腻独到的艺术构思。我们的直觉，这是张雪松的作品，果然他轻轻地点了点头："有一次逛街看到蜜蜡石首饰，红云非常喜欢，嫌贵没有买，我就想给她亲手打一块。"

拿着项链来到客厅，准备拍一张照片慢慢品鉴。范红云笑成一朵花："这项链是雪松从网上买的蜜蜡石，亲手打的。"说着，又拿来好几本影集，"这是雪松给我和儿子拍的。"原来，在我们眼中话语不多，有些腼腆和木讷的"理工男"张雪松，在生活中是一个有

◇ 张雪松在高铁地板组焊工序为员工讲解机器人操作技巧（摄影：王卫平）

情调、很浪漫的人，他喜欢运动健身、喜欢摄影、喜欢看电影、喜欢带家人一起去看远方的美丽风景。

采访就要结束了，一张书桌上摆放的照片引起了我们的注意，照片中张雪松站在国旗飘扬、鲜花盛放的天安门广场，帅气挺拔、神采飞扬，脸上溢满幸福的笑容。

“2019 年国庆节，是我永远难忘的回忆。”张雪松感慨道，将我们的思绪带回那个特别的时刻。

2019 年国庆节，北京天安门广场鲜花怒放，红旗飘扬，鼓乐合奏，礼炮齐鸣，一列列整齐的仪仗方队，迈着铿锵有力的步伐，从天安门广场依次通过。

张雪松作为全国劳动模范代表，受邀参加天安门广场新中国成立 70 周年庆祝活动，和复兴号彩车一道接受全国人民检阅。

复兴号彩车缓缓从天安门广场经过，张雪松和劳模一起挥舞手中鲜花，高喊：“不忘初心，牢记使命，中国共产党万岁！”

这一刻，张雪松心中涌起海浪般跌宕起伏的激情，一波波难以抑制的豪情壮志在心中升腾。他不能忘记自己作为党的十八大和十九大代表，曾两次走进庄严雄伟的人民大会堂，他不能忘记自己在党旗下发过的铮铮誓言，他为自己是一名铁路人感到无比骄傲，他要和高铁动车一起奔跑，不停奔跑，为心爱的动车贡献自己的光和热！

在全国劳模表彰大会上，习近平总书记给张雪松颁发奖章时亲切地叮嘱他，戒骄戒躁，争取更大成绩。

“制造高速动车组是数万名员工共同努力的结果，我只是代表大家站在荣誉前，他们应该获得更多掌声。”回到厂区之后的座谈会上，张雪松说得很实在。

作为“高铁工匠”的代表，面对未来，张雪松说：“我们要掌握更多新技术、新本领，制造出速度更快、质量更好、乘坐更舒适、更加经济安全的高速动车组，推动铁路高质量发展，用中国高铁连接世界、造福人类！”

2021 最美铁路人 ZUI MEI TIE LU REN

郑天海

沱沱河的旗帜

——记青藏铁路公安局格尔木公安处乘警支队政委郑天海

◎ 艾诺依

郑天海的梦，从长江西源的沱沱河北畔开始延伸。

唐古拉山近在咫尺，可可西里就在脚下，世界海拔最高的铁路派出所——沱沱河站派出所就坐落在这里。

派出所小院里常年升起一面五星红旗，在这面旗帜下，所长郑天海带领 25 名民警常年坚守此地，管辖青藏铁路 582 公里环境最为恶劣的线路，负责管内 27 个车站的安全保卫工作，守护“天路”平安畅通。雪山上那一抹最美的中国红，惊艳了时光，也温暖了人心。

沱沱河一年只有两季，冬季和大约在冬季。郑天海还记得，刚来沱沱河站派出所执行任务时，躺在线路边的帐篷里，半夜被冻醒，耳边只听到帐篷在寒风中呼呼作响，点燃的蜡烛几次被风吹灭，几个人被冻得抱成一团，围在炉子旁坐到天明。

常年高寒低温、空气稀薄缺氧、太阳辐射强烈，在这个连站立都会气喘吁吁的“生命禁区”，郑天海日复一日、年复一年守护了 10

个春秋。

寒风冷峻，郑天海站在沱沱河边，雪花纷纷扬扬盖在他的身上。河水倒映出岁月流淌的痕迹，从朝气蓬勃的青年到两鬓斑白的中年——青紫的嘴唇、后退的发际线以及被强烈紫外线照射出的黝黑脸庞。雪花飘向这里的每一座山、每一条河、每一个帐房、每一个牧户、每一个车站、每一架桥梁，高原10年的坚守，他一直在路上。

天还没亮，郑天海已经踏上了安全巡护的路，线路治安隐患排查的警车沿着铁路一头扎进茫茫荒野。

这一路，遇到受困的旅人，郑天海赶紧出手，他的手伤了、脸破了、脚冻得没知觉了，衣裤全结成了冰块，车终于脱困，他在水沟里洗把脸，又向下一户牧民家中驶去。

这一路，他时常会见到牦牛、藏羚羊，它们会驻足发出“哞哞”“咩咩”的叫声，向郑天海打招呼。铁路线上列车呼啸而过，牧民见到郑天海都热情地握着他的手说：“奔达（兄弟）！贡康桑（你好）！”走家串户，帮助牧民解决困难，向牧民面对面讲解铁路安全知识，这些工作如同一本光阴的日记，记载了一段段动人的故事。

他，比旁人更知道这条路的意义。

沱沱河，已经成了郑天海的第二故乡，这片土地成为他心中的牵挂、难舍的爱恋。

人这一辈子，能够用脚步丈量多远的路程？可以攀登多高的山峰？

新春伊始，我来到青藏高原，汽笛声声响彻荒漠深处，沿着郑天海的足迹，丈量他行走的路程、领略他攀登的高峰。

芨芨草的信仰

郑天海把自己比喻成一种小草，它叫芨芨草。

芨芨草生长在戈壁荒漠，1980 年 11 月，郑天海出生在宁夏回族自治区中卫市沙坡头区，这里是国家级沙漠生态自然保护区，在郑天海的印象中，咫尺之间可以领略大漠孤烟、长河落日的奇观，大漠、黄河、高山、绿洲集结一处，就是这西北风光之雄奇与江南景色之秀美，诉说了顽强生命力的无限可能，塑造了西北汉子杂草般坚毅挺拔、不屈不挠的品质。

人生宛若一列鸣笛前行的火车，每个站点都在心中印刻独特的风景。

在郑天海母亲的眼中，儿子自小独立能干、吃苦耐劳。学生时期，郑天海的寒暑假几乎没有停歇的时间，从田间地头到苗木林场，他一直帮着家里分担压力。他知道家里老人年迈、妹妹还小，总是节俭着花每一分钱，就算是一块钱的牛肉面也舍不得吃，每次经过都是闻一闻扑鼻的香气就走开了，彼时懵懂少年的他用小小的肩膀扛起男儿的责任与担当。

热心肠的郑天海时常也会在忙碌之余，帮着同学家干农活，一次，同学看郑天海这么勤劳辛苦心中过意不去，想给郑天海工钱，郑天海连连拒绝，想了想就说："请我吃碗牛肉面吧！"同学爽快地答应了，吃着这碗劳动换来的果实，郑天海感到心满意足，浑身有着使不完的劲儿。

在甘肃政法学院实习期间，郑天海到地方派出所工作，成为社区的一名片警，和周围的老百姓打交道非常多。两个多月的时间，他的“好友”上至七八十岁的老人、下至找他要糖的小娃娃，郑天海关系最好的“兄弟”是一位门卫的大爷，两人经常聊周围居民的情况，一来二去两个人就“无话不谈”了，郑天海喜欢和群众在一起，他常说，和大家在一起干活浑身有力量！实习结束的时候，街坊邻居们都舍不得、离不开这个值得信赖的小伙子，拉着他的手，不断叮嘱他“常回来看看”。

或许，是这粒种子在心中发了芽，毕业后，郑天海选择来到了西宁铁路公安处工作，正式成为一名铁路民警。

时光列车呼啸而过，他至今仍清楚记得自己从警后的第一个工作岗位。

“我在这里，我在这里！”24 岁的青年小伙郑天海站在冰凉的铁道线上，大声呼喊着站台上接站的人。那时大约是 11 月，在黝黑的夜色中，一只明晃晃的手电筒映照着他的双眼，他用手挡了一下，兴奋不已、连跑带跳，奔向这片名叫连湖站的土地。那时的小伙儿充满昂扬斗志和满腔激情，他立志要在铁路公安战线做出点成绩、干出个名堂。

然而，第二天清早，等待他的却是院子里两棵光秃秃的树。

一棵树歪着脖子，化作问号的姿势。

一棵树死了。

郑天海心底向上生长的种子像这棵枯树般被现实禁锢。这里渺无人烟，院子外面是荒凉的戈壁，比家乡还要萧索，和他聊天说话的人只有门口小卖铺的售货员，哪里有人民群众等着他解决疑难杂题，更没有大案要案等着他去侦破，稀疏来往的顾客看着他满脸笑容，仿佛是在笑他异想天开。

郑天海想过要离开，但不知到哪里去，他就像戈壁的一粒普通石子，大风一吹，自由落体在一个地方。

他又似是一棵杂草，随风而来，生根驻扎，坚韧成长。

长不成一棵参天大树，也不甘愿做一块砾石，那就做春风吹又生的杂草吧，适合在任何地方生存。

来年 5 月的时候，郑天海又被调配到察尔汗站派出所。在察尔汗 3 年多的时间里，郑天海有了一个新“伙伴”——一辆即将报废的警车。这是派出所唯一的交通工具，车停在角落里许久无人问津，郑天海却如获至宝，不仅每天勤快地擦拭车身、修缮车体，还买了一个录音机安上去，可以播放磁带唱片，看着这“焕然一新”的警车，大家生怕弄脏了，同事之间笑着说：“乘坐天海那辆车，我都不好意思抽烟，太干净了。”

勤快的郑天海永远闲不住，工作之外的时间，他还打扫卫生、帮着厨房师傅做饭、烧锅炉等，再脏再累的活儿，在他眼里都是举手之劳。

郑天海也没有想到，平静漫长的日子有一天会被打破。

当人生列车抵达“沱沱河站”的时候，郑天海经历了里程碑式的成长，真正改变了他的生命和生活。

比远更远的地方

无论是恶劣的工作和生活环境，还是对遥远家人的深切思念，都没能阻挡郑天海前行的脚步。

2010年5月，郑天海还有半年就要迎来“三十而立”，他把对妻子和不满周岁女儿的思念珍藏在心里，毅然选择来到了沱沱河站派出所。

沱沱河站派出所，屹立于海拔4500多米的青藏高原上，这里终年积雪，冰川广布，工作条件十分艰苦。走出派出所大门，往西200多米是河汊纵横的长江西源沱沱河，沱沱河水总是用一种母亲乳汁的“厚爱”滋养着海西周边的山地、草原，用生命之源催绿山川大地。顺着河流方向的远处，万山之祖昆仑山连绵起伏，白雪皑皑，沱沱河还有一个名字叫鬼门关，自然美景的背后是气候恶劣、人烟稀少、终年低温。“风吹石头跑，十里不同天；氧气吃不饱，四季穿棉袄”就是对雪域天路恶劣自然环境的真实写照。

从2010年到2020年，郑天海在这里坚守了整整10年。

沱沱河站很小，小到铁路运行时刻表上找不到它的名字，因为它只是个临时乘车点，不对外售票，每天停靠一对列车。沱沱河站又很大，青藏铁路二期全长1142公里，沱沱河站派出所管辖其中的582公里，占据“半壁江山”，铁路穿过广袤的“无人区”可可西里，经过463公里的冻土层和世界海拔最高的铁路隧道风火山隧道，越过海拔5072米的世界铁路最高点。

用老民警的话说，这里的冷“嵌入灵魂”，不只是气候恶劣，刚来的时候，老民警还告诉郑天海这里有许多野生动物出没。有一次，民警张善忠在雁石坪车站执行任务时，意外与一群狼遭遇。那晚天空中飘着鹅毛大雪，张善忠打着手电深一脚浅一脚地走到线路边，突然，他发现几颗绿荧荧的光点朝他移动。借着手电亮光，他隐约看到几头狼。显然，狼群已经将他视为猎物，一步一步向他逼近。

周围没有其他战友，张善忠只能捡起一块石头与狼对峙。镇定、镇定，他不断暗示自己。这是一场智慧与胆量都不能缺少的较量，直到一阵尖厉的汽笛声从远处传来，狼群才掉头离开。

为了青藏铁路线的安全，民警们还要在沿线栽宣传栏、扎帐篷，没有钢钎根本无法刨开冻土，民警一边燃起牛粪烤化冻土，一边用钢钎开凿，在冻土上挖一个不足一米深的坑常常需要五六个小时。

“牛粪是个好东西！”郑天海常跟朋友这样讲。外出线路治安排查的时候，一出去就是一天的时间，什么情况都会发生，温饱问题也要在路上自行解决。刚来派出所的时候，郑天海学着老民警的样子，带上了军用水壶和铝制饭盒，在这里矿泉水走不了多远就会冻住结冰，水壶和饭盒可以随处找几块牛粪生个火热一下、垫垫肚子，郑天海时常拿出冰坨坨一样的馍馍烤火，想烤多硬烤多硬，吃个热乎气儿。

在沱沱河站派出所上一个班就是半月之久，大家都不敢洗澡，生怕着凉感冒引起一系列高反症状，影响开展工作。枯燥乏味的工作之余没有什么娱乐活动，郑天海在一所废弃的小学里找到一个破旧的篮球筐，搬到派出所院子里，大家也不敢跑动，只是饭后能站在篮筐下投投篮就很开心了。

这样生存与生活条件的双重挑战，丝毫没有击垮积极乐观的郑天海，他又有了一个新“伙伴”——工具箱。

打开老损破旧的工具箱，里面摆放着各种各样的修缮工具，万用表、电烙铁、管钳、冲击钻、手钻、扳手、螺丝刀，等等，一些路段没有公路、草甸开不了车，工具箱就跟随郑天海徒步蹚水、高原爬坡。

在雁市坪警务区里，郑天海经常忙忙碌碌地摆弄着这个新“家”，他熟练地把工具箱放在身旁，用铁丝一圈圈缠绕“嘎吱嘎吱”响声不断的桌椅板凳，又找来别人舍弃的电暖器，一个个修理好，最后安装在派出所和警务区。

郑天海知道从格尔木运输物资上来太不容易了，大雪封山、公路堵车，一堵就是半个月的时间，派出所里的氧气就是靠汽车从420公里以外的格尔木运送到山上，再由民警一罐一罐抬进房间，医用氧气瓶特别重，两三个人抬一瓶都费劲，每次把40余瓶氧气抬到二楼，大家都累得喘不过气来。

遇到“小”困难，倒不如自己动手解决，同事们对这位“能工巧匠”都忍不住竖起大拇指。

其实，乐天派的郑天海也有痛苦，他都默默藏在心底。

刚来到沱沱河，强烈的高原反应给郑天海当头一棒。半夜刚下火车，凛冽的寒风直往骨头缝里钻，郑天海瞬间感觉全身被冻透了，严重缺氧让呼吸非常困难，就像鼻子上捂了一块厚厚的湿毛巾，胸闷、头疼随之而来。接下来几天，白天不想吃饭，晚上睡不着觉，每天都昏昏沉沉的，小腿像灌了铅、头顶像上了锁，身边的一切事物在高海拔的魔力下，一一与郑天海“较劲儿”。

在沱沱河站派出所初期，郑天海和同事们住在临时活动板房，日常喝水、吃菜都要靠汽车从格尔木送来，上个厕所还得提防恶劣天气的“恶作剧”，除此之外，时常断水停电、没有网络、电视机信号突然中断，生活环境同样让人“望而却步”。所内没通自来水，不能洗衣服，做饭也只能省着用。

面对极度艰苦的条件，有些人打起了退堂鼓，申请调换工作岗位，郑天海却毅然决然地选择留下。

不到一个月，郑天海瘦了 10 多斤。

轮休下山，妻子看着又黑又瘦的郑天海，心疼地掉着眼泪说："天海，实在不行咱就下来吧。"

当时，郑天海留下的决心已定，但又怕妻子担心，就说："没事的，大家都这样，时间长了就适应了。"

他知道，老一辈青藏铁路人历经千辛万苦，建成了这条天路，总得有人去守，既然选择了沱沱河，就没有退缩的理由，再苦再累也要把它守护好。

为了排解忧愁、孤独、苦闷等不良情绪，郑天海从格尔木带到沱沱河一盆吊兰。

当深夜难眠、辗转反侧，郑天海坐在孤寂无人的警务区办公室里，无言望着这盆高原冰山上的吊兰，时常想起自己的家乡，想起自己的亲人——家乡中卫的独特景观仿若一首雄浑悲壮诉说人与自然错综复杂关系的乐章，也是一幅情景交融记录人和自然生存轨迹的图表。

抚养郑天海长大的奶奶曾说："世上只有享不了的福，没有吃不了的苦。"他明白，用心去做一件事，所有的困难都会迎刃而解。

没有不能适应的环境，从一棵杂草到一盆吊兰，郑天海的决心从未动摇。

冻土也有温情

说到来沱沱河工作后的真实体会，郑天海却有另外一番感慨：

“自驾进藏旅游的人越多，需要帮助的人也越多，遇有高原反应的，我们是护理员；遇有伤者病者，我们是医务员；遇到车胎爆裂、车体故障，我们就是修理员；遇到求救者，我们又是救护员……我们是民警，是沱沱河的守护者。”

在郑天海的宿舍和办公室里，找不到一件与工作无关的东西。墙上挂的是22本辖区各类情况台账和4个工作笔记本，床头堆满了业务书，桌子的玻璃板下压满了辖区示意图、桥隧涵洞方位图、群防组织一览表等各种图表。

辖区内哪段线路病害较多、哪个栅栏门容易被破坏、哪个区段需重点防护野生动物，他都了然于胸。

遇有翻山、涉沟、爬涵洞等艰巨任务时，郑天海总是冲在最前面。

10年中，郑天海几乎包揽了对辖区牧民的普法宣传任务，在他

◇ 郑天海带领民警唐古拉山镇赛马场开展法制安全宣传（摄影：郭浩选）

的宣传下，藏民学法用法意识普遍加强。他风雪无阻，访牧户、进学校，张贴宣传画、发放宣传品、播放宣传片，牧民转场途中、赛马会上都有他忙碌的身影。彼此熟稔后，许多牧民遇到困难，第一时间想到的就是他。

一个雷鸣电闪、风雨交加的傍晚，唐古拉山地区突降罕见的暴雨，他接到牧民布琼的求助电话，牧民在转向夏季草场的时候，皮卡车陷在水沟里出不来，也不能动弹。郑天海安抚了他们之后，随即带上 3 名民警一同前往现场救援。

一路上闪电不停地在眼前击打路面，不知道是身处高原的缘故还是由于在山间，每一道闪电都异常清晰，仿佛车顶快被劈开，炸在自己的头顶。

豆大的雨点打在车窗上瞬间炸开，雨刮器根本来不及刮水，看不清道路，只能摸索前行，在崎岖的山坡上驱车两个多小时，又因不清楚具体的陷车位置，他们在雨夜好不容易才找到了救援地点，老人和孩子快被冻僵了，顶着毯子的身体直打颤。

郑天海把他们先护送到警车上暖和暖和，又蹚着没过小腿的积水，一点点卸下车上的帐篷家什，随后又和几个民警使出浑身解数才把皮卡车拉出来，牧民布琼一家脸上如释重负，高兴极了，对民警们连连感谢，车上都是赖以生存的必需品。几位民警因过度缺氧，瘫倒在冰冷的草地上调整休息。

第二天，布琼专门来到派出所，亲手将洁白的哈达搭在郑天海的脖子上。

还有一次郑天海接到求助电话，牧民在剪羊毛的时候，孩子不知道去哪了，很久也没找到。郑天海了解这个孩子，因小时候高烧没能及时治疗，神志有些不清楚，收到求助后，他饭也没顾上吃，拿着手电筒就和牧民一起寻找，一晚上搜寻无果，失望而返，第二天郑天海没有放弃，清早就和牧民再次出发，不经意间，在一个山沟沟里看到孩子安然无恙地躺着睡着了，这下，郑天海才松了一口气。

牧民思求多杰老两口膝下无子，他自筹资金，按时送去大米、面粉；牧民阿妈拉的牧场离集市太远，他定期送去蔬菜米面。当地牧民发自内心地说："能遇到这样好的公安民警，真是有福气啊！"

在线路安全方面，最让郑天海放心不下的就是牛羊上道问题，一来影响行车安全，二来给牧民造成财产损失。通过一户户做工作，签订安全协议书，协议书虽然有了，但是郑天海还是非常重视避免此类问题发生。

为了提醒牧民不让牛羊上道，民警们一年四季追着牧民开展路外安全宣传。曲桑等 3 家草场离派出所很远，每年都要跑五六趟。2015 年 10 月，在去草场的路上，郑天海不小心摔倒在冰冷的河水里，浑身上下湿透了，刚到曲桑家就发起了高烧。

郑天海无力地躺在帐篷里，曲桑连忙拿来感冒药，动情地说："你来来回回太辛苦了，其他两家以后我替你们宣传吧。"

听了曲桑的话，郑天海心里就像喝了热腾腾的酥油茶一样暖和。多年来，像曲桑这样的义务宣传员越来越多，在天路上编织出一张群防群治的安全防护网。

与此同时，派出所还在藏族小学成立了"小羚羊"爱路护路小分队，达到"宣传一个孩子，带动一个家庭，影响一片牧区，推动一线平安"的效果。沿线牧民们自发争当"义务护路队员"，和民警一道守护青藏铁路这条团结线、民族线、幸福线。

回想这些年，郑天海收到了无数的哈达，比锦旗和感谢信还要多，藏民从怀疑、犹豫到认可并主动求助，每一条哈达背后都有感人的故事，一条条哈达成了心灵的桥梁，大家都觉得这里有郑天海，心里踏实，见到郑天海总有聊不完的话，说不完的情。郑天海在辖区时常会受到最好的礼遇，过节杀猪宰羊，牧民都会把最好的菜留下来，等郑天海上门品尝。尽管他们都知道郑天海从来没有吃、喝、拿、要的坏习惯，但大家的一片盛情却是发自内心的。格桑花，寄托着藏族人民期盼幸福吉祥的美好情感，如今，在牧民心里，郑天海就像格桑花一样，给他们带来了希望、幸福。

郑天海不仅守护天路、守护牧民，他就像在雪域高原顽强生长的格桑花，还要守护来往的游客。

在郑天海的办公桌旁常年挂着一条拖车带，10 年来，拖车带不知道用坏了多少条。青藏高原海拔高，自然条件恶劣，风雪、严寒、道路结冰、高原反应严重威胁着长途车司机安全。在沱沱河站派出所管辖的 582 公里范围内，多数是无人区，一旦车辆发生事故，第一时间救援就成了沱沱河站派出所多年以来默默承担的一项职责。郑天海外出工作经常碰到车祸事故现场，为方便救援，拖车带、铁锹、千斤顶、急救药品等他都随车携带。

2015 年的一天，青藏公路一辆大客车翻下路基，28 人受伤被困，郑天海带着民警闻讯施救，飘飞的大雪、刺骨的寒风，再加上缺氧和劳累，民警们个个嘴唇青紫、呼吸困难，但没有一人退缩。终于在奋战两个多小时后，所有被困人员得以安全救出。

此时，郑天海和同事们已累得满身大汗，冷风一吹，风雪直往领口里灌，“冻得我咬牙直哆嗦。”说起当时的场景，郑天海仍记忆犹新。

然而，还没顾得上喘口气，派出所民警又接到3起求救警情，创下一天处置事故警情4起、连续施救近10个小时、解救群众35人的救援纪录。大家的手脚都被冻得失去了知觉，脸上、手上、胳膊上布满了伤口，衣服裤子都结成了冰块。

事后，几名游客把一面印有“无私救援、为民解忧”的锦旗送到郑天海手中。郑天海婉言谢绝了，他说：“你们满意，就是我最好的锦旗！”

这样的救援从未间断。上百辆事故车辆得到救助，帮助近400名游客脱困。

到了每年七八月间，派出所辖区草色葱茏、河水清澈，此时也是全所最繁忙的时候。个别被玉珠峰、昆仑山美景吸引而来的自驾游客会偷偷翻越栅栏，攀上站台取景拍照；有的旅客甚至铤而走险，爬过涵洞在线路旁取泉水，拿酒精炉煮方便面。郑天海带领民警不停地来回驾车劝离，有时一天出警5次，开车奔波上千公里。

尽管在乘客眼中，沱沱河站只是漫长旅程中一晃而过的无名小站，他们甚至不会注意到站台上敬礼的身影，但对于郑天海来说，守在这里，就是守住了出入高原的平安“天路”。

藏羚羊，我为你引路

青藏铁路是世界上海拔最高的铁路，自然条件恶劣。最典型的是沱沱河站派出所辖区，582公里线路横跨昆仑、唐古拉两大山脉，包含了三江源自然保护区、可可西里自然保护区。

三江源地处青藏高原腹地，是中国最大和最高的天然湿地，是长江、黄河及澜沧江（湄公河）的发源地。三江源地区是野牦牛、野驴、藏羚羊、黑颈鹤等大批珍稀野生动物的栖息地。可可西里，则是中国最大的无人区，它静谧安详的夜晚，一度曾被盗猎者和盗采者的枪声打破，并让许多人为此付出生命。

冬季，郑天海和同事们要经历零下近 40 摄氏度的严寒、十几级大风和暴雪，在哈气成霜的天气里，手脚被冻伤是常事，不过，雨季线路治安排查更是炼狱一般，在这里，里程是一个不可相信的概念。100 公里在高速上还不到一个小时的路程，在高原地区可能要走上四五个小时，如果遇上特殊天气，可能会被困上数天甚至更长的时间，这里常常没有信号，更没有网络，似乎是与世隔绝的地方。

郑天海说，在广袤的青藏高原，自己才感觉到人在大自然面前真的十分渺小。在这种难以想象的恶劣环境中工作，郑天海和自己的战友也成了一支意志力和战斗力都惊人的钢铁队伍。

倘若外出开会不去排查线路治安隐患，郑天海还有点儿不太习惯。出于心底的爱，郑天海在线路治安隐患排查工作中摸索出了“三四五六”巡线法，即“三结合”（巡线与安全检查、社情调查、法制宣传相结合），“四必巡”（重点区段、牧民转场、列车通过、施工地段必巡），“五必查”（治安问题、闲杂人员、行车设施、路材管理、隧道管理必查），“六必带”（望远镜、影视设备、勘查设备、通信设备、食物饮水、防寒衣服必带）。

每年的 5 月，数万只藏羚羊会向可可西里腹地的卓乃湖附近集结产崽，这是迄今为止地球上最为壮观的三种有蹄类动物大迁徙之一，整个迁徙期持续一个月左右，这个时节，藏羚羊通过青藏铁路、青藏公路，向可可西里卓乃湖迁徙，为保证藏羚羊的迁徙，民警手持警示手牌，守在线路边，采取暂时交通管制、禁止鸣笛、巡护救助等措施，让迁徙的藏羚羊群能够顺利通过线路，保证藏羚羊在迁徙途中不受或减少人类的干扰。

2014年，他在寒风中守候了40多分钟，直到确认动物和线路行车安全后，他才放心离开。

从2006年起，可可西里就没有再响起过猎盗者的枪声，2017年7月7日，可可西里获准列入世界遗产名录，如今，坐火车或开车经过可可西里，人们常会看到包括藏羚羊在内的各种野生动物奔跑在原野上，动物保护站也给予了它们诸多的关爱。

郑天海和民警还帮助保护站，带回一些与母羊失散的小羊。在藏羚羊产崽的过程中，许多羊被野狼吃掉，小羊成了没妈的孩子，有的位置离保护站很远，而保护站人又少，郑天海接到保护站的求助电话后，都会帮助把小羊送到保护站抚养。这里的工作人员成了小羊的监护人，郑天海有时间也会去看望它们，等它们长大以后，再离开这里回归大自然。

郑天海也羡慕这里的志愿者，他们掌握着许多救助国家珍稀动物的知识和技能，认真好学的郑天海经常主动和志愿者交流，他觉得在这片“无人区”总有用得着的时候，自己就可以尽一份绵薄力量。

曾经在风雪中翻滚的钢铁汉子，就这样一转身又变成了野生动物的“大暖男”。

除了藏羚羊，也还会遇到其它“庞然大物”的时候。

一天凌晨，郑天海接到报警电话，一司机报告有野生动物闯入线路，这些庞然大物破坏力很强，处理不好就会对行车安全带来严重隐患。他们火急火燎地赶过去。漫天的大雪中，在零下 20 多摄氏度的严寒天气下，踩着没脚脖的积雪，打着手电一步步艰难寻找。

3 个多小时后，他们终于发现栅栏里面的雪地上有一行模糊的动物脚印，顺着脚印，他们很快发现 K1124+300m 处，闯入栅栏的竟然是一只体型庞大的野牦牛。

远远地看见这头野牦牛正在线路上溜达，大家赶紧上前驱赶，想不到它犯了牛脾气，从这边轰，它就往那边跑，时不时还冲民警示威，就是不出线路。在保证野牦牛安全的情况下，他们采取多种措施，4 人分成两组，从两头往中间赶，好不容易把野牦牛撵出了被它撞倒的护栏缺口，将野牦牛驱离线路。

看着野牦牛远去的背影，民警累得瘫坐在路基旁，像牛一样喘着粗气，但听着列车安全通过的汽笛声，心里无比踏实。

“大管家”小温暖

半年成为警务区警长，两年被提拔为副所长，5 年晋升为所长，这是郑天海在沱沱河的成长履历，他带领全所民警用脚步丈量每一寸线路，用心检查每一个车站。

在沱沱河，雨天影响外出，晴天也安全不到哪去，多雨的夏季让草场披上绿装，也唤醒了沉睡一冬的沼泽，在表面绿草的装饰下，沼泽和草甸看不出什么区别，用脚一踩像是踩在海绵上一样。

有一年，郑天海带着负责沿线法治宣传工作的刘海云一行，去开展沿线法治宣传，牧民由于流动放牧，都分散在了草原的各地，开一天车也找不到几户，结果刚签完一户的《防止牛羊上道责任书》，越野车就陷入了沼泽。大家下车后，眼睁睁地看着地下水渗出，漫过车轮，任凭如何踩油门，车轮就是空转。真是要命的事，这里离唐古拉山镇还有100多公里，等救援车过来，车子肯定泡水了。最后商量决定，去找石头垫车轮，用千斤顶把车打起来，再慢慢往外开。可是这片大草原石头太少了，小的还没法用。

郑天海带领民警们分散开来，卷起裤腿，四处搬石头，由于高原缺氧，没搬多久，大家就累得瘫倒在地上，刘海云脸色发紫，气喘吁吁，豆大的汗珠砸在地上，两眼发直，突然间倒在了沼泽中，大家急忙将他捞出，插上了氧气管，他大口喘着粗气，缓了半个多小时，才慢慢站了起来，又和大家一起投入到推车的行列之中，经过大家来来回回几十趟的往返，硬是在沼泽中铺出一条石头路，车终于脱困了，民警们露出喜悦的笑容。

冬天，寒流会把大地冻成一块绵延数百平方公里的巨大冰块，这也是修建青藏铁路时遇到的世界难题——高原冻土。而这时候是一年中外出线路安全检查最危险的时刻。

2018年春节时，郑天海和贾森团在所里值班，民警曹有强和吕小奇在不冻泉警务区。当天晚上郑天海给他俩打电话都打不通，警务区值班民警说他俩下午就出门到牧民家做宣传，现在还没回来。郑天海很紧张，要知道，不冻泉警务区风大雪厚，而且紧邻可可西里自然保护区，野生动物众多，这寒冬腊月的一旦出事，后果不堪设想。就在大家准备联系不冻泉工务部门的同志帮忙找人时，他俩终于有消息了。原来是下雪路滑，到牧民家时已经下午5点多，工作结束后他俩往警务区赶，结果半路警车出故障了，车辆无法启动，山里也没有信号，无法呼叫救援，俩人只能先爬到山上，往有灯光的方向走，就这样不断地翻越山坡，看着一点点微弱的灯光变大，变亮，再变多，终于走回了驻地。

那天，吕小奇的耳朵冻伤了，他还开玩笑说："幸好没遇到狼，要是一只我俩还能搞定，多几只可咋办？"经过这件事，吕小奇落下了病根儿，一到冬天就特别容易冻耳朵。不过也因为这事，这哥俩关系也变得更加好了。

类似的事在所里数不胜数，民警们都是一起经历过风霜雨雪的，工作中是战友，生活中像兄弟。

环境上的困难和身体上的不适，这个团结向上的集体咬牙都克服了过去，在沱沱河工作最难以适应的是心理上的孤寂。

由于派出所管辖线路都在海拔 4000 米以上，环境恶劣，民警们只能用倒班的方式缓解身体的不适。曾经的沱沱河所是没有网线的，连续近 20 天的工作，除了完成各项任务，娱乐活动少得可怜，所里的值班室成了大家最喜欢扎堆儿的地方，因为这里有电视机，电视节目成了民警们接触外界的窗口，而手机流量是要等晚上留给家人视频通话用的。遇到电视信号不好的时候，就只能自娱自乐了。

每年新民警分配过来，都要经受一段心理上的考验。刚开始还有股新鲜劲儿，能到处走一走，但沱沱河周边实在太单调了，边上的唐古拉山镇还没内地一些小区大。随着时间的推移，大家的寂寞感愈发严重。聊天也是一样的，所里就这点人，翻来覆去就那几句话，好不容易熬到换班的时候，等回到城市又发现自己格格不入，刚下车还穿着山上的棉服，周围穿短袖的路人都用异样的眼光看自己。看着马路上来来往往的车辆和街道上熙熙攘攘的人群，完全适应不了这突如其来的热闹，社交恐惧症仿佛又严重了几分。

在沱沱河站派出所工作过的人，都是非常重感情的，走过了无比孤寂的岁月，会格外珍惜生命中遇到的每一个人，一同走过的每一段路。

坚守就是听起来这么简单，做起来却困难重重的事，从派出所成立以来，一代代民警用青春和汗水守卫了这条平安天路，这个集体不仅被公安部命名为全国优秀公安基层单位，还在2020年荣获第四期全国公安楷模称号。

所里大部分都是家在外地的年轻人，无一例外，都面临着恋爱、结婚、养老、子女抚育等难题。

作为全所“大管家”，郑天海不分昼夜地忙碌。治安联勤联动他出面协调，法治教育他走户入校，所里民警的日常琐事他也样样记挂在心——民警程建平的妻子遭遇车祸，他发动全所进行捐款、自己和休班的同事轮流去医院照顾；民警史锟家庭发生变故，他苦口婆心彻夜劝导……

这样的事情太多太多，山河岁月里，总有一些平凡小事，在时间的细碎褶皱里上善若水，彰显着“天海”本色，其中大部分郑天海已记不清，但他帮助过的战友们却始终把“老郑”的“好”铭刻在心。

有一次，所里来自山东的民警小尹接到身患食道癌的父亲突然病危的消息，情绪异常激动，马上找到郑所长请假，希望连夜赶回去。此时，下山经停的列车已经没有了，小尹一刻也坐不住，想要自己借辆车开下山去，郑所特别理解小尹的心情，不断耐心安抚他

◇ 郑天海（左一）和同事在沱沱河站候车室开展安全检查（摄影：郭浩选）

的情绪，让他越是这个时候越要清醒冷静，劝告他大雪封路，夜里更是危险，还没回到家，可能自己就先把命搭在这路上了，不能因冲动行事造成不可预想的后果。那晚，小尹没合眼，郑所长也一宿没睡。

“小尹，走了，快！拿上东西！”

小尹无法忘记那个清晨，远方的鱼肚白还没亮起，高反加上夜里没休息好，小尹有点头晕脑涨，郑所长兴奋地快步走到他面前，让他抓紧时间收拾一下，不用等下山的列车了，郑所长联系了熟悉的货车司机，顺道把小尹带下去。郑所长还不好意思麻烦别人，提前准备了两包烟表示答谢。

小尹没有想到郑所长安排得这么全面周到，还没搞清楚状况的时候就被送上了车。

“谢谢啊，郑所……”

话还来不及多说就被郑所打断了："快走吧臭小子，你自己下山我真不放心，家里有事就好好照顾，有什么需要再告诉我。"

虽然小尹下山后就马不停蹄地坐上列车赶回家，但还是没有见到父亲最后一面，然而对郑所小尹充满感谢，在他心里，老郑始终是那个遇到任何事都给战友同事们"兜底"的人。

事实也是如此，无论是谁家里老人去世，他都会安排好，如果没有列车下山，就主动协调所里的司机想办法送他们走；无论是谁的家人生病，他都当作自己的兄弟姐妹，时刻关心他家人的病情，一名辅警的妻子患了红斑狼疮性肾炎，辗转北京、上海、西安等地，还是没有治愈希望，郑所长告诉他抓紧时间看病，工作上的事之后再说。等料理完后事，大半年过去了，辅警回来整个人累脱了相，他啥也没说，抱着郑所长泪流不止，郑所长不停安慰："回来就好，回来就好……"

郑所长就像这个家庭的大管家，大家打趣说郑所是"万能"所长，"有困难找郑所"——不仅成为当地牧民的一句话，也是民警心中的一句话。

一天中午，郑天海出外线路治安排查回来，看到派出所门口民警小张一脸愁云、思绪万千，上前打招呼也半天没反应，打趣道："怎么了兄弟，这是碰到什么天大的事了？"

民警小张看到郑所回来，一时不知从何说起，只好指了指所里。

郑所走进去一看，原来是小张的妻子抱着孩子找到单位来了，妻子说什么都要把孩子放下就走，郑所长拉住她说："小妹啊，咱单独谈谈。"

因为在外工作时间长、路途遥远，民警小张的家属也有情绪波动的时候，这些情绪郑所长都非常理解：首先郑天海批评小张，平时也不爱说话，性格比较木讷，许多工作情况不主动和家人沟通，不能获得家人的支持和理解，反而造成了误会。其次郑天海指出小张回家休息调整的时候，不能犯懒当“甩手掌柜”，要多帮助妻子做点家务、分担家里的重活累活，尤其是多关心照顾孩子，在外面再累再苦，男人也要给家里遮风挡雨。再次他又替小张求情，希望家属再给小张一次改过自新的机会，毕竟人无完人，只能互相督促、共同进步、努力成长。最后，如果铁了心要离婚，坐下来冷静商量一下如何处理解决好两人之间的事情。

小张心里暗自佩服，郑所长平时不仅工作干得好，而且这复杂的家庭矛盾、婚姻关系也分析得条理清晰且头头是道。

小张的家属不好意思再给领导添麻烦，说回去考虑考虑再说。尽管后来矛盾长期得不到化解他们还是离婚了，郑天海还安慰小张，不要走极端路线，别节外生枝，还有工作在，继续努力，好好生活。

郑天海心里还是有个遗憾，他说：“其实自己刚开始任职的时候，还是有点粗心大意。”

当时郑天海只专注在工作上，所里有个年轻的新任民警感冒，年轻人自己没有当回事，也没有告诉所领导和同事们，忍耐 3 天，实在是扛不住了，高烧 39 摄氏度不退热，鼻血止不住，这才慌慌张张找到郑所长。郑所深知在高原地区感冒不是小事，赶紧把他送上火车回去就医治疗，后来诊断是轻微肺气肿，这件事让郑天海非常自责和内疚，觉得是自己没有做好关心民警的工作，在这片高原地区，他更重视这份浓厚的兄弟情，之后他积极调整工作方式，始终把爱警暖警工作放在第一位。

无论所里谁生病，郑天海都像大哥一样，在同事身边细心照顾护理。知道年轻人想家，便安慰说：“你孤身在外，就把我当作你的亲人。”郑天海的悉心照料让青年民警感动不已。许多年轻人改变了想法，选择留下来，留在自己的“亲人”身边。

因为条件受限，沱沱河站派出所很长一段时间是民警自己做饭，这给当班的民警带来诸多不便，郑天海上任后，首先把厨师的事情解决了，到了民警生日这天，还会特意准备一碗长寿面。另外，在3个警务区设立党员示范岗，开展“艰苦岗位我驻守、艰巨任务我承担”立功竞赛活动；固化“晨会、晚读”制度，坚持每日两次集中学习，确保学习时间不少于2小时；开展“一人一盘菜”“一人一本书”活动，民警每半月学做一道菜、每月读一本好书，既丰富了业余生活，又陶冶了情操。

10年坚守里，有6个春节郑天海都是在派出所工作中度过的。每次临近过年，郑天海就会采购一些坚果、饮料、糖果、春联等，交班的时候带到所里给每个警务区发一些，细心的他还要写一个单子，或者让采购食材的民警仔细记录下来，提前准备好调料、葱、姜、蒜等，年轻民警可能会疏漏，郑天海方方面面都要考虑周全，提前置办好年货。

在沱沱河站派出所度过的每个除夕夜，他都会带领民警一起包饺子，郑天海最擅长的是擀饺子皮，还要带着大家唱军歌、警歌，所里还有个“小规定”，在所里值班的每位民警炒一个拿手菜，拍黄瓜也可以，凑上10个菜，到了晚上，把警务区的民警也招呼过来聚一聚，加起来十五六人，大家坐在一起边吃饭边看春晚，给家里打电话报声平安。

在所里过除夕，大家都盼着守岁的烟花。一年一度的重头戏就是放郑天海准备好的礼花和鞭炮，这个“习惯”，郑天海始终保留着。

郑天海说：“虽然艰苦，但看到站里小伙子们的干劲、精神头都很足，自己也感觉乐在其中。”

即使因为身体原因工作调配，郑天海离开了沱沱河，但是每到临近春节的时候，他都会买上好的礼花让同事带给沱沱河站派出所的那群兄弟们。

节日的烟火照亮远方的守望者，无论是戈壁荒漠，还是雪域高原，郑天海知道，每个地方都有民警的身影。忍受寂寞，甘守清苦，一个个矗立的孤寂身影像一个个标杆，守护着荒凉土地上的灼灼生命。

家乡的烟火离他们很远，这份坚守却让人民离幸福很近。

回家的“天路”

“等等，等一等！”

睡梦中惊醒的郑天海，又一次梦见女儿转身离去的瘦小身影，她背起书包独自上学的路上，没有父亲的陪伴和保护，傍晚放学，在马路的对面不是家人亲切的脸庞，而是孤独的回家路。

这条“回家”路，对郑天海来说，仿佛是另一条“天路”，一次告别就是半个多月，有时候遇到重要任务就不得不连续加班，女儿望着窗外是一次又一次的失望和难过。

有铠甲，也有软肋，这位铮铮铁骨的西北汉子，内心最柔软的一部分，就是他的女儿。

“喂喂！喂喂！”

白天，郑天海接到孩子生病的消息。在沱沱河的前两年，这片雪域高原没有信号，站在派出所院子里他心急火燎地喊了几声，像热锅上的蚂蚁团团转，可是急也没用，信号塔暂时没有安装到高原地区，旧的电话断了信号就不知道什么时候能修好，来这里维修的工人路途遥远、检测困难，郑天海是仰天长望也无济于事，手机更没用，拿到这里就是一块废铁。

在孩子成长的关键时刻，郑天海经常忙于工作、不在孩子的身边，孩子要辅导作业的时候，郑天海远在青藏高原坚守线路隐患排查；孩子周末的时候，郑天海远在沱沱河站帮助藏民采购药品；孩子需要的时候，一次次父爱的缺席造成了许多遗憾。郑天海的父母居住在宁夏，只有妻子独自忙着工作又照料孩子。

漫漫天路中，“烙印”最深的一次，是郑天海止不住流泪的那天。

眼泪啊，怎么擦也擦不干，郑天海要回到“天路”，可是他怀里抱着自己的宝贝，舍不得、放不下。

原本郑天海和妻子协商，每人在外工作半个月，可以轮流照顾孩子，但当郑天海负责照顾孩子的时候，突然接到单位的紧急通知，临时安排他回到沱沱河站派出所执行任务，妻子一时回不来，在格尔木也没有什么亲人，最后郑天海实在没办法，只能把孩子托付给自己的同事，吃住和上学接送都在同事的家里，不仅给同事添麻烦，也愧疚于孩子。

郑天海安排妥当以后，准备踏上上班的路，他和孩子道别，扭头看到空荡荡的房间里，孩子孤零零地坐在书桌前，埋着头一声不吭地写作业，这个“家”哪里还有一个“家”的样子，对于孩子哪里还有一丝“温暖”的依靠。

“宝贝，注意身体啊！好好学习，好好吃饭……”

郑天海的百般嘱托说不下去了，女儿跑过来，抱住郑天海，不停地哭泣，小声说着：“爸爸，你早点儿回来啊……”

郑天海点点头，但是他不知道这次任务的结束时间，才 7 岁多的女娃娃，谁家不当个宝，可自己能给予的关怀实在太少太少了。

郑天海刚到沱沱河站派出所的时候，两年时间都没告诉父母工作调动，他们生活在农村，也不知道这个地方在哪里，说多了也是徒增烦恼和担忧。后来担任了副所长，郑天海才把自己在沱沱河站派出所工作的事告诉了父母。

郑天海没有详细讲述这里恶劣的生存条件，只是告诉父母，这里属于青藏高原，平均海拔 4500 米以上。

平均海拔 4500 米以上，这个概念父亲一直无法理解。

“啥是海拔？”父亲问了周边许多人，地里的庄稼人说不上来。儿子和他提到高山雪原，他知道到那里去一定很难，到底有多困难？也不清楚，所以心底一直惦记着“海拔”。

“‘海拔’是啥样子？”没走出过村庄的父亲时不时地琢磨。

前几年，父母来到格尔木生活，也顺便帮着照顾孩子。母亲一辈子没用过高压锅，但是在高海拔地区，只有用高压锅才能把饭菜煮熟，刚开始，母亲用高压锅并不熟练，还没有准备好，打开锅盖，里面的饭菜一下子喷到了天花板，把这位天不怕地不怕、勤恳吃苦的母亲吓了一大跳。

父亲年纪大了，在格尔木生活感到后脑壳痛，每天头昏昏沉沉的，郑天海告诉父亲：“您现在可以感受一下，格尔木是2800多米海拔，我工作地是4500多米海拔”，父亲突然愣住了，“海拔”可不是什么秀丽风景的新鲜事物，父亲总结一句话：海拔越高，身体越扛不住啊。

的确如此，身体硬朗的郑天海也没想到自己会患上神经性耳聋。刚开始他并没有意识到这样的情况，直到关系好的朋友和他说，“天海，你最近怎么不搭理人了，和你说话你也装作没听见一样。”

郑天海非常吃惊，自己不是那种性格高傲的人，发生这种情况自己怎么会无意识呢，难道是耳朵出现了问题？到医院检查后才知道，原来自己得了神经性耳聋。郑天海也想过许多方法治疗，中医、西医等，都没有效果，他也不想耽误时间影响工作，就干脆这样吧，或许世界安静下来，自己可以更专注。

然而生活上还是带来一些难题。

郑天海去参加女儿的家长会，因为难得有机会参加，所以准备得非常充分，他带好了纸和笔，早早就坐在了女儿的座位上等待家长会的开始。

时间一分一秒过去，前面四五位老师都讲完了，最后一位老师用扩音话筒来总结：“有的家长很认真，记录也很详细，有的家长都快结束了，一个字也没写啊……”郑天海不好意思地低下头，看着自己空白的纸，心里很难受。

散会后，郑天海主动去找到那位戴话筒的老师，他请老师不要误会，并说明了自己的耳朵有神经性耳聋，前面几位老师没有用话筒，他坐在最后一排，已经很努力在听了，真的听不清楚。

郑天海不好意思地说：“希望下次开家长会能够搬个小凳子，坐在第一排或者离老师近一点的地方，能听到就可以。”

父爱无声，宛若一株茉莉，在某个角落中默默地吐着它清新自然的芬芳，谁又体谅到父爱的含蓄。

都说夫妻一体，在这个家里，生病却默默承受的不止郑天海，还有他的妻子。

那个爱干净爱整洁的郑天海，正在一如既往地收拾家务，突然接到一个电话，他站在原地不动了。

冬天的气息，笼罩着格尔木这座安静的小城，窗外阳光普照，郑天海的心就像碰到了冰尖上。

妻子的表姐在电话里告诉郑天海，他才知道，原来妻子之前检查出身体有肿瘤，不希望家人担心，自己悄悄去了西宁住院。

深夜，妻子忍着病痛让郑天海好好工作、注意身体，瞒着他说自己还在外面做点小买卖就回去。

活检标本送到北京大医院会诊以后，医生确认是良性，这回妻子松了一口气，找表姐帮忙去照顾她。做完手术后，表姐实在不忍心，便把事情告诉了郑天海。

郑天海望着无边无际的天空，望着街边来来往往的背影，他想：人真的会一直这么难吗？

生命中不停地遇见困难，像走天路一样，每一步都如此艰难。

但是，他始终没有放弃，郑天海坚信，人活着就靠一把“硬骨头”，一切都会好的。

这些年，他懂得一个道理：只有在爬山走上坡路的时候，才会这么辛苦。

天边的“云”数据

在郑天海的眼中，老去光阴速可惊，他白了少年头，而那座始终屹立在雪山之巅的沱沱河站派出所，也有了翻天覆地的变化。

沱沱河站派出所的民警们在工作中不断探索、不断创新，抓实警企联防联控、抓牢路地联勤联动、抓好群防群治，以新机制、新技术不断提升线路治安管控能力。紧紧围绕矛盾不上交、平安不出事、服务不缺位三大主题，开启警力“重心下移、多元化解”模式，切实将公安工作触角延伸到最基层、最前沿。

如今，沱沱河站派出所与地方政府、武警、护路等部门建立了“信息互通、定期会商、警情就近处置”等联勤联动机制，打破部门数据壁垒，通过社会公共资源的共建共治共享，大力提升公安警务工作智能化水平；与管内 17 家铁路单位完善了路内联合巡查、治安隐患排查、机车相向添乘、施工安全管理“一报四查”等机制；“调度指挥 + 视频巡控 + 实兵巡逻 + 隐患排查 + 夜间巡查”的“五位一体”巡防模式，做到了预防问题先一步，发现问题早一步，处理问题快一步，实现危行案件、铁路交通事故零发生。

乘着“争创”活动的东风，他们进一步加强科技信息化投入，探索实行“一室两队”警务模式，提升工作效能，最大限度利用科技替代警力，缓解由于高海拔、严重缺氧导致民警工作中生理负荷大、健康受威胁、高原病多发和警力不足的问题。

智慧警务是以互联网、移动互联网、物联网、云计算、智能引擎、视频技术、数据挖掘、知识管理等新一代信息技术为支撑，以公安信息化为核心，通过互联化、物联化、可视化、智能化的方式，促进公安系统各个功能模块高度集成、协调运作，实现以警务信息强度整合、高度共享、深度应用为目标的警务发展新理念和新模式。

基于信息化的智慧公安建设是一场新的警务革命，它让公安警务工作由数量规模型向质量效能型、由人力密集型向科技密集型转变，从而把传统的公安战斗力生成模式转变到以信息技术为核心的高新技术上来，推动将大数据优势转化为公安决策优势、治安优势，提高公安战斗力。

为深入实施“科技强警”战略，提高公安机关执法执勤效率和快速反应能力，铁路公安积极采用“人工智能 + 大数据”技术，积极构建基于新一代公安信息网的警务大数据云中心和人工智能平台，以服务于全警采集、全警应用、全警共享的应用格局，为全警实战

◇ 2020 年 1 月，沱沱河站派出所食堂里，郑天海为即将调离的民警煮饺子送行（摄影：高慎阳）

工作提供智能语音、图像、视频和文本等人工智能能力和关系图谱、全息档案、超级搜索、超级模型、融合管控等大数据服务能力，实现百亿数量级的秒级检索和挖掘分析，全方位刻画人、车、案、号，同时，实现公安工作的精确分析、精确防范、精确控制、精确打击，充分发挥了信息化在提升公安机关战斗力方面的引擎作用。

在沱沱河站派出所，这里的指挥平台安装了视频会议系统、网上办案系统，另外，以前线路上接警，需要通过汽车灯一步步找案发位置，现在警务设备与监控相连接，全线同等距离安装广角摄像仪器，通过夜视红外设备大致可以看清楚具体情况，尤其是在深夜的茫茫雪地中有效找准线路警情位置，为现场应急处理警情提供有力支撑，尽快将事态解决在萌芽状态，极大地减少危害。

派出所不仅是工作更加科技化，生活也更加现代化，现在的高原环境和办公条件不断改善。

“以前的老宿舍经常漏水停电，现在全部翻新了，房间里面有取暖器、电热毯，食堂条件也好了。”郑天海说，办公区和民警宿舍设施进行维护更换，对水电暖等设备进行维护，粉刷了房屋及办公场所，极大地改善了民警办公和生活环境。

新型防寒被装配发高原，一座座新式办公房舍拔地而起，“高压氧舱”等新型设施逐渐走进警营，“生命禁区”开始有了温暖的家。

2021 年 12 月，沱沱河站派出所的民警们更像过年一样高兴，笑声、掌声盖过了制氧仪器发出的巨大轰鸣声。

经过紧张施工和设备调试，沱沱河站派出所新安装的弥漫式供氧系统具备运行条件，联接制氧设备的电闸合拢，仪器上 14 组指示灯依次亮起，制氧系统开始往 4 个 2 米多高的储气罐注入氧气。这台设备会自动计算所需氧气含量并进行自动调整，大约一个小时后，在海拔 4547 米的沱沱河，民警就可以在房间里享受到和海拔 2829 米的格尔木地区一样的氧气含量。

高原的辛苦是难以想象的，缺氧就是其中之一。民警们说："氧气就是命，累点不怕，在山上最怕的就是氧气不能及时补给，现在好了，再也不用担心氧气断顿了。"

"身体由于缺氧造成的不适感很快缓解。"新到任的沱沱河站派出所副所长赵洪龙上山不到一周，切实感受到弥散式供氧的好处。

现在，弥散式供氧几乎覆盖了沱沱河站派出所整个生活区域，民警们不约而同地冲进活动室，此前，因为缺氧，一直闲置的乒乓球台、跑步机、动感自行车等健身设备，从此不再是摆设。

郑天海说，这真是从前不敢想的事，还是得益于时代进步和领导关怀。

沱沱河站派出所民警纷纷表示，获得荣誉更要守住荣誉，他们将以更加顽强的意志、更加坚定的决心，誓保天路绝对安全，把全国公安楷模品牌擦得更亮，让光荣的旗帜在雪域高原高高飘扬。

高原上的一粒种子

极远、极寒、极苦……生命有限，精神永恒。

郑天海的前任教导员魏树忠同志，在一次线路隐患排查途中不幸遭遇车祸，将年仅 43 岁的生命永远留在了青藏线。现在，只要民警经过他牺牲的昆仑山口，都会使劲地按下汽车喇叭，向用青春、热血和生命托起天路平安的英雄致敬，这种集体意识、团队精神和队伍凝聚力始终融入郑天海的生活点滴中。

“我们共产党人好比种子，人民好比土地。我们到了一个地方，就要同那里的人民结合起来，在人民中间生根、开花。”一代代铁路公安在高原牢记初心使命，克服种种困难，耐得住寂寞、忍得住艰辛，与各族人民一道，在艰苦恶劣的条件下，无私奉献青春年华。

高原的苦是难以想象的。因为高原缺氧，所里民警的记忆力衰退严重。为了防止工作遗漏，派出所的民警就把每天要做的事一一记下来，一遍遍提醒自己。

天下难事必作于易，天下大事必作于细。

95 后青年民警谢荣是郑天海传帮带的新人，现在在沱沱河站派出所已经工作了两年多，在他的眼里，郑所长不是“认真”的人，是一个“较真”的人。他印象最深的一件事，就是自己刚上班一段时间，有次和郑所长一起出去进行线路治安排查，路上郑所长突然问他，对周围的情况了解清楚没，了解多少，掌握哪些具体数据，谢荣一时没有回答出来。

这时，郑天海拿出随身的一个工作记录本，上面密密麻麻记载了详细的情况。原来，郑天海初到所里时，人生地不熟，工作难开展，派出所成立不久基础资料不完善，尴尬的场面很是刺痛了他的心。

他意识到，要当好一名铁路民警，对辖区情况不熟悉不行，基础工作不扎实不行，警民关系不牢靠更不行。

于是，郑天海主动出击，开始了打基础的工作。他首先摸清了铁路内部的基本情况，对职工逐一登记走访，紧接着，他开展了铁路沿线的社情调查。这些年，他巡查线路、走乡串户、进行普法宣传教育，资料记了一本又一本，详细到谁家有困难、有需求，他都写在本子上。

一次，有同事当场考郑天海辖区内线路情况，村、镇、学校、自然状况，甚至问他哪个牧民有什么样的皮卡车，或者台账中任何一项数据及内容，他都对答如流、分毫不差。事后，这位同事说："不服不行，郑天海和这片天地的交情是靠两条腿走出来的。"这里的群众也会在茶余饭后不由自主地议起："咱这里来了位热情和蔼、认真负责、可亲可信的郑警官！"

"我们郑所长每天强调最多、说得最频繁的一句话就是：工作中，每一个环节，都要做细做实！"说起对郑天海的印象，所里的年轻民警几乎都有这样的共识。

谢荣和一批又一批青年民警们，经常会翻阅郑天海留下来的资料，郑天海凭着腿勤、嘴勤、手勤、脑勤的"四勤"工作法，遵循着"走到、说到、看到、帮到"8字工作原则，走遍了沿线，收集掌握的各类资料、情况写满台账和笔记本，一旦发现问题，立刻解决。

作为一名铁路民警，虽然没有惊天动地的壮举，更没有气吞山河的豪言，但他在辖区群众中却享有极高的威信，一代代沱沱河站的守护人知道：这威信，源于他对旅客、群众的满腔真情。

他同那里的山、那里的水、那里的人结下了不解之缘，只有将自己深深融入群众，群众才会像一家人那样全力支持自己的工作。

因为23项身体指标不符合常规，郑天海不得不离开这片深爱的雪域高原。2020年4月，在沱沱河站派出所坚守了10年的郑天海调到了格尔木公安处技术侦察大队任大队长，后又调到乘警支队担任政委。10年，已经让他的身体多次亮起"红灯"。

“在高原待的时间长了，就有个‘三大一小’的说法。‘三大’就是心大、肺大、脾脏大。一小嘛，”郑天海指了指自己的耳朵，“耳朵眼小呗。”

“老田心脏不好，我也有点，教导员的心肺都不好。”副所长蒲海春走过来说，长期的高原生活让铁路民警们的身体都出现了不同程度的损伤，“郑所长才40多就已经听不清楚了。”

有次线路隐患排查路上，风大雪急，郑天海开车载着几个民警往回赶，开着开着车突然熄火了，郑天海急忙跳下车去，打开引擎盖，看了半天也没看出个所以然来，他给车里的蒲海春示意，把车打着，蒲海春打着发动机，看郑天海在汽车前面趴着听，听着听着他吼起来：“让你打火啊！”蒲海春一脸蒙地看向郑天海，原来火已经打着了，只是他听不见……

“把所长从沱沱河调到格尔木挺好的，心里虽然舍不得，但对他的身体有好处，至少能不再变坏。”蒲海春说。

离开这里的时候，郑天海望着昆仑山，昆仑山在那，它的巍峨不变，它的海拔不变，可是心里已经翻越了它。

站在昆仑山的脚下，郑天海抬头凝视，心里想着那句话：山不向我们走来，可总要有人向山走去，即便是一路雪雨风霜。

他去了沱沱河站派出所新建的所史室，手电筒、藏刀、热水袋、火钳子、炉钩子、小黄帽、第一代沱沱河所民警手绘地图、使用过的钢钎……走进这间小小的所史室，没有精美的工艺品，也没有贵重的文物资料，很多老物件被岁月侵蚀，却无声记录和见证着17年来一座“生命禁区”铁路派出所从无到有的艰辛历程。

“魏教导，对不起啊，我的身体大不如前，组织照顾我，不让我继续守在这里，以后不能常来看你了，再见！”郑天海偷偷抹泪，他要离开了，多么想再面对前任教导员老魏敬个礼啊！陈旧的警服、警帽、警号 122928 曾是卧雪眠霜的铠甲，铭记着勇士魏树忠不改的初心、不灭的热血，那依然沸腾的“火种”已融入到这片高原冰川之中。

走过老魏热爱的这片土地，也是郑天海不舍的地方啊。

在漫长的岁月里、在平凡的岗位上，他把火热的青春熔铸在自己挚爱的公安事业之中，把满腔热忱献给辖区的父老乡亲，把铁道卫士的美好形象留在了千千万万的人民群众心中……

“记得离开沱沱河时，行李不多，其中有一箱都是哈达，我把它叠得整整齐齐带了回来，每一条洁白的哈达，都承载着藏族同胞对我深深的情谊。”郑天海久久不能忘怀，“我只是做了自己应做而且必须做好的工作，付出了一分，而老百姓却还我十分。”

郑天海守护了这片山河的日夜，这条天路的征途，守护了这片土地上来来往往人民的梦乡，更坚守了自己的初心和梦想。

沱沱河站派出所的精神始终留在郑天海的心底，留在一代代青年民警的心中。回忆往事，青年民警许显龙说：“扛起前辈的大旗，就必须在这支光荣的队伍里尽职尽责。”让许显龙刻骨铭心的是 2021 年新老民警交接仪式，“红袖标”从老民警的臂膀上摘下，传递到青年民警的手中，这是一种职责，也是一种使命，更是一种坚守。

对于民警来说，生命从来没有禁区。剑不磨不利，根不扎不实。一代代青年民警像 10 年前的郑天海一样，从初入高原到承担重任，必然要在实践中经受身体、心理、意志等多方面的考验和磨炼。

昆仑山之所以被称为永远的精神高地，就是因为一代代铁警把

◇ 郑天海和同事齐心协力为因缺氧而打不着火的汽车“输氧”（摄影：郭浩选）

雪域高原当作最好的试炼场，在艰难困苦中洗尽内心的怯懦，在孤独守望里锻造铮铮铁骨，在蹉跎岁月中证明青春价值。

郑天海说：“这些年欣喜地看到，在高原的历练中，年轻一代的高原铁警正在快速成长。”他们正在用热血和忠诚为祖国铸造牢不可破的钢铁守卫，让昆仑之巅时刻闪耀着属于高原铁警的精神之光。

痴心如天，他一腔赤诚守护辖区平安；真情如海，他默默奉献书写无悔人生。

沱沱河精神是一面旗帜，郑天海就是一位擎旗手，3600 多个日日夜夜的忠诚实践，转化为新时代铁道卫士的战斗风采。

无论山有多高、路有多远，无数像郑天海一样的铁路民警，找到个人奋发向上的动力源泉，校对人生价值的正确目标，身上最厚重的，永远是忠诚、勇敢、奉献的本色。

无论时代如何变化，沱沱河的旗帜一直都在，高原铁警的精神永不能丢。这种铸忠诚警魂、守生命禁区、护雪域天路、保一方平安的楷模精神闪耀着新时代铁路公安的光华。

他们用坚毅忠贞的本色，守护着白雪皑皑中迎风招展的鲜红，告诉所有人：国旗升起的地方就是祖国，那飘扬在高原铁路的一抹红，就是心中的向往，就是前进的方向！

2021 最美铁路人

ZUI MEI TIE LU REN

视频 · 链接

中央宣传部、国铁集团联合发布 2021 年“最美铁路人”先进事迹

为深入贯彻落实习近平总书记对铁路工作的重要指示批示精神，大力弘扬劳模精神、劳动精神、工匠精神，激励广大铁路干部职工勤于创造、勇于奋斗，更好地发挥交通强国铁路先行主力军作用，在 2022 年春运即将到来之际，1 月 16 日，中央宣传部、中国国家铁路集团有限公司向全社会公开发布 2021 年“最美铁路人”先进事迹。发布仪式在中央广播电视总台举行。

2018 年以来，中央宣传部与中国国家铁路集团有限公司连续 4 年开展“最美铁路人”评选活动。该活动已经成为激励广大铁路干部职工立足本职岗位、主动履职尽责的重要载体，成为社会各界了解铁路、支持铁路的重要窗口，产生了积极影响。

2021 年获得“最美铁路人”称号的共有 10 名先进个人，他们分别是中国铁路上海局集团有限公司上海机辆段动车组指导司机冯剑坚，中国铁路昆明局集团有限公司昆明北车辆段检车员陈向华，中国铁路郑州局集团有限公司洛阳工务段杨连弟桥隧工区工长李玉斌，

中国铁路广州局集团有限公司衡阳车务段衡阳站值班员王军，中国铁路沈阳局集团有限公司大连站客运车间值班站长刘晓云，中国铁路太原局集团有限公司朔州车务段宋家庄站业务主管薛胜利，中国铁路武汉局集团有限公司金鹰重工工程机械研究院副院长王江，京张城际铁路有限公司运输安全部副部长王久军，中国中车唐山机车车辆有限公司车体事业部高级技师张雪松，青藏铁路公安局格尔木铁路公安处乘警支队政委郑天海。

这些“最美铁路人”全部来自铁路基层一线工作的平凡岗位，是铁路行业200多万名干部职工的优秀代表。他们是勤勉务实的劳动者、脚踏实地的奋斗者、朴实无华的追梦者。冯剑坚能娴熟驾驶9大类28种机车车型，与复兴号一起奔驰在祖国广袤的大地上；陈向华30年安全检车28.8万余辆，成了铁路车辆检修的技能大师；李玉斌矢志赓续红色血脉，以实际行动延续祖孙三代60年守护英雄桥的责任与使命；王军在铁路行车第一线恪守标准不走样，成为全路车站值班员中最年轻的首席技师；刘晓云始终把旅客装在心中，在平凡的客运服务岗位上赢得无数赞誉；薛胜利心系“国之大者”，常年奋战在大秦铁路货运主战场；王江坚持不懈自主研发30余种铁路大型养路机械，多项产品走上高原铁路，还走出国门，为“一带一路”建设增光添彩；王久军用满腔热血助力京张高铁建设，为实现“精品工程、智能京张”目标作出了积极贡献；张雪松潜心攻关智能制造，填补了高速动车组技术领域多项空白；郑天海战斗在全路海拔最高铁路公安派出所十余载，用生命守护着站区安全……

发布仪式现场播放了“最美铁路人”先进事迹的视频短片，从不同角度采访讲述了他们的先进事迹、价值追求和工作生活感悟，

◇ 2022 年 1 月 16 日，中央宣传部、中国国家铁路集团有限公司联合发布 2021“最美铁路人先进事迹”。左起：刘晓云、王久军、冯剑坚、李玉斌、陈向华、王军、薛胜利、郑天海、张雪松、王江

展示了铁路人在新时代新征程中的先行风采、服务本色、担当品格、奋斗精神。中央宣传部、中国国家铁路集团有限公司负责同志为他们颁发“最美铁路人”证书。

“最美铁路人”的先进事迹生动精彩、感人至深、催人奋进。铁路职工代表纷纷表示，新时代中国铁路领跑世界，铁路人倍感自豪、重任在肩，要以“最美铁路人”为榜样，积极投身交通强国铁路先行生动实践，埋头苦干、勇毅前行，以实际行动推动新时代铁路高质量发展，为实现第二个百年奋斗目标、实现中华民族伟大复兴的中国梦再立新功。

新华社北京 2022 年 1 月 16 日电

《闪亮的名字——2021 最美铁路人》，中央广播电视总台，2022 年 1 月 16 日。